KB137612

중심과 주변의 정치학

폭력, 윤리, 아이러니의 서사

김현아
전남대학교 영어영문학과를 졸업하고 같은 학교 대학원에서 석·박사학위를 받았다. 현재 전남대학교 인문학연구소 학술연구교수이며, 영어영문학과와 영어교육과에서 강의하고 있다. 주요 저서로 『현대 영어권 문화의 이해』(공저), 『영어권 소설로 읽는 다른 세계들』(공저), 『초국가시대의 역사, 인종, 젠더』(공저)가 있으며, 최근 논문으로 「갱스터리즘으로 이해하는 남아공 흑인사회 ―애솔 푸가드의 『초치』」, 「반목가적 공간에서 심화된 남아공 역사의 폭력성과 분열성 ―쿳시의 『나라의 심장부에서』」, 「아프리카의 종족주의와 내부 식민주의 ―베시 헤드의 『마루』」, 「9.11 테러와 근본주의의 충돌 ―모신 하미드의 『주저하는 근본주의자』」 등이 있다.

중심과 주변의 정치학: 폭력, 윤리, 아이러니의 서사

초판 1쇄 발행일 2017년 2월 26일
김현아 지음

발행인 이성모
발행처 도서출판 동인
주 소 서울시 종로구 혜화로3길 5 118호
등 록 제1-1599호
TEL (02) 765-7145 / FAX (02) 765-7165
E-mail dongin60@chol.com
ISBN 978-89-5506-748-4
정 가 26,000원

※ 잘못 만들어진 책은 바꿔 드립니다.

| 인문학 학술총서 001 |

중심과 주변의 정치학

폭력, 윤리, 아이러니의 서사

김현아 지음

도서출판 동인

■ 이 책은 2016년도 한국연구재단 대학 인문역량 강화사업(CORE) 지원에 의해 출판되었음.

| 시작하는 글 |

이 책은 아프리카 문학과 영화, 그리고 영미 중심부 국가에서 이주자 또는 이방인의 신분으로 살아간 작가들의 서사를 중심으로 인종/종족 갈등, 내전, 독재, 혁명, 종교, 젠더, 윤리의 문제와 더불어 이슬람권 디아스포라 작가가 그리는 모국의 이야기 등을 중심에 두고 있다. 이러한 주제는 식민주의/인종주의 역사, 강제적 또는 자발적인 이산/이주 문화의 확산, 그 과정에서 발생한 중심과 주변의 갈등으로부터 비롯된 일련의 문제들과 밀접하다. 크고 작은 집단과 국가 공동체를 둘러싸고 갈등과 폭력이 되풀이 되는 이유는 특정 공동체에 소속되는가, 소속되지 않는가의 여부로 누구를 배척하고 누구를 배척하지 않을 것인가를 결정해 왔기 때문일 것이다. '중심과 주변의 정치학'은 바로 이 같은 대응적 관계에서 어떤 역사적 모순들이 발생하는지를 이야기하고 있다.

이러한 문제에 본격적인 관심을 갖게 된 것은 많은 사람들이 그렇듯이 석·박사 시절로 거슬러 올라간다. 그 시절에 윤곽이 잘 잡히지 않았지만 읽고 나면 한참을 헤어 나오지 못하게 하는 텍스트들이 여러 주제에 대한 관심을 부추겼다. 그러다가 영어권 문학 강의에서 쿳시를 만나고서 한동안 아프리카라는 우물에 '기꺼이' 빠져 있게 되었다. 그때 당시 쿳시가 존경스러웠지만 깊이 없는 사람이 접근하기에는 미안해야 할 작가라는 생각이 많았었다. 그런데 시간이 흐른 현재, 그때의 미안함은 쿳시와 아프리카 세계로 발을 담그게 계기를 주신 스승에 대한 감사의 마음으로 바뀌어 있다.

아프리카 지역에 관한 연구가 이 책에서 많은 부분을 차지하게 된 것도 쿳시를 만나면서 시작된 남아공에 대한 관심이 아프리카의 다른 지역에 대한 관심으로 확대되어서이다. 처음에 주된 관심은 인종과 윤리의 영역이었지만 차츰 식민역사를 경험한 국가의 각종 분쟁들이나 혁명을 외친 주체들이 어떻게 독재자로 변신하는가 등의 주제로 전환되어 갔다. 식민지배가 지나가고 독립을 한 이후, 대부분의 국가 구성원들은 외세의 잔재와 독재를 청산하기 위해 안간힘을 쓰지만 특정 권력의 폭력적 행위에 분노하며 혁명을 꿈꾸던 주체들은 어느새 과거의 권력주체와 다르지 않음을 역사는 증명해 왔다. 이것은 혁명과 윤리의 모순, 그 안에 잠재된 아이러니를 끊임없이 상기시킨다. 이 저서의 일부는 그러한 상기과정을 다루고 있다.

아프리카 작가를 좇는 과정에서 미국의 인종주의는 어떻게 변형되어 나타나고 있는지에 관심을 갖다가 필립 로스로부터 많은 것을 배웠다. 한동안 로스의 세계에 머물러 있으면서 우리가 왜 자꾸 가면을 쓰는가, 왜 '패싱'을 하려고 하는가에 깊이 고민하게 되었다. 우리가 상당한 시간을 행복하다고 인정하지 못한 까닭도 타인의 시선을 의식하고 이후에 어떤 식으로든 가면과 '패싱'을 붙들려고 해서가 아닐까라는 생각이 들어서였다. 인종은 물론이고 학벌, 지역, 외모, 경제, 종교 등 어떤 영역에서든 폭력적인 시선의 대상으로 남지 않기 위해 자꾸 다른 위치에 있는 자신을 꿈꾸며 평생을 살아가지 않을까를 추측해 본다. 나는 어떤 '패싱'을 꿈꿨을까? 글을 한편씩 끝낼 때마다 편안한 마음이 들었던 적이 한 번도 없었던 것 같다. 그 이유는 내가 쓰는 이 글로 인해 나의 부족한 면이 곧바로 들키지 않을까라는 두려움이 앞섰기 때문이다. 그래서 나에게 '패싱'이 허락된다면 들켰을 때 두렵지 않을 정도의 글을 쓸 줄 아는 사람으로 '패싱'을 하고 싶었다. 로스가 쥐어준 엉뚱한 이 두려움이 그동안 단련의 시간들을 만들어준 것 같다.

이 책이 나오기까지 그동안 표현하기 어려웠지만 서투른 제자에게 많은 자양분이 되어주신 전남대학교 영어영문학과 나희경, 노승희, 민태운, 성길호 교수님께 감사드리고 싶다. 더불어 각 분야에서 언제나 최선을 다하시는 동료 강사 선생님들, 총서 출판의 기회를 마련해 주신 신해진 인문학 연구소 소장님께 감사드리고 싶다. 특히 영어권 문학을 비롯해 아프리카, 카리브해, 인도, 호주, 뉴질랜드, 아일랜드 등 주변부 세계에 관심을 갖고 공부할 수 있도록 길잡이가 되어주신 이경순 지도 교수님, 그리고 어렸을 때부터 가족들 몰래 많은 LP음반과 책, 공연 티켓을 끝없이 사주신 엄마 노정희 님께 감사의 말씀을 전하고 싶다. 이경순 교수님께서 강의를 통해 소개해주신 무수한 책들과 가르침의 언어들은 엄마가 비밀리에 쥐어주신 용돈으로 구입한 음반으로부터 흘러나왔던 생경한 음들의 감동과도 같았다. 나의 꽉 닫힌 눈과 귀를 단박에 열어주신 이 두 분과의 인연만으로도 뭔가 특별한 행운을 쥔 사람이라고 생각한다. 두 분으로 인해 많은 감동적인 것들을 '감히' 누릴 수 있어서 그동안 진심으로 행복한 시간들이었다고 말씀드리고 싶다.

2017년 2월

김현아

차례

| 3부 |

중심에서 주변을 옹호하는 아프리카 백인작가와 J. M. 쿳시

01 중심의 횡포와 주변의 비극

제1장

리비아 작가가 전하는 카다피 정권과 국가폭력 –히샴 마타르의 『남자들의 나라에서』

1. 북아프리카 이슬람 문화권의 저항서사

리비아의 카다피(Muammar Gaddafi) 정권은 독재로 악명 높았지만 사실상 그 출범은 과거 이탈리아 식민지배의 부정적인 잔재와 부정부패로 얼룩진 봉건 왕정을 타도하고 '범아랍주의'[1]라는 이념으로 단결하여 혁명적인 국가를 건설하겠다는 취지를 근간에 두고 있었다. 그런데 카다피 혁명세력은 정권을 장악하자마자 자신들이 척결하겠다던 독재와 부패, 그리고 인권유린마

1) 아랍권과 비아랍권으로 대비되는 역사적 상황에서 종교, 문화, 정치, 언어적 통일을 지향하며 아랍 민족들 간에 하나의 이상과 가치를 바탕으로 단결하자는 이념이자 운동으로서, 특히 '범아랍주의'를 주창하고 실현하는 과정에서 다른 어떤 이념보다도 이슬람교도들의 종교적 결합이 무엇보다도 중요시 되었다.

저 답습하면서 아이러니컬하게도 혁명의 이념과는 정반대의 위선을 전면에 드러냈다. 카다피 정권뿐만 아니라 다른 많은 국가의 혁명과정에 수반된 이러한 반복되는 한계를 포착한 영국의 역사학자 존 메카먼트(John F. McCamant)는 국가를 테러리스트와 동일시 한 『테러리스트로서의 국가』(*The State as Terrorist*)라는 저서를 통해 "세계의 모든 정권은 적어도 어떤 정치적인 억압들을 이용한다"(11)는 주장을 펼치면서 혁명의 실현과정에 나타난 기만적인 행보들을 비판한 바 있다. 메카먼트의 주장은 불합리하고 구태의연한 세계를 청산하겠다는 혁명의 수행과정에 다양한 형태의 폭력과 억압이 동원된다는 역설이며 이를 역사적으로 뒷받침해 주는 구체적인 사례 중의 하나가 카다피 권력의 정치행보이다. 식민모국 이탈리아가 떠난 자리에서 제국의 부당성과 후유증을 문제 삼던 카다피 저항세력은 새로운 형태의 독재와 억압을 강행하면서 리비아를 더욱 곤경에 처하게 했기 때문이다.

1969년부터 장기집권을 이어가던 카다피 정권은 리비아 민중의 거듭된 반정부 투쟁과 깊은 우려를 표명한 국제사회의 여론에 힘입어 지난 2011년, 42년에 걸친 철권통치의 막을 내리게 되었다. 이러한 결실은 그간 카다피가 독재정권을 유지하기 위해 극악한 형태로 폭력의 수위를 높일수록 그에 비례해 국가폭력이 어떤 방식으로 자행되었는지에 관한 대항 차원의 폭로 역시 강도 높게 진행된 경위를 반영한다. 그 저항의 과정에서 히샴 마타르(Hisham Matar, 1969-)는 소설의 형태로 카다피의 만행을 비롯한 국가폭력을 형상화 했는데, 그것이 바로 "리비아 작가가 영어로 써서 출간한 첫 번째 소설"(Tarbush, "*In the Country of Men.*" 3)로 정의되는 『남자들의 나라에서』[2](*In*

2) 제목의 "men"은 우리말로 남성 또는 남자로 모두 번역이 가능하지만 두 가지 의견에서 "남자"로 해석하고자 한다. 첫째는 이 소설에서 재현되는 의미상 "men"은 국가폭력을 비롯한 크고 작은 폭력을 행사하는 주체로서의 부정적인 의미가 지배적이기 때문에 일종의 성의 개념과 관련된 "남성"보다는 "남자"로 해석하고자 하며, 두 번째는 이 소설을 번역한 왕은철이 "남

the Country of Men, 2006)이다. 북아프리카 전역에 반독재투쟁인 '아랍의 봄'(Arab Spring)[3] 기운이 확산될 무렵 출간된 이 소설은 자국에서는 물론 이 지역을 생경하게 인식하던 국외에까지 반향을 불러일으키면서 그동안 소설의 주된 배경이 되지 못했던 북아프리카 이슬람권 문화에 대한 폭넓은 관심을 유도하게 되었다.

『남자들의 나라에서』는 카다피 정권으로부터 피해를 입은 평범한 한 가족의 서사를 주된 흐름으로 삼은 점에서 같은 정권에 희생된 작가의 자전적인 가족사와 무관하지 않다. 그는 외교관이던 아버지가 미국에 파견된 시절, 뉴욕에서 태어났으며 이후 유년시절 대부분을 리비아에서 보냈다. 그런데 작가가 열 살 되던 해에 아버지가 카다피 정권에 반대한 인사로 밝혀지자 리비아 정부는 그를 "부르주아", "혁명을 후퇴시키고 정지시키는"("Hisham Matar: 'I just want") 인물로 낙인찍었고, 그 결과 온가족은 국가의 횡포를 피해 황급히 리비아를 떠나 접경국인 이집트와 영국 등을 떠돌아야 했다. 모국을 등져야 했던 긴박한 상황은 안정되고 행복했던 작가의 유년시절에 종지부를 찍게 했고 대신 온가족을 망명이라는 불안한 삶의 한가운데로 내몰고 말았다. 그가 현재 리비아가 아닌 영국에 거주하는 것도 과거의 그러한 모국의 정치상황과 관련된다. 그러므로 작가와 가족이 겪은 험난했던 삶은 카다피의 만행으로 리비아를 떠나야 했던 수많은 리비아 디아스포라인들 내지는 행불자들의 역사적인 삶에 대한 알레고리로 이해할 필요가 있다. 카다피 집권을 시작으로 많은 리비아인들은 고문과 숙청 등 신변의 위협을 피해 세

자"로 쓰는 점을 참조해 "남성"이 아닌 "남자"로 표기한다.

3) '아랍의 봄'은 2010년 무렵, 북아프리카와 중동 지역에서 일어난 민주화 운동으로서 반정부 시위 활동을 말한다. 이집트, 이란, 요르단, 리비아, 모로코, 예멘 등 중동과 북아프리카 지역을 중심으로 한 독재 규탄 시위는 차츰 이 대륙의 다른 독재 국가들에도 영향을 미치게 되었으며, 그 결과 이라크, 쿠웨이트, 소말리아, 수단 등지에서 민주화 투쟁과 혁명의 물결이 거세지는 계기가 되었다.

계 각지로 흩어지는 불운을 겪어야 했기 때문이다.

마타르의 아버지 역시 국가폭력의 피해자로 남지 않기 위해 강제적인 디아스포라의 여정에 내몰렸다가 이집트 비밀경찰에 납치되어 리비아 당국에 인계된 후 생사가 불분명해졌다. 카다피 정권의 정치범 숙청과 연관되는 아버지의 갑작스런 행방불명은 작가로 하여금 국가폭력이 개인과 가족에게 미치는 영향과 더불어 리비아라는 국가의 총체적인 국면을 탐색하게 했다. 다시 말해, 마타르는 카다피 정권의 출범으로 가족이 풍비박산나자 국가폭력과 가족의 트라우마가 어떤 관련을 맺는지를 재현하고자 했으며 『남자들의 나라에서』는 그러한 작가적 의도를 밑바탕에 두고 있다. 이외에도 그는 가족사와 관련된 리비아의 사회상을 이 소설에 국한하지 않고 두 번째 소설, 『행방불명에 대한 조사』(*Anatomy of a Disappearance*)를 통해 아버지의 생사와 관련한 집요한 의문을 구체화하는 방식으로 모국의 불합리한 현실을 알리는 글쓰기에 주력하고 있다.

마타르의 서사에서처럼 개인의 가족사에 본의 아니게 고유한 민족사가 투영되는 경우, 때로는 '자전적 민족지학'(autoethnography)의 영역과 관련지어 해석할 수 있다. 미국출신의 사회문화 비교학자인 메리 루이스 프랫(Mary Louise Pratt)이 개념화 한 '자전적 민족지학'은 개인과 집단의 자전적인 경험이 사회, 문화적 차원으로 해석되면서 저항적인 실천행위로까지 확대되는 학문분과이다. 그녀는 이 개념을 보다 설득력 있게 설명하기 위해 '민족지학'과 '자전적 민족지학'의 차이를 설명한다. 프랫에 따르면, 두 용어 모두 식민화된 주체가 식민자의 표현과 맞물린 방식으로 스스로를 재현하는 방식과 관련되지만 "민족지학적(ethnogrphic) 텍스트가 유럽인들이 그들의 억압받는 타자를 재현할 때 사용하는 수단이라면, 자전적 민족지학은 그러한 메트로폴리탄 재현들에 대한 반응으로서 억압받은 타자들이 스스로를 표현하는 수단"이라는 점에서 대조된다(7). 즉 프랫이 제기하는 '자전적 민족지학'의 가치는 단순히 민족지학과 자전적 글쓰기의 병합에서 끝나지 않고 "식민화된 대상들이 식민자들이 사용하는 언어에 개입하는 방식으로 자신들을 재현"(Pratt 7)하는 데 있다.

이에 근거하여 식민사라는 맥락에서 볼 때 『남자들의 나라에서』는 식민모국 이탈리아의 만행을 재현의 중심에 두지는 않지만 식민전통을 계승한 카다피 세력에 반기를 든 과정에 민족 고유의 가치체계를 드러내므로 '자전적 민족지학'으로서의 특징을 갖춘다고 볼 수 있다. 작가의 자전적 경험이 표면화되는 과정에 독재와 억압에 개입하려는 저항의 심리 역시 부각되므로 단순히 소설로서만 기능하지 않는 것이다. 이러한 맥락을 공유하는 영국의 문학비평가 마가렛 스캔랜(Margaret Scanlan)은 "메리 루이스 프랫이 구체화 한 '자전적 민족지학'의 개념으로 보면, 마타르의 『남자들의 나라에서』는 영어를 사용하는 독자의 무지와 편견에 대응하는 용어로 리비아를 재현한 점에서 놀라운 역할을 한다"(267)고 평가한다. 프랫과 스캔랜 모두 공통적으로 '자전적 민족지학'의 특징을 갖춘 텍스트에 가치를 두는 본질적인 이유는 그것이 기존의 서술주체를 비판하여 민족차원의 보다 내실 있는 개입의 수단을 마련하기 때문이다. 이 견해에 비춰볼 때 마타르의 텍스트에서 이슬람권 문화와 관련된 '자전적 민족지학'의 특징이 어떻게 전개되는지를 모색하는 것은 아프리카, 카리브해, 인도 등에서 과거 지배서사를 거부하며 대두된 영어권 문학과 더불어 새로운 영역의 북아프리카권 문학과 문화에 대한 탐색의 중요성을 인식하는 것과 일맥상통할 것이다.

이러한 논의와 더불어 이 글은 『남자들의 나라에서』를 중심으로 리비아를 배경삼아 성인의 세계에 트라우마로 반응하는 주인공 술레이만(Suleiman)의 심리를 살펴보고 소위 '남자들의 나라'에서 '남자'가 되는 것은 국가와 종교의 부정적인 권력행사와 맞물려 있음을 이슬람권 국가의 문화적 특수성과 연계하여 논의한다. 나아가 이 소설이 가족사의 비극을 통해 국가가 개인에게 가한 고통과 트라우마를 통감하게 하는 점에서 작가가 주목한 국가폭력의 부당성과 리비아가 처한 국가적 곤경은 다른 대부분의 국가가 당면한 곤경으로도 대입할 수 있는 점을 설명한다. 다만 리비아에서 발현된 폭력의 양상을 해석할 때 작가가 비난의 대상을 맹목적으로 리비아 국가체제나 이슬람 종교에 두기보다는 이율배반적인 이데올로기와 공모하여 폭력을 재생산하는 주체로 전락한 국가와 종교에 유념하여 주시한다는 사실을 전제하고자 한다.

2. 가족사를 통한 리비아 역사의 통찰

『남자들의 나라에서』의 공간적 배경은 리비아의 수도인 트리폴리이며 시대적 배경은 카다피 정권의 폭력이 정점을 향하자 학생들을 주축으로 한 각계각층의 거센 시위로 정국이 불안정하던 1970년대이다. 이러한 시대상은 과거와 현재가 교차되는 가운데 이집트로 망명한 리비아 태생의 24살 된 청년 술레이만이 리비아에서 살았던 과거 유년 시절을 회상하는 방식으로 나타난다. 그의 회상은 작가의 자전적인 경험과 리비아의 구체적인 정치상황을 배경삼아 비극적인 가족사를 통해 국가사를 통찰하는 방식을 취한다. 소년의 시선은 상실과 분노, 폭력과 배반에 얽힌 시간들을 넘나들며 주인공의 부모 세대가 그랬듯이 그 역시 리비아의 정치적 현실로부터 자유로울 수 없는 형국을 마치 증언하듯 회상한다. 그중에서도 술레이만이 리비아에서 보낸 마지막 여름을 회상하는 소설의 도입부는 불안정한 시대를 상징적으로 담아내면서 국가권력의 메커니즘이 어떻게 일상적으로 작동되었는지를 예시한다.

> 1979년이었고, 태양은 모든 곳에 있었다. 태양 아래에서 트리폴리는 빛났고 고요했다. 모든 사람과 동물, 그리고 개미들까지 필사적으로 모든 곳이 백색인 지대에 가끔씩 깃드는 자비로운 회색 그늘을 찾았다.

> It was 1979, and the sun was everywhere. Tripoli lay brilliant and still beneath it. Every person, animal and ant went in desperate searched for shade, those occasional grey patches of mercy carved into the white of everything. (1)

여기에서 리비아 전역에 내리쬐는 "태양"은 리비아의 독재정치와 그 영향력을 의미하고 사람들과 동물들이 동시에 필사적으로 찾고자 하는 "자비로운 회색 그늘"은 독재와 남자들의 횡포가 없는 영역을 암시한다. 카다피라는 이름은 이 소설에 단 한 번도 등장하지 않음에도 불구하고 "가이드(Guide)"나 "태양"으로 동일시되는 그의 막강함은 "태양"의 위력에 압도된 리비아인들의 처지와 대조되어 나타난다. "태양"과 "그늘"은 카다피의 거대 파놉티콘이 리비아에서 실제로 어떻게 작동되었는지에 대한 비유이며 "그늘"이란 리비아인들이 지향하지만 "태양"이 존재하는 한 결코 다다를 수 없는, 불가능한 공간으로서의 유토피아이다.

카다피의 통제는 이슬람 종교의 강제적인 규율이 가시화되면서 더욱 위력을 발휘하는데 그것은 술레이만의 가족에게도 마찬가지다. 그 구체적인 사건은 다음과 같이 전개된다. 바바(Baba)로 호칭되는 술레이만의 아버지 파라즈 알-디와니(Faraj al Dewani)는 사업상 "출장"이 잦아 집을 늘 떠나 있고 마마(Mama)로 불리는 어머니 술루마 나즈와(Slooma Najwa)는 늘 "약"에 취해 있다. 술레이만이 도무지 알 수 없는 바바의 "사업"이란 리비아 청년들이 카다피 정권에 맞서도록 혁명 의지를 고취시키는 반체제 활동이며, 마마의 "약"이란 이슬람 문화에서 철저히 금지된 술을 말한다. 어린 술레이만이 성인의 세계를 직시하는 화자로 등장하는 이유는 그가 집이라는 작은 세계에 갇혀 있기는 하지만 부모의 삶과 공유하는 시간들을 통해 리비아의 정치, 역사라는 거대세계에 노출되어 있어서이다.

아버지는 "출장"을 떠나기 전에 늘 술레이만에게 "약"에 의존하는 어머니를 부탁하지만 남자들의 거대한 폭력이 난무하는 "남자들의 나라"에서 어린 그가 어머니를 보호하기란 버겁기만 하다. 이처럼 두려운 현실에서 어린 술레이만을 무엇보다도 힘들게 하는 것은 가족을 둘러싼 진실이 어린 그에게는 늘 은폐되어 있으므로 그가 자기만의 방식으로 성인의 세계를 해석해야 하는 처지에 놓여 있는 것이다. 게다가 독재정치와 규율을 강조하는 종교가 국가 구성원의 일상을 속속들이 규제하는 현실에서 그는 국가와 종교의 금기사항을 파기하는 부모가 곧 체포될지 모른다는 공포에 사로잡혀 있다.

이러한 공포적 상황에서 바바의 부재는 술레이만에게 그를 대신할 성인 남자가 될 것을 암묵적으로 강요한다. 특히 바바가 소위 "출장"으로 집을 비우면 그는 "약"에 취한 어머니를 보호하기 위해서라도 성급히 성인이 되어야 할 입장이다. 이 와중에 술레이만이 그토록 필사적으로 빨리 남자가 되고 싶은 숨은 이유는 결혼하기 전 어린 소녀에 불과했던 '과거의' 비극적이었던 어머니를 구출하고 싶어서이다. 나즈와가 아들에게 들려주는 비극적인 사연은 그녀가 열네 살 때 커피숍에서 동갑내기 남자와 카푸치노를 마신 장면을 오빠 할레드가 목격한 사건에서 발단한다. 커피숍에 있던 나즈와를 발견한 그가 가족에게 "지금 당장 그 애를 결혼시키지 않으면 우리 가족 모두 치욕을 당할거다"(147)며 위기감을 조성하자 남자들로만 구성된 긴급 가족 "고위위원회"(High Council)(147)는 가족의 명예를 지키기 위한 처방으로 어린 나즈와의 강제결혼을 결정했던 것이다. 나즈와는 아들에게 자신의 과거를 들려주는 형태로 카다피 혁명 위원회의 "고위 위원회"처럼 자신의 강제결혼에 대한 심판관과 입회인으로 행세했던 아버지, 형제들, 삼촌들을 언급하면서 자신의 서사를 정치적인 알레고리로 설명한다(Hashem 49).

'나즈와 사건'이 가족의 명예로 결부된 것은 할레드가 여동생의 사건을 이슬람 전통문화를 통해 해결해야 한다고 부추긴 탓이다. 나즈와는 갑작스런 결혼소식에 임신을 막는 "마법의 약"(12)까지 먹어 보지만 모든 노력은 수포로 돌아가고 결국 자신을 "암흑의 날"(145)로 몰아넣은 결혼을 하게 되고 그렇게 해서 태어난 아이가 그녀의 사연을 듣는 술레이만이다. 그녀는 자신을 불행하게 만든 할레드를 평생 증오하며 보냈지만 정작 그는 자신이 미국 대학을 다녔으며 미국인 여성과 결혼한 "문명화된 미국인"(147)으로 자부할 뿐이다. 문명인과는 거리가 먼 할레드의 이율배반적인 모습은 그가 리비아를 폭력이 난무하는 "남자들의 나라"로 만드는 데 일조한 장본인임을 부각시킨다. 이 '나즈와 사건'은 "권력이 정치적인 목적으로 코란을 악용했다면, 나즈와 가족은 개인적인 영역에서 코란을 악용"하고 있으며 "나즈와가 경험한 무슬림 전통은 여성의 정절과 딸의 정절을 다룰 때 가부장적으로 잔인하고, 극단적이며, 효율적"(Hashem 49)이었음을 입증하는 사건이다.

술레이만은 외삼촌 때문에 희생된 마마의 과거를 접한 후 그녀의 고통스런 과거를 자신의 것으로 내면화하여 "소녀였을 때의 마마를 구출하는 꿈"(169)을 키우고 열네 살의 그녀를 어떻게 구할지를 상상한다. 그가 마마의 주정을 감내해야 하는 버거움 속에서도 그녀를 낙원으로 데려가는 상상을 멈추지 않는 까닭은 무능력한 소년이 소녀였을 마마를 구하는 방법이 상상으로만 가능하기 때문이다. 이러한 이유로 마마가 자신을 외삼촌과 동일시하면서 "너희 남자들은 다 똑같다"(144)고 진저리쳐도 "그는 과거에 어머니에게 가해졌던 불의에 대해 복수하려는 꿈을 포기하지 않는다"(Heltzel 8). 마타르는 마마를 구하려는 다급함에 빨리 남자가 되고자 했던 어린 주인공의 절박한 심리를 부각해 "남자라면 잔인해져야 하거나 아니면 위협을 받아야 하는 리비아에서 남자가 되는 것은 무엇을 의미하는가"(Charles 1)의 문제를 반문하고 있다. 뿐만 아니라 소년의 시선으로 전하는 마마의 삶은 폭력이 난무한 '남자들의 나라'에서 고난을 견뎌야 했던 여성의 삶을 대변하면서 "여성들이 어떻게 취급되고 그들의 사회적 위치가 한 국가의 윤리-정치학적 특징을 평가하는 데 어떤 역할을 하는지를 보여준다"(Gagiano 27).

그런데 '암흑의 날'은 남성들에게도 예외가 아니었다. 그들 역시 자신들보다 더 큰 권력을 지닌 또 다른 '남자'들의 억압에 노출되었으며, 이는 반세기에 걸친 독재가 리비아인들 모두를 장악했음을 시사한다. 다만 마타르는 정부가 권력을 유지하기 위해 반체제 세력을 주시한 점에서 국가 파놉티콘은 주로 남성에게, 극단적인 가부장 이데올로기를 이용해 이슬람 종교를 수단으로 문화적 이탈을 주시한 점에서 종교 파놉티콘은 주로 여성에게 작동하는 차이를 보일 뿐이다. 여기에서 작가가 재단하는 대상은 이슬람문화와 종교 자체가 아니라 이것을 세속화하여 악용하는 '남자'들과 국가권력인 것을 알 수 있다.

마타르의 서사에서 국가와 종교라는 두 파놉티콘의 장악력에 타당성을 부여하는 주된 매개는 폭력이며 이것은 리비아인들을 대상으로 한 물리적, 심리적, 인식론적 차원의 전 방위적 폭력이다. 특히 국가권력의 경우, 강제적으로 구성원들의 복종을 유도하는 과정에서 개인의 행위를 제약하는 이슬람 종교를 배후에 둠에 따라 가시적이고 물리적인 폭력은 물론이고 비가시적인 종교 폭력과 공모관계를 이룸으로써 더 큰 영향력을 발휘한다. 이는 국가권력과 종교가 물리적, 인식론적 차원에서 폭력을 합법적인 수단으로 활용하고 폭력을 효과적으로 행사하는 데 상호간에 암묵적으로 동조했기 때문에 가능한 것이다. 카다피 정권과 이슬람 종교가 마치 신의 법을 행사하듯 리비아인들의 저항을 무력화 할 수 있었던 것도 그러한 동조 덕분이다. 이는 리비아에서 구타와 고문 같은 물리적인 폭력은 물론이고 종교와 문화를 통한 상징적인 폭력까지 만연했다는 의미로, 작가는 무엇보다도 현대사회에서 후자인 상징폭력이 전자인 물리적인 폭력을 능가할 만큼 그 장악력이 상당한 현실을 개탄해 하고 있다.

그렇다면 인권과 휴머니즘이 강조되는 현대사회에서 한편에서는 왜 상징폭력의 영향력이 확대되는지에 의문을 제기해볼 만하다. 이러한 문제제기의 연장선상에서 프랑스 철학자 피에르 부르디외(Pierre Bourdieu)는 상징폭력의 범위와 의미를 개념화 한 바 있는데, 그에 따르면 상징폭력은 문화라는 메커니즘을 통해 은밀하게 발현되기 때문에 지배권력과는 거리가 먼 계층들은 "강요된 한계를 말없이 받아들이면서, 흔히는 자신들도 모르게 때로는 자신들의 의지와 반대로 그들의 고유한 지배에 협력"하는 데서 결정적인 폐허를 드러낸다(57). 그의 견해는 이 소설의 주인공들이 처한 상황을 해석할 경우에도 적용될 수 있다. 가령 마마의 강제결혼에서처럼 상징폭력은 남녀의 불평등한 권력구조를 통해서는 물론이고 모순된 종교교리를 재생산하는 메커니즘을 통해서도 그 효력이 발휘되기 때문이다. 부르디외는 남성중심의 권력관계가 지속적으로 재현될 수 있는 것도 "여성들 스스로 모든 현실에다, 특히 그녀들이 그 속에 사로잡혀 있는 권력의 관계들에다 이러한 권력관계들의 합일의 산물이자 상징적 질서의 기본적 대립들 안에 표현되는 사고의 표상들을 적용"한 결과 남성 우위의 권력이 재창출되는 사회적 구조와 "상징적 폭력을 '만드는' 믿음"에 사로잡힌다고 분석한다(51). 말하자면, 상징폭력의 효력은 일방적인 강요보다는 종교와 같은 통제 메커니즘 내에서 여성들이 관습과 문화의 합법성을 인정함으로써 발현될 수 있다는 것이다.

이를 입증하듯, 성의 구분과 차별이 종교와 관습을 통해 체화된 이슬람 국가의 사회구조에서 여성차별은 타당성까지 획득하고 있다. 성의 구분과 차별이 리비아 종교와 역사, 그리고 문화의 장에 스며든 결과 불변의 진리처럼 이미 고착되어 있는 것이다. 이 경위만 보더라도 폭력의 상부구조에 국가폭력이, 그 하위에 종교와 문화를 비롯한 상징폭력이 자리하며 이 둘은 서로 긴밀한 결탁관계에 있음을 확인할 수 있다. 바로 이러한 특징 때문에 나즈와가 또래 남자와 커피를 마신 행위조차도 강제결혼의 빌미가 될 수 있고 동시에 그녀의 저항은 '리비아라는 경계'에서 여성을 향한 제약이 원칙화된 이슬람 문화에서 무기력해지는 것이다.

3. 국가폭력의 일상성과 배반을 종용하는 국가

국가의 위기를 폭력과 테러와 연관하여 해석한 미국 출신의 문화인류학자 캐럴 나젠가스트(Carole Nagengast)는 "국가란 엘리트 계층이 하위계층을 상대로 권력을 획득하고 유지하도록 하기 위해 출현했으며 이데올로기와 폭력을 이용해 계급갈등을 통제한다"(116)면서 국가의 탄생자체를 갈등구조에서 기인한다고 해석했다. 그녀의 주장은 국가의 탄생이 지배계급의 이익과 불가분의 관계에서 출발했으므로 하층의 권리투쟁에 무력으로 대응하는 행위는 필연적이라는 의미로서 이것은 리비아의 경우에서도 마찬가지이다. 카다피 정권 역시 폭력을 독점한 최상위의 권력주체로서 개인과 가족, 이웃의 감시자가 되어 검열과 통제를 앞세워 '공인된 폭력'을 행사했으며, 그 '공인된 폭력'이란 물리적인 폭력과 법과 제도, 종교 등으로 합법화한 상징적인 폭력 모두를 포함한다. 그리고 이러한 여러 층위의 '공인된 폭력'이 행사되는 과정에서 권력과 폭력 사이의 유대관계는 돈독해진다. 달리 말해, 국가가 폭력을 소유하지 못하면 국가권력은 소멸하므로 양자는 불가분의 관계를 지향할 수밖에 없고 그렇기 때문에 카다피 역시 권력과 폭력의 유착을 정권유지의 초석으로 삼았다는 뜻이다.

이러한 견해에서 볼 때, 마타르는 폭력과 긴밀한 공조를 이루는 리비아의 국가적 상황에 빗대어 무엇보다도 권력행사의 대상자들이 폭력의 그늘로부터 벗어나기가 얼마나 어려웠을 지를 이 소설을 통해 알리고자 했던 것으로 보인다. 이 소설에서 그러한 국가폭력이 어떤 영향을 미치는지를 이해하기 위해서는 우선적으로 폭력을 행사하는 주체로 동일시되는 '남자'의 범위와 이 '남자'들의 폭력이 어떻게 다시 국가폭력과 연관되는지를 비중 있게 거론해 볼 필요가 있다. 먼저 이 소설에서 '남자'의 의미는 크게 세 가지로 범주화 할 수 있다. 첫째, 마마의 입장에서 '남자'는 가족의 명예를 지킨다는 명목으로 그녀를 강제결혼 시킨 오빠와 아버지이고 둘째, 바바를 비롯한 인사들에게 '남자'는 조직화된 폭력을 행사하는 카다피 수하의 경찰과 감시자들이며 셋째, 술레이만과 어린이들에게 '남자'란 국가가 가족 구성원들에게 행사한 폭력의 간접적인 영향력을 의미한다. 요약하면, 여성들은 가부장 폭력에, 남성들은 독재체제 폭력에, 아이들은 독재폭력이 낳은 불행한 가정환경의 폭력에 노출되었으며, 그러므로 '남자'의 의미는 크게는 국가이고 좁게는 남편, 아버지, 오빠, 그리고 이들이 만든 폭력적인 환경이다. 이러한 정의는 개인들이 경험하는 모든 폭력이 국가폭력이라는 커다란 그물망에서 파생되었으며 국가폭력은 하위구조의 집단과 개인을 향해 연쇄적으로 또 다른 폭력을 야기하므로 '남자'들의 폭력 중에서도 최상위를 차지한다는 맥락을 성립시켜 준다. 따라서 마타르가 그려가는 '남자'란 저마다 다른 양상의 폭력을 실현하는 주체이고 그렇기 때문에 "소설의 제목인 '남자들의 나라'는 가부장적, 폭력적 이데올로기에 지배당하는 리비아에 대한 비유적인 표현이며 소설의 공간적 배경이 되는 리비아는 남자들에 의한, 남자들을 위한, 남자들의 세계"이다(왕은철 381). 이 소설이 "'남자들과 남자들의 탐욕으로 가득한' 세계를 탐색"(Levy 62)하는 텍스트로 정의되는 것도 바로 그러한 연유에서이다.

이처럼 카다피 정권의 폭력성은 술레이만의 가족과 이웃에게, 그리고 다음 세대까지 영향을 미치는데, 이러한 양상은 리비아가 당면한 가장 큰 비극이라 해도 과언은 아니다. 폭력의 영향력은 바바가 활동에 앞장선 대가로 고문과 투옥, 처형이라는 국가의 물리적인 폭력에 노출되는 양상과 아내 나즈와가 남편의 체포를 두려워하며 "반체제 인사의 또 다른 삶을 경험"(Shamsie 19)하는 방식으로 나타난다. 그리고 그러한 공포적인 환경으로부터 벗어나기 위해 알코올에 의존한 나즈와는 어머니로서 불안정한 모습을 보이므로 이는 다시 술레이만의 정상적인 성장기를 가로막는 요소로 작용한다. 이를테면 라시드와 바바는 반체제 활동으로 국가에 저항하고, 마마는 남편과 국가를 비롯한 '남자'의 세계를 견뎌야 하며, 이 사이에서 술레이만은 도무지 알 수 없는 성인의 세계를 마주해야 한다. 이것은 국가폭력이 대물림되고 재생산되어 결국은 모두를 그 후유증에 갇히게 하는 리비아의 국가적 상황에 대한 알레고리이다.

그렇다면 폭력의 최상층을 차지하는 국가폭력은 이 소설에서 어떤 사건으로 구체화 되며 주인공은 이를 어떻게 인식하는 것인가? 이러한 의문은 술레이만이 목격하는 다음의 사건으로 제시된다. 국가폭력의 실체를 여전히 알 수 없는 시점에서 그는 우연히 텔레비전 중계로 카다피 수하의 소위 '혁명위원회'가 국가반역자를 공개적으로 처형하는 장면을 맞닥뜨린다. 술레이만은 그 반역자의 사타구니에서 오줌이 퍼져 나오는 것을 보면서도 그것이 처형을 앞둔 사람의 공포 때문인지를 이해하지 못한다. 계속해서 그는 자신의 이웃이자 아버지의 친구인 라시드가 처형 직전에 어린아이처럼 울다가 죽어가는 장면을 보면서도 그것이 공포로 인한 것인지를 알지 못한다. 이렇듯 리비아인들이 경험한 국가폭력을 소년의 시선으로 전달하는 공개처형 장면은 "남성의 몸에 폭력적으로 고통을 가하는 야만적인 행위에 대한 끔찍한 증거"(Gagiano 27)라 할 수 있다.

이러한 설정은 작가가 왜 리비아의 역사를 서술하는 데 굳이 소년의 시선을 차용했는지에 대한 이유를 밝혀주는 대목이기도 하다. 그는 리비아의 역사를 전달하되 폭력이 난무한 현실을 적나라하게 묘사하지 않으려는 의도를 폭력을 폭력으로 이해하지 못하는 소년의 시선으로 대체하고 있는 것이다. 물론 카다피 권력이 술레이만의 가족과 이웃에게 어떤 방식으로 트라우마를 드리웠는지를 이해하는 시기는 그가 이 사건을 회상하는 성인이 되어서이다. 라시드의 '오줌'을 이해하게 된 것도, 죽음을 목전에 두고 모두가 공포에 떤 순간에 주변인들에게 따뜻함을 갈구했던 자신이 얼마나 어리석었는지를 알게 된 것도, 바로 이때이다. 즉, 그는 스물 네 살이 되어 유년기를 돌아보면서야 "결핍감 때문에 절박하게 위안을 갈구하는, 상처와 오줌으로 얼룩진 남자들로 가득한 리비아에서, 그것도 피와 눈물의 시대에, 나는 배려를 갈구하는 웃기는 아이"(168)였다고 고백할 수 있게 된다. 그리고 이 깨달음의 시점에서 술레이만은 또 다른 의미심장한 역할을 한다. 그가 회상 전까지는 공포스런 상황을 잔인함으로 연결 짓지 못했지만 트라우마로 새겨진 그의 기억은 훗날 역사의 중요한 목격행위로 전환된 것이다. 그러므로 성인 술레이만이 유년기의 트라우마를 풀어내는 과정은 리비아의 과거사를 기억하고 증언하는 행위로 동일시 될 수 있을 뿐만 아니라 역사에서 '기억'이 갖는 역할이 무엇인지를 상기시킨다.

슐레이만의 이해과정에는 국가폭력을 도무지 알 수 없는 소년에게 라시드의 처형 장면보다 더 끔찍한 폭력의 실체란 아버지의 부재와 어머니의 알코올중독증을 참아야 했던 가정환경이라는 점이 부각된다. 이와 관련하여 간과되지 말아야 할 점은 어떤 유형의 폭력이 더 직접적인가를 밝히기에 앞서 슐레이만 가족과 이웃을 둘러싼 폭력의 기저에 카다피 정권과 같은 거대권력의 국가가 존재하며, 이때 국가란 개인을 보호하는 체제가 아니라 폭력을 행사하는 주체라는 사실이다. 다시 말해 국가가 국가로서의 역할을 저버리고 폭력을 독점하여 체제를 유지하는 특성에 비춰볼 때, 리비아에 적용되는 국가의 의미는 이미 상당한 모순과 배반을 담보한다는 것이다.

그런데 슐레이만과 등장인물들을 둘러싸고 악순환 되는 것은 비단 '남자'들의 폭력과 국가폭력만이 아니라 부지불식간에 저질러지는 배반행위로 확대되면서 보다 심각한 문제를 낳는다. 국가가 가해자의 위치에서 행사한 폭력이 하위집단과 개인에게 또 다른 폭력을 야기하게 했듯이 국가폭력의 피해자들은 폭력에 이어 배반을 일삼도록 내몰린다. 그 결과 그들은 저마다 살아남기 위해 또는 배반이 무엇인지조차 모른 채 누군가를 밀고하여 투옥 또는 처형에 이르게 한다. 그중에서도 배반의 중심에 선 인물은 라시드의 처형에 결정적인 제보를 한 바바이다. 그의 배반행위가 밝혀지는 계기는 슐레이만이 접하게 된 우연한 사건을 통해서이다. 반정부 활동에 쫓기는 바바가 위험에 처하자 마마는 그의 모든 책을 불태우는데, 이때 슐레이만은 바바를 구한답시고 『민주주의 지금』이라는 책 한권을 몰래 숨겨서 경찰 샤리에프(Sharief)에게 넘기고자 했다. 그런데 그가 막상 책을 넘기려고 했을 때 샤리에프는 그럴 필요가 없다는 미묘한 말을 남기면서 책을 거절한다. 그때 바바는 이미 라시드를 밀고한 상태였고 고문으로 초주검의 상태가 되긴 했지만 목숨을 구한 상태였다. 반정부활동에 열정적이던 그가 배반행위에 휘말린 것은 카다피 정부가 독재체제를 유지하기 위해 개인에게 폭력은 물론 배반까지 종용했기 때문이다. 마타르는 배반행위에 내몰린 바바의 이러한 딜레마의 처지를 부각시켜 국가폭력의 잔인함에 노출되면 폭력의 대상들이 얼마나 무기력해지는지, 그 결과 인간의 휴머니티마저 얼마나 보잘것없고 얄팍해질 수 있는지를 실감나게 전달하고 있다.

이렇게 국가폭력에서 연유한 폭력과 배반행위는 불행하게도 아버지 세대에서 끝나지 않고 급기야 술레이만까지 동참하는 비극적인 양상으로 발전한다. 바바가 라시드를 배반했듯이 술레이만은 라시드의 아들 카림의 치명적인 비밀을 누설하여 그를 고통에 휩싸이게 하고, 경찰이 반정부 활동가들의 거점지를 찾을 때 그들의 정확한 거처까지 알려 준다. 술레이만의 이러한 행위에 대해 남아공 출신의 비평가 애니 가지아노(Annie Gagiano)는 "무고한" 아이들이 잔인한 현실에 취약하게 노출됨에 따라 성인들의 폭력과 배반을 흉내 내다가 급기야는 스스로가 가해자로 둔갑한 경우라고 설명한다(36). 파키스탄 소설가인 카밀라 샴지(Kamila Shamsie) 역시 가지아노와 비슷한 견해로 반정부 인사와 고위경찰 두 이웃 사이에서 "이웃들의 게임이 험악해질수록 술레이만은 배반과 폭력, 그리고 치욕스러운 것을 먼저 습득한다"(19)면서 소년의 배반행위가 부모세대와 어떻게 연루되는지를 부연한다.

이처럼 부모세대로부터 영향 받은 소년의 폭력과 배반행위는 궁극적으로 폭력과 배반의 굴레에 갇힌 리비아의 국가적 한계를 함축한다. 다만 바바가 성인으로서 생존을 위해 동료를 의도적으로 배반했다면, 술레이만은 배반인지 인식도 못한 채 배반에 휘말리는 차이를 보인다. 이는 어느새 "동료를 밀고하는 것이 리비아의 국민 스포츠"(237)가 될 만큼 국가폭력의 후유증이 배반으로 나타나고 있다는 뜻이다. 특히 술레이만이 국가폭력의 피해자에서 가해자로 뒤바뀌는 순간은 소년마저도 "배반과 공범에 연루되고 권력을 잘못 이용해 얻는 찰나의 즐거움을 경험"(Tarbush, "That Last Summer in Tripoli.")하는 부조리한 세태를 강조한다. 이 소설이 때로는 "사회적, 정치적 배반에 관한 소설"(Heltzel 5)로 정의되는 이유도 대물림되고 반복되는 이러한 배반행위 때문일 것이다.

4. 국가의 타자로 존재하는 리비아인들과 트라우마

이 소설이 현재와 과거의 교차에서 회상의 시점으로 시작하는 것은 술레이만이 리비아와 이집트를 오가는 동안에 발생한 시간의 경과와 맞물려 있다. 그리고 술레이만이 두 국가 사이에서 경계인의 삶을 살게 된 것은 리비아의 암울한 상황을 알지 못하도록 바바와 마마가 그를 이집트로 도피시켰기 때문이다. 그러나 술래이만은 이집트에서 사는 동안 영문도 모른 채 자신을 데리러 오지 않는 부모에 배반감을 느끼며 살아야 했다. 게다가 리비아 당국이 그를 병역 기피자로 분류해 귀국을 막았고, 부모에게는 이집트행 비자발급을 거절함으로써 가족의 재회까지 막았다. 그 세월이 무려 15년이었고 그 사이에 바바는 술레이만이 15년 전에 숨겼던 책이 빌미가 되어 고문 후유증으로 사망했다.

이 시기에 정작 그를 힘들게 했던 주된 요인은 "성인들의 게임을 해야 하는 상황에서 규칙을 알 수 없는데다" 자신을 둘러싼 환경에 "공포와 배반, 그리고 불신만이 존재"(180)하는 상황이었다. 이를 토대로 형성된 그의 트라우마는 무엇보다도 소년이 성인의 세계를 해석해야 했던 처지와 관련된다.

모든 기억이 트라우마에 묶인 그의 상황을 진단해 보기 위해 기억과 서사의 문제로 트라우마의 양상을 논한 캐시 캐루스(Cathy Caruth)의 견해를 차용하면 유용할 것이다. 그녀에 따르면, 트라우마는 갑작스럽거나 비극적인 사건들에 대한 감당하기 힘든 경험이며 그러한 사건에 대한 반응은 종종 환영이나 다른 예기치 못한 현상들이 이후에, 통제되지 않은 채로 반복되는 형태로 나타나는 것을 의미한다(11). 술레이만의 트라우마 역시 캐루스의 설명처럼 크고 작은 사건들 사이에서 만들어진 흔적으로서 리비아에서의 경험이 잠복기를 거쳐 이집트에 있는 그에게 실체를 드러내는 방식으로 심화되고 있다. 게다가 술레이만의 개인적 트라우마는 리비아인들의 역사적 트라우마로 중첩되므로 이 소설에서 개인의 기억과 트라우마는 리비아인들의 기억과 트라우마로 전유되는 특징을 보인다. 개인과 가족이 국가폭력의 대상이 되는 순간부터 그들은 국가의 타자로 존재하게 되고 그렇게 타자로 존재하는 순간부터 개인들의 기억과 트라우마는 국가에 대항하려는 역사적, 집단적 차원의 기억과 트라우마로 전환된다. 이 과정은 국가의 구성원이면서도 국가의 절대타자로 존재하는 리비아인들이 기억과 트라우마를 공유하여 저항의 토대를 마련함으로써 절대타자의 신분으로부터 벗어나려는 시도이다. 이 소설에서 트라우마의 역할이 중요한 이유가 바로 여기에 있다. 국가의 타자에 불과한 리비아인들은 고통의 기억과 트라우마에 침잠하지 않고 이를 폭력적인 현실을 극복하려는 수단으로 적극 활용한 것이다.

개인과 가족, 그리고 국가 사이에서 트라우마의 파편과 흔적들이 불행한 가족사라는 산물로 현실화 되자, 술레이만은 "왜 우리 조국은 우리를 그렇게도 야만스럽게 원하는가? 우리가 이 조국에 아직도 내어주지 못한 것이 있단 말인가?"(231)라고 한탄하기에 이른다. 망명생활, 부모에 대한 불신, 그리고 재회조차 불가능한 상황 모두 그에게 트라우마로 작용한 것이다. 이것은 국가폭력이 불러일으킨 민족적 트라우마가 어떻게 또 다른 형태의 개인적 트라우마로 발현되었는지, 이를 극복하기 위해 개인은 어떤 고통을 감내해야 하는지를 술레이만 가족을 통해 구체화하는 과정이다. 바로 이 지점에서 마타르는 자신의 가족사를 술레이만 가족이 안고 있는 트라우마에 투영하고 있다. 그리고 이 투영과정은 그에게 국가의 역할이 과연 무엇인지를 되짚게 하지 않을 수 없었을 것이다. 작가나 주인공들에게 리비아는 구성원을 보호하는 체제가 아니라 구성원들을 배반하거나 배반을 일삼게 하는 권력기관으로 존재하고 있어서이다. 국가가 폭력적인 방식으로 개인의 삶에 개입하는 상황에서라면, 주인공들에게 배반하는 자/배반당하는 자, 가해자/피해자라는 이분법적 해석을 적용시키는 것은 무의미하다. 가족, 이웃, 국가라는 관계에 얽힌 주인공들의 배반은 사회적, 정치적 맥락에 갇혀 있으며 그 출발선에 명백히 국가폭력이 존재하기 때문이다.

이렇게 국가폭력에 얼룩진 가족사를 직시한 그는 어느새 트라우마로 자리 잡은 마마와의 불안한 유대관계를 회복하는 것이 무엇보다도 절실한 사안임을 깨닫는다. 모자의 재회가 가능하게 된 시기는 리비아에서 강행한 해외출국금지 조치가 풀린 15년 만이다. 두 사람의 재회 자체는 다행히 불신을 회복하는 계기가 되고 그들이 경험한 과거의 고통과 트라우마는 이제 두 사람을 친밀함으로 이어주는 매개로 전도되어 "세월의 물결이 피의 기억을 씻어 내린다"(243)는 순리처럼 그들은 배반과 분노, 불신의 감정으로부터 차츰 벗어나게 된다. 이는 그동안 서로가 쏟아내지 못한 모자 간의 깊은 애정이 생과 사를 넘나드는 폭력적인 환경에서도 각자의 삶을 감내할 수 있었던 근원이었음을 확인시켜 준다. 그는 고통의 순간에도 "남자들과 그들의 탐욕으로 가득한 세상을 상대하는 그녀의 손을 잡아주고"(4) 있었으며 마마의 표현처럼 "서로 영혼의 반쪽이며 펼쳐진 책의 양면"(9)으로 존재하고 있었던 것이다. 이렇게 두 사람이 다시 친밀해지는 시간들은 그들이 조국과 관련한 집단적 상흔인 트라우마를 국가 차원의 처방을 통해서가 아니라 가족의 유대관계를 통해 회복해가는 증거이다.

술레이만은 바로 이 시점에서 과거에 "바바는 마마의 형벌이었으며, 나는 그녀의 운명을 봉인해버린 존재"(144)였음을 인정하고 왜 과거에 마마가 모든 남자들과 자신을 한데 엮어 다 똑같다고 쏘아붙였는지를 비로소 이해한다. 그의 이해는 리비아에서 '남자'는 과연 어떤 존재였는지를 깨닫는 것과 같다. '남자'와 '남자들의 나라'에 대해 술레이만이 파악한 의미를 왕은철은 다음과 같이 요약한다.

> 지도자인 카다피도 그렇고, 비밀경찰도 그렇고, 아이들도 그렇고, 모두가 남자다. 남자 아이와 데이트를 했다는 이유로 술레이만의 어머니를 열다섯 살의 어린 나이에 강제로 결혼시키고 원치 않는 아이를 낳게 하고 알코올 중독에 빠지게 하는 것도 남자들, 즉 그녀의 아버지와 오빠들이다. '남자들의 나라'는 그래서 비인간적이고 이기적이며, 잔인하고 파괴적인 것으로 제시된다. (왕은철 381)

위에서 지적하듯이 그가 깨닫는 것은 '남자'들의 잔인함과 폭력성이다. 모든 '남자'들이 마마와 여성들에게 형벌이었으며 국가는 다시 그러한 '남자'들에게 형벌이었음을 깨닫는 것도 그가 '남자'의 의미를 자문하고 자신도 그처럼 폭력적인 '남자'였음을 회고하면서 부터이다. 이는 곧 "내 안에 얼마나 많은 그가 존재하고 있는가? 사람이 자신의 아버지가 되지 않고서 남자가 될 수 있을까"(229)를 반문하고서야 그가 남자들을 향한 마마의 분노를 직시했다는 뜻이다. 이제 그는 폭력과 혼돈이 난무한 "남자들의 나라", 그것도 "남자들의 오줌으로 가득 찬 나라"(114)에서 자신이 어떤 남자가 되어야 하는지를 되묻는다. 그의 각성과정에는 국가와 남자들의 폭력이 개인과 가족에게 어떻게 트라우마를 드리우고 주인공들은 이를 어떻게 극복하는지의 과정에 초점을 둔 작가의 의도가 엿보인다. 작가는 술레이만의 회상의 한가운데를 차지하는 트라우마를 들춰내 폭력의 역사가 남긴 후유증을 짐작케 한 것이다.

뿐만 아니라 마타르는 국가폭력의 피해를 입은 작가와 주인공 가족의 비슷한 처지를 정치적 망명과 이산의 문제로 확대한다. 이는 그가 전 세계에 흩어진 리비아인들을 국가폭력의 단순한 희생자로 남지 않게 함으로써 저항 차원의 이산으로 상기시키려는 것이며, 그러므로 디아스포라인으로서의 주인공이 자신을 둘러싼 트라우마에 대응하는 여정은 일종의 대항기억으로서 거대한 국가폭력의 역사에 맞서는 개인의 주체적인 자기방어 행위이다. 리비아 디아스포라인들의 트라우마가 모국에 기반한 집단적인 고통의 기억이라는 점을 감안할 때 리비아인들의 기억은 과거 역사에 대한 증언에 가깝기 때문이다. 『남자들의 나라에서』가 개인의 가족사로 출발하지만 역사의 내러티브로, 때로는 '자전적 민족지학'의 내러티브로 이해될 수 있는 이유도 소년의 회상에 나타난 이러한 방대한 아우름에 있다.

한편 『남자들의 나라에서』가 명백히 카다피와 관련된 정치사건을 시대적 배경으로 삼고 있음에도 불구하고 작가는 정작 가디언(*The Gurdian*) 지와의 인터뷰에서 리비아의 정치에 그다지 관심이 많지 않다는 의외의 입장을 표명한 바 있다. 이 소설에 관해서도 마타르는 "1970년대의 리비아의 공포적인 상황은 소설의 배경이지 핵심은 될 수 없다"면서 정치에 관한 직접적인 서술보다는 "사람들이 스스로를 가두게 되는 '거대서사'인 국가, 종교, 가족, 전통유산으로부터 도피하려는 방법에 관심"있다고 밝혔다(Matar, interviewed by Moss 2). 그러나 정치가 글쓰기의 중심일 수 없다는 그의 입장은 정작 정치사건이 부각된 이 소설에서 철회되고 있다. 그의 주장이 왜 과거의 입장을 거스르며 일관성을 상실하는지는 다시 그의 인터뷰로 해명이 가능하다. "서사의 전개가 정치적인 맥락을 배제하면 주인공들을 둘러싼 다른 중요한 주제가 자칫 추상적으로 흐를지 모른다"(Matar, interviewed by Moss 2)는 작가로서의 우려 때문에 그는 카다피와 관련된 사건을 중심에 배치한 것이다.

이밖에도 화자가 소년인 점 역시 정치적인 사안이 표면화 된 것에 따르는 또 다른 해명이 된다. 그는 자신의 소설이 정치적 시선에 갇히지 않도록 모든 사건을 소년의 시선에 맡겼지만, 아이로서는 목격해서는 안 될 사건들이 부모세대와 연루됨에 따라 혼란스런 정국은 불가피하게 서사의 한복판으로 등장한 것이다. 앞서 술레이만이 공개처형과 같은 리비아의 끔찍한 정치현실에 직접 노출되지만 충격 받지 않았던 것도 바로 작가의 그러한 의도를 반영한다. 따라서 술레이만을 둘러싼 환경을 소년의 시선으로만 전개하는 서사의 틀은 그가 국가폭력의 현실을 고발한다거나 카다피 정권을 성토하기에 앞서 국가폭력이라는 악몽에 직면한 부모의 고통이 소년의 삶에 트라우마로 나타나는 방식과 그것에 관한 의식의 흐름에 비중을 둔 탓으로 이해할 수 있다. 다시 말해 그가 정치적인 사안에 주력하기보다는 오히려 "시간이 지날수록 사람들이 어떻게 변하는가, 상황이 사람들의 마음을 어떻게 변화시키는가에 관심"(Tarbush, "In the Country of Men." 3)을 갖고 궁극적으로 사람을 변화시키는 주된 요인을 정치 너머로 확장해 가는 것으로 볼 수 있다.

5. 북아프리카 작가의 서사가 갖는 중요성

이 소설은 술레이만과 그의 부모의 운명을 15년에 걸쳐 상술하면서 국가폭력과 남자들의 폭력으로부터 그 누구도 자유로울 수 없는 리비아의 현실을 형상화 하고 있다. 그 형상화 과정에는 국가폭력과 남자들의 폭력이 구타와 고문, 정보기관의 감시와 같은 수단을 통해 일상화 된 현실과 이것이 리바아인들의 무의식에 트라우마를 고착시킨 경위가 구체화 되고 있다. 말하자면 『남자들의 나라에서』는 바로 남자들의 폭력과 국가폭력이 어떻게 상관관계를 이루는지를 제시하고 나아가 그러한 폭력들이 가족과 개인에게 미치는 트라우마를 심도 있게 탐색하고 있는 것이다.

그런데 마타르는 카다피 정권의 폭력성에 관한 역사적 사례를 다루면서도 리비아의 적나라한 현실을 화자인 술레이만의 천진한 시선과 대조시켜 폭력을 폭력으로 재현하지 않는 데도 주력하고 있다. 그는 폭력을 곧이곧대로 받아들이지 못하는 어린 술레이만의 시선과 인식의 한계를 서사전개의 극적 효과를 높이려는 적극적인 수단으로 삼은 것이다. 가령, 어린 화자의 시선은 정치적 사건과 현실이 소설의 심미적인 부분을 압도하도록 허용하지 않음으로써 독자가 소설 본연의 미학적 측면에 집중하도록 의도하고 있다. 그런데 바로 그 시선에서 역사를 인식하는 화자의 한계가 부각되는 것은 사실이다. 즉, 소년이 과연 리비아의 세계를 총체적으로 객관화 할 수 있는지, 리비아의 국가적 상황에 대한 거시적 차원의 청사진을 제시할 수 있는지를 생각해 볼 때 화자에 대한 신뢰성의 문제가 충분히 제기될 수 있다는 의미이다. 특히 후자와 관련한 문제제기는 전쟁범죄와 반휴머니즘적 범죄를 수단삼아 리비아를 폭력과 공포의 상황으로 몰아넣은 카다피 정권의 부정적인 측면이 과연 소년의 시선으로 충분히 형상화될 수 있는지에 대한 회의와 직결될 수 있다. 그러나 다행히 마타르는 이 지점에서 제기되는 어린 화자가 갖는 시선의 한계를 시간의 경과를 통한 과거 회상, 즉 성인 술레이만이 회한으로 리비아를 다시 읽어가는 방식을 구사해 상쇄시켜 간다.

이밖에도 『남자들의 나라에서』는 주인공들 간의 폭력과 배반, 그로 인한 트라우마와 그 극복을 전개하여 "남자가 되는 것"과 "성인이 되는 것"의 의미를 끝없이 반문하여 모색한다. 작가는 이러한 주제를 탐색하는 여정에서 리비아 전역에 미친 카다피 정권의 영향력, 구체적으로 아버지의 부재, 가족의 트라우마, 독재정권의 폭력성에 관한 사안들을 북아프리카권 국가의 정치, 문화, 종교 등의 총체적인 문제로 망라하고 있다. 이러한 주제를 관통하는 텍스트의 가치는 단지 리비아의 당면한 문제를 형상화하는 데 그치기 않고 많은 국가에서 서로 다른 양상으로 전개되는 불합리한 국가폭력의 현주소를 거시적인 관점으로 살피게 하는 점에 있다. 이것은 마타르가 『남자들의 나라에서』를 통해 정치적인 서사를 주되게 전달할 의도를 갖지 않았다고 하더라도 그것이 소설의 중심으로 배치됨으로써 나타난 긍정적인 효과라 정의해 볼 수 있다.

마타르의 소설이 출간되기 전만 하더라도 리비아의 복잡다단한 양상을 다룬 영어권 소설이 존재하지 않았던 문학적 현실은 그만큼 이슬람 문화를 이해할 기반이 없었거나 아니면 무슬림 국가를 테러 등과 관련해 불합리하고 단일하게 해석했을 오류의 가능성을 짚어준다. 이 시점에서 이슬람 문화권과 관련한 자전적 민족지학의 가치를 담는 마타르 소설은 북아프리카 이슬람권을 낯설게 인식하는 외부 독자들에게 객관적인 인식의 지형도를 제시하는가 하면 오랜 독재로 집단적인 차원의 자기재현이 불가능했던 리비아인들에게는 트라우마의 대면을 바탕으로 자민족에 대한 재현의 가능성을 열어주고 있다. 마타르가 현재 아프리카 대륙의 이슬람 문화에 대한 관심을 유도했다는 평을 받으며 북아프리카권을 대표하는 중요한 작가로 부상하게 된 배경도 바로 『남자들의 나라에서』에 함축된 그러한 맥락에서 찾을 수 있다.

이러한 견해를 바탕으로 할 때 북아프리카 작가가 집필한 영어권 소설이 갖는 중요성은 주인공들이 트라우마를 극복하는 과정에 지금까지 재현의 중심이 되지 못했던 리비아의 정치, 역사, 문화와 관련한 이슬람 국가 공동체의 특징이 총체적으로 부각된 데 있다고 요약할 수 있다. 다시 말해 마타르의 텍스트는 타자의 공간으로 이해되어 온 이슬람권 문화에 대한 총체적인 이해의 토대를 마련해 주고 디아스포라 지식인이 시도한 트라우마의 재현이 어떻게 주체적인 민족서사를 이어가도록 독려할 수 있는지를 일깨워 준다. 이러한 서사적 특징과 함께 이 소설이 영어권 문학의 비중 있는 텍스트로 거론될 수 있는 주된 이유는 술레이만의 비극적인 가족사에 거대 국가권력에 희생되어 낯선 공간을 떠돌아야 했던 리비아 디아스포라인들의 트라우마에 대한 본격적인 성찰이 요구되는 점이라 할 수 있다.

* 이 글은 「리비아의 국가폭력과 가족의 트라우마: 히샴 마타르(Hisham Matar) 『남자들의 나라에서』」, 『현대영미소설』. 22.2 (2015): 5-28쪽에서 수정·보완함.

제2장

아프리카 식민화의 후유증과 종족분쟁 —테리 조지의 〈호텔 르완다〉

1. 분열통치가 낳은 후투족과 투치족의 갈등

"타자는 곧 지옥"[1]이라는 사르트르의 주장은 종족 간의 학살을 주제로 하는 영화, 〈호텔 르완다〉(*Hotel Rwanda*, 2004)의 주요 갈등사건에 잘 나타나 있다. 지옥이 되는 타자는 아프리카인들에게는 서구이며 르완다(Rwanda)의 후투(Hutu)족[2]에게는 투치(Tutsis)족[3]이, 투치족에게는 후투족이다. 세계의

1) 사르트르, 장. 폴. 『존재와 무』. 손우성 역. 서울: 삼성출판사, 1993.

2) 벨기에 식민주의자들의 편의에 따라 분류했던 기준에 따르면, 후투족은 주로 농민출신으로 투치족에 비해 코가 낮으며 얼굴이 더 검은 부족을 말한다.

3) 투치족은 후투족보다 피부색이 밝은 편이고 코가 높았으며 백인들의 기준에 따라 투치족이 우월한 인종으로 인정받았다. 후투족과 투치족은 원래는 한 부족이었지만 독일과 벨기에의

역사가 식민사로 흘러왔음을 감안할 때 아프리카인들에게 지옥은 서구일 수 있지만, 같은 민족이면서도 종족이 다르다는 이유로 서로를 지옥으로 지목하는 관계는 국가적인 차원에서 르완다 역사의 비극이다.

식민주의가 파생시킨 주요한 결과물인 인종주의는 아프리카, 그중에서도 특히 르완다에서는 새로운 유형의 지배형식인 종족주의로 귀착했다. 가령 르완다의 경우, 동일한 종족이 아니면 곧 배반자이자 적으로 규정하는데 이러한 현상은 르완다를 효율적으로 지배하기 위해 20세기 초반부터 벨기에 식민주의자들이 종족분열을 통치의 수단으로 이용함으로써 아프리카에 새롭게 이식한 점유방식에서 비롯되었다(Nzabatsinda 233). 르완다에서는 어느 종족의 권력이 우세해지느냐에 따라, 즉 후투족과 투치족 중 어느 종족이 정권을 위임받느냐에 따라 한쪽이 가해자가 되면 다른 쪽은 피해자가 되었다. 이 과정에서 발생한 결과가 바로 르완다 학살(Rwanda genocide)이며, 이 학살은 "100일 동안의 악몽, 기나긴 칼의 밤들, 킬링필드의 시간들" (Harrow 223)이라는 표현처럼 "제노사이드(genocide)"로 구분되는 세계적인 사건들 중에서도 국제사회의 은밀한 연루와 개입이 불러 온 비극성 때문에 신중한 역사적 접근이 필요한 사건이다.

최근 아프리카의 다양한 문화가 언론에 자주 소개되면서 이 대륙을 정의할 때 주요한 수식어구인 '원시적'이나 '미개한'이라는 형용사는 사라지고 있지만 종족분쟁의 여파로 같은 민족끼리 학살을 일삼는, '서구와는 사뭇 다른' 대륙이라는 해석은 여전히 아프리카에 하나의 멍에가 되고 있다. 그동안 고대 부족 갈등의 징표쯤으로 거론되는 아프리카는 영원히 문명화되지 못한 곳으로 여기는 서구식 이해만이 부각된 탓이다(Harrow 227). 아프리카

식민주의자들은 이들을 인위적으로 나누고, 소수민족인 투치족을 식민지배의 중간관리자로 이용했다. 후투족과 투치족은 원래 유사점이 많아서 뚜렷한 기준으로 나눠는 종족이 아님에도 불구하고 유럽인들의 식민지배 이후 이들의 차이점이 강조되었을 뿐이다.

가 그토록 부정적으로 비춰졌던 것은 잦은 내전에서 연유하는데, 갈등의 시초는 서구적인 개념인 '국가'라는 체제가 종족사회에 기반을 둔 아프리카에 도입되면서 부터이다. 이처럼 불합리하게 이식된 '국가'라는 타이틀과 함께 아프리카는 수백 년 동안 신비스런 형상으로 굴절되고 기이하게 조합되면서 서구의 시선이 강력하게 투사된 공간으로 존재하고 있었다.

테리 조지(Terry George, 1952-) 감독은 아프리카의 이 같은 편파적인 이미지를 재고하고 아프리카의 비극적인 역사로부터 서구 유럽, 심지어는 인도주의의 기구임을 자처하는 유엔(UN)마저도 자유로울 수 없다는 사실을 알리기 위해 영화 〈호텔 르완다〉를 통해 아프리카의 참상을 재구성 했다. 그는 르완다 학살사건을 형상화하여 세계 곳곳에서 실제로 발생한 공포스런 사건을 소재로 이러한 일들이 어떻게, 왜 발생하게 되었는지를 보여주고 그러한 끔찍한 역사가 되풀이되지 않아야 한다는 사실을 상기시키고자 한것이다(Thompson 47).[4]

아일랜드의 민족해방군(INCL)[5] 출신이며 영국과 아일랜드의 갈등을 다룬 〈아버지의 이름으로〉(*In the Name of Father*, 1993)의 시나리오를 맡았던 조지 감독은, 〈호텔 르완다〉에서 르완다의 후투족과 투치족 간의 내전을 아프리카만의 문제로 방치하지 않고 세계인의 관심을 유도하고자 했다. 각본과 제작, 감독의 역할까지 소화한 그는 이 영화를 통해 아프리카의 현재를 외부세계와 공유시켰다는 평가와 함께 국제영화계에서 주목받았다. 〈호텔

4) Thompson, Anne. "The Struggle of Memory against Forgetting." *Hotel Rwanda: Bringing the True Story of an African Hero to Film.* Ed. New York: Newmarket Press, (2005): 47-59.

5) 강경무장독립 노선을 고수해 온 아일랜드 민족해방군은 1975년 결성되어, 북아일랜드 공화국(IRA)과 함께 영국령 북아일랜드를 독립시켜 구교도 국가인 아일랜드와 통합시키기 위해 무장투쟁 노선을 벌여온 준군사 정치조직이다. 아일랜드 민족해방군은 1998년 북아일랜드 평화협정 체결 이후에도 수많은 테러 공격을 감행했으며 조직운영자금을 마련하기 위해 마약거래 혐의도 받아오고 있다.

르완다〉의 제작에 앞서 르완다에서 직접 방대한 조사 작업에 들어갔던 조지 감독은 "대학살과 같은 그러한 공포의 한가운데에서도 선을 향한 인간의 의지는 승리할 수 있다"(Uraizee 16)는 확신을 가졌다고 전한다.

르완다에서 발생한 학살사건을 집약적으로 극화하는 과정에서 무엇보다도 이 영화가 지닌 강점은 다음과 같은 네 가지 사항을 성취했다는 점에서 찾을 수 있다. 첫째, 개인의 영웅적 행위가 인간의 잔인성을 능가할 수 있다는 점, 둘째, 르완다 학살이 르완다 사람들에 미친 영향을 널리 알렸다는 점, 셋째, 생존은 주로 기회의 문제였다는 점, 그리고 마지막으로 세계의 무관심, 특히 백인 서구세계의 무관심을 지적했다는 점이다(Nzabatsinda 235).[6] 이 지적은 서구가 현재에도 넓게는 아프리카 대륙, 구체적으로는 르완다의 비극에 연루되어 있으며 인종청소와 다름없는 종족 간의 학살이 어떻게 세계적으로 용인될 수 있었는지를 밝히는 과정과 동일하다.

〈호텔 르완다〉는 르완다의 수도인 키갈리(Kigali)에 소재한 밀 콜린스(Mille Collins)라는 최고급 호텔을 배경으로, 지배인이자 후투족 출신인 폴 루세사바기나(Paul Rusesabagina)[7]가 천이백 여명의 투치족을 구해낸 실화이다. 내전을 다루는 대부분의 영화와는 달리 종족을 상관하지 않고 많은 사람들을 구해내는 폴의 영웅적인 행위는 공포적인 상황에 직면해서도 기본적인 인간애의 면모를 잃지 않았다는 점에서 의미가 있다(Torchin 46). 나아가 이 영화는 후투족과 투치족 사이에 발생한 역사적 사건을 통해 종족 간의 살인, 강간, 약탈 등을 구체화시키고 이에 대한 폴의 반응을 교차시키면서 '증오는 과연 어느 대상까지 가능한가'라는 의문을 제기한다. 그럼으로써

---

6) Nzabatsinda, Anthere. "*Hotel Rwanda*." *Research in African Literature*. 43.9(2009): 233-236.

7) 영화의 주인공 이름과 실제 인물의 이름이 같으므로 영화의 주인공은 "폴"이라 표기하고 실제 주인공과의 인터뷰 등의 자료를 인용할 경우, "폴 루세사바기나"라는 실명을 그대로 표기하기로 한다.

〈호텔 르완다〉는 종족주의와 이념분쟁으로 엮어진 20세기 후반부의 아프리카에서 발생한 서구 식민사를 되짚고 세계 곳곳에서 여전히 자행되는 인종/종족주의 폭력에 대한 도덕적 실체를 진단한다.

2. 이웃에서 적으로 전도되는 비극

〈호텔 르완다〉의 서술구조와 서술전략은 르완다 분쟁의 기원을 찾을 수 있는 후투족과 투치족 간의 관계가 정면으로 드러나는 서술방식으로 인해 치밀하거나 미학적이지는 않다. 이것은 영화의 플롯과 영상미, 정교한 구성을 내세우기에 앞서 르완다에서 발생한 믿을 수 없는 이야기들을 외부 세상에 알리고자 한 감독의 절실한 사명감이 〈호텔 르완다〉의 제작과정에서 우선을 차지했기 때문이다. 르완다를 이야기할 때 1994년에 발생한 학살이라는 프레임을 통하지 않고서는 그 역사에 대한 이해가 불가능하다. 따라서 감독은 이 영화에서 르완다라는 국가를 중심으로 아프리카의 대·내외적 관계의 혼란, 분쟁, 방관 등을 구체화시켜 아프리카의 거듭되는 종족분쟁을 어떤 관점으로 이해해야 하는가에 대한 방향을 우선적으로 제시한다.

이 영화가 논의하고자 한 주요 쟁점은 폴의 이웃에 사는 빅터(Victor)가 후투족 군인들로부터 구타를 당하다가 끌려가는 현장을 폴과 타티아나(Tatiana) 부부가 목격하고 이에 대처하는 대목에서 부각된다. 이들의 대화에서 1994년 르완다의 비극적인 역사의 한 단면을 엿볼 수 있다.

> 타티아나: 그들은 왜 빅터를 체포하는 거죠? 그는 정치적인 신념도 없는 사람이에요. 단지 정원사일 뿐이라고요.
> 폴: 누군들 그걸 모르겠어? 그를 싫어하는 누군가가 그를 반역자로 몰

았겠지. 이건 늘 일어나는 일이라구.

타티아나: 당신이 군에 있는 사람에게 도움을 요청하면 안 될까요?

폴: 그건 별로 소용이 없어.

타티아나: 그러나 빅터는 좋은 이웃이었어요.

폴: 그렇다 해도 그는 가족은 아니잖아. 가장 중요한 것은 가족인가 아닌가의 문제야. 제발. . . 제발, 이 문제는 나의 판단에 맡겨줘. (131-132)[8]

이들 부부는 자신들의 안전을 위해서 침묵해야 할 것인가, 아니면 당장 나가서 빅터가 잘못이 없다고 증언을 할 것인가의 사이에서 갈등한다. 타티아나는 빅터가 죄 없이 끌려가는 것을 이해할 수 없다고 하자, 폴은 르완다에서는 "정치적 신념과는 상관없이 개인적인 감정에 따라, 그리고 싫어하는 사람을 스파이로 지목하면 증오의 대상이 된다"(131)며 체념적으로 대꾸한다. 잡혀간 빅터는 단지 정원사일 뿐인데도 후투족이 아닌 투치족이기 때문에 잡혀가고 숙청되는 것이 르완다의 당시 현실이다. 투치족 이웃이 잡혀가는 장면을 목격하면서 폴은 가족의 안전이 중요한가, 긴박한 상황에 처한 이웃, 나아가 종족과 민족의 보호가 중요한가라는 갈등에 휩싸인다. 그러면서 "가족의 안전이 우선이고 이웃은 일단 가족이 아니기 때문에 군대나 권력 있는 사람에게 전화할 상황은 우리 가족이 위기에 처할 경우를 대비해 남겨둬야 한다"(131)며 이웃을 구하자는 아내의 제안을 거절한다.

폴의 갈등은 그의 집안에서뿐만 아니라 길거리에 흩어져 있는 투치족 시신을 목격하는 차안에서도, 그리고 투치족이 피신한 곳이자 자신이 지배

8) 이하 본문의 인용 페이지는 Terry George 감독이 편집한 텍스트인 *Hotel Rwanda: Bringing the True Story of an African Hero to Film*의 The Shooting Script의 대본 페이지를 인용한 것임을 밝힌다.

인으로 일하는 밀 콜린스 호텔에서도 계속된다. 그렇다면 르완다에서는 왜 죄 없는 빅터가 잡혀가고 투치족이 집단적으로 살해를 당하는 위협에 처하게 된 것인가? 폴의 심리적 갈등은 후투족이 투치족을 왜 그렇게 증오하는가라는 의문을 증폭시킨다. 이 의문에 대한 답변은 영화가 시작되면서 후투족을 대표하는 장군이 투치족을 살해하라고 선동하는 "후투 파워"(Hutu Power)라는 라디오 방송이 대신한다.

> 사람들이 나에게 "투치족을 왜 그렇게 미워하느냐"고 묻는다면 나는 "우리의 역사를 들여다보라"고 말할 것이다. 투치족은 벨기에 식민자들에게 협력을 했고 그들은 우리 후투족의 땅을 빼앗아 갔으며 우리에게 채찍질을 가했다. 이제 그들이 다시 돌아와서 반역을 하고 있다. 그들은 바퀴벌레일 뿐이며 살인자에 불과하다. 르완다는 후투족의 땅이다. 우리가 다수이고 그들은 소수 반역자들이며 침입자들에 불과하다. 우리는 그 기생충들을 없애야 할 것이다. (117)

후투족 장군에 따르면, 르완다가 벨기에의 통치를 받던 시절 "벨기에가 부여한 권력을 차지한 투치족은 그들 식민정부에 협조해 후투족의 땅을 빼앗아 가고 식민주의의 악행을 답습"(Glover 227)한 과거가 있다. 과거에 대한 보복을 계획하던 시기에 마침 후투족 출신의 대통령이 살해되는 사건이 발생하자 암살자의 배후를 투치족으로 단정하고 후투족은 본격적으로 과거 벨기에 지배자들과 결탁해 자신들을 무자비하게 대했던 투치족을 살해하기 위해 단결한다(147). RTML 후투 파워방송은 후투족에게 "벨기에 식민지 정부를 등에 업고 뒤에서 비수를 꽂은 투치족의 씨를 말리는 것이 그들의 유일한 임무"라고 명령한다. 라디오를 통해 "큰 나무를 베어내라!"(Cut the tall tree!)(137)는 신호를 받으면 "큰 나무"(tall tree)를 상징하는 투치족을 죽이기 위해 후투족은 마쉐티(machete)[9]를 휘두르며 증오심으로 충만해진다. 후투족의 입장에서 서구 지배세력에 종족을 배신하고 팔아치운 투치족은 "바퀴벌레", "살인마", "기생충", "반역자"(150)에 불과하므로 그들 모두는 멸종되어 마땅하다. 즉 투치족은 벨기에 식민정착자와 다르지 않으므로 "민족청소의 차원이 아니라 인종청소의 차원"(Magnarella 515)[10]에서 완전히 제거되어야 한다는 주장이 후투족의 입장이다.

그러나 종족에 대한 증오, 살인을 향한 광기, 이로 인해 휘둘러지는 마쉐티는 애초에 르완다의 것이 아니었다. 두 종족의 대립이 말해주듯 르완다의 참상은 아프리카의 여느 국가와는 다르게 식민지배가 끝난 이후에도 그 여파로 인한 비극이 멈추지 않았다는 사실에 있으며, 1994년의 대학살 사건이 이를 증명한다(Heusch 3). 즉, 과거의 식민지배가 현재의 대학살을 야기할 만한 충분한 원인인 것이다. 〈호텔 르완다〉는 이렇게 이웃이 적이 되고, 다시 적이 이웃이 되어가는 여정에서 가해자와 피해자라는 이분법적 범주에 갇힌 르완다 민족의 현재와 비극적인 과거를 다루고 있다.

"르완다는 제2차 세계대전 시기에 발생한 나치학살보다도 훨씬 참혹한 경험"(Snow 1)을 했으며 이것은 서구가 아프리카에서 제국주의와 식민주의를 실현해가는 동안 같은 민족, 부족, 종족을 고려하지 않고 서로에게 증오를 선동시킨 결과이다. 르완다의 종족주의는 상대종족의 공포심을 이용하여 폭력성을 가중시키고 과거 역사를 상기해서 소수 투치족에게 복수를 해야

9) 농작물 경작이나 벌초용으로 사용되는 길고 넓은 큰 칼을 말하며, 마쉐티는 학살기간 동안 중국에서 싼 값으로 르완다에 수입되었는데 수입상과 군인, 정치인들이 이 마쉐티에 웃돈을 얹어 되팔아 막대한 이득을 챙겼다. 권력가들에게 부를 안겨준 이 칼이 결국 동족을 잔인하게 죽이는 도구가 되었다는 점에서 아이러니컬하다.

10) Magnarella, Paul J. *When Victims Become Killers: Colonialism, Nativism, and the Genocide in Rwanda* by Mahmood Mamdani. Review of *The Journal of Modern African Studies*, 40.3(Sep 2002): 515-517

한다는 다수 후투족의 의견을 맹목적으로 합법화시킨 결과 살인까지도 정당화시킨다. 프랑스 출신의 역사학자이자 영화 연출가인 마크 페로(Marc Ferro)는 다른 종족에 대한 살해와 방조가 무엇보다도 민주주의라는 기치 아래에서 진행되었다는 점은 다수의 의견이 객관적인 공론을 형성하는 매개가 되지 못한 채 공공성마저 위협받는 예라고 지적한다.

> 역설적이게도 20세기의 대량학살과 인종청소는 '국민에 의한 지배'라는 민주주의의 온상에서만 자랄 수 있는 독초였다. 권력이 국민의 이름으로 합법성과 정당성을 획득할 때, 대량학살을 주저하게 만드는 사회적 금기는 깨지기 마련이다. 특히 다민족 국가에서는 다수파의 민주주의가 '국민'에서 배제된 소수자에 대한 폭력을 정당화한다. '다수결 민주주의'는 1994년 후투족이 투치족을 학살하면서 외친 전투구호였다. 북아일랜드의 신교도나 스리랑카인이 카톨릭 소수파나 타밀 반군을 비난하는 근거도 이들 소수파가 '다수결 민주주의'를 저해한다는 것이었다. (페로 8)[11]

이것은 인종구성에 있어 다수인 후투족이 소수인 투치족을 말살하는 것을 "다수결 원칙이라는 민주적 결정과정에 의한 민주적인 정치행동"으로 인식했다는 의미이다. 이 "다수결 민주주의"는 90%의 다수족인 후투족이 10%인 투치족에 대한 인종청소를 가능하도록 조직적으로 조장했던 것이다. 살인을 낳은 다수결 민주주의는 "우리는 넘치는 은총을 가진 매우 능력 있는 사람들입니다. 그런데 우리는 무엇을 기다리고 있는 건가요? 고작 학살이었던가요?"(Snow 7)라는 절규를 남긴다. 르완다는 영화의 대사처럼 "공포가 우정을 대신"(135)하는 끔찍한 현장일 뿐이다. 이 과정에서 전체 인구의 7분의 1이

---

11) 페로, 마크. 『식민주의 흑서』. 고선일 역. 서울: 소나무, 2008.

목숨을 잃은 것도 놀라운 일이지만, 그런 일이 채 4개월도 안 되는 짧은 기간 동안에 이루어진 것은 더더욱 놀라운 일이다(최호근 309).

3. 보복과 재보복의 딜레마, 종족분쟁

〈호텔 르완다〉의 주요한 공간적 배경이자 폴의 근무지인 밀 콜린스 호텔이 갖는 상징성은 중요하다. 그것은 르완다라는 영역에서 호텔만큼은 벨기에 령이라는 점, 이러한 이유로 르완다에서 가장 안전한 장소로서 식민모국의 간접적인 영향이 현재에도 미치는 공간이라는 점, 폴이 서구가 우방이 아니라는 사실을 바로 이 모순이 중첩된 공간에서 깨닫는다는 점에서이다. 밀 콜린스 호텔은 분쟁 전에는 백인 상류층과 관광객들의 휴식처였으며 분쟁 당시에는 유엔군 사령부의 거처이자 르완다의 유일한 안전지대였다. 그러나 내전이 심해지고 유엔이 종족분쟁에 휘말리기를 거부하며 철수하자 후투족은 학살을 피하기 위해 호텔로 숨어들고 투치족은 이들을 찾아내려고 하는 시점에서 호텔은 위험한 장소로 변한다. 사람들의 목숨이 위급한 순간에 벨기에 고위관리가 지시하는 전화통보는 르완다인들의 생사를 좌우하기까지 한다. 이 설정은 식민모국과의 관계에서 독립적이지 못한 르완다의 현재를 담아내고자 한 감독의 의도와 맞물린다. 이를 증명하듯, 실제로 비극의 현장에 있었던 폴은 한 저널과의 인터뷰에서 "르완다 학살에서 서구는 어떤 역할을 하였는가"라는 질문을 받자, "아프리카의 모든 지도자와 독재자들 배후에는 모든 것들을 조종하는 강력한 서구가 있으며, 서구는 자신들의 경제적인 이득을 위해 아프리카의 독재를 조장하고 있다"(*U.S. Catholic* 20)[12]고 부정적으로 답변했다. 폴의 회의에 찬 어조가 말해주듯이 과거 식민사가 남긴 그늘로부터 현재의 르완다가 자유로운 상태였다면 투치족에 대한 후투족의 복수도 시작되지 않았을 것이다.

〈호텔 르완다〉에서 과거 식민기와 연계하여 나타나는 보복은 크게 세 가지 유형으로 전개된다. 첫째는 후투군 남성이 투치족 여성을 집단 성폭행하고 집단 학살하는 경우이고, 두 번째는 투치족을 인종청소 해야 한다는 명분으로 아이들을 학살하는 경우이며, 세 번째는 계층과 성별을 가리지 않는 무차별적 학살이다. 이를 보다 구체화하면 첫째, 여성을 표적으로 한 학살의 사례는 폴이 호텔의 비상식량과 술을 구하러 조지 루타군다(George Rutagunda)[13]를 찾아갔을 때 물품 저장고 근처에서 목격한 다음의 낯선 장면에서 찾을 수 있다.

> 뒤뜰은 탄약상자로 가득 차 있다. 조금 떨어진 모퉁이에는 가시덤불로 막아진 곳에 한 무리의 사람들이 숨겨져 있다. 폴은 어슴푸레한 곳에 있는 그들을 보고 그들이 젊은 여성이며 그들 대부분은 옷이 다 벗겨진 상태이거나 아니면 갈기갈기 찢겨진 상태인 것을 목격한다. 조직적인 강간 희생자들. (200)

벌거벗겨진 여성들은 후투족에게 감금당한 투치족이며 이들은 르완다 학살 기간동안 종족적인 차원에서 투치족이라는 이유로 폭력의 대상이 되고 다시 남성으로부터 성적으로 착취당하는 이중적인 희생자들이다. 루타군다는 감금된 여성들을 가리켜 폴에게 서슴없이 "투치족 매춘부"(200)라고 설명

---

12) Rusesabagina, Paul. Interviews in "The Real Hero of Hotel Rwanda." *U.S. Catholic*, 71.2(Feb 2006): 18-21.

13) 학살기간동안 막대한 경제적 이득을 축적했던 후투측 간부급 군인. 그는 고급 위스키와 맥주, 담배 등을 고가에 팔거나 되파는 수법으로 부를 챙기는가하면, 수입된 마쉐티를 팔거나 되파는 과정에 관여하며 투치족 학살에 전적으로 가담한 인물이다.

한다. 심지어 후투 방송을 통해서까지 "과거에 투치 여성들이 후투 남성들을 무시했던 것을 생각해보아라. 이제 그들이 목숨을 구걸하고 있다. 투치 여성들을 죽이기 전에 마음껏 맛보아도 좋다"(168)며 공개적으로 강간을 허용하고 부추긴다. 학살이나 성폭행 그 어떤 것을 지칭하든 집단의 폭력, 특히 외세의 개입이 발단과 함께 조직화 된 폭력은 전쟁을 더욱 만성화시키고 전쟁이 야기한 부정적인 반응까지 무감각하게 만든다. 〈호텔 르완다〉에서 보여주는 그 적절한 예가 바로 투치족 여성에 대한 집단 (성)폭력일 것이다.

두 번째 보복의 형태는 아이들에 대한 학살로 나타나는데, 타티아나가 적십자에서 아이들을 돌보며 자원봉사를 하는 아처(Archer)에게 여동생의 가족이 무사한지를 묻는 대화에서 르완다의 또 다른 절박한 상황이 전달된다. 아처는 "후투 군대의 영향력이 고아원에도 뻗쳐있기 때문에 이제 아이들을 고아원에 대피시킬 수 없다"(161)며 절망한다. 전멸시켜야 하는 대상은 투치족 여성에 이어 투치족 아이들도 예외가 아닌 것이다. "다음세대의 씨를 말리려고 투치 애들을 죽이고 있어요"(164)라는 아처의 설명처럼 인종청소의 표적이 되는 핵심적인 대상은 다음 세대를 이어갈 투치 어린이들이다. 인터함웨(Interahamwe)[14]의 "씨를 말려야 하는"(187) 명분이 르완다에 있는 한, 여성들보다 아이들에 대한 학살이 우선시되기까지 한다. 심지어 아처는 여동생을 등에 업은 아이를 군인들이 찌르려고 하자, 아이가 "이제 투치족 안 할 테니 살려주세요"(190)라고 애원하던 일화를 들려준다. 이렇게 종족분쟁의 현장이 되어버린 아프리카를 관객이 근심스럽게 바라볼 수밖에 없는 이유도 바로 아이들에 대한 무차별적인 학살과 방조 때문일 것이다.

---

14) "함께 죽이는 사람들"이라는 의미로 극우성향의 후투족 시민군을 지칭한다. 후투족들의 극우적인 시민군인 인터함웨는 투치족에 대한 증오를 기반으로 광적인 이데올로기를 만들어나간다. 후투족 출신의 정규군과 인터함웨 용병들은 투치족 어린이, 성인 남녀들과 정권에 대항하는 후투족 수만 명을 무차별적으로 학살하였다.

세 번째 학살의 사례는, 폴이 물품을 구입해서 호텔로 되돌아 갈 때, 안개 때문에 앞을 분간할 수 없고 차가 심하게 덜커덩거리자 주변을 살피려고 내렸을 때 안개가 걷히면서 폴 앞에 뚜렷해지는 다음의 장면에서 나타난다.

> 수많은 시신들이 쌓여 있고 죽은 사람들 중 수백 명의 시신들은 폴이 볼 수 있는 한 먼 도로까지 쭉 뻗어 있다. 폴은 일그러진 시신 주위를 배회한다. 그는 기어서 올라가다가 자욱한 안개 때문에 비틀거리고 다시 넘어진다. 짙은 안개 때문인지 그 거리는 더욱 유령 같다. 개들은 시신을 먹어치우면서 그 주변을 돌아다닌다. 그리고 그는 죽은 아이의 얼굴과 투치족 여자 아이를 본다. 이 여자아이는 자신에게 다가오는 죽음의 소리를 막으려는 듯 귀를 막은 채로 있다. . . . (203)

폴이 탄 차의 바퀴 아래와 주변에는 이미 수천구의 시신들이 즐비해 있었고 폴은 자신이 맞닥뜨린 장면을 믿을 수 없어하며 어떻게 상황이 이렇게까지 잔인해질 수 있는가에 절망한 채 호텔로 돌아온다. 폴이 목격한 안개 속의 시신 장면은 "과거의 학살을 경험한 후투족에게 투치족이란 이웃이 아니라 식민정착자"(Magnarella 515)[15]에 불과했음을 증명한다.

그렇다면 "중요한 것은 가족이다"(137)고 주장했던 폴이 어떻게 위기에 몰린 천이백 여명을 구할 수 있었던 것인가? 가족 우선이었던 폴의 입장이 바뀌는 계기는 작게는 "왜 이웃을 보호하려 하지 않는가"라고 질타하는 타티아나의 추궁일 수 있다. 그러나 변화의 결정적인 계기는 영화 후반부에서 폴이 우방이라고 믿었던 유엔의 배반과 비지뭉구 장군(General Augustin Bizimungu)과 같은 르완다 고위층의 처세에서 깨닫게 된 배반감이다. 폴은 올리버 대령(Colonel Oliver)으로부터 "유엔은 아프리카를 보호하지 않는

15) Magnarella, Paul J. ibid, 515-517.

다”(227)라는 전갈을 듣는가 하면, 호텔에 투치족을 잡으려는 후투족이 들이닥치자 국적과 인종을 구분하여 백인들만 대피시키는 유엔을 목격한 것이다. 게다가 그는 르완다 군인들 역시 자신들의 부를 축적할 뇌물을 얻을 수 있을 때에만 자국민을 구하는 환멸적인 모습을 보고 말았다.

폴이 국내외로부터 경험한 이러한 배반감은 다행히 사람을 구하는 도덕적 깨달음으로 발전한다. 폴은 “배반을 당하는 자로 전락”(Uraizee 23)[16]하면서 서구와 르완다의 현실적 관계를 비로소 직시하게 되고 종족과 민족에 대한 의식과 책임감을 지니게 된 것이다. 감독은 르완다에 이미 확산된 폭력과 트라우마를 대신하기 위해 폴의 이러한 도덕적 딜레마를 작동시킨다(Uraizee 12).[17] 다시 말해 이 영화에서 폴이 경험하는 배반감은 그를 행동하게 하는 긍정적인 모티프로 작용했으며 이를 계기로 주인공은 민족을 구할 수 있는 용기와 지혜를 발현하게 되다.

그동안 국제사회가 르완다 학살에 적절하게 대응하지 못한 이유는 서구가 남아공의 아파르트헤이트 제도의 종식에 초점을 맞춘 나머지 아프리카의 인종문제에 치우치게 되어 정작 르완다 대학살에는 관심을 두지 못했기 때문이다(George 48). 대부분의 사람들이 〈호텔 르완다〉 영화를 본 이후에야 르완다 사건의 실상에 처음으로 접하게 되었다는 사실만 보더라도 국제사회의 아프리카 현실에 대한 이해가 얼마나 피상적이었는지를 알 수 있다. 르완다 학살이 국제사회의 본격적인 주목을 받은 시기도 1994년 이후, 예상보다 엄청난 희생자의 수가 언론에 공개되면서 부터이다. 이와 함께 르완다 학살 사건을 둘러싼 여론이 국제사회의 반성을 촉구하게 되자, “대학살” 사건으로 자리매김되면서 이 비극에 반응을 보이기 시작한 것이다.

---

16) Uraize, Joya. “Gazing at the Beast: Describing Mass Murder in Deepa Mehta's *Earth* and Terry George's *Hotel Rwanda.*” *An Interdisciplinary Journal of Jewish Studies*. 28.4(2010): 10-27.
17) ibid, 10-27.

〈호텔 르완다〉는 영화의 형식을 취하면서도 흔히 다큐멘터리가 소화해내는 역사적 사실까지 재구성해낸 점에서 강점을 보인다. 그러나 이 영화는 실제로 발생한 내전을 소재로 선택한 점 자체는 높이 평가되면서도 내전을 바라보는 관점의 주체가 누구인가에 관한 시각의 문제가 논란이 된 것도 사실이다. 그것은 다음의 지적에서처럼 후투족은 학살의 주범이자 '악의 화신'이며 반대로 투치족은 '선의 대변인'이자 그저 희생자들로 재현되는 데서 오는 위험성을 두고 하는 말이다.

> 선한 이들은 투치족이며 이들은 학살의 희생자들이다. 그들은 영화에서 살인자들이 결코 아니다. 영화의 마지막 부분에 등장하는 잘 차려입은 게릴라들인, 후투는 악의 화신이다. 그러나 투치족은 학살의 피해자들이기 때문에 모든 비난을 넘어서 성스럽게 비친다. 르완다 애국전선(RPF)은 구원자로 등장한다. 그들은 잘 훈련받았고 조직화되어있다. 그들의 병력 뒤에는 안전하게 유엔을 두고 있다. 그들은 영화에서 적십자 간호사들이나 고아들을 죽이지도 않고 그들의 가족에게 아이들을 바래다주기까지 한다. (Snow 2)[18]

이러한 오해는 영화에서 주요한 사건의 발생 시점이 후투족이 투치족을 무차별적으로 학살하는 장면을 위주로 하기 때문이다. 이야기를 전달하는 화자가 누구인가에 따라 상황은 뒤바뀌게 되며 이것은 영화에서의 화자를 신뢰할 것인가의 문제와도 연관된다. 그러므로 후투족과 투치족 어느 한 종족의 관점에서 선과 악의 문제로 이분화하여 르와다 분쟁사건을 전달하는 것은 위험할 수 있음을 염두에 둘 필요가 있다. "르완다의 사회정체성은 후투

---

18) Snow, Keith Harmon. "*Hotel Rwanda*: Hollywood and the Holocaust in Central Africa." *South African Studies*. 21.7(2007): 1-21.

와 투치라는 민족적 구분보다는 무냐르완다(Munyarwanda)[19]라고 불리는 문화공동체를 특징"(장용규 15)으로 하기 때문이다.

4. 인도적 개입의 허구와 양면성

르완다 학살 12주기를 추모하는 인터뷰에서 주인공 폴은 "서구와 미국은 왜 르완다 학살을 방치했다고 생각하는가"라는 질문에 "첫째는 르완다가 아프리카이기 때문에 아프리카 문제는 아프리카에서 해결해야 한다는 방조적 입장 때문이고, 두 번째는 르완다에 석유가 없기 때문"이라고 답변했다(*U.S. Catholic* 19). 학살이 방치된 첫 번째 이유는 아프리카 문제를 왜 서구가 해결해야 하는가라는 비난의 분위기를 상징적으로 전달하는데 이것은 영화에서 올리버 대령이 "아프리카는 아프리카다"라고 발언한 내용에서도 나타난다. 즉, 아무리 발버둥 쳐도 아프리카에는 돌파구가 없으니 무엇을 시도하거나 개입하지 않아도 된다는 의미이다. 올리버 대령과 폴은 동등한 친구처럼 보였지만 사실상 그렇지 않다는 것은 그가 폴을 향해 "우리 눈엔 자넨 아무것도 아니네"(176)라고 경멸적으로 내뱉는 데서 알 수 있다. 폴을 향한 올리버 대령의 시선은 서구인들이 아프리카인들을 보편적으로 어떻게 해석하는지를 상징적으로 전달한다. 그러므로 폴이 아내에게 고백하듯, 값비싼 위스키와 담배로 대접하며 대령을 친구나 우방으로 여겼던 것은 "바보나 생각할 수 있는 착각"(177)에 불과했던 것이다. 폴이 지적한 두 번째 이유에는

19) 무냐르완다를 구성하는 중심요소는 르완다인들이 공통으로 사용하던 키냐르완다어(Kinyrwanda)와 이를 사용하던 사람들인 바냐르완다(Banyarwanda)이다. 식민지배 이전의 르완다는 '무냐르완다'라고 하는 포괄적인 문화정체성을 바탕으로 공통의 언어를 사용하는 하위문화(또는 민족)들이 유동적인 사회계층을 이루며 살고 있었다고 이해된다(장용규 155-156).

르완다에 석유가 있었다면 경제적인 이익과 강대국의 이해관계 때문에라도 르완다 학살은 방조되지 않았으리라는 점이 함축되어 있다. 이 두 가지 이유로 인해 미국과 서방세계는 르완다에서 학살이 진행되는 긴박한 시간에 하루, 일주일, 한 달 동안을 결론 없이 논의만 하다 말았으며 그 사이에 학살은 끝나고 100만 명에 이르는 희생자 수만 남게 되었다. 많은 비평가들은 이 과정에 대해 인도적 개입을 운운하며 논쟁하는 과정은 마치 19세기 말 "아프리카 쟁탈전"이 벌어지던 시절의 논쟁과 눈에 띄게 닮았다고 비난한다 (Deve 97).[20]

오늘날 국제사회는 아프리카를 비롯한 제3세계에서 발생하는 비극적 참상에 대해 '인도주의'를 내걸고 인도주의 단체, 인도주의적 개입, 인도주의적 실천이라는 용어들을 남용하고 있다. 그러나 〈호텔 르완다〉의 유엔 개입에 관한 일화에서 볼 수 있듯, '인도주의'는 의구심과 단절감을 증폭시키고 있으므로 이제는 '인도주의' 단어가 갖는 허구적 수사와 진실 사이의 양면성을 되짚어 보아야 할 때이다. 후투족의 투치족에 대한 끔찍한 살인이 걷잡을 수 없이 확대될 때, 외신기자 데이빗은 올리버 대령에게 보복용 학살은 조종해야 한다고 항의한다. 그러자 "우리는 내전에 개입하지 말라는 명령을 받았으며, 우리 유엔은 평화유지군(peacekeeper)일 뿐이지 평화조종군(peacemaker)은 아니다"라며 대령은 그들이 갖는 책임의 범위를 축소한다. 유엔이 스스로를 "평화유지군"일 뿐이라고 단정하는 행위는 그들이 인도주의적 차원보다는 국제사회의 이해관계에 맞닿은 기구임을 시인하는 것에 불과하다. 이처럼 르완다의 절망적 상황의 원인은 결국 국제기구마저도 국가 간의 정치적 이해관계로부터 유지되고 있다는 점을 역설한다. 생명윤리학자로서 20세기 역

20) Deve, Fredric. "Lessons Learning in Policy Assistance, Case Study Angola, Support to a Decentralised Land Management Programme.". *FAO*. 30.2(Febuary 2007): 88-102.

사를 휴머니즘과 도덕성 문제로 결부한 글로버(Jonathan Glover)는 현재 르완다 종족분쟁의 기원이 "외부"에서 비롯되었음은 분명하지만 유엔을 포함한 "그 외부"는 어떤 양심적 행동을 하지 않았기 때문에 "인도주의적"인 실천이 실패했다고 다음과 같이 밝힌다.

> 르완다 사건들은 지역적으로 부추겨진 종족 심리학이 일부 원인이었다. 또한 세계의 다른 지역에서 이러한 일을 막을 수단을 만들어 내지 못했다는 사실 또한 그 원인이 되었다. 르완다 바깥 지역의 국제적 반응은 무관심과 동정심 사이를 왔다 갔다 할 정도로, 이 반응은 살상을 중단시킬 행동으로까지는 전환되지 못했다. (196)[21]

유엔을 비롯한 국제기구의 인도적 개입을 19세기 식민주의에 비유하는 것은 과장일 수 있지만, "서구 자유주의자들로 하여금 개입행위를 통해 도모하려는 이른바 "보편적 가치"에 대해 좀 더 심사숙고할 것을 촉구"(Forley 235)한다는 주장은 의미심장하다. 유엔은 국제적 분쟁에서 개입과 방조를 되풀이 하다가 르완다 사건에 대응하는 태도에서 나타났듯이 이제 "인도적 개입에서 반복해 겪는 조직적인 문제에 봉착"(Foley 77)[22]했기 때문이다.

한편 폴은 데이빗의 방에 들렀을 때 그가 촬영해 온 투치족 대량학살의 영상을 보고 충격에 빠진다. 그래서 폴은 "세계가 이 사태를 안다면 가만있지 않을 겁니다. 그 화면을 꼭 외부에 보여 주세요. 중재와 개입이 필요합니다"(216)라고 기자에게 절박하게 부탁한다. 끔찍한 영상을 접한 많은 사람들이 놀라게 되면 구호와 중재의 손길이 이어지리라는 희망을 그는 떨치지 못

21) Glover, Jonathan. *Humanity: A Moral History of the Twentieth Century.* New York: Yale University Press, 2001

22) Foley, Conor. *The Thin Blue Line: How Humanitarianism Went to War.* London: Verso, 2010.

한 것이다. 그렇다면 먼 곳에서 화면을 보고 학살을 안타까워하는 이들의 반응은 어떻게 나타날 것인가. 데이빗은 차분한 어조로 "사람들은 저녁 뉴스에 나오는 학살을 보면서 놀라기는 하지만 바로 다음 아무 일 없었다는 듯이 저녁식사를 한다"(218)며, 이것이 시청자들이 취할 수 있는 최대한의 인도주의적 반응임을 주지시킨다. 개인과 국가가 개별적인 차원에서 저마다 인도주의를 표방하더라도, 그것은 〈호텔 르완다〉에서 유엔과 올리버 대령이 보이는 대응과 별반 다르지 않을 것이다. 이를 증명하듯, 대령은 폴에게 계속해서 "당신이 믿고 있는 막강한 힘을 가진 나라들은 당신을 오물처럼 생각하고 있네"(176)라고 말한다. 이는 결국 유엔이 르완다에 머무르지 않는 이유를 함축하고 있으며 그들이 폴을 "오물"로 정의하는 것도 그가 아프리카 흑인이라는 점 때문임을 강조한다. 따라서 유엔이 르완다에 머무르지 않는 이유는 결국 "르완다는 아프리카이기 때문"이라고 결론지을 수 있다.

그동안 폴은 아프리카에 유엔이 있고 세계 언론이 아프리카를 주시하고 있으므로 평화협정만 체결되면 르완다의 비극은 끝날 것이라 확신해 왔다. 그러나 폴이 그토록 믿었던 유엔과 세계 언론은 백만 명에 이르는 희생자를 낸 "대규모 학살 사건"을 "소규모 폭동"으로 용어를 바꿔가며 사건의 실체를 축소해 왔다. 르완다 사건이 "대규모 학살 사건"으로 규정되면 미국을 비롯한 강대국과 유엔은 그 책임을 떠안아야 해서이다. 상처와 분노로 교차되는 유엔에 대한 폴의 감정은 "그저 서서 지켜보기만 할 거면서 그들(유엔)은 왜 거기(르완다)에 있는 거죠?"(*U.S. Catholic* 19)[23]라는 실제 주인공의 항변으로 대신할 수 있다. 폴은 그동안 인도주의 집단의 대명사로 부각됐던 유엔에 대한 기존의 개념과 정의까지도 얼마나 허구적인지를 토로한다. 그는 국제기구가 개입에 실패한 것과 도덕적 의무의 범위는 어디까지인가를 회의한

23) Rusesabagina, Paul. Interviews. ibid, 18-21.

다. 〈호텔 르완다〉에서 유엔은 대량 살육의 유지와 영속화의 결정적 도구인 라디오 방송을 방해하기 위해 어떤 기술적인 노력도 기울이지 않았다(파워 19). 학살에 대한 대응이 군사적 작전에 한정되지 않으므로 선동방송을 제어하는 역할은 유엔이 수행해도 됐을 부분이다. 이 과정만 보더라도 유엔의 인도주의는 "사실상 해답이 아니라 문제의 일부"(Foley 286)임이 밝혀진다.

마지막으로 〈호텔 르완다〉에서 폴이 스스로 동원할 수 있는 모든 수단으로 많은 사람을 구했다는 점은 이 영화의 주인공만이 취할 수 있었던 의미심장한 행위로 부각될 수 있다. 그러나 영화의 이러한 장점을 차치하고 분석적인 차원에서 관점에 관한 문제점을 지적한다면, "폴의 구출작전의 성공은 결국 외세와 연결되었다는 점과 폴을 비롯해 감독은 르완다 문화와의 친근함이 결여되어 있다는 점, 그리고 다수인 후투족을 비방하는 경향"(Uraizee 17)[24)]을 들 수 있다. 감독이 학살사건을 충실히 재현하려고 하지만 르완다 태생의 폴이 백인의 삶의 방식에 익숙한 주인공이라는 점에서 르완다 문화를 중심에 두는 데 미흡했다고 지적할 수 있다.

5. 미궁에 빠진 종족증오

현재 아프리카는 53개국 중에서 절반에 가까운 국가가 분쟁 상태에 있으며 내전의 30% 이상은 종족 간의 갈등으로 황폐화되고 있다. 그중에서도 40년 이상 동안 르완다를 공포에 떨게 하며 피로 물들게 한 학살 사건은 100만 명 이상을 죽음으로 몰았고 200만 여명을 난민으로 만들고 나서야 종결되었다. 〈호텔 르완다〉에서 묘사된 것처럼 르완다 대학살을 촉발시킨, 과거

24) Uraize, Joya. "Gazing at the Beast: Describing Mass Murder in Deepa Mehta's *Earth* and Terry George's *Hotel Rwanda*." *An Interdisciplinary Journal of Jewish Studies*. 28.4(2010): 10-27.

벨기에 통치하에서 투치족이 후투족을 대했던 방식은 서구가 비서구에 이식시킨 열등감이 다시 비서구권 내에서 자신들보다 열등하다고 여기는 문화권에 투사하는 일종의 "하위 오리엔탈리즘"(sub-orientalism)의 한 유형이다. 이것은 서구의 인종주의가 아프리카에서 다시 종족주의로 변형되어 학살의 형태로 나타난 결과이다. 그리고 이 학살 과정에서 르완다는 종족주의로 압도된 나머지 국가의 정체성은 미로에 빠지고 말았다. 종족중심의 문화 공동체였던 르완다는 유럽의 식민지를 경험하면서 위기를 맞은 것이다.

대부분의 비극적인 사건들을 통해 "고통을 당하는 것이 무엇인가를 경험하면서 동정심은 더욱 자란다"(Glover 47)는 사실을 납득할 수 있다. 하지만 이 영화는 고통을 당함으로써 동정심은 사라지고 타인의 고통이 자신의 것보다 한층 더 높은 차원이기를 갈망하는 인간의 심리를 보여주면서 회의에 찬 윤리적 의문을 품게 한다. 이렇게 〈호텔 르완다〉는 타인의 고통에 무감각해지는 심리적 상태가 개인의 휴머니티에서부터 르완다의 국가적 정체성과 민족적 본성까지 왜곡시킬 수 있음을 주지시킨다.

앞서 제기한 "증오는 과연 어느 대상까지 가능한가"라는 회의어린 의문은 르완다 학살의 역사와 대면하는 순간부터 시작될 수 있다. 그러나 폴이 실현해가는 인도주의를 통해 종족 간의 증오심을 뒤로 하고 복수의 악순환으로부터 탈피할 가능성 또한 엿보인다. 이로 인해 〈호텔 르완다〉가 조직화된 폭력에 맞서는 개인과 집단의 강력한 진술이며 이 과정에서 자신들이 목격한 것을 증언하고 그럼으로써 서로를 향한 연민을 공유할 수 있음을 재현한다(Uraizee 27)[25]는 사실을 확인할 수 있게 된다. 이러한 의미에서 〈호텔 르완다〉가 갖는 서사의 가치는 단순히 아프리카의 참혹함을 환기시키는 데 있지 않고 폴이 종족을 구분하지 않고 이웃을 구하듯이, 문화공동체적 차원

25) Uraize, Joya. ibid, 10-27.

에서 화해의 제스처를 취하는 데 있을 것이다.

실화를 토대로 한 이 영화의 서사는 비극적인 아프리카의 역사를 담아내면서도 결론만큼은 단연 희망적이다. 그것은 가족애와 이웃에 대한 관심이 모든 시련을 이겨내고 인간의 순수성이 어떻게 인류애를 찾아가는지를 보여주며, 이 모든 것들이 가능하다는 것을 말해주고 있기 때문이다(Geroge 54).[26] 르완다 학살 사건은 학살주범과 가담자들뿐만 아니라 희생자와 목격자, 그리고 증언자들 모두가 스스로를 과연 인간으로 정의할 수 있는지를 의심해야 할 만큼 도덕적 딜레마에 갇히게 했다. 다행히 이 딜레마는 분쟁에 대한 책임과 해결방안이 내부에 한정되지 않고 서구에 원죄를 묻게 한 결과, 국제사회의 적극적인 반성과 해결방안을 모색하게 했다. 물론 그 해결 과정이 인도주의의 이면에 자리한 부정적인 측면을 외면하게 하지는 못한다. 다만 이에 대한 거듭되는 의문의 제기가 국제사회의 성찰을 촉구하면서 르완다 학살의 참혹함에 시선을 고정시킨 결과 통렬한 자성의 분위기를 유도하게 되었다. 〈호텔 르완다〉가 영화라는 형식으로 일조하는 부분도 바로 그러한 형태의 촉구일 것이다.

* 이 글은 「역사적 망각에 대한 경고, 〈호텔 르완다(*Hotel Rwanda*)〉」, 『현대문학이론』. 43 (2010): 423-443쪽에서 수정·보완함.

26) George, Terry. ed. *Hotel Rwanda: Bringing the True Story of an African Hero to Film*. Newmarket Press, 2005.

제3장

아프리카 자원분쟁과 다이아몬드 —에드워드 즈윅의 〈블러드 다이아몬드〉

1. 다이아몬드 생산과 비극의 탄생

다이아몬드 국제 총생산량의 50% 이상은 보츠와나, 남아공, 시에라리온, 짐바브웨 등과 같은 아프리카 대륙에 밀집되어 있다. 빈곤한 대륙으로 동일시되어온 아프리카 대륙에 화려함과 부의 아이콘인 다이아몬드가 상당량 매장된 사실은 모순처럼 들린다. 그 이유는 천연자원의 풍부한 매장량이 정작 생산지의 부와 직결되지 못한 현실에서 찾을 수 있을 것이다. 뿐만 아니라 아프리카 대륙에는 다이아몬드 광산을 둘러싼 크고 작은 갈등과 분쟁이 잦아지면서 다이아몬드를 매개한 비극의 수위는 그 한계를 넘어선 지 오래이다. 이러한 현실에 주목한 에드워드 즈윅(Edward Zwig) 감독은 영화 〈블러드 다이아몬드〉(*Blood Diamond*, 2006)를 통해 서아프리카에 위치한 시에라리온을 배경으로 서구 식민잔재의 영향력, 다이아몬드 불법 거래, 소년병, 내전과 테러, 다이아몬드 채취자들의 인권유린 현장 등 다이아몬드에 함의된 비극의 수사학을 전개하고 있다. 즉 이 영화에서 즈윅은 천연자원과 관계된 제도화 된 폭력이 궁극적으로 원주민들을 어떻게 무차별적으로 희생시켰는지에 대한 일련의 과정을 중점적으로 다루고 있다.

'블러드 다이아몬드'는 아프리카 분쟁지역에서 채굴된 후 미국과 유럽을 비롯한 선진국에서 불법적으로 거래되는 다이아몬드를 지칭한다. 무엇보다도 이 다이아몬드는 채취와 유통과정 뒤에 희생양으로 전락한 원주민의 비극과 관련 있다. 이른바 '분쟁 다이아몬드'로 통하는 '블러드 다이아몬드'는 자원 채굴권과 판매권의 배후에 독재정권의 비리와 횡포, 이에 대립되는 반군의 폭력과 비윤리적인 행위, 그리고 원주민의 기본적인 휴머니티의 파괴라는 비극이 있다. 이는 남녀의 '변함없는 사랑'을 서약하는 증표로서의 다이아몬드가 터무니없게도 아프리카인들의 비극과 복잡하게 연루되었으며 작게는 부족이나 마을 공동체 간에서부터 크게는 국가 간에 이르기까지 연쇄적이고도 거대한 착취를 담보로 한다는 증거이다.

뿐만 아니라 다이아몬드 광산권을 차지하려고 혈투를 벌이는 정부군과 반군 사이의 대립 구조에서 모든 폭력이 허용되는 가운데 소년과 성인남성은 소년병과 강제노역에 동원되고, 여성들은 강간의 희생자로 전락한다. 이것은 개인들의 휴머니티가 말살되는 차원으로 끝나지 않고 가족과 마을 공동체, 국가의 신념과 정체성이 파괴되는 것으로 확대된다. 말하자면, 국가 차원의 중대한 인프라가 파괴되고 있는 것이다. 〈블러드 다이아몬드〉가 담고자 하는 사안도 아프리카에 이러한 갈등이 뿌리내린 원인과 이것이 또 다시 과거 식민사와 어떻게 연결되는지를 상징적으로 밝히는 것이다. 그러므로 영화를 통한 역사적 메시지의 전달과정은 아프리카를 마치 터무니없는 폭력과 내전이 난무하는 공간으로 왜곡하는 데 문제를 제기하고 나아가 이를 정정해 가는 시도로 이해할 수 있다.

아프리카 대륙을 가난과 절망으로 몰아넣은 주된 배경에는 가뭄을 비롯한 자연재해, 식민사의 후유증과 그로 인해 야기된 내전과 종족분쟁, 천연자원을 둘러싼 쟁탈전 등과 같은 다양한 이유들이 얽혀 있다. 그중에서 과거 대서양 노예무역의 중심지였으며 "사자의 산(Lion Mountains)"이라 불리는 서아프리카 시에라리온의 주된 비극은 천연자원인 다이아몬드를 둘러싼 부정부패와 갈등으로부터 비롯되었다. "꿈의 보석인 다이아몬드에는 뜻밖에도 피비린내가 숨어있다"(캠벨 64)는 증언은 시에라리온을 둘러싼 이러한 폭력적인 환경을 염두에 두고 하는 말이다. 공포와 죽음을 부르는 다이아몬드 탓에 한때는 자유노예의 해방지로도 통했던 이곳이 현재는 천연광물과 관련한 내전과 마약거래의 주요한 무대로 전락하고 말았기 때문이다.

비극의 기원을 추적해보기 위해 우선 시에라리온의 국가 형성과정을 살펴보면, 식민지배를 경험한 대부분의 아프리카 국가들처럼 시에라리온 역시 19세기부터 영국의 식민지였다가 1961년에야 비로소 독립을 쟁취했다. 그런데 시에라리온은 그토록 염원했던 독립국가를 수립했음에도 불구하고 독립 후에 식민잔재 세력과 결탁한 정부 집권층의 부정부패가 난무한 나머지 정치 · 경제적 상황은 독립 이전과 크게 다르지 않았다. 전쟁과 폭력의 주제를 연구해온 캐나다 출신의 학자 미리암 데노브(Myriam Denov)는 이곳에 "비참한 가난과 보건, 복지의 심각한 부실을 가져온 토대는 복잡하고 다면적일 뿐 아니라 식민지, 취약하고 부패한 국가, 제도적 붕괴, 구조적 폭력 등과 밀접하게 연관"(90-91)된다고 분석한 바 있다. 그의 견해는 현재 시에라리온에 관한 부정적인 평가의 배후에 과거 식민사의 여파가 자리 잡고 있으며 이것이 시에라리온에 최소한의 국가 인프라를 형성할 수 없도록 장애요소로 작용했다는 뜻이다. 이러한 국가적 상황에서 지속되는 내전은 값비싼 자원의 상당한 매장량에도 불구하고 시에라리온이 여전히 세계 최대 빈국의 범주에 머물러 있는 근원이다.

영화에 드러난 이러한 시대상을 감안하지 않는다면, 〈블러드 다이아몬드〉는 포스터에 비춰진 레오나르도 디카프리오(Leonardo Di Caprio)와 자이몬 혼수(Djimon Hounsou)의 이미지만으로 두 남자 주인공들의 우정영화이거나 아프리카를 무대로 한 액션영화로 축소될 수 있다. 그러나 앞서 언급한 아프리카의 시대상을 염두에 두면, 〈블러드 다이아몬드〉는 아프리카 대륙을 참담하게 몰고 간 '분쟁 다이아몬드'의 밀거래와 정치적 현실, 그리고 거대 다국적 기업의 만행을 고발하는 복잡다단한 영화라 할 수 있다. 이를 반영하듯 감독 즈윅은 〈블러드 다이아몬드〉를 통해 시에라리온을 중심으로 아프리카의 대·내외적 관계의 모순과 혼란, 살육, 분쟁 등을 구체화시켜 아프리카의 거듭되는 내전을 어떤 관점으로 이해해야 하는가에 대한 방향을 제시하고자 했던 것으로 보인다. 즉, 그는 시에라리온의 다이아몬드를 소재로 풍부한 천연자원이 어떻게 폭력이나 가난과 같은 비극적인 메커니즘을 탄생시켰는지의 과정을 집중적으로 조명하고자 했던 것이다.

2. 시에라리온과 다이아몬드 쟁탈전

〈블러드 다이아몬드〉의 공간적 배경이기도 한 시에라리온은 자원과 관련된 비극 때문에 국가로서 갖는 어떤 문화적 특징보다도 잦은 내전으로 더 익숙한 지역이다. 그래서 즈윅 감독은 시에라리온의 불행한 환경을 이 영화의 주인공 솔로몬 반디(Solomon Vandy) 가족의 이야기로 구체화 하여 우선적으로 전달하고 있다. 솔로몬은 멘데족 출신의 성실하고 건장한 어부이자 가장이다. 어느 날 그가 일하러 나간 사이에 반군이 솔로몬이 사는 마을을 공격했고 그가 돌아왔을 때 어린 소년들은 소년병으로, 건장한 성인들은 다이아몬드를 채굴하는 현장으로 이미 끌려간 후였다. 솔로몬 역시 반군의 대장 포이즌(Captain Poison)의 수하게 붙잡혔고 그때 대부분의 남자와 소년들은 현장에서 즉시 손과 팔목이 잘려나가는 중이었다. 그러던 중 그의 차례가 되었을 때 포이즌의 명령으로 그는 팔이 잘리는 대신 광산현장으로 투입되었다. 솔로몬이 운좋게 위기를 모면했던 것은 광산의 인력이 부족한 시점에서 반군에게는 체격 좋은 사내들이 절실했기 때문이다.

시에라리온이 세계역사에 악명 높은 이미지로 새겨진 배경에는 손목절단 사건이 주되게 자리 잡고 있다. 전 세계가 시에라리온에 본격적으로 주목하게 된 계기 역시 1991년부터 2002년에 이르기까지 소위 '혁명연합전선'(Revolutionary United Front)[1)]이라는 조직의 반군이 다이아몬드 채굴권을 차지하기 위해 정부군과 대립하는 과정에서 원주민을 통제하기 위해 그들의 손목과 발목을 절단하는 사건이 뉴스로 전파되면서부터이다. 이 영화가 특히 초점화 하는 부분도 불법적인 자원거래를 위해 반군이 사지절단 등을 통제수단으로 내세우며 원주민을 어떻게 고통에 처하게 했는지에 관한 역사적 사실이다.

따라서 이 영화를 이해하기 위해서는 반군이 어떻게 탄생했고 그들의 영향력이 과연 어디까지 미쳤는지 살펴볼 필요가 있다. 혁명연합전선(RUF)

---

1) 이하는 약자로 RUF 또는 반군으로 칭함. 반군조직이 결성된 배경에는 시에라리온 정부에 무조건적으로 반대하고 소위 "분쟁지역"으로 불리는 다이아몬드 광산에서 발생하는 이득을 챙기고자 하는 의도가 숨어 있다. 그들은 자신들의 목적을 달성하기 위한 일환으로 광산 주변에 있는 원주민들을 효율적으로 통제하기 위해 우선적으로 그들의 팔과 다리를 자르기 시작했다.

은 과도기 정부의 혼란을 틈타 1991년에 무능한 정부를 전복하고 민중의 해방을 실현하겠다던 시에라리온의 군사조직을 말한다. 그때 당시 반군은 혁명연합전선을 조직한 목적이 정부의 부정부패를 소탕하여 가난을 척결하기 위해서라고 주장했다. 그러나 그들은 마약과 무기밀매 등을 통해 권력을 쟁취하자, 자신들이 비판했던 정부의 부정부패와 권력남용을 그대로 이어갔다. 즉 그들은 민중들은 안중에도 없이 자신들의 권좌를 누리기 위해 한층 수위 높은 폭력 수단을 동원했다.

영국의 역사학자 존 메카먼트(John F. McCamant)는 역사를 통해 대부분의 혁명과정에 이러한 모순이 반복되고 있다고 보고 "세계의 모든 권력은 적어도 어떤 정치적인 억압들을 활용한다"(11)면서 혁명집단으로 자청하는 세력들의 기만적인 권력투쟁을 비판한 바 있다. 메카먼트의 주장은 혁명가로 자칭하면서 반혁명 행위를 일삼은 혁명연합전선을 해석할 경우에도 그대로 적용할 수 있다. 다이아몬드 광산 채굴권을 독차지하기 위해 정부군과 정부편으로 판단되는 원주민을 방패삼아 그들을 살육한 점에서 반군은 부패한 정부와 조금도 다르지 않았던 것이다. 이러한 특징 때문에 시에라리온 정부와 반군 사이에는 자원 소유권을 차지하려는 극심한 분쟁만 활발해 졌고 그것의 대표적인 사례가 바로 다이아몬드 분쟁이다. 이때 다이아몬드는 정부측과 반군측의 무기밀매를 비롯한 각종 전쟁의 주요자금으로 흘러들어가면서 비극의 자원이 된다.

여기에서 주목해야 할 점은 두 세력 사이에서 가장 크게 희생된 대상들이 바로 민간인이었다는 사실이다. 민간인에 대한 정부군의 폭력과 학살은 물론이고 특히 반군은 이웃나라인 라이베리아 정부의 자금과 무기를 지원받으면서까지 끔찍한 살상을 서슴지 않았다. 라이베리아가 다른 나라의 내전에까지 개입하게 된 배경에는 혁명연합전선이 다이아몬드 채굴권을 접수하면 그 막대한 부를 라이베리아 정부와 나누겠다는 협약체결이 숨어 있다. 심지어 혁명연합전선의 초기 결성에도 라이베리아가 개입되어 있다. 반군이 민간인 통제에 주력했던 것도 이웃나라를 비호세력으로 두었기 때문에 정부를 상대로 한 자원쟁탈전만 성공적으로 치른다면 엄청난 부와 권력을 차지할 것을 알고 있어서였다.

그러한 역사적 사실들은 이 영화에서 반군이 민간인들을 자신들의 편으로 만들고 그들이 정부군에 협조하지 못하도록 손목절단을 효율적인 통제의 수단으로 내세우는 과정으로 재현된다. 반군측 포이즌 대장의 명령 하나로 누구든 손목을 잃게 되는 장면이 바로 그것이다. 그런데 반군이 유독 손목절단을 중요한 수단으로 삼은 이유는 현재의 정권 탄생이 과거의 선거를 통한 결실인 점을 들어 훗날 민간인들이 또 다시 정부 측에 유리한 선거를 애당초 할 수 없도록, 특히 어린이들이 자라서 자신들에게 복수할 수 없도록 하기 위해서였다. 그래서 절단의 대상이 소년들에 집중되어 있었다.

이렇게 잔인한 임무를 수행하는 핵심적인 인물이 이 영화에서는 반군을 상징적으로 대변하는 포이즌이다. 그는 광산촌으로 끌려온 원주민들에게 "정부의 관리들과 백인 침략자들은 우리 자원을 착취해 자신들의 배를 채웠다. 우리가 너희들을 해방시켰다. 노예 생활은 끝났다."고 소리친다. 그는 다이아몬드로 자신의 배를 채우면서도 그것이 착취의 결과인지를 인정하지 않고 오히려 해방의 주체라고 자청할 뿐이다. 솔로몬은 이 같은 환경에서 포이즌의 감시 하에 고된 노동을 하던 어느 날, 우연히 100캐럿 상당의 핑크 다이아몬드를 발견한다. 다이아몬드를 숨기다가 발각되면 현장에서 사살됨에도 불구하고 그는 화장실이 급하다는 이유를 핑계로 광산 근처의 수풀로 나가 그곳에 몰래 숨긴다. 그런데 이를 즉각 눈치 챈 포이즌이 그를 따라가 죽이려는 찰나에 정부군의 광산촌에 대한 반격이 시작되어 위험을 모면하고 감옥에 갇힌다.

이후 솔로몬은 감옥에서 다이아몬드를 밀수하기 위해 라이베리아 국경을 넘다 검문에 걸려 그것을 빼앗긴 채 수감된 대니 아처(Danny Archer)를 만난다. 현재의 짐바브웨인 로디지아에서 태어난 아처는 반군으로부터 다이아몬드를 사들인 다음 서구에 다시 되팔아 중간단계의 이득을 챙기는 과거 용병출신의 백인이다. 다이아몬드 밀수업자인 아처는 감옥에서 솔로몬의 핑크 다이아몬드 이야기를 듣고 두 가지 이유에서 촉각을 세운다. 하나는 검문에서 빼앗긴 다이아몬드의 손실액을 보상해야만 자신의 상관인 코츠에로부터 안전할 수 있어서이고, 다른 하나는 다이아몬드를 수단으로 희망 없는 아프리카를 영원히 탈출하기 위해서이다. 여기에서 드러나는 솔로몬과 아처의 딜레마는 다이아몬드가 그들의 삶을 산산조각 냈지만 바로 그 조각난 삶을 회복시켜줄 수 있는 절실한 수단도 다이아몬드라는 사실이다.

감옥에서 풀려난 후 술집에 들린 아처는 그곳에서 우연히 다이아몬드 불법거래 현장을 취재하기 위해 아프리카에 온 백인여성 메디 보웬(Maddy Bowen)을 만난다. 그들은 이성적인 관심으로 서로에게 말을 걸었지만 아프리카 현실에 관한 이야기로 접어들자 다음에서 제시되듯, 서로를 비웃는 관계로 발전한다.

아처: 세상을 바꿔보려고 여기 오셨나?
보웬: 당신은 돈 벌러?
아처: 달리 할 게 없어서.
보웬: 안됐군요.
아처: 전혀. 아무리 애써도 여길 바꾸진 못할 것이오. 지도자란 작자들은 뒷돈 챙겨서 외국으로 망명하고 반군들은 나라의 장래보다 사람 죽이는 데만 관심 있으니까요.

아처는 그녀가 진실을 알기 위해 아프리카에 왔으나 그 지독한 현실을 제대로 알지 못하는 이상주의자처럼 보인다고 지적하고 반대로 그녀는 자신을 비난하는 아처에게 잇속을 챙기는 속물 장사꾼에 불과해 보인다고 말한다. 여기에서 그치지 않고 아처는 보웬이 아프리카에 온 지 3개월 된 사실을 알고 "노트북, 말라리아약, 핸드크림을 챙겨 와서 이 땅의 미래를 바꾸시겠다? 착각하지 마. 당신도 공범이야"라며 비난한다. 그가 이렇게 그녀를 공범이라고 몰아세우는 이유는 다이아몬드를 찾는 주고객층이 주로 "동화같은 결혼을 꿈꾸는 미국여자들"이라는 사실 때문이다. 아처는 사람들이 원하는 물건을 싼값에 대는 자기가 비난받아야 한다면 환상에 사로잡혀 다이아몬드를 사는 백인들 역시 공범으로 취급받아 마땅하다고 생각한다. 그러자 보웬은 "아프리카인들 모두가 살인자가 아니듯이 미국여성들 모두가 동화같은 결혼을 꿈꾸지 않는다"고 반박한다.

한편 아처는 다시 본업으로 돌아가 솔로몬에 접근하여 그 다이아몬드만 있으면 "정보, 안전, 자유"까지 살 수 있으며 자신이 아는 힘 있는 백인들을 이용하여 가족을 찾게 해주겠다면서 함께 숨겨놓은 핑크 다이아몬드를 찾자고 제안한다. 그리고 그는 보웬에게는 다이아몬드 불법거래 현장과 물증을 찾는 데 협력하겠다고 제안하고 대신 그와 솔로몬이 핑크 다이아몬드가 묻힌 코노 광산으로 가는 동안 그녀의 도움을 받아 취재진으로 위장한다.

세 사람은 이처럼 서로 다른 이유로 다이아몬드에 얽혀 있다. 솔로몬은 가족을 구하기 위해, 아처는 안전과 탈출을 위해, 보웬은 다이아몬드의 부정거래를 폭로하기 위해서이다. 그리고 이들 각자의 명분은 다른 사람에 의존해야 해결 될 상황에 있으므로 서로 협력할 수밖에 없다. 솔로몬은 아처의 도움이 있어야 가족과 다이아몬드를 찾을 수 있고, 아처는 솔로몬의 다이아몬드를 되팔아야 살아남을 수 있으며, 보웬은 솔로몬과 아처의 동행이 있어야 다이아몬드 불법거래와 관련한 증거자료를 확보할 수 있는 것이다.

그런데 처음에 보웬은 아처에게 솔로몬의 가족을 걱정하는 척 위선 떨지 말라고 할 정도로 그를 불신했었다. 하지만 예기치 않게 보웬은 아처로부터 가족사를 듣게 되면서 마음을 열게 되었다. 보웬에게 들려주는 이야기로 드러나는 아처의 가족사를 보면, 그가 아홉 살 때 어머니는 반군에게 참혹하게 강간당한 후 사살되었고 아버지는 참수 당했다. 이런 경험을 한 그에게 남아 있는 것은 "신은 아프리카를 떠나고 없다"와 같은 절망감뿐이다. 아처의 개인사는 그의 가족 역시 내전의 희생자임을 시사하고 나아가 그가 솔로몬의 다이아몬드에 집착한 이유를 간접적으로 설명해 준다. 그는 백인으로서의 특별한 인종적, 경제적 지위를 누린 것과는 하등의 상관없이 여느 흑인들과 비슷한 비참한 삶을 살아왔던 것이다. 그렇기 때문에 아처에게 다이아몬드는 "신이 버린 이 땅을 떠나게 해 줄 티켓"일 수밖에 없다. 이로써 드러나는 것은 다이아몬드가 정부 권력층과 반군에게 부의 축적 수단이라면, 솔로몬에게나 아처에게 다이아몬드는 결코 부의 수단이 아니라는 사실이다.

3. 내전을 본격화시킨 아프리카의 자원

아프리카의 많은 국가는 시에라리온처럼 각종 진귀한 천연광물을 풍부하게 보유하고 있음에도 불구하고 세계 최빈국에 속하는 경우가 허다하다. 그 이유는 자원의 발굴에서 오는 경제적인 이득이 해당 국가와 국민들에게 고스란히 배분되지 않고 독재체제의 수장에게 돌아가거나 분쟁을 도구로 이득을 챙기는 집단에게 돌아가기 때문이다. 그런데 이 같은 분배의 문제는 차치하고라도 자원 채굴권을 둘러싼 정부군과 반군 사이의 각종 싸움에서 진짜 희생자는 원주민이라는 데서 심각성은 대두된다. 다이아몬드는 물론이고 많은 진귀한 천연자원에 "핏빛"이라는 수식어가 수반되어 온 사실이야말로 다음의 글에서처럼 이러한 진면목을 상기시켜 준다.

> 보석을 둘러싸고 벌어지는 비극은 아프리카에서 그치지 않는다. 다이아몬드만이 분쟁용으로 사용되지 않는다. 강렬한 붉은 빛을 띠고 있어 고대 이집트 시대부터 정열과 생명의 신비를 간직한 것으로 여겨진 루비, 묵시의 거울로서 베아트리체의 눈으로 비유된 에메랄드도 수많은 희생을 초래한 핏빛 보석이다. (박종성 76)

이는 보석과 천연자원이 불러일으킨 비극이 비단 현재의 아프리카라는 시공간에 한정되지 않다는 의미이다. 즉 자원이 발견되는 곳이라면 고대의 이집트에서부터 현재의 아프리카에 이르기까지 모든 시공간을 넘나들며 비극의 원천으로 자리 잡은 지 오래였던 것이다.

이와 같이 자원과 관련한 아프리카의 비극은 솔로몬이 묻어 둔 다이아몬드를 찾으러 가는 여정에서 반군의 습격으로 폐허가 된 마을에 이르렀을 때, 그곳에서 만난 한 노인의 회의어린 이야기에서 극적이다. 이웃 마을에 반군이 있으니 조심하라고 당부하던 그는 솔로몬에게 "만약 이곳에 석유까지 나왔다면 진짜 볼만했을 거야"라며 자원이 발견된 공간에 어떤 일들이 벌어지는지를 압축적으로 알려 준다. 그의 이야기를 분석해 보면, 천연자원을 확보하고 있는 것은 현실에서 두 가지 대조되는 양상으로 나타나는데 서상현은 이에 대해. "우선은 보유한 천연자원을 통해 잠재적으로 국가의 수입을 증대할 수 있고 번영할 수 있는 기틀이 될 것이고, 반면 천연자원이 국가를 불안정화시키고 종국에는 분쟁을 가져온다"(서상현 115)고 분석한다. 시에라리온의 경우 이 지역의 다이아몬드는 전적으로 후자에 해당되므로 이 영화가 주목하는 바도 천연자원의 생산지가 비극적인 공간으로 내몰리는 상황이다.

노인이 지적한, 자원으로 인한 비극은 다시 솔로몬의 질문으로 가시화된다. 그는 아처에게 "백인들은 다이아몬드를 원해서 그렇다지만 우린 왜 동족끼리 죽이는 거지?", "어떤 사람들은 우리가 유전적으로 문제가 있대. 백인지배를 받을 때 더 잘 살았다면서."라는 회의 섞인 이야기를 한다. 솔로몬의 회의는 현재 아프리카인들이 왜 내부 분쟁으로 피폐화 되었는지를 총체적으로 반문하는 과정이기도 하다. 자원이 야기한 비극적인 현실을 파악하기 위해 좀 더 과거로 거슬러 올라가면, 애당초 다이아몬드의 발견 자체가 서구의 침략과 내전의 주된 빌미나 다름없었음을 알 수 있다. 우선적으로 다이아몬드가 불러일으킨 다층적인 비극은 다이아몬드의 발견과 동시에 그 진가가 인정되면서부터 시작되었다. 1930년대 영국의 지리학자들이 시에라리온에서 다이아몬드, 즉 유백색 탄소 결정체인 다이아몬드를 발견한 것 자체가 아프리카에 비극의 탄생을 촉발시켰다. 아름다움의 상징으로 남아 있어야 할 다이아몬드가 탐욕을 낳고 증오를 폭발시킨 것이다(Wright 697).

이처럼 지리학자의 단순한 발견 행위는 많은 내 · 외부 세력들로 하여금 시에라리온을 목숨 걸고 탐을 내는 각축장으로 변질시켰고 그 결과 현재까지도 피의 내전으로 내몰고 있다. 특히 이 지역의 RUF 반군들은 다이아몬드를 둘러싼 광산을 불법적으로 차지하기 위해 지역민을 통제하는 효과적인 수단으로 "공포라는 아군"(캠벨 16)을 이용하였고 "집단강간, 고문, 아무런 원칙 없는 처형, 약탈, 식인 등을 그들의 전략 중 일부"(캠벨 17)로 행했다. 실제로 이 지역에서는 "입술, 귀, 다리, 가슴, 혀를 자르는 경우"(캠벨 17)까지 발생했지만 반군이 공포를 전략적으로 조장하기 위해 중점적으로 행한 것은 "손목절단"이었다.

그런데 이 영화는 "손목절단"이라는 끔찍한 수단이 시에라리온에서 시작되지 않았다는 사실 또한 폭로하고 있다. 솔로몬과 아처가 소년병 재활센터를 찾았을 때 그곳의 관리자는 "손목절단은 아프리카에서 시작된 것이 아니라 벨기에인들이 콩고를 식민화 할 때 지배를 수월하게 하기 위해 사용했던 수단"이었다고 알려 준다. 그의 대사는 서구에 의해 아프리카인들이 원시적이고 잔인하며 부도덕하다고 조장되어온 이미지와는 달리 그들의 잔혹한 행위마저 과거 식민통치 시절에 백인이 자행했던 행위를 그대로 답습했음을 주지시킨다. 그리고 이것은 감독이 영화를 빌어 아프리카의 불행한 현대사가 여전히 그러한 과거 식민사로부터 자유로울 수 없는 현실을 개탄하는 대목이다. 감독이 이 영화의 초입부에 반군이 사람들의 손목을 절단하는 아슬아슬한 장면을 제시한 것도 그러한 식민사의 그림자를 간접적으로 재현하려는 의도를 담고 있다.

손목절단이라는 수단과 함께 반군에 힘을 실어준 또 다른 무기는 바로 소년병이라는 조직이다. 시에라리온의 내전으로 인한 범죄는 아이들의 조직적인 동원으로 보다 수월해졌으며 반군은 술과 마약에 중독된 소년병들로 하여금 정부군에 협조한 부모를 살해하게 하는 패륜까지 강요할 만큼 범죄의 수위를 높였다. 이 영화에서도 드러나듯이 소년병의 실체는 "아프리카 대륙에서 가장 큰 피해자는 아이들"이라는 비극을 실감나게 한다. 이를 반영하는 현실은 다이아몬드 광산에서 무임금으로 노동력을 착취하는 우선대상이 바로 아이들로 집계된 점과 이들이 어떤 선택을 하더라도 정부군과 반군 양 진영에서 만들어놓은 끔직한 덫에 갇히는 상황으로 증명된다. 이와 관련하여 시에라리온 등을 비롯한 아프리카 분쟁지역을 집중적으로 취재해온 메러디스는 소년병들의 실상과 딜레마를 다음과 같이 전하고 있다.

전쟁을 벌이는 양쪽 세력이 소년 병사들을 이용하면서 소년 병사들은 시에라리온 내전의 특징이 되었다. 한때는 8세에서 14세에 이르는 소년 병사들이 혁명연합전선 병력의 절반을 차지했던 것으로 추정되었다. 많은 소년들이 한번 발을 들여놓으면 빠져나갈 수 없다는 것을 깨달았다. 달아났다가 잡히면 즉석에서 처형을 당하거나 적군의 손에 넘겨져 보복 살해를 당할 위험이 컸다. 그러나 일부 소년 병사들은 병사로 생활하는 것을 더 좋아했다. (메러디스 770-71)

위의 사례는 시에라리온의 내전에 나타난 참혹함의 정점이 바로 이 소년들을 통해 나타난다고 해도 과언이 아님을 보여준다. 즉 인간이 어디까지 도구로 전락할 수 있는지, 특히 디아를 통해 소년병들이 어떻게 전쟁의 도구로 전락할 수 있는지를 고스란히 보여준다.

그들은 노동력을 착취당하는 것으로 끝나지 않고 어느새 동족을 죽이는 주체로 변모해 간다. 아처와 보웬의 도움으로 솔로몬이 가까스로 찾아낸 디아의 경우도 마찬가지다. 감독은 이 디아를 통해 평범한 소년들이 어떻게 반군의 지시사항을 기계처럼 수행할 수 있는지를 실감나게 형상화 한다. 디아는 포이즌으로부터 '반군대장'으로 임명되어 '보스맨'으로 불리며 눈빛마저 바뀐 채 이미 '진짜' 반군이 되어 있다. 그는 죽음을 무릅쓰며 자신을 구하러 온 아버지에게조차 총구를 겨눌 정도이다. 디아와 소년병들은 마약과 술에 탐닉한 채 총을 들고 "베이비 킬러" 또는 "재앙의 신", "타고난 킬러"라 자칭한다. 그들은 술과 마약을 제공받은 후 반군의 꼭두각시가 되어 살인을 놀이로 생각한다. 소년병들이 가족과 이웃을 향해 총구를 겨누게 된 것은 정체성이 형성되기도 전에 강요받은 술과 마약 탓이다. 소년병들이 자신들의 행위가 끔찍한 수위에 이를 때 받는 찬사와 하사품에 우쭐해 하는 것도 그러한 맥락에서이다. 그렇기 때문에 의사가 되는 것이 꿈이던 평범한 소년

디아도 아버지의 존재마저 부인하는 냉혈한 병사로 급변할 수 있었다.

혁명연합전선이 손목절단과 소년병을 동원하여 얻은 다이아몬드 판매 이익금은 자연스럽게 무기와 마약대금을 비롯한 각종 전쟁자금으로 소비된다. 즉 반군은 손목절단과 소년병, 그리고 각종비리를 수단으로 체계적이고 조직적이며 치밀한 통제 메커니즘을 실현해 간다. 다이아몬드의 발견이 오랜 세월동안 현지인들에게 축복이 되지 못하고 내전과 분열, 죽음을 부르는 덫으로 작용하는 것 역시 이러한 과정과 무관하지 않을 것이다.

즈윅 감독은 자원과 관련된 총체적인 비극성을 효율적으로 전달하기 위해 이 영화에서 대조 화면을 상징적으로 활용하고 있다. 우선 영화에서 다이아몬드를 캐는 작업장의 흑인들은 세련된 양복을 입고 고상하게 다이아몬드에 관한 회의를 하는 강대국 출신의 백인들과 대조된다. 또한 시에라리온 사람들이 경험하는 처절한 현실은 간단한 문서나 수치로 대조된다. 이것은 대조를 통해 사람들이 시에라리온의 현실을 객관적인 통계로만 접하게 되면서 그러한 비극에 얼마나 무감각하게 반응하는지를 인식시키려는 감독의 전략으로 이해할 수 있다. 감독이 전하고자 하는 외부세계의 무관심은 영화에서 무기상들이 자신들의 수입원을 보장해주는 훌륭한 시장으로 시에라리온에 관심을 갖지만, 정작 자신들이 사고파는 무기가 원주민들의 팔과 다리를 자르고 몸통을 관통하는 주된 원인이라는 사실에는 외면하는 장면으로 재현된다.

이러한 대조는 아프리카의 다이아몬드가 불법적인 유통과정과 세탁을 거쳐 어떻게 백인들의 부로 직결되는지와 이것을 가능하게 한 결정적인 배후에는 강대국과의 긴밀한 결탁, 그리고 이를 지키려는 일환에서 폭력에 대한 방관이 있음을 은유적으로 보여준다. 뿐만 아니라 〈블러드 다이아몬드〉는 자원과 무기를 거래하는 서구가 아프리카의 내전을 부추긴 주된 역할을 했음에도 불구하고 구호물자와 연민의 시선을 통해 스스로 면죄부를 부여한 현실 역시 증언 한다. 방관하는 시선에 동정심이 겹치는 또 다른 사례는 아프리카의 종족분쟁과 관련한 비극을 다룬 영화 〈호텔 르완다〉(*Hotel Rwanda*, 2004)에서도 다뤄지고 있다. 이 영화에서 주인공 폴 루세사바기나(Paul Rusesabagina)가 기자에게 "세계가 학살장면을 보면 가만있지 않을 거예요"라고 말하자 기자는 "사람들은 저녁 뉴스를 보면서 놀라기는 하지만 바로 다음 아무 일 없었다는 듯이 저녁식사를 할 겁니다"라고 대꾸한다. 〈호텔 르완다〉가 외부인들이 그러한 비극에 안타까워하다가도 곧바로 일상으로 쉽게 복귀하는 것이 일상적인 반응임을 강조한 점에서 〈블러드 다이아몬드〉와 유사하다. 개인과 국가가 개별적인 차원에서 저마다 인도주의를 표방하더라도 아프리카에 대한 개입에는 늘상 한계적 입장을 취해왔던 것이다(김현아 437).

4. 비극에 대한 윤리적 개입의 필요성

그렇다면 시에라리온의 내전에 세계는 과연 어떤 반응을 보이는지 이 영화를 통해 좀 더 구체적으로 되짚어 볼 필요가 있다. 외부세계의 보편적인 반응이 솔로몬과 보웬의 대화로 통렬하게 전달되기 때문이다. 솔로몬과 아처가 기자와 카메라맨으로 위장한 채 다이아몬드와 디아를 찾는 과정에서 솔로몬은 보웬에게 "당신과 같은 기자가 이런 상황을 취재하고 대중에게 알리면, 미국이 우리 아프리카 사람들을 도와주겠죠?"라고 질문한다. 솔로몬의 기대와는 달리 그녀는 '아닐 것'이라고 답변한다. 두 사람의 대화는 미국이 유엔을 포함한 국제기구까지 함의한다고 볼 때 외부세계는 시에라리온의 비극에 어떻게 대응했는지, 그러한 대응이 시에라리온 사태에 실절적인 도움이 되었는지에 의문을 제기하게 한다. 보웬의 답변은 그동안 국제기구가 개입이 절실한 수많은 비극적인 사건에 적극적으로 관여하지 않았거나 아니면 형식적으로 흉내 내는 식의 개입에 그쳤을 것이라는 회의어린 입장을 대변한다.

이 사건을 바라보는 회의는 국제분쟁을 조정하는 국제기구가 명백히 있는 마당에 시에라리온 사태로 엄청난 사망자와 부상자, 그리고 난민이 발생하는 데에서 출발한다. 이러한 비극적 수치는 다이아몬드의 분쟁을 체계적으로 연구한 미국 출신의 저널리스트 그래그 캠벨(Greg Campbell)의 설명으로 명백해 지는데, 그는 시에라리온의 사례를 통해 국제기구가 아프리카의 핵심적인 분쟁과 비극을 외면한 구체적인 이유를 다음과 같이 밝힌다.

> 아프리카의 한 나라에서 그처럼 엄청난 폭력이 자행되고 있다는 사실은 국제적 개입의 의지를 한층 더 꺾어버렸다. 언론매체들이 자연재해나 인위적인 재앙이 일어날 때를 제외하고는 사하라 이남의 국가들을 거의 전적으로 무시해버리기 때문에 선진국의 대다수 소비자들에게 있어 아프리카의 전쟁은 자기들과는 거리가 멀고 이해하기 어려운 것으로 보인다. 전 세계에서 방영되는 아프리카 관련 TV 프로그램 대다수는 야생동물을 다루고 있다. 아프리카를 파노라마처럼 보여주며 찬양하는 이런 프로그램에서 실제 아프리카인들은 거의 볼 수 없다. (25)

캠벨의 견해는 아프리카를 다루는 서구의 주요 언론매체가 야생동물만을 지나치게 흥미로운 주제로 부각한 나머지 아프리카인들의 고유한 삶과 문화, 그리고 역사를 삭제하고 있으며, 그러므로 그들이 죽어가는 것조차 주목받지 못했다는 강한 비판을 담고 있다. 그의 비난어린 시선은 남아공 작가 나딘 고디머(Nadine Gordimer)가 인터뷰를 통해 "아프리카를 다룬 어떤 프로그램에도 아프리카인은 보이지 않는다"(왕은철 47)며 야생과 숱한 동물들의 이미지에 가려져 정작 아프리카인이 아프리카 대륙의 주체로 등장하지 않는다고 비난한 맥락과 비슷하다. 캠벨과 고디머는 다큐멘터리를 비롯한 언론매체가 대부분 사파리와 동물만을 주제로 다룬 나머지 정작 아프리카인들의 삶과 비극은 마치 존재하지 않는 것처럼 조장되고 있는 현실을 강도 높게 지탄하고 있다.

그런데 아이러니컬하게도 형식상 통계로는 이 지역에 "유엔역사상 최대 규모의 평화유지군이 배치"(캠벨 28)되었다. 그러나 이러한 배치를 비웃기라도 하듯이 평화유지군의 투입 결과는 참담했다. 이는 국제기구의 개입이 아프리카의 비극을 실질적으로 개선하는 데 적극적이지 않았다는 의미일 수 있다. 이러한 현실은 〈블러드 다이아몬드〉에서 반군의 잔학행위가 심했던 기간에도 방송에서는 "유엔은 난민들의 안전에 최선을 다한다"는 식의 홍보용 멘트가 흘러나오는 장면으로 나타난다.

형식적인 개입에 가려진 국제기구의 방관은 살육의 현장에 인도적, 윤리적 개입마저 불가능하게 했으며 연쇄적으로 보다 큰 문제를 야기하는 것으로 이어졌다. 그러한 명징한 사례는 이 영화에서 나오는 'TIA'라는 문구로 전달된다. 'This is Africa'의 약자인 'TIA'는 이곳은 방화, 살인, 강간이 일어나는 공간이고 이 공간에서 그러한 처참한 사건들이 빈번한 이유는 아프리카이니까 허용될 수 있다는 인식의 팽배를 담고 있다. 즉, 이곳이 아프리카이니까 개입하지 않아도 되고 어떤 처참한 사건들이 일어나더라도 아프리카이니까 그럴 수 있다는 체념의 다른 표현이다. 이것은 외부의 개입의지를 꺾고 결국 방치를 종용한다. 그러므로 'TIA'는 내부적으로 아프리카인들이 스스로에게 갖는 체념의 입장과 외부인들의 방관적 입장을 동시에 담고 있다. 아프리카에서 "살인이 삶의 방식"이 된 지 이미 오래라고 아처가 말하는 것도 이러한 맥락에 기반한 것이다.

국제기구의 개입이 흉내 내기에 그쳤다는 보다 구체적인 정황은 다음의 사건으로 확인할 수 있다. 시에라리온에 주둔한 유엔 평화유지군(UNAMSIL: United Nations Mission in Sierra Leone)은 많은 민간인에 대한 횡포가 극에 달한 순간에도 시에라리온의 RUF 반군단체가 해체되었고 불법 다이아몬드 거래도 종식되었다고 공식적으로 선언한 바 있다(캠벨 300). 수많은 시에라리온 사람들이 죽어나간 시점에서도 이러한 발표가 있었기 때문에 국제적인 공분을 사기에 충분했다. 유엔의 선언과는 다르게 다이아몬드의 불법채굴과 불법거래는 계속되었고 무능한 정부와 부패한 경찰, 반군은 저마다 이득을 챙기기에 여전히 바빴던 것이다. 이 사이에서 민간인의 피해가 지속되었던 것은 두말 할 필요도 없다.

세계의 인도적 개입의 실태가 솔로몬이 보웬에게 던지는 질문으로 나타났다면, 다이아몬드의 불법거래와 다국적 기업의 만행은 보웬이 아처에게 "이 나라는 5년 동안 수출이 전무한데 이웃 라이베리아는 20억 달러에 달해요. 다이아몬드가 하나도 안 나는데 왜?"라는 추궁으로 드러난다. 이것은 다이아몬드 광산에 얽힌 엄청난 진실이 폭로되는 대목이다. 시에라리온이 많은 양의 다이아몬드를 생산하고 있으면서도 수출이 없는 것으로 드러난 객관적 수치에 경악하는 보웬의 의문은 관객으로 하여금 밀수가 자행되는 방식을 비로소 간파하게 만든다. 그리고 보웬의 의문에 아처는 밀수과정이 어떻게 교묘하게 완성되는지를 상세히 알려 준다. 그에 따르면, 다이아몬드가 순조롭게 거래되고 아프리카 분쟁지역으로 불법무기가 무사히 흘러 들어갈 수 있었던 것은 거짓서류와 뇌물이 동원되고 매수된 세관당국이 이를 눈감을 정도로 행정상의 모든 절차를 반군이 장악한 덕분이다. 그리고 바이어들의 손을 거쳐 다이아몬드가 분류되면 이후 인도로 보내지고 다양하고도 교묘한 세탁의 과정을 거친 후 미국을 중심으로 전 세계로 유통된다.

보웬이 알게 된 밀수과정은 아프리카에 대한 서구 유럽 국가들과 국제기구의 인도적 지원을 보다 절실하게 요청해야 할 필요성을 대두시킨다. 그러나 이에 아랑곳하지 않고 강대국들과 국제기구가 적극적인 개입을 서두르지 않고 한결같은 태도를 유지하는 것이 오늘날의 현실이다. 캠벨은 이러한 암담한 상황에 처하게 된 근원적인 이유를 다음과 같이 지적하고 있다.

> 1999년, 유엔평화유지군이 배치되기 전까지, 세계 강대국들은 시에라리온을 거의 완전히 무시했다. 이 나라에서 십년 동안 죽음과 고문이 판치게 하는 데 일조한 다이아몬드를 사들이는 데는 열심이었으면서도 말이다. 시에라리온이 개입 대상국가 목록에서 하위를 차지하고 있는 이유를 알아내기는 그리 어렵지 않다. 이 나라는 지도에서 찾기도 어려울 뿐더러, 다른 많은 아프리카 국가들과 마찬가지로 부패와 독재정부, 무식한 깡패 같은 지도자에게 시달렸으며, 도저히 이 세상에서 벌어진 일이라고 볼 수 없는 만행에 희생되었다. (24)

여기에서 캠벨은 서구 유럽 국가들이 이 '블러드 다이아몬드'를 구입하고 부를 축적시키는 데 혈안이었던 모습과는 대조적으로 아프리카 국가들에 온정적, 윤리적 입장을 취하는 것에는 얼마나 거리를 두었는지를 비난하고 있다. 자원을 통한 이득에만 집중하는 강대국들의 이러한 태도는 개입과정에서조차 자신들의 이익에 얼마나 부합되는지를 우선적으로 따져 온 국제기구의 입장과 크게 다르지 않다. 강대국들과 국제기구는 이익의 여부에 따라 개입시기를 결정하는가 하면, 또 다시 이익의 규모에 따라 적극적인 개입과 소극적인 개입을 구분했기 때문이다.

한편 아처는 대령의 수하에서 다이아몬드 밀수를 위해 살아온 자신의 삶에 회의를 느끼기 시작한다. 그리고 바로 이 무렵, 아처의 상관인 코츠에 대령은 그에게 핑크 다이아몬드를 손에 넣기 위해 반군을 쓸어버리자고 말한다. 대령은 반군에게는 무기를 팔고 시에라리온 정부로부터는 반군소탕 요청을 받아 광산지분까지 받으며 이중이득을 챙기는 인물이다. 아프리카에는 코츠에처럼 다이아몬드로 수익을 누리기에 바쁜 소수 무리가 있는가 하면, 나머지 대다수는 정작 그들의 이익에 희생된다. 아처는 이러한 현실을 숱하게 목격한 상황에서 대령이 디아를 볼모로 솔로몬의 다이아몬드를 차지하고 자신을 제거하려는 움직임을 감지하며 더욱 회의에 빠진다. 그래서 그는 서서히 마음을 바꿔 디아를 구하는 쪽으로 마음을 굳히고 더불어 보웬과 솔로몬에 적극 협력하게 된다.

한때 아처는 솔로몬과 함께 간신히 찾은 핑크 다이아몬드를 가로채 그를 배반할 생각까지 했었지만 보웬 연락처와 함께 다이아몬드를 솔로몬에게 전한다. 그토록 중요했던 핑크 다이아몬드를 솔로몬의 가족을 위해 포기한 것이다. 뿐만 아니라 그는 보웬에게 다이아몬드 불법거래의 구체적인 증거물인 이름, 거래날짜, 계좌번호 등을 건네준다. 이것이 그에게는 자살행위나 다름없지만 망설이지 않는다. 그가 이렇게 변화의 모습을 보인 이유는 솔로몬과 동반하면서 다이아몬드 거래로 잊고 있었던 자신의 휴머니티를 끄집어낼 수 있게 되어서이다. 아처는 다이아몬드를 찾는 과정에서 치명상을 입게 된 후 죽기 직전에 보웬에게 전화해서 솔로몬을 런던으로 데리고 가도록 부탁하고 핑크 다이아몬드와 디아를 안전하게 맞바꿀 환경을 조성해 준다. 그렇게 해서 솔로몬은 런던에서 무사히 가족을 만나고 보웬은 불법 다이아몬드에 관한 기사를 세상에 폭로할 수 있게 된다.

솔로몬은 런던의 화려한 보석 가게의 쇼 윈도우 앞에서 문득 걸음을 멈추고 아프리카의 현실과는 아무런 상관이 없는 듯 빛나는 다이아몬드 목걸

이를 유심히 지켜본다. 감독은 이 장면으로 대도시의 화려함을 더해 주는 이 다이아몬드가 손목절단과 강제노동, 소년병, 내전 등 아프리카 대륙의 온갖 비극을 담보로 한 결과물임을 은유적으로 알리고 있다. 즈윅은 가난한 아프리카의 현실과 유럽의 한 중심에 놓인 다이아몬드를 대비시켜 천연자원이 매장된 국가에는 내전과 갈등이 양산되는 것과는 달리 이 불행을 이용하는 서구 유럽은 막대한 부를 채우는 양상을 부각시키고 있는 것이다. 영화는 이러한 상징적인 장면에 이어 솔로몬이 제3세계에서 어떤 일이 벌어지고 있는지를 증언하는 장면과 함께 다음의 자막으로 끝을 맺는다.

> 2003년 1월, 40개국이 분쟁 다이아몬드의 유통을 막는 '킴벌리 프로세스'에 서명했다. 하지만 분쟁 다이아몬드는 여전히 유통되고 있다. 분쟁 다이아몬드 근절은 우리 소비자한테 달렸다.

즈윅은 이러한 메시지를 통해 무엇보다도 소비자의 역할을 강조하고 있다. 그 일환으로 즈윅은 다이아몬드를 사는 개인의 선택이 타인의 비극에 연루될 수 있기 때문에 신중해야 할 것을 일깨우고 있다. 그는 자신의 영화를 통해 조금이나마 구매자의 윤리적 선택을 유도한다면 불법 다이아몬드의 유통을 조금이나마 막을 수 있고 이것이 곧 인도주의적, 윤리적 개입의 발판으로 작용할 수 있다고 본 것이다. 즉, 감독은 국제기구의 윤리적 개입도 중요하지만 그에 선행하여 소비자의 윤리적 구매를 통한 개인의 윤리적 개입을 아프리카 비극을 막는 중요한 요소로 파악한 것이다.

마지막으로 이 영화를 통해 아프리카의 부조리한 현실을 일깨우거나 휴머니즘을 실현하는 주체가 왜 백인 주인공들인지에 의문을 제기해 볼 필요가 있다. 이는 백인 감독의 영화에서 우연으로 간과하기에는 늘 고질적인 문제였다는 점에서이다. 보웬과 같은 백인기자의 역할이 다이아몬드의 검은 시장과 아프리카인들의 희생을 외부세계에 알려 국제적으로 쟁점화시킨 점은 충분히 높이 평가할 수 있다. 하지만 바로 이 지점에서 아프리카인들의 수동성이 부각될 수 있는 가능성에 유념해야 할 것이다. 그것은 아프리카인들은 왜 스스로 자신들의 참상을 알릴 수 없는가, 아프리카인들은 외부의 백인이 중요한 계기를 부여하고 나서야 그에 편승하는 존재로 비칠지 모른다는 의문과 일맥상통한다. 이러한 맥락을 바탕으로 흑인의 실상을 백인의 시선으로 전달하는 현실적인 모순과 백인위주로 흐르는 저널리즘의 현재적 한계를 직시해 보는 것도 의미 있는 과정일 것이다.

5. 분쟁 다이아몬드의 근절과 윤리적 소비

다이아몬드를 둘러싸고 10년 이상의 내전을 끌어온 시에라리온의 비극을 담은 〈블러드 다이아몬드〉는 "시에라리온에서 다이아몬드가 발굴되지 않았다면 사지절단과 살육으로 이어지는 참상은 오래전에 끝났을 것"이라는 안타까운 메시지를 담고 있다. 그리고 이것은 현재 유통되는 전 세계 다이아몬드의 약 15%가 "블러드 다이아몬드"인 상황에서 다이아몬드 공급을 독점하는 다국적기업이 이 유통과 끊임없이 연루된 사실에 주목하게 한다. 2000년대에 접어들어 다이아몬드에 숨겨진 비극과 연루사실이 차츰 밝혀지면서 "피의 다이아몬드"를 근절하기 위해 '킴벌리 프로세스'(Kimberly Process)[2]라는

2) 킴벌리 프로세스(Kimberly Process)는 다이아몬드를 거래하는 과정에서 발생하는 이윤이 아프리카 국가들의 내전을 부추기는 자금이 될 수 없도록 실질적인 대안을 마련하자는 데 설립 목적이 있다. 다이아몬드가 분쟁 다이아몬드도 둔갑하는 것을 막기 위한 중요한 수단으로 다이아몬드에 원산지 표기를 명시하도록 한다. 이 표기를 근거로 원산지가 분명치 않을 경우 다이아몬드의 구매와 판매에 제재를 가하고자 한 것이다. 물론 이 방안이 근원적인 대안일 수 없지만 시도 자체를 해결방안의 하나로 간주해볼 수 있다.

제도가 도입되어 그러한 환경을 개선하려는 협안이 마련 중이다. 이 제도가 완벽한 대안일 순 없지만 자체감시기구를 통해 다이아몬드에 '미분쟁 원산지 증'을 부착함으로써 다이아몬드로 인한 희생을 최소화하자는 취지가 모색되고 있다. 이는 글로벌 경제체제에서 다이아몬드를 구매하는 행위는 이미 아프리카의 비극으로부터 자유로울 수 없는 맥락을 주지시켜 준다.

감독으로서 이러한 책임감을 통감하면서 즈윅은 이 영화의 제작 의도는 '블러드 다이아몬드'가 전 세계에서 어떻게 불법적인 방식으로 유통되는지, 그리고 이 유통과정이 아프리카의 현실을 어떻게 황폐화시켰는지를 밝히는 것이라고 표명한다. 이러한 주제의 전개는 다이아몬드 생산지를 비롯한 천연자원의 생산지가 왜 축복받은 공간이 아닌 비극적인 공간으로 전도되는지를 객관화화는 과정이자 감독이 아프리카의 비극에 윤리적으로 개입하는 과정일 것이다. 〈블러드 다이아몬드〉가 영화로서 갖는 가치도 감독의 그러한 윤리적인 동참이 관객으로 하여금 윤리적 소비에 대한 중요성을 인식하도록 하는 점에서 찾을 수 있을 것이다.

* 이 글은 「다이아몬드를 둘러싼 폭력과 빈곤의 비극적 메커니즘 -〈블러드 다이아몬드(*Blood Diamond*)〉」, 『용봉인문논총』. 47 (2015): 39-64쪽에서 수정·보완함.

02 중심 속의 이방인 작가와 아이러니 서사

제4장

인종주의와 '패싱'의 아이러니 —유대계 미국작가 필립 로스의 『인간의 오점』

1. 낙인화와 '패싱'(passing)

'낙인화'(stigmatization) 이론을 정립시킨 캐나다 출신의 사회학자 어빙 고프만(Erving Goffman)은 낙인행위란 한 인간을 다른 인간과 구분 짓는 고유하고 핵심적인 측면을 전혀 고려하지 않은 데서 발생한다고 분석한 바 있다(15). 이를 달리 해석하면 "한 유형의 보유자에게 낙인이 되는 속성이 또 다른 사람들에게는 그들의 평범함을 확인"시킨다는 의미이며 대상에 대한 경계 짓기나 다름없는 "낙인화"는 분명히 "속성 자체보다는 관계", 즉 사회적인 맥락에서 성립되는 사실을 밝혀 준다(Goffman 13). 고프만과 비슷한 견해에서 정체성의 낙인에 대한 위험을 연구한 인도 출신의 철학자 아마르티아 센

(Amartya Sen) 역시 종교와 민족, 문명, 문화 등 어느 하나의 정체성을 기준으로 자신 내지는 타인을 주시할 때 다양성과 다원성을 가진 인간의 존재는 끔찍하게 축소되며 세계의 갈등과 만행, 폭력은 "독보적인 정체성이라는 환영"을 통해 유지된다고 설명한다(175).

고프만과 센의 견해는 단일한 정체성에 의존하여 대상을 범주화하는 행위가 이질적인 정체성들의 충돌을 조장하여 고립과 폭력을 수반하는 사실을 명시한 점에서 '낙인화'란 인종, 계급, 성 등을 둘러싼 정체성의 낙인화와 직결된다고 요약할 수 있다. 나아가 낙인화가 정상과 비정상이라는 이분화를 양산한 주된 요인이었음을 감안해볼 때 역사상 낙인화의 가장 비극적인 산물 중의 하나는 인종주의로 발현되어 왔다고 해도 과언은 아닐 것이다. 이러한 견해를 확장시켜 생각해 보면, 인종차별이 극심했던, 백인이 흑인보다 훨씬 우위를 점하던 과거 미국사회의 인종적 현실에서 흑인이 백인의 피부와 정체성을 열망했던 것은 낙인찍힌 인종으로부터 벗어나고자 했던 생존상의 필사적인 동기에서 비롯된다고 볼 수 있다.

유대계 미국작가 필립 로스(Philip Roth)의 『인간의 오점』(*Human Stain*, 2000)은 바로 그러한 낙인화의 대상으로 남지 않기 위해 흑인이 백인 행세를 하면서 내면적, 외면적으로 각각 흑인과 백인 두 인종을 동시에 붙들게 된 주인공 콜먼 실크(Coleman Silk)의 복잡한 삶을 전개함으로써 인종주의가 배태한 모순을 집약하고 있다. 그 모순을 구체화 하고자 로스는 『인간의 오점』을 통해 개인과 집단이 또 다른 개인과 집단을 비정상적인 대상으로 동일시하여 자신들의 입지를 확고하게 배치하려는 인종적 메커니즘을 형상화 한다. 이러한 주제는 인종문제에 휘말리는 주인공 실크의 오점화 된 삶과 '정상'이라는 입지를 보장받기 위해 주인공의 '비정상'을 도출해내려는 주변인들의 대응으로 가시화된다.

그런데 실크의 오점이 인종문제로부터 출발하는 것은 사실이지만 이 소설에서 로스가 부각시키고자 한 주제는 인종문제 못지않게 불가피하게 행복에 이르지 못하게 하는 인간의 치명적인 결함과 숙명이다. 이 사안은 백인의 피부로 태어난 흑인이 결과적으로 과연 행운인가 아니면 저주인가라는 실존적 아이러니의 경계를 주시하게 하면서 운명에 결박된 오이디푸스의 비통함과 삶의 반전을 상기시킨다. 그럼으로써 로스는 '패싱'(passing)의 수사와 더불어 인종을 바꾸는 과정에서 나타나는 딜레마를 연계하여 그리스 비극으로까지 그 의미를 확장해 간다(Rankine 102).

흑인이 열등하게 치부되던 1940년대의 미국사회에서 실크는 극도의 희박한 확률로 흑인 부모로부터 백인의 피부로 태어난 주인공이다. 우연성의 산물인 백색 피부는 인종차별주의 사회에서 그로 하여금 본의 아니게 백인으로 살도록 종용하는 요소로 작용한다. 다시 말해 실크가 백인으로 살게 된 단순한 이유는 그간 역사적으로 "인종주의가 인종간의 차이를 극한까지 밀어붙이고 그 다음 타자를 부정적인 근거로 다시 끌어들이는 역할"(Negri and Hardt 262)을 한 사실에 비춰볼 때 타자인 흑인이 "부정적인 근거"인 정황에서 흑인에게 '백인의 삶'은 하나의 대안으로 비춰졌기 때문이다. 그가 백인의 삶을 선택한 것은 인종주의라는 환영에 감금된 사회에서 그로서는 생존전략의 일환이었던 것이다. 그러나 우연에 의해 흘러든 그의 백색피부의 행운은 다시 우연에 의해 불행과 저주로 뒤바뀐다. 이것은 아리스토텔레스(Aristoteles)의 개념을 빌자면, 운명의 급격한 반전, 즉 주인공의 운명이 일련의 개연적 또는 필연적 경로를 거쳐 불행에서 행운으로 또는 행운에서 불행으로 바뀌면서 주인공의 신분이 분명해지는 '페리페테이아'(Peripeteia)이다(58). 그리스어인 '페리페테이아'는 아리스토텔레스의 『시학』(*The Poetics*)에서 숨겨졌던 '진상'이 드러나는 찰나를 축으로 태생과 관련한 주인공의 운명이

행복에서 불행으로 또는 불행에서 행복으로 급전하는 상황을 의미하며 이는 로스 소설의 틀을 핵심적으로 설명해 주는 개념이다.

『인간의 오점』이라는 제목을 통해 짐작할 수 있듯이 등장인물들은 치명적인 오점으로 인해 주변뿐만 아니라 자신과의 대면에도 균열된 반응을 보인다. 그중에서도 실크는 패싱을 감행한 이후로 흑인이라는 실제 정체성과 백인이라는 가상의 정체성 사이에서 극심한 고통을 겪는 주인공이다. 흑인에게 우연히 찾아든 백색피부가 행운이 아닌 저주와 배반을 담보하면서 두 인종의 경계에 선 실크에게 고통의 근원으로 작용하기 때문이다. 달리 말해, 인종주의의 불운으로부터 벗어나게 해주던 백색피부는 실크에게 백인만이 누릴 수 있는 행운을 거머쥐게 했는가 하면, 다시 이를 토대로 성취했던 모든 것을 잃게 만든다. 이 반전의 양상은 "패싱이 비록 개인적인 선택이긴 하지만 사회체제의 불행한 측면"(Rankine 101), 즉 인종주의에 이미 연루된 점을 밝히면서 패싱에 내재된 비극적 본질과 함께 미국사회의 인종적 현실을 되짚어 준다.

패싱은 사회적 기준에 의해 차단된 어떤 역할이나 정체성을 스스로 선택하고 이후에는 그것을 반복적으로 속여야 한다는 점에서 자기기만적인 행위임은 분명하다. 그러나 실크와 같은 흑인에게 패싱을 촉발시킨 근원이 그 행위에 선행하여 백색신화에 있는 점 역시 부인할 수 없다. 『인간의 오점』은 바로 이러한 전제에서 출발하여 흑인이 왜 인종적 패싱을 감행할 수밖에 없었는가의 현상을 사회적 문제로 부각하고 "굴곡진 운명의 실크를 내세워 미국사회에 놀랄 만큼 다양하게 섞여 있는 서로 다른 인종 간의 혼종된 계보를 형상화"(Webb 650)한다. 이 글은 이러한 논의를 확장하여 '퓨러티 판타지'[1](purity fantasy)가 위력을 떨치던 미국 사회에서 실크의 '패싱'을 생존하기

---

1) "purity"는 순수, 순결, 정화 등을 의미하지만 이 소설의 문맥상 인종과 관련시켜 해석하고자

위한 필사적인 대안으로 추정해 보면서 『인간의 오점』이 "퓨러티에 대한 항변과 논박"(Euben 2)에 관한 서사임을 설명한다.

그 분석의 일환으로 이 글은 주인공들의 행위를 통해 오점의 정반대인 '퓨러티'의 폭력적인 의미에 접근해 보고 이를 인식하는 과정에 나타난 문제점을 검토할 것이다. 이러한 논의가 '패싱'과 '퓨러티 판타지'를 연계했을 때 '퓨러티'의 강요가 어떻게 '패싱'을 유도하는지, 개인의 오점과 이를 인식하는 사회의 편협함은 어떠한 과정을 거쳐 구축되는지를 살피게 할 것이라 판단해서이다. 나아가 '오점'과 '퓨러티'의 관계를 규명하는 과정에서 흑인이 그토록 갈망하던 백색의 행운에 정반대의 불운이 내재되었으며, 개인의 오점이 구축되는 데 인종과 계급의 문제가 결정적으로 개입되는 경위를 설명할 것이다. '페리페테이아'에 갇힌 주인공의 딜레마로 제기될 수 있는 문제들이야말로 궁극적으로 미국사회의 인종적 궤적을 가늠할 수 있는 지점일 수 있기 때문이다.

2. 타인에 의한 '패싱'과 자의에 의한 '패싱'

『인간의 오점』은 등장인물들의 다양한 오점이 표면화되는 구체적인 과정을 통해 낙인화의 토대인 오점의 자의적인 측면과 타의적인 측면을 동시에 규명한다. 규명과정에 작가는 그의 다른 소설들에서도 주된 화자로 등장한 네이선 주커만(Nathan Zuckerman)을 개입시키는데 이 소설에서 그가 실크의 이웃이자 소설가이며 같은 고향의 6년 후배라는 사실은 실크의 고백을 가까이서 듣는 유리한 서술자임을 반영한다. 주커만은 실크가 들려준 이야

하므로 백색에 중점적인 의미를 두는 가운데 우리말로 번역하지 않고 "퓨러티"의 명칭을 그대로 사용하고자 한다.

기를 토대로 그가 왜 불명예스럽게 대학을 떠나야 했는지를 비롯해 "이미 일어났던 사건을 회상하는 방식"(Tierney 169)으로 주인공을 포함한 등장인물들의 오점을 재구성한다.

우선적으로 작가는 미국사회에서 인종주의가 어떻게 작동되는지를 보여주기 위해 주커만의 시선으로 백인 행세를 하는 '패싱'의 수사를 중심에 둔다. 실크가 백인과 흑인이라는 경계에서 백인의 삶으로 기울게 되는 것은 생존상의 필사적인 이유 외에도 의도하지 않은 우연성이 작용한 결과이다. 그 우연성이란 본의 아니게 실크가 흑인성을 부인하는 실질적인 계기가 되는 두 사건과 맞물려 있다. 첫 번째는 실크가 학창시절 권투 시합에 출전하는 날, 코치가 흑인인 그를 다른 사람에게 유대인으로 소개할 때 어느 누구도 그가 백인임을 의심하지 않은 사건이다. 두 번째는 실크가 해군 입대를 위한 심사서류에서 인종구분 란에 '백인'으로 표시했을 때 무사히 통과된 사건이다.

두 사건은 실크가 자신의 적극적인 의지로 흑인의 정체성을 먼저 부인했기보다는 단지 타인들이 실크를 백인으로 인식하기만 하면 즉시 백인으로 행세해도 무방한 인종적 현실을 통해 아이러니를 보인다. 타인의 시선이 가져오는 이러한 병폐를 지적한 사회학자 두 보아(Du Bois)는 정체성이 고유함보다는 주변의 인식으로 결정되는 터무니없고 불합리한 현실을 개탄한 바 있다. 그는 『흑인들의 영혼들』(*The Souls of Black Folk*)이라는 저서에서 흑인은 언제나 다른 사람의 시선을 통해 자신을 보고, 경멸과 연민의 시선으로 자신을 바라보는 세계의 잣대를 통해 자신의 영혼을 평가해야 하는 처지에 놓여있다고 성토했다(130). 그의 주장을 이 소설에 대입시킬 수 있는 이유는 흑인의 정체성이 타인의 시선에 의해 규정되는 현실이나 개인과 집단의 고유성을 왜곡하는 주체는 결국 타인의 시선이며 그 시선이 바로 배척과 인식론적 폭력을 낳는 맥락이 서로 일맥상통하기 때문이다.

두 보아가 제기한, 타인의 시선과 정체성의 긴밀한 결탁에 관한 문제는 실크를 인식하는 주변인들의 시선을 해석하는 과정에 적용해볼 만하다. 실크의 경우, 그가 뉴욕대로 진학한 이후부터 본격적으로 유대인 행세를 했던 것은 주변인들이 그를 백인, 그중에서도 유대인으로 인식했기 때문이며 더불어 그가 그렇게 타인들의 시선에 부응하며 자신의 백색피부를 이용하게 된 것도 유대인의 삶이 흑인의 삶보다 그를 불편하게 하지 않아서였다. 실크의 의지보다는 주변의 시선에 부응하는 그의 선택은 검은 피부가 인식론적 폭력의 근원으로 작용하고 있음을 입증하는 사례이다.

그런데 타인의 시선에 따라 본의 아니게 백인을 흉내 내야 했던 실크의 삶은 또 하나의 전환점이 되는 사건을 만나면서 과거와는 달리 '자의적으로' 백인의 삶을 선택한 후 행운과 저주 사이의 반전을 거듭하는 '페리페테이아' 의 덫에 갇히고 만다. 그것은 실크가 대학에서 만난 백인 여성 스티나 팔선(Steena Palsson)과 사랑에 빠졌을 때 자신이 흑인이라는 사실을 숨긴 채 그녀를 가족에게 소개시킨 사건으로 촉발된다. 실크는 팔선을 집에 데려가기 직전에 "백인으로 행세하기로 한 자신의 결정에 무슨 잘못이 있다고 생각하지 않았으며, 자신 같은 장래성과 기질, 피부를 가진 사람이라면 취했어야 할 가장 당연한 일"(120)로 인식했지만 예상과 달리 팔선은 실크의 가족이 흑인이라는 사실에 충격 받고 그를 떠난다. 그는 이 사건을 계기로 가족과 모든 관계를 끊고 '자의적으로' 백인의 삶을 택한 후 또 다른 백인 여성 아이리스(Iris)를 만나 결혼한다. 이렇게 가족을 외면하게 된 그에게 어머니는 "네 피부는 눈처럼 하얗지만 생각만큼은 노예 같구나"(138)라며 아들의 실체를 지적해 주는데, 말하자면 그는 "황홀한 자유를 보장받기 위해 어머니를 살해"(138)한 셈이다.

실크의 이러한 결정이 가족에 대한 배반으로 비칠 수 있지만 사실상 그에게 패싱이란 오이디푸스가 운명에 도전한 것처럼 개인의 이익을 위해 역사와 집단의 정체성을 내던지려는 의식적인 결심과도 같은 일종의 자기 구축의 행위로 해석할 수 있다(Rankine 104). 패싱과 주체의 문제와 관련하여 그동안 흑인이라는 사실을 부인하던 실크의 행위에 타의적 측면이 작용했다면, 팔선과의 이별 이후의 행위에는 자의적 측면이 작용했기 때문이다. 그중에서도 실크가 스스로 가족을 등지면서까지 자의적으로 흑인성을 부인한 행위는 거창한 삶에 대한 추구나 심지어 인종문제와도 하등의 상관이 없다는 점에 주목할 필요가 있다. 다음의 글에서 드러나듯 실크의 '자의적인' 차원의 패싱은 순전히 자유로운 삶에 대한 열망에서 비롯되었다는 점에서이다.

> 그가 어린 시절부터 계속 원했던 전부는 흑인도 아니고 더군다나 백인도 아닌, 단지 독립적이고 자유로워지는 것이었다. 그는 자신의 선택이 어느 누구도 모욕하기를 원치 않았고 그보다 뛰어난 사람을 흉내 내려는 것도 아니었으며, 자신이 속한 인종에 맞서 뭔가를 항의할 생각도 없었다.

> All he'd ever wanted, from earliest childhood on, was to be free: not black, not even white—just on his own and free. He meant to insult no one by his choice, nor was he trying to imitate anyone whom he took to be his superior, nor was he staging some sort of protest against his race or hers. (120)

실크의 자유로운 삶에 대한 욕망은 흑인이라는 이유로 기본적인 삶을 침해

받지 않으려는 단순한 욕망이며 이것은 "자신의 결심으로"(121) 운명을 결정하려는 욕망이다. 즉 흑인이라는 이유로 자신의 삶을 방치하지 않으려는 욕망으로, 그것은 대안적인 욕망에 해당한다. 대안적 욕망이란 사회적, 문화적 규범에 따라 행동하는 수동적인 산물이 아니라, 자기의 주관에 따라 대상과 상황을 규정하고 거기에 의미를 부여함으로써 세계를 능동적으로 이끌어가는 주체가 되고자 하는 욕망이다(장정훈 260). 이러한 견해에서라면 패싱과 관련한 그의 복잡한 심리는 『인간의 오점』에서 초점화 한 패싱이 단순히 개인의 문제가 아니라 "집단적인 정체성이라는 역사적 토대"로 이해되어야 하며 그러므로 "미국의 흑인 정체성에 관한 이해는 점차 역사와의 상관관계로 살펴야 한다"(Malsan 366)는 점을 상기시킨다. 이는 패싱이 자기기만을 바탕으로 타인들을 속여야하는 행위임은 분명하지만 그것은 미국사회의 특수성과 연관되고 있음을 염두에 둘 필요가 있다는 의미이다. 사소한 계기로 시작된 패싱이 실크에게 백인 배우자를 선택하도록 하고 결혼생활을 지키기 위해 자신의 부모, 형제를 오래 전에 죽은 러시아 이민자 가족으로 탈바꿈시키게 하는 것도 어떤 식으로든 인종주의가 가동되는 미국사회의 특수성이라는 맥락과 맞물려 있기 때문이다.

실크가 마침내 패싱에 성공했다는 명징한 사례가 비록 아이리스와의 평탄한 결혼생활로 나타나지만 그가 자신을 아무리 위장하더라도 훗날 자신의 딸이 아이를 낳고 그 아이가 자라서 백인과 결혼하더라도 흑인 아이를 낳을 가능성은 "아직 터지지 않은 폭탄"(320)처럼 세대를 통해 잠재해 있다. 주인공의 오점이 자신의 세대에서 끝나지 않는 것도 비극이지만 그러한 삶에 함축된 비극적 아이러니는 그가 자신의 위선보다 더 큰 무게로 지탱된 사회의 위선을 대면하게 되고 사회는 그 위선으로 다시 그를 재단한다는 사실이다. 그에 대한 구체적인 사건은 실크가 재직하던 아테나 대학에서 발생한다. 실크는 이곳 "아테나 대학의 몇 안 되는 유대인 교수 중 한 명"이자 "미국 대학에서 고전학을 가르치도록 허용된 첫 번째 유대인 교수"(5)이며 그의 위치는 유대인이 배척되던 미국사회에서 그가 얼마나 성공한 신분인지를 입증한다. 이렇게 승승장구할 무렵, 그는 두 명의 학생이 자신의 수업에 계속 결석하자, "이 학생들을 아는 사람들이 있나? 그들이 있긴 있나, 아니면 그들은 유령인가?"(6)라는 질문을 던졌는데, 이 단순한 발언은 소설의 극적인 전환점이 되는 문제의 사건으로 가시화된다. "유령"(spook)이라는 단어가 '흑인'이라는 이중적 의미를 함축하고 있었고 공교롭게도 결석한 학생이 흑인으로 밝혀지면서 백인을 행세하던 흑인인 그가 흑인 학생을 차별한 인종주의자로 지목된 것이다.

주지했듯이 실크가 인종적 차원에서 자기배반의 길에 들어선 동기는 위선적인 사회에서 차별받지 않으려는 염원에서 비롯되었지만 그에 대한 결과는 인종주의자라는 낙인과 그 여파로서 불행이 반복되는 '페리페테이아'의 삶이다. 실크가 인종주의자라는 혐의로 대학을 떠나는 반전은 평탄한 그의 결혼생활이 패싱의 성공을 말해주듯이, 이 사건 역시 그가 인종을 숨기는데 성공한 사실을 뒷받침해준다는 점에서 또 한 번의 아이러니를 보여주고 있다(Malsan 374). 어휘상의 단순한 오해가 대학에 파장을 일으키자 대학은 짜 맞추기 식의 판단으로 실크를 즉시 추방하고 아내 아이리스는 충격 받아 갑자기 숨을 거둔다. 그는 자신을 비참한 상황으로 내몬 당사자들과 대학 관계자들에게 "생물학적 혐오감"(19)을 느끼며 분노하지만 차츰 분노마저도 잃고 무기력해진다. 이러한 사건을 듣고 주커만은 실크에 대해 "완벽한 단어를 썼지만 이상하게 폭로되어 파멸하게 된"(84) 희생자라고 해석한다.

실크가 인종주의자로 몰리는 사건의 모순은 과거에 흑백의 경계에서 "노포크 창녀촌에서는 검둥이라고 쫓겨났고 아테나 대학에서는 흰둥이라고 쫓겨난"(16) 사건을 통해 총체적으로 재현된다. 그는 창녀촌에서조차 사람취급 받지 못하는 검둥이 희생자였는가 하면, 대학에서는 인종문제에 관한 한 가벼운 단어 실수조차 용납 받지 못하는 백인 가해자였던 것이다. 이보다 더 비극적인 상황은 그에게 씌워진 인종에 관한 혐의가 흑백에 국한되지 않은 데 있다. 유대인으로 사는 동안에도 그는 "미국을 비참하게 만든 당사자"(16)로 분류되어 미국의 낙원을 훔친 흰둥이 취급을 받았던 것이다. 이는 미국사회에서 그가 어떤 인종으로 위장하더라도 실제 인종과 가상의 인종 사이에서 자신의 의지와 무관하게 피해자와 가해자를 오가며 "그에게 기회를 제공한 당사자인 미국에 의해 희생된 인물"임을 증명한다(Jacobs 116).

인종적 측면에서 더 구체적으로 실크의 처지를 논의해 보면 백인중심의 사회에서 구축된 그의 위선은 사회의 위선을 감당하기 위한 일종의 해결책이었으며 그러므로 타의적이라는 해석은 가능하다. 어떠한 형태로든 인종주의가 가동되는 미국사회에서 흑인이라는 태생이 오점으로 이해된다면 그 오점은 사회가 부과한 오점이므로 타의에 의한 오점이라는 등식이 성립되기 때문이다. 그러므로 서론에서 언급한 '낙인화'가 사회적 맥락에서 성립되듯이 낙인화의 요소인 실크의 오점과 위선 역시 사회적 관계를 통해 구축된다는 점은 타당해진다. 이러한 견해에서라면 사회가 자신을 흑인이 아닌 백인으로 규정하기를 바라는 실크의 욕망의 틀은 인종적 차원에서 사회의 위선을 이미 대면한 후에 형성되었다고 볼 수 있을 것이다.

3. 오점에 대한 주체적 해석

로스가 이 소설의 서두를 1998년, 미국사회를 관통했던 하나의 큰 사건인 클린턴, 르윈스키 사건과 그와 관련된 떠들썩한 반응으로 여는 것은 "클린턴, 르윈스키 사건이 이 소설에 명시된 주제에 대한 효과적인 통찰력을 제공"(Royal 117)하기 때문이다. 작가가 이 사건으로 표명하고자 했던 핵심은 대통령과 젊은 여비서의 스캔들이 아니라 모두가 분별력을 상실한 채 심판자의 위치에서 두 사람을 재단하는 상황이 얼마나 불합리한지에 관한 것이다. 이 모순은 『인간의 오점』에서 클린턴을 탄핵하고자 한 군중의 욕망이 실크를 재단하려는 대학관계자의 욕망으로 대비되는 가운데 "클린턴의 백악관을 정화시키고자 하는 분주한 움직임과 실크의 사임을 요구하는 광란의 압력이 하나의 평행을 이룬다"(장정훈 259). 클린턴 사건은 "신성함의 환희"(2)로 무장한 마녀사냥식의 매카시즘 열풍을 시사한 점에서 실크 사건과 닮아 있다. 두 사건에서 군중의 비난은 윤리에 대한 집단화된 인식뿐만 아니라 미국 사회가 '퓨러티' 판타지에 얼마나 결박되었는지를 보여준다. 로스는 이렇게 클린턴에 대한 분노, 분노로 결집된 집단화된 광기, 그리고 광기의 결정체인 "신랄한 정화의식"(2)을 실크 사건을 주시하는 대학의 반응으로 대비시켜 이것이 과연 타당한지에 문제를 제기하여 객관성을 상실한 군중의 분노에 대해 분노하면서 전통적인 퓨러티니즘의 개념에 대한 점검을 요구한다.

작가는 클린턴의 사건을 보는 군중의 시선과 앞서 실크의 어휘를 인종주의로 몰고 가는 대학의 위선을 동일선상에 놓으면서 그러한 관계를 대학 전체의 풍경으로 접목하여 정의의 잣대를 내세운 대학이 실제로는 반정의의 잣대를 내세우는 실상을 부각시키고자 했다. 윌리엄 티어니(William Tierney)는 이를 학계의 정의롭지 못한 위상과 연계하면서 작가가 대학을 "위선적인 모순의 결정체"(167)로 동일시한다고 분석한다. 즉, 그에 따르면 "대학은 자유언론과, 학문의 자유, 문명의 요새이지만 실크가 이곳에서 자신의 정체를 밝힐 수도 없었고 "유령"의 동의어가 실제인물에 대한 모욕적인 언사로 오인된 사실조차 발언할 수 없을"(Tierney 167) 만큼 무능력한 판단을 내리다 급기야 위선에 빠졌다는 것이다. 대학의 위선은 이것이 전부가 아니다. 겉으로는 아테나 대학이 마치 인종차별에 반기를 드는 진보의 상징인 듯 하나 유색인 교수의 첫 임용이 실크의 노력으로 가능했던 경우만 보더라도 이곳에서도 변형된 인종차별이 자행되었음은 명백하다. 이러한 정황으로 보면 대학이 실크의 사건에 과도하게 대응하여 그를 즉시 추방한 행태는 아테나 대학 관계자들이 자신들의 무의식에 있는 인종적 편견을 감추기 위해 실크를 인종주의자로 규정하여 희생시켰음을 의미한다(Safer 216).

이렇게 『인간의 오점』은 객관성을 상실한 군중의 심판행위를 반박하고 대학의 실체를 노출시키는 것에 이어 '신성함', '백색', '깨끗함'을 중심으로 정화를 강조하는 행위가 윤리를 실천하는 매개가 되지 못하는 부정적인 측면에도 주목한다. 사실상 "spook" 오인 사건과 관련된 실크의 비극은 그가 패싱을 하지 않았다면 인종주의자가 될 가능성도 없었으므로 패싱행위의 시작도 따지고 보면 앞서 거론했듯이 '백색 신화'가 작동하는 사회에서 불가피한 선택에서 출발한 것을 알 수 있다. 미국사회에서 "백색은 성공, 예의바름, 정상과 같은 문화적 이상향을 구축"(Rankine 106)하는 지름길로 통했기 때문이다. 그러므로 백인, 백인국가, 순수, 순혈에 대한 맹목적 선호를 조장하는 '백색 신화'와 '퓨러티 신화'는 백색과 퓨러티에 대한 강박과 환상을 유도한 결과 그러한 신화창조의 주류가 되지 못한 개인과 집단을 인식론적 폭력의 대상으로 구분하는 역할을 해왔다고 볼 수 있다. 이러한 사회적 환경에서 '백색', '퓨러티' 신화에 대한 열망이 커지면 커질수록 타인과 타집단의 오점은 더욱 뚜렷해지기 마련이므로 오점의 주체에게 징벌로 가하는 폭력의 수위 역시 높아질 수밖에 없다. 이것이 바로 로스가 왜 '오점'에 관한 주제를 가시화 했는지에 대한 본질적인 이유를 밝히는 지점이다.

여기에서 제목인 '인간의 오점'이 무엇을 함의하는지가 표면화 되는데, 오점은 등장인물들의 과거와 연계되어 있으며, 이들의 과거란 단순히 지나간 시간의 흔적이 아니라 폭로되는 시점부터 정상적인 삶을 막는 치명적인 자극으로서 트라우마나 다름없다. 과거의 오점과 상처는 원래 표면화되지 않는 이상 문제되지 않지만 주인공들에게는 과거를 숨기는 행위마저 자신들을 보호해 주지 못하고 오히려 더 큰 시련을 안겨준다. 특히 실크의 경우, 흑인이라는 태생 자체도 오점이지만 백인으로의 패싱도 오점이므로 인종주의자로 낙인찍힌 순간에도 그는 자신이 흑인이라는 사실을 끝내 발설하지 못한다. 실크에게 패싱은 설령 죽음과 맞먹는 위협이 닥치더라도 밝혀져서는 안 될 실크의 절망적인 왜곡이자 아킬레스건인 것이다.

그런데 오점으로 인한 실크의 파멸은 포니아 팔리(Faunia Farley)라는 여성을 만나면서 더욱 가속화되고 '퓨러티' 논리는 멈추지 않고 이들에게 적용된다. 대학에서 파면된 후 실크는 아테나 대학의 청소부이자 농장에서 젖소 짜는 일을 하는 포니아를 우연히 만나 사랑하게 되고 이를 목격한 대학 관계자들과 이웃들은 성적욕망에 갇힌 늙은 남자가 창녀 같은 젊은 여자에 탐닉한다고 수군거린다. 두 사람의 관계에는 "일흔 한 살과 서른 네 살의 그와 그녀"(69)라는 대조만 적용되고 그 결과 그에게는 성적욕망에 도덕성을 내던진 늙은 남자라는 또 다른 오명만 남는다.

실크에 대한 주변의 부정적인 인식은 '퓨러티' 논리를 지향하는 사회에서 문맹인데다 이혼녀인 포니아에게 향하게 되고 그녀는 나이 많은 남자를 이용하는 여성으로 인식된다. 그런데 그녀는 이웃들한테만이 아니라 심지어 어머니에게조차도 냉대 받았던 불행한 여성이다. 그녀는 어렸을 적 의붓아버지로부터 상습적으로 성폭행의 위협에 시달렸을 때 어머니에게 도움을 요청했지만 친모마저 그녀가 이야기를 꾸며댄다며 외면했다. 게다가 베트남 전쟁 참전의 후유증을 폭력으로 푸는 전 남편 레스터 팔리(Lester Farley)와 화재 사고로 인한 아이들의 죽음은 그녀를 그림자처럼 따라다녔다. 이러한 환경에서도 그녀가 자신을 변명하지 않았던 것은 불행의 요소들이 타자의 시선과 결합해 이미 자신의 치명적인 오점으로 변해 있어서 해명 따위는 소용없었기 때문이다. 심지어 화자인 주커만 역시 포니아를 향한 집단화된 비난에 문제가 있다면서도 그녀는 실크의 사회적 수준에 부합하지 않는 최하층의 위험한 여성이며, 그러므로 실크를 파멸로 이끌지 모른다는 이중적인 태도를 취한다. 화자를 포함해 그녀를 비윤리적으로 보는 타인들의 시선은 이처럼 그녀의 오점을 더 깊고 넓은 범주로 변형시킨다. 이것은 미국사회가 인종적 편견에 이어 성적, 계급적 편견에 얼마나 사로잡혔는지를 단적으로 제시하는 가운데 실크를 통해서는 인종적 측면의 타자화 과정을, 포니아를 통해서는 성적, 계급적 측면의 타자화 과정을 상기시킨다.

그런데 두 사람의 오점은 그들을 기피와 배제의 대상으로 만든 근원이지만 그들은 서로에게 부여된 사회적 낙인을 공유하는 관계로 발전한다. 특히 누구에게도 발설하지 못하는 치명적인 오점을 안고 사는 실크에게 포니아는 자신의 인종과 관련된 비밀을 털어놓을 수 있는 유일한 대상이다. 그가 과거의 비밀을 밝히는 동안 그녀는 잠자코 듣기만 하는데 그 이유는 "그 이야기가 믿을 수 없거나 이상해서가 아니라 비난할만한 것이 아니었기 때문이었다. 그보다는 그 이야기가 그녀에게는 단지 삶처럼 들렸기 때문"이다(341). 실크가 철저히 숨기고자 했던 패싱이 타인들에게는 납득할 수 없는 오점이지만 포니아는 그것을 모든 곳에 존재하거나 혹은 내재되어 있는 대상으로 여긴 것이다. 이것이 가능한 이유는 사회적인 시선과는 다르게 그녀가 오점을 다음과 같이 규정하고 있어서이다.

> 우리는 오점을 남기고, 우리는 자국을 남기며, 우리는 흔적을 남긴다. 불순함, 잔인함, 학대, 실수, 배설물, 정액－여기에 있을 이외의 다른 방법이란 존재하지 않는다. 저항과는 아무 관련이 없다. 은총과 구제 또는 구원과도 아무 관련이 없다. 그것은 모든 이에게 있다. 내재되었으며. 타고났으며. 특징지어져 있는. 그 자국이 있기 전에 이미 존재해 있는 오점. 그것이 있다는 징후조차 없이. 오점은 너무 본질적이어서 흔적을 필요하지도 않는다.

> We leave a stain, we leave a trail, we leave our imprint. Impurity, cruelty, abuse, error, excrement, semen－there's no other way to be here. Nothing to do with disobedience. Nothing to do with grace or salvation or redemption. It's in everyone. Indwelling. Inherent. Defining. The stain that is there before its mark. Without the sign it is there. The stain so intrinsic it doesn't require a mark. (242)

이것이 바로 포니아가 정의하는 오점으로서 그녀는 오점을 육체의 쇠락, 질병, 죽음만큼 인간의 자연스런 흔적으로 이해하는가 하면, 타인들의 시선에 따라 본연의 의미가 전도되는 아이러니 역시 간파하고 있다. 포니아는 로스가 제안하려는 도덕과 오점에 관한 개념을 포괄적으로 수용하는 인물로서 "정화에 대한 환상은 끔찍"하므로 "미친 짓"(42)이라 생각한다. 그녀는 기존의 도덕과 윤리의 개념에 주체적으로 대항해 가며 타인에 대한 오점을 관대하게 수용한다. 뿐만 아니라 포니아는 궁극적으로 오점에 대한 사회의 관념화된 정의에 맞서며 그녀 나름의 방식대로 '백색', '퓨러티' 판타지를 무기력하게 만든다. 미국사회의 통념과는 별개로 그녀는 인간의 오점에 대해 인간다움을 원초적으로 대변하는 요소로 파악한 것이다. 무엇보다도 그녀가 오점을 더 이상 수치의 산물이 아닌 "죽음과 욕망만큼 자연스러운 것"(Veisland

482)으로 이해하고 "오점과 오점을 지칭하는 주체에 대항"(Veisland 481)하는 점에서 '퓨러티'와 '오점'의 경계를 불확실하게 만드는 인물임을 알 수 있다.

4. 인종적 편견과 미국사회의 비극

『인간의 오점』에서 미국사회가 여전히 인종적 편견에 사로잡힌 명징한 사례는 실크의 대학 동료들을 통해서도 반복된다. 대학이 실크 사건을 불합리하게 처리하는 것을 알면서도 그들은 "'인종주의자'라는 공식적인 단어만 나오면 그의 편처럼 보이던 최후의 한 사람까지도 숨기 위해 서두르는"(84) 미묘한 광경을 연출한다. 대학 동료들의 반응은 과거와 현재 모두 인종주의로부터 자유롭지 못한 사회를 조명한다. 대학과 미국사회의 가치관을 재현하는 이들은 미국사회가 표방하는 민주주의와 평등에 이미 인종차별이 전제되었으며 역설적이게도 인종주의는 평등과 민주주의를 지향하는 체제에서 함께 심화되는 역설을 드러내는 역할을 한다. 미국사회가 가시적인 인종주의는 거부했다 하더라도 변화된 시대에 걸맞은 모호한 형태의 인종주의를 여전히 재생산하는 행태는 대학의 판결과 대학 관계자들의 대응행위로 나타나기 때문이다.

로스는 미국의 이러한 사회상을 확장하여 인종주의의 총체적인 양상을 보여주기 위해 변형된 인종주의 이데올로기를 적절히 이용하는 인물을 등장시킨다. 그 인물은 다름 아닌 실크가 학장이었을 때 직접 임용한 프랑스 문학학부 여교수인 델핀 루(Delphine Roux)이다. 루는 실크가 인종주의자로 지탄받을 때 그를 추방하기 위해 앞장서고 페미니스트 지식인의 이념을 내세워 실크와 포니아의 관계를 집요하게 추궁한 인물이다. 그녀는 실크에게

"처음에는 인종차별주의자, 현재는 여성 혐오자"(290)라는 꼬리표를 붙였고 그 다음에는 "모두가 알고 있다. 당신이 당신 나이의 절반 밖에 안 되는 학대받고 문맹인 여자를 성적으로 이용한다는 것을"(38)이라는 익명의 편지를 보내 그가 포니아를 성적, 계급적으로 착취한다고 계략을 꾸몄던 장본인이다. 대학이 실크의 "혐의"를 단숨에 "죄"로 바꾸는 동안 루는 이에 편승하여 심판자 행세를 하면서 실크를 신화에 등장하는 이단아격인 "괴물들"(42)로, 자신을 "괴물을 물리치는 위대한 여전사"(42)로 규정한다. 그녀는 "혐오스런 사람을 다룰 때 공산주의자라는 꼬리표를 붙이"(290)듯이 실크에게 비슷한 패러다임을 적용한다.

추락한 실크를 끊임없이 이용하는 그녀의 심판행위에서 이 소설은 또 한 번의 극적인 반전을 맞는다. 어느 날 루는 뉴욕 서평의 구혼 란에 오직 백인만 가능하다는 문구를 올렸는데, 신문사가 아닌 교수들 전체 메일로 잘못 보내는 실수를 저지르고 만다. 이 실수는 실크를 인종주의자로 비난했던 그녀를 도리어 인종주의자로 몰리는 위기에 처하게 한다. 그런데 바로 그 시점에, 우연을 가장한 팔리의 교통사고로 인해 실크와 포니아가 갑작스럽게 죽음을 맞이하게 되고 루는 이 순간을 기회로 이용하여 실크가 자신으로 위장하여 신문사에 문제의 편지를 보냈다고 거짓말을 하여 자신의 위기를 모면한다. 위기의 순간에 "그의 죽음은 그녀에게 구원"(164)으로 작용한 것이다. 실크에 대한 루의 중상모략은 소설의 후반부에 이르러 위선의 주체가 실크가 아니라 인종주의를 교묘히 이용하는 그녀임을 부각시킨 데 이어 작가가 전하고자 하는 오점의 의미는 과연 무엇인지를 근원적으로 성찰시키는 역할을 한다.

오점이란 사실상 드러나지만 않으면 그 주체는 불행해지지 않지만, 반대로 오점이 드러나면 비난이나 처벌이 따르므로 불행해지기 마련이다. 그러나 이 적용과정에서 중요한 변수는 오점 자체보다는 그 오점이 표면화 되는 과정에서 타자의 시선과 결합해 주시의 대상으로 문제화 되는가 되지 않는가의 여부이다. 이를 로스의 주인공들로 도식화하면 현시된 오점으로 불행해진 인물은 포니아이며 반대로 잠재된 오점으로 불행해지지 않는 인물은 루라는 사실에서 극명해진다. 그런데 잠재된 오점과 현시된 오점의 경계에서 어느 쪽에 해당되더라도 불행으로부터 벗어나지 못하는 인물은 바로 실크이다. 패싱의 결과물인 '백인성'이 실크에게 인종주의자라는 혐의를 주는 구실로 작용했다면, 설령 그가 자신의 본래의 인종을 밝혔다 하더라도 패싱을 한 사실은 그에게 '위선'이라는 낙인을 드리우기 때문이다. 따라서 그의 "패싱은 미국사회의 위기를 압축"(Rankine 108)하면서 그가 정체성에 대해서만큼은 아무리 진실을 밝히려고 해도 결국은 소용없는 자기한계를 드러낸다.

오점에 관한 이러한 복잡한 맥락은 인종주의자라는 오명으로 추락한 인물이 비록 실크로 부각되지만 비난받아야 할 장본인은 이중적으로 위선적인 루임을 표면화시킨다. 루가 실크를 단죄하며 정의를 이끌어가는 주체인 듯 행동했지만 결국은 본연의 윤리, 도덕, 반인종주의적 이념의 가치를 가장 훼손하는 인물이 다름 아닌, 그녀인 것이다. 이러한 해석에 기반하면, 본인의 이익을 위해 주인공을 위기로 몰아넣는 루는 미국사회를 지탱하고 이끌어가는 주체로 위선적인 지식인이자 동시에 학계의 현실을 반영하는 인물이다. 작가는 실크에서 다시 루에 초점을 맞춰 오점에 관한 반전의 의미를 제시함으로써 의도적으로 루를 중심으로 이 소설의 모든 주인공들이 패싱의 딜레마와 궁극적으로 패싱에 함의된 비극적인 본질을 조명하도록 한다 (Rankine 106).

한편 주커만은 실크와 포니아와의 관계에 대한 온갖 소문을 접하다가 소문이 금세 진실로 변질되는 현실을 보면서 자신 역시 과거에 포니아를 어떻게 판단했었는지를 반성한다. 특히 주커만은 풍문 때문에 포니아가 "창녀", "총, 남자, 마약, 섹스"(189)가 전부였던 범죄자로 인식된 부당성에 회의를 느끼는데 이러한 심리는 실크의 장례식장을 찾는 사람들을 지켜보면서 더욱 부각된다. 그는 장례식에서 정치학과 학과장 허버트 케블(Herbert Keble)이 추도사를 읽으며 실크가 인종차별주의자로 공격을 받을 때 자신을 포함한 대학은 "윤리로 어리석은 검열관 노릇을 하려 했던 공동체"(309)였고 실크 부부를 배반했다고 참회하는 장면을 지켜본다. 그러나 화자는 윤리적 각성을 표명하는 학장의 애도사가 참회의 형식을 갖췄지만 그것을 신뢰할 수 없다고 고백한다. 이어 화자는 실크를 애도하는 과정에서 실크를 죽인 당사자는 과연 누구인가를 자조적으로 캐묻다가 대학과 미국사회가 그를 직접적으로 죽이지 않았다고 하더라도 적어도 그들은 자발적인 공모자였다고 결론짓는다(Tierney 167).

주커만은 실크의 불행한 삶과 죽음을 계기로 정의가 제대로 작동되는지를 의심하면서 차츰 정의가 세상에서 과연 긍정적인 역할을 해왔는지를 마치 포니아처럼 조롱하기에 이른다. 실크의 죽음을 계기로 화자는 정의란 비극적이게도 사회적, 도덕적 정당성에 기반하지 않으며, 정의를 가름하는 최종적인 잣대가 객관적인 판단을 거치지 않고 심판의 대상을 수치심으로 몰아넣는 문책수단일 수 있음을 절감한 것이다. 이러한 주커만의 깨달음을 통해 작가는 팔리에 의해서뿐만 아니라 "상징적인 차원에서까지 살해된 주인공을 복잡한 방식으로 애도"(Tierney 169)하고 있으며 나아가 개인의 숙명적인 결함과 비극, 그리고 미국사회의 모순과 위선을 동시에 애도하고 있는 것으로 보인다.

장례식이 끝난 후 화자는 무덤가를 떠나지 못한 한 여성, 실크의 여동생에르니스틴(Ernestine)을 발견한다. 두 사람이 만나는 장면은 화자가 독자와는 달리 실크가 흑인이라는 사실과 백인의 삶을 자처한 데 따른 비극적인 삶을 그녀가 등장한 후에야 비로소 알게 된 정황을 드러낸다. 따라서 서론에서 언급한 것을 확대해 보면, 이 소설은 실크의 죽음 이후에 진상을 알게 된 주커만이 그의 여동생이 들려준 이야기를 토대로 실크가 들려준 이야기를 재구성하는 사실을 명백히 한다(Malsan 383). 그렇기 때문에 주커만은 실크가 "자신이 부정했던 과거와 연결된 세대", 즉 "자식들을 낳을 때마다 운명을 시험"(320)했으며 아이의 흑인 피부로 자신의 과오가 밝혀질까 봐 얼마나 조바심 냈을 지를 그제야 실감한다. 포니아에 관해서도 마찬가지다. 화자는 그녀가 죽은 후에야 그녀가 일기까지 쓰고 있었으면서도 문맹인 척 가장했다는 사실을 알게 된다. 포니아가 오점에 대한 기성세대의 정의를 무화시키려 했던 시도는 문맹행세에서 극적이다. 이는 이성을 대변하는 언어에 대한 포기이며 이 언어를 이용한 사회의 가치체계에 타협하지 않으려는 그녀의 심리를 대변한다. 그녀의 문맹행세는 생존을 위한 자신만의 방식이었다는 점에서 실크의 패싱 행위와 크게 다르지 않다. 포니아는 의붓아버지와 관련한 불운한 시절을 애써 지우고자 했을 때 과거에 사용했던 언어까지 부인해야만 했다. 즉 그녀의 문맹행세는 아버지와 관련된 모든 기억을 삭제하기 위한 일종의 생존전략이자 트라우마에 맞선 자기방어의 기제였던 것이다.

이때 다수의 보편성과 이성, 그리고 언어를 통한 윤리적 비난에 포니아가 문맹으로 응수하는 것은 헬렌 식수(Hélène Cixous)가 『메두사의 웃음/출구』를 통해 제기하는 전략적인 용어, 지배자의 권력을 웃음으로 전복시키는 '메두사의 웃음'(the laughter of Medusa)과 일맥상통한다. 식수는 남성 중심주의 문화에서 타자화 된 여성의 상징적인 예로 메두사를 거론하여 재해석한 바 있다. 그녀는 위험한 존재를 상징하던 메두사가 악이나 공포의 표상으로 배척당하지만 남성이 가하는 공격적인 틀에 웃음으로 응수하며 변혁의 주체로 변모했다고 보면서 이를 '메두사의 웃음'으로 정의한다. 식수의 설명과 비슷한 차원에서 포니아는 "추방된 자리에서 지배자에게 도전하기를 멈추지 않는"(Kristeva 2) 위험한 타자이자 비체임에도 불구하고 문맹 행세를 통해 대학과 이웃을 적극적으로 조롱하는 행위를 멈추지 않는다. 그러므로 식수가 개념화 한 '메두사의 웃음'과 포니아의 '문맹행세'는 여성이 자신들을 향한 권력행위에 그들 고유의 적극적인 조롱행위로 응수한 점에서 비슷한 의미를 갖는다.

주커만이 이처럼 뒤늦게 주인공들의 진실에 접근하는 양상은 실크를 소개하는 로스의 복잡한 서술양상이 독자로 하여금 실크를 흑인으로 인식하기에 앞서 유대인으로 보도록 허용하고 있어서 주인공의 가변적 정체성이 부각된 결과에서 비롯된다고 볼 수 있다(Parrish 211). 로스의 이러한 서술기법은 "실크의 회상을 재현하는 주커만의 인식의 한계를 강조"(Malsan 367-68) 한다. 그런데 이것은 오히려 실크에 대한 연민을 극대화하고 그에 대한 정당한 인종적, 윤리적 재해석을 유도하게 됨에 따라 로스 서사의 긍정적인 가치를 드러내는 기능으로 반전된다.

이와 더불어 궁극적으로 작가는 비록 실크가 패싱을 했지만 그 행위는 흑인성 자체를 부인한 것이 아니라 타인의 시선이 자신의 운명에 결정적인 역할을 한 것을 숙지했기 때문에 나타난 결과임을 강조하고 있다. 즉 실크가 자신이 스스로를 어떻게 인식하는가와 관계없이 자신에 관한 모든 것이 다른 사람의 시선에 의해 제한되는 현실을 직시했다는 뜻이다. 그러므로 실크가 왜 백인으로 패싱을 감행했는지, 왜 끝까지 백인의 가면을 내려놓지 못했는지에 대한 이해의 여부는 이 소설의 중요한 문제제기와도 결부된다. 이와 관련한 거듭된 문제제기는 『인간의 오점』이 미국사회의 모순 그 자체를 드러내기에 급급하기보다는 인종이나 '다른 민족'같은 구체적인 기표나 상징을 거쳐 잠재된 모순까지도 상기시키고 있음을 의미한다(Burke 187). 이것은 실크의 정체성이 확고한 자기 동일성의 형태로 존재하기보다는 타인과의 관계를 통해 비결정적인 형태로 형성되는 사회적 맥락을 설명해 주는 지표이기도 하다.

5. 타인의 오점을 어떻게 수용해야 하는가?

로스의 서사는 과거에 비해 인종, 성, 계층 등에 대한 극단적인 편견과 차별이 차츰 사라지고 있지만 현대사회에서 한편으로는 차별이 어떤 방식으로든 끊임없이 답습되고 있으며 인종, 성, 계층적 타자에 대한 이해는 여전히 결여되어 있다는 전제를 바탕에 두고 있다. 이것은 인간관계를 바라보는 로스의 불신이라기보다는 부인할 수 없는 실재로 이해하는 것이 타당할 것이다. 로스는 이러한 실재를 왜곡 없이 그대로 전달하기 위해 덕을 가진 척 과장하지만 본질적으로는 비극적인 미국사회를 조명하고자 의식적으로 실크라는 흑인을 내세우고 있다(Rankine 109). 그럼으로써 작가는 흑인이 인종적 태생을 부정하며 사는 것이 가능한가, 그렇다면 인종을 부정한 과오는 개인에게 어떤 비극을 가져다주는지를 미국사회와 연계하여 인종주의 사회가 갖는 총체적인 문제를 되짚고 있다.

뿐만 아니라 로스는 실크를 통해 미국사회의 모순을 드러내는 것에 이어 등장인물들이 각각 타인의 오점을 어떻게 수용하는지의 과정을 대조시켜 인종문제에 기반한 인간의 오점과 이를 어떻게 인식해야 하는가에 깊은 관심 역시 표명하고 있다. 이러한 대조는 특히 루와 포니아 두 여성이 실크의 오점을 저마다 다르게 대하는 방식으로 재현된다. 루가 타인의 오점을 새롭게 창조하거나 더욱 깊게 각인시키는 인물이라면, 포니아는 타인의 무수한 오점을 인간 삶의 일부로 이해하고 수용하는 인물이다. 기존의 윤리를 수단삼아 타인과 구분하여 윤리적 우위를 점하려는 루에게 실크의 오점은 그를 불행으로 내몬 절대적인 구실이 된다면, 타인의 오점을 인간에 이미 내재된 본성으로 인식하는 포니아에게 실크의 오점은 수용되어야 할 타인의 흔적에 불과하다. 그런데 문제는 실크를 둘러싼 사건에서 입증되듯이 개인의 오점에 절대적인 영향을 행사하는 도덕과 윤리가 타자를 재단하는 권력으로 변질되면서 불합리한 판단의 주된 척도로 안착되는 점인데, 로스가 이 소설을 통해 개탄한 점도 바로 이것이라 할 수 있다.

두 인물이 타인들의 오점에 대응하는 방식과 관련하여 실크라는 인물을 해석할 때 마지막으로 주의를 요하는 점이 있다면, 그를 자신의 인종적 정체성을 '철저히' 회피하려는 인물로 정의하기에는 다소 무리가 있다는 사실이다. 이에 대한 근거는 그가 사회의 시선과 생존 사이의 절박한 경계에서 흑인이라는 태생을 숨기고 백인으로 위장하는 것이 얼마나 위험하고 어려운 길이라는 사실을 알면서도 패싱을 감행한 과정에 있다. 이는 달리 말해, 인종주의를 견디기 위해 패싱을 동원하는 실크의 삶의 배경에는 위선과 모순의 무게로 지탱된 미국사회가 있으며, 그러므로 백인의 가면을 취한 실크의 패싱을 극적인 자기부정으로 보기보다는 생존상의 불가피한 전략으로 간주할 필요가 있다는 뜻이다.

주인공이 백인이라는 얼굴, 흑인이라는 실체 사이에서 자신의 인종을 스스로 선택해야 하는 특수한 상황은 본의 아니게 '백색신화'나 '퓨러티 이데올로기'의 덫에 갇히게 하고 페리페테이아의 삶에 희생되게 하는 것을 알 수 있다. 흑인의 처지에서 그토록 열망했던 백색피부가 어느 지점에서 자신의 인종을 부인하게 만드는 배반적인 삶의 토대가 되고 백색이 주던 행운이 불행으로 반전된 것도 바로 그러한 맥락에서 출발한다. 그렇기 때문에 인종주의와 밀접한 관련을 맺는 반전의 양상은 실크의 삶이나 패싱이 인종적 편견으로 박제화된 미국사회에 어떤 흔적을 남기는지를 규명하는 역할을 한다. 이러한 실크의 삶에 주목하여 작가는 백색, 퓨러티, 윤리 등을 둘러싼 획일화된 정의와 열망이 얼마나 많은 폭력을 야기했는지를 점검해 간다. 즉 로스는 이 소설을 통해 '백색'과 '퓨러티' 등에 대한 열망이 깊어질수록 그에 비례해 타자의 오점은 더욱 들춰질 수밖에 없는 현실을 형상화함으로써 인종주의와 같은 이데올로기가 어떻게 더욱 공고해질 수 있는지를 조망하고 있는 것이다.

* 이 글은 「행운의 저주성과 백색의 배반성 —페리페테이아를 통해 본 필립 로스의 『인간의 오점』」, 『영어영문학연구』. 58.4 (2016): 19-39쪽에서 수정·보완함.

제5장

자기배반과 혁명의 아이러니
–폴란드계 영국작가 조셉 콘래드의 『서구인의 눈으로』

1. 콘래드의 모호한 언술행위와 양면성

조셉 콘래드(Joseph Conrad, 1857-1924)의 문학적 성과에 대한 비평가들의 많은 정의 가운데 그를 "영어로 글을 쓴 가장 위대한 작가 중 한 명이며 특히 20세기 영국문화를 이해하는 데 중요한 작가(Schwarz, "Conrad: *Almayer's Folly*" xiii)로 평한 다니엘 슈와르츠(Daniel Schwarz)의 견해는 비교적 포괄적인 정의로 통한다. 이러한 의견이 타당하게 된 배경을 살피자면 콘래드가 20세기의 주요한 문제들인 식민주의, 유럽 문화의 현황, 현대 자본주의의 편의성, 정치적 인간의 본성, 개인주의의 쇠퇴, 관료제의 발전 등을 『어둠의 핵심』(*Heart of Darkness*, 1899), 『비밀 요원』(*The Secret Agent*, 1907), 『노스트로모』

(*Nostromo*, 1904), 『서구인의 눈으로』(*Under Western Eyes*, 1911), 『빅토리』(*Victory*, 1915)를 통해 다양하게 모색했기 때문이다(Karl, *A Reader's Guide* 209).

그런데 그의 문학적 업적에 대한 찬사와는 별개로 폴란드인이라는 민족에 얹어진 영국인이라는 신분과 글쓰기는 콘래드에게 항상 민족적, 정치적 차원에서 "양면성" 내지는 "이중성"이라는 수식어와 함께 제국주의자라는 비판의 짐을 수반하게 했다. 이에 대해 예리한 날을 세운 비평가와 작가가 바로 에드워드 사이드(Edward Said)와 치누아 아체베(Chinua Achebe)이다. 가령 사이드는 "비록 그가 한편으로는 제국주의가 본질적으로 명백한 지배이며 땅의 강탈이라는 것을 잘 알고 있었지만 제국주의는 종식되어야만 한다고 결론짓지 못한 점"(*Culture and Imperialism* 30)을 비극적 한계로 지적했으며, 아체베는 그를 "아프리카와 아프리카 토착민을 비인간화"(12)한 인종차별주의자로 몰아세웠다.

그러나 비평가 토드 윌리(Todd Willy)는 이들 역시 이데올로기를 기반으로 콘래드를 극단으로 치닫게 해석하는 어리석음을 보이고 있다고 종합적으로 반박한다(13). 이 논란에서 짚고 넘어가야 할 점은 그의 모든 서사를 제국주의자의 면모로 동질화시킬 수 없으며 거듭되는 의구심에도 불구하고 작가에 대한 논란의 핵심인 "제국주의자"와 "양면성"이 배태한 문학적 특징은 다행히도 콘래드에게 인간의 근원적 주제에 대한 심오한 탐색의 원동력으로 나타났다는 것이다. 콘래드의 양면성은 "서구가 전통적으로 추구해 온 이상적인 도덕과 콘래드가 개인적인 경험을 통해 얻게 된 인간의 어두운 자아에 대한 통찰과 직결"(배종언 17)되고 있기 때문이다. 따라서 양면성을 특징으로 하는 서술방식은 "그의 문학이 근대적인 성향을 반영하고 있지만 동시에 이 성향에 맞서 적극적으로 저항"(Erdinast-Vulcan 19)하는 면모를 보이면서 상반되고도 모호한 그의 언술행위는 결국 작가로 하여금 극단적이고 과한 감정에 심미적 거리를 두게 하는 장치로 발전한다.

그의 소설 중에서도 이러한 절제된 감정의 구체적인 에피소드를 보여주는 정점은 F. R. 리비스(F. R. Leavis)가 "콘래드를 위대한 영국 대가의 반열에 올려놓을 수 있는 기반이 되는 작품"(252)으로 극찬한 『서구인의 눈으로』라고 할 수 있다. 하지만 이 소설 역시 정치적인 소재 탓에 양면성이라는 꼬리표와 제국주의자의 시선을 답습했다는 그간의 콘래드에 대한 평가를 종식시키지는 못했다. 그 이유는 영국인이라는 제3화자의 시선을 빌어 러시아를 불가해하고 부정적인 공간으로 서술하는 것에 비추어 볼 때 『서구인의 눈으로』에 투영된 작가의 견해가 러시아와 동양을 해석하는 보편적인 서구인의 인식체계와 크게 다르지 않는가라는 회의에 있다. 그러나 이 소설은 서구와 비서구의 관계를 기저에 둔 명백한 정치소설이라는 세간의 평가보다는 "개인의 고립감이 사회·정치적 딜레마와 긴밀한 관련을 맺는 소설"(Goodin 327)이라는 평이 더 타당하다. 작가는 러시아 전제정치와 이에 대항하는 혁명가들의 틈바구니에서 발로한 배반행위를 부각시킴으로써 서구와 비서구에 관한 주제보다는 배반에 얽힌 주인공의 심리적인 절박함과 비극, 그리고 고백과 참회를 우선시하기 때문이다.

따라서 정치적 사건에 개인적인 심리가 뒤섞인 이러한 복합적인 주제와 서술의 양상을 연계하여 이해하는 것은 콘래드의 의중을 파악하는 하나의 방편일 것이며 그를 섣불리 제국주의자로 단정할 수 없는 비판적 읽기의 밑바탕이 될 것이다. 이러한 맥락을 중심으로 『서구인의 눈으로』를 분석하는 과정에서 간과하지 말아야 할 점이 있다면 이 소설이 문학적 서사로 승화되기를 염원했던 작가의 취지와 "정치적인 상황보다는 러시아 자체의 심리를 보여주려 했던 의도"(Conrad, *Notes* 3)이다. 작가의 집필 의도와 함께 콘래드의 문학과 예술, 그리고 도덕적 성찰에 대한 비전은 『서구인의 눈으로』에서 주인공 키릴로 시도로비치 라주모프(Kirylo Sidorovitch Razumov)의 고립된 처지, 배반의 기로에 선 찰나, 딜레마적 위기로 인한 절망과 고통의 순간 등에 반영되고 있다. 나아가 이 소설 역시 콘래드를 특징짓는 양면성과 어둠의 측면이 라주모프의 배반에 대한 충동과 죄의식, 그리고 딜레마적 심리상태의 형상화 과정과 긴밀히 결합되고 있다.

콘래드의 성향을 비록 명료하게 규명하기란 쉽지 않지만 모국 폴란드를 등지고 영국 국적을 선택한 이방인으로서의 소외감, 그로 인한 작가의 심리적 동요와 고뇌 등은 다른 소설들을 통해서도 끊임없이 구현되어 왔다. 『어둠의 핵심』의 말로우(Marlow)나 『비밀 요원』의 캡틴(Captain), 『로드 짐』(*Lord Jim*, 1900)의 짐(Jim), 『서구인의 눈으로』의 라주모프 등이 같은 맥락으로 설명될 수 있는 주인공들이다. 그들 모두 콘래드의 인생과 문학관을 조명하는데 있어 작가의 삶과 유기적인 관련을 맺고 있는 것이다. 특히 라주모프를 둘러싸고 전개되는 정황에 비추어볼 때 『서구인의 눈으로』는 "콘래드의 젊은 시절을 반영한다는 측면에서 그의 소설들 중에서 가장 자전적인 소설"(Smith 40)로 평가받는다.

가령 그의 아버지는 러시아 치하에 있던 폴란드의 독립을 도모한 죄목으로 시베리아 유배를 비롯한 혹독한 대가를 치러야 했는데 어린 시절 이를 목도한 콘래드는 조국 폴란드가 너무 곤혹스럽고 비통하며 고통스러운 곳이라서 돌아보는 것조차 힘든 공간이라고 고백한 바 있다(Conrad, *Notes* 201). 작가의 이러한 자전적인 요소는 『서구인의 눈으로』에서 라주모프가 러시아 혁명세력과 연루되면서 파국을 맞는 여정의 모티프로 작용했을 가능성을 열어둔다. 키스 캐러바인(Keith Carabine)은 바로 이러한 맥락 때문에 라주모프의 "기록"과 『서구인의 눈으로』는 폴란드의 과거와 관련된 콘래드의 치명적인 기억, 혈통과 가족에 대한 극히 양가적인 태도를 탐색하는 소설이라고 정의한다(18).

한편 콘래드는 이상주의적 해석에 갇히지 않으려는 의도로 『서구인의 눈으로』에 이중적인 화자, 전도된 시간의 구성을 도입한 것에 이어 단일한 진리의 개념을 부정함으로써 실존적 현실을 해석하는 아이러니를 중요한 수사학으로 선택한다. 즉 그는 서구인의 눈에 비친 러시아와 러시아 혁명의 허위의식을 폭로하는 데 아이러니를 차용하며, 이러한 과정을 주목하는 서구인의 시선 역시 본질적인 한계로부터 자유롭지 못하다는 점을 아이러니를 기조로 진실과 허위를 조망한다. 아이러니를 기저에 둔 그의 수사법은 라주모프뿐만 아니라 라주모프를 읽는 화자의 본질에 접근하는 데 유용한 콘래드적 글쓰기의 특징이며 콘래드의 수사학은 아이러니라는 언어장치를 통해 언어의 자기기만과 혁명의 자기곤경을 보여주고 있다. 본질을 규명하기 위해 콘래드가 아이러니를 구사하는 것은 정반대를 함의하는 부정을 전개하여 진실처럼 오인되는 현상에 대해 객관적인 서술을 확보하려는 작가로서의 양심적인 시도라 할 수 있다.

『서구인의 눈으로』에서 콘래드가 전개한 아이러니의 극적 효과는 자기한계적인 성향을 지닌 세 유형의 등장인물들에 투영되며 그들의 자기한계는 필연적으로 스스로 자기곤경에 갇히게 되는 요소로 작용한다. 그 세 유형으로서 첫째는 서구인의 치우친 견해로 러시아를 해석하는 영국인 화자이고, 둘째는 전제정치를 위해 반대세력에 귀를 닫는 러시아 정부이며, 셋째는 혁명운동의 중심에 있으면서도 위선과 폭력을 일삼는 러시아 혁명가들이다. 특히 러시아 전제정치의 위력과 혁명가의 위력 사이의 상징적인 관계는 상반되는 성향에도 불구하고 역설적이게도 러시아 주인공들 사이에서 유사하게 나타난다(Gilliam 220). 이에 대해 콘래드는 "억압하는 자와 억압받는 자들 모두 러시아에 함께 존재"(*Conrad, Notes, xxi*)한다고 규정하고 전제

정치가와 혁명가들이 위선을 일삼으며 자기곤경에 처하는 과정과 언어를 통한 사건의 재현과정에 함의된 자기기만과 이중성을 전달하고자 했다.

따라서 이 글에서는 자기기만과 자기곤경으로부터 출발하는 러시아 전체주의 메커니즘, 러시아 혁명가, 이들을 서술하는 서구인, 이 세 유형의 위상에 저마다 내포된 허상을 간파하고 나아가 허구를 합리화하는 데 동원되는 이념의 문제를 비판할 것이다. 이를 위해 영국인 언어교사가 대변하는 서구세계와 라주모프를 둘러싸고 집약되는 러시아의 실체를 대립시키고, 다시 러시아 내부의 전제정치세력과 혁명세력이 충돌하는 양상을 콘래드 특유의 아이러니 수사법과 연계하여 모색하고자 한다. 그럼으로써 『서구인의 눈으로』에서 콘래드의 수사학은 궁극적으로 아이러니라는 장치를 통해 언어의 자기기만과 혁명의 자기곤경을 보여주고 있음을 논의할 것이다.

2. 러시아 혁명 이데올로기의 배반적 실체

『서구인의 눈으로』는 러시아의 사회적, 정치적 맥락을 중심에 두면서도 러시아를 서구와는 반대의 개념으로 해석하는 화자의 제한적인 시선으로 인해 이분법적 이데올로기의 모순이 내재될 가능성을 우선적으로 토로한다. 즉, 이 소설은 라주모프 개인의 이야기를 토대로 러시아의 총체적인 본질을 전달하려는 영국인 화자의 시도 자체가 서술상의 약점이며 화자가 아무리 객관성을 강조하더라도 러시아는 서구인 개인의 통찰력으로 덧칠해진 상상된 공간으로 존재할 수 있음을 작가는 부인하지 않는다. 따라서 러시아를 읽는 시선이 동양을 애초부터 통제와 관찰의 대상으로 인식하는 오리엔탈리즘적 시선의 연장선이라는 측면을 비판적으로 포착해야 하는 것은 당연하다. 그러나 화자의 모호한 시선에서 러시아 전제정치와 혁명에 대한 부정적인 입장이 드러나고 있음에도 불구하고 작가의 본질적인 의도는 여기에 머물지 않고 러시아를 두 가지 키워드, 즉 끔찍할 정도로 파괴적인 "단순성"(simplicity)과 고지식하고 가망 없는 "냉소주의(cynicism)"(80)로 설명하는 화자를 차용해 정형화된 서구중심의 인식체계 역시 조롱한다는 데 있다.

『서구인의 눈으로』에 나타난 콘래드의 문학적 특징 중 하나는 상징적인 등장인물과 장면을 형상화하여 정치 · 사회적 비극의 긴장관계를 암시적으로 다룬 것이다(Karl 209). 그 단초는 제정 러시아를 배경으로 주인공 라주모프가 우연한 계기로 국무장관을 살해한 청년 혁명가 빅토르 할딘(Victor Haldin)과 정치적 차원으로 연루되고 그를 배반하는 행위에서 비롯된 고통과 죄의식을 중심적으로 다루는 과정에 나타난다. 이러한 일련의 과정은 제네바의 리틀 러시아(Little Russia)에 거주하는 언어교사인 영국인 화자가 러시아와 제네바에서 활동한 라주모프의 기록을 1인칭 시점으로 소개하고 동시에 소설의 등장인물이 되면서 전개양상은 복잡해진다.

상트 페테르부르크(St. Petersburg) 대학의 철학과 학생인 라주모프는 어느 주임사제의 아들이라거나 아버지로 암시되는 K 공작(Prince K)으로부터 경제적인 후원을 받는 것으로 미루어 짐작컨대 유명한 귀족출신의 딸이 K 공작과의 사이에서 은밀히 낳은 아들이라는 소문에 휩싸인 주인공이다(7). 그의 운명적인 비극은 아버지와의 친분조차 발설해서는 안 될, 고립을 야기할 수밖에 없는 사생아라는 신분에 나타난다. 이러한 태생적인 그의 타자성, 즉 공작의 사생아라는 태생적인 결함을 극복하기 위해 라주모프가 집착하는 대상은 논문 경연대회에서 수여하는 은메달이다. 라주모프의 독백처럼 사실상 "은메달은 단지 하찮은 것"이지만 "견고한 출발점"(13)이 될 수 있으며 생부인 공작에게 자신의 정체성을 일깨울 수 있는 유일한 통로라는 점에서 그에게 중요하다. 나아가 "라주모프에게 가족의 유대관계가 없다는 사실은 그로 하여금 모든 에너지를 극도로 자기발전에 초점을 맞추게 하는 이유로 자리잡는다"(Schwarz, Conrad: *Almayer's* 201). 라주모프가 은메달을 통해 사회로부터 인정받고자 안간힘을 다하는 절박함은 콘래드의 자전적인 삶에 비추어 볼 때 폴란드 태생의 작가가 영국에 동화되기 위해 필사적으로 붙들 뭔가를 찾아야 했던 맥락과 불가분의 관계라 할 수 있다.

그런데 불행히도 라주모프의 어두운 가족사를 덮어주고 출세의 장을 마련해 줄 은메달을 향한 그의 열망은 러시아 "현체제의 파괴자"이자 "테러리스트"(16)인 동료 할딘이 "악명 높은 억압위원회 의장이자 내무장관"(8)인 드 P-(Mr. de P-)를 암살하고 라주모프의 집을 은신처로 택하면서 위기로 바뀐다. 할딘의 방문은 라주모프의 삶에 비극의 전초가 되고 그의 집이 정부전복을 주도한 할딘의 은신처라는 사실만으로도 배반의 삶, 밀고자의 삶과 같은 이차적인 비극과 곤경을 예고하는 것이다. 라주모프가 할딘에게 왜 자신을 은신처로 삼았느냐고 책망할 때 할딘은 그에 대한 "신뢰"(16) 탓이라고 답변한다. 여기에서 "신뢰"의 의미는 라주모프가 체포되더라도 그에게 딸린 가족이 없으므로 피해가 적을 것이며 침묵할 것으로 판단한 할딘의 이기적인 계산에 근거한 것이다(16). 라주모프는 이 불청객을 "세상을 지옥으로 바꿀 페스트"(25)로 동일시한다. 사실상 "사랑하고 신의를 바칠 데라고는 조국밖에 없는"(27) 라주모프에게 러시아는 삶의 토대로서 "가장 가까운 혈연"(10)이자 "음산하고 비극적인 어머니"(26)와도 같으므로 러시아 체제의 붕괴란 곧 그의 "존재 없음"과 직결된다. 따라서 라주모프는 러시아를 파괴하려는 할딘을 "잔인한 미치광이"(27)로 규정하고 그의 방문을 위기감으로 인식한 결과 할딘을 밀고하고 만다. 할딘과 라주모프 두 사람이 이러한 행동과 결단을 내리기까지의 경위에 주목한 안토니오 올리비라(Antonio Eduardo De

Oliveira)는 궁극적으로 할딘의 살해행위와 라주모프의 배반의 동기를 전제정치의 압력으로 보고, 바로 이 때문에 두 사람 모두 비극적인 삶으로 치닫게 된다고 분석한다(38).

할딘을 배반한 행적이 라주모프에게 미치는 복잡한 상황을 이해하기 위해 먼저 살펴봐야 할 점은 소설의 전개 양상이다. 총 4부로 구성된 이 소설은 1부와 3부에서는 화자가 라주모프의 기록을 비교적 객관적으로 전달하고 2부와 4부에서는 화자가 등장인물이 되면서 자신이 목격한 바를 주관적으로 서술한다. 1부와 3부에서 화자가 라주모프를 관찰하던 수동적인 존재였다면 등장인물로 나서는 2부와 4부에서는 제네바에 있는 할딘의 주변 인물들과 대면함으로써 자신을 직접 부각시키는 능동적인 존재가 되는 것이다. 3부에서는 라주모프가 할딘의 여동생인 나탈리 할딘(Natalie Haldin)과 접촉하면서 배반행위에 수반된 양심의 가책이 고조되고 4부에서는 1부의 주요한 사건이 긴밀히 맞물리면서 라주모프가 밀고자가 된 경위가 밝혀진다.

라주모프의 기록과 화자의 해석이 교차되면서 서사의 흐름이 통제되는 이러한 서술방식에 대해서는 한 세기가 지난 오늘날에도 콘래드가 "딜레마를 극화하고 좀 더 긴장감 있는 주제를 표현하며 등장인물들의 도덕적 행위를 더욱 철저하게 분석하기 위해 사색적이면서도 자기현시적인 화자와 비연대기적 구성 등 혁신적인 기법을 도입"(Schwarz, *Conrad: Almayer's* xiii)했다는 평가를 받는다. 언어가 갖는 한계를 극복하고 난해한 주제를 설득력 있게 전달하려는 차원에서 시도된 이 실험적인 요소는 "울프(Virginia Woolf), 조이스(James Joyce), 그리고 포크너(William Faulkner)를 포함해 콘래드가 시도한 전통적인 시간의 의미를 해체"(Karl 62)한 시간의 전도기법이라 할 수 있다.

비연대기적 시간의 흐름은 공간적 배경이 제네바로 바뀌는 2부에서 확연해진다. 1부의 마지막 장면에서 러시아 전제정치의 핵심인물인 고문관 미쿨린(Councillor Mikulin)이 라주모프에게 "어디로 가려는 것이오?"(72)라며 행방을 묻지만 그의 답변은 생략된 채 갑자기 제네바에서 활동하는 라주모프가 등장하면서 시간의 흐름은 해체된 것이다. 시간의 해체와 동시에 심화되는 라주모프의 또 다른 비극은 "전제정치 권력의 수호자"(72)인 T 장군(General T)과 미쿨린의 책략에 말려들면서부터 시작된다. "모든 반란세력을 혐오"(39)하고 정부 전복세력을 무조건 "결코 믿을 수 없는 존재들"(39)로 규정한 T장군과 미쿨린이 할딘과의 연루로 신변이 위험해진 라주모프의 처지를 이용하게 되기 때문이다. 그들의 계획에 따라 라주모프는 제네바로 파견되어 그곳에서 활동하는 러시아 반체제 인사들을 감시하는 스파이가 되고 만 것이다. 그러나 라주모프의 더 큰 비극은 할딘을 밀고하기 전 조언을 구하기 위해 K공작을 방문했을 때, 사실상 친부인 그 역시 자신의 이익을 위해 혈육을 전제정치의 도구로 삼은 데 있다. 라주모프가 본의 아니게 배반의 삶에 연루된 것 자체가 불행의 원인이지만 이 사건이 함의하는 바는 그가 혈연관계를 통해서까지 배반당하는 절망적인 주인공이라는 점이다.

배반의 행적이 연속되는 이 소설의 주제를 밀고와 배반, 그리고 심문의 과정으로 분석한 앤드류 롱(Andrew Long)은 라주모프가 배반하게 된 동기를 "할딘의 무정부주의에 대한 증오"와 자신이 "공모자로 오인 받을지 모른다는 두려움" 두 가지로 요약한다(493). 전자인 "할딘의 무정부주의에 대한 증오"는 폭력이 난무하며 무분별하고 과격하게 변질된 혁명에 대한 증오를 의미한다. 라주모프의 이러한 혐오는 "가장 가까운 혈통은 그가 러시아인이라는 기록"(10) 밖에 없는, 즉 가족이 없기 때문에 러시아의 모든 것을 자신의 문화적 전통으로 절대화하는 데서, 그리고 혁명이나 불의에 대한 투쟁보다는 방어적 차원에서 개인적인 성공을 우위에 둘 수밖에 없는 절박한 처지로부터 비롯된 것이다.

롱의 주장과 더불어 라주모프가 할딘을 밀고한 또 다른 계기를 들자면 그가 할딘의 도피를 도와줄 농부 겸 마부인 지미아니치(Ziemianitch)를 찾아갔을 때 소위 혁명가라는 그의 실상이 전해준 실망감이라 할 수 있다. 지미아니치의 존재를 러시아의 "빛나는 정신, 강직한 영혼"(15)이라고 했던 할딘의 칭송과는 달리 라주모프가 직접 확인한 그는 혁명가와는 거리가 먼 단지 술 주정뱅이에 불과했던 것이다. 이를 분석한 리비스는 콘래드가 『비밀 요원』에서 나태의 차원을 부각하여 혁명가들에 대한 혐오를 형상화했는데 이것은 『서구인의 눈으로』에서도 마찬가지라고 주장한다(F. R. Leavis 261). 술 취한 지미니아치의 나태함에 대한 라주모프의 분노는 "신중하고 정의로운 사람들, 고결하고 인간적이며 헌신적인 사람들, 사심 없는 사람들, 지혜로운 사람들이 처음에는 혁명을 일으킬 수야 있겠지만, 혁명은 곧 이들의 손에서 벗어나게 될 것"(101)이라는 화자의 주장으로 부연된다.

라주모프의 연이은 실망은 혁명가들의 이상주의와 허영을 향한 분노로 발전되며 포괄적으로 해석하면 그가 할딘이나 지미아니치에 대해 느꼈던 실망은 "역사적으로 정체되어 있던 러시아 민중들에 대한 알레고리"(Fogel 181)로 확장된다. 역사적으로 제정 러시아에 불만을 품은 민중세력은 혁명을 지향했지만 지미아니치처럼 이상주의에 가득 찬 혁명가들과 연대하면서 그들 역시 혁명의 위력을 이상적으로 신봉하는가 하면 다시 체념하기를 반복하는 오류를 범했기 때문이다.

여기에서 라주모프가 주시하는 대상은 할딘의 판단의 오류, 나아가 러시아 혁명가들의 총체적인 결함이다. 라주모프가 목격한 혁명가들의 실상은 "폭력적인 혁명은 처음에는 편협한 광신자와 전제적인 위선자들의 손에 들어가고 나중에는 당대의 잘난 척하는 위선자들 손아귀에 들어간다"(101)는 화자의 일목요연한 주장과 대응을 이룬다. 화자의 비판은 반체제 활동의 결함을 목격하면서 혁명의 모순에 대한 라주모프의 회의감으로 재차 강조되는데, 이는 혁명의 양가적 측면을 실감한 결과로서 "혁명에 거부감을 보이던 콘래드의 입장과 유사"(Smith 54)하다고 할 수 있다. 그리고 라주모프와 콘래드가 공유하는 회의감은 화자가 제네바에서 만난 할딘의 여동생 나탈리에게 혁명가에 대한 정의와 정치적 신념에 대해 현실적으로 조언하는 장면에 반영된다.

> 그들은 혁명의 주동자들이 아닙니다. 그들은 희생자들이지요: 이를테면 혐오나 환멸, 그리고 때로는 후회의 희생자들이에요. 기이하게 배반당한 희망들과 희화화된 이상들이야말로 성공적인 혁명의 정의일겁니다. 모든 혁명들에는 이러한 성공들로 인해 상처받은 이들이 있게 마련이지요. 그러나 이제 충분해요. 내 뜻은 당신이 희생자가 되지 않길 바라는 것입니다.

> They are not the leaders of a revolution. They are its victims: the victim of disgust, of disenchantment-often of remorse. Hopes grotesquely betrayed, ideals caricatured-that is the definition of revolutionary success. There have been in every revolution hearts broken by such success. But enough of that. My meaning is that I don't want you to be a victim. (101)

이 대목에서 조언자로 등장하는 화자는 라주모프와 마찬가지로 혁명가들을 향해 맥락 없는 반감을 품은 이념의 맹아라기보다는 러시아의 전제정치가 답습하는 허구적 이데올로기와 이에 저항하는 혁명가들의 허상을 동시에 견제하는 중립적 입장을 취하고 있다. 그중에서도 혁명가들에 대한 그의 소신 있는 비판은 소설의 중간에 언뜻 비치는 러시아를 향한 반감과 대응을 이루면서 러시아 이데올로기의 실체를 객관적으로 밝히는 중요한 역할을 한다.

요컨대 화자의 회의적인 시선을 토대로 작가가 러시아를 부정적으로 인식하는 것이 아닌가라는 비평가들의 분분한 입장은 폴란드가 러시아의 전제정치로부터 자유롭지 못했다는 역사적 사실과 이로부터 파생되는 콘래드의 불행했던 가족사 때문에 작가가 러시아에 대해 긍정적일 수 없었을 것이라는 기정화 된 사실에 주목한 결과이다. 폴란드의 독립운동에 적극적으로 앞장서던 아버지 아폴로 코르제니오브스키(Apollo Korzeniowski)와 시베리아에서 함께 유배생활을 했던 콘래드의 어린 시절의 기억이 작가에게 훗날 러시아의 정치체제와 이념에 대한 깊은 회의를 남긴 점은 부인할 수 없다. 콘래드의 가족사는 "러시아에 대한 반감, 즉 러시아가 유럽의 다른 국가들보다는 근원적으로 악하다는 작가의 믿음"(Hewitt 82)의 배경일 수 있다는 의미이다. 그러나 여기에서 간과하지 말아야 할 점은 러시아를 향한 작가의 회의는 순전히 가족사를 배경으로 하지 이념에서 발로하지 않았으며 그가 "아버지의 세계와 아버지를 박해했던 세력들로부터 도피"(Higdon 189)하고자 했던 것은 사실이지만 러시아의 본질이 왜곡되는 것 역시 극도로 경계했다는 것이다.

주지했듯이 콘래드가 나름대로 경계적인 글쓰기를 거듭 시도했지만 『어둠의 핵심』과 마찬가지로 『서구인의 눈으로』 역시 그로 하여금 제국주의자라는 혐의에서 벗어나지 못하게 한 결정적인 소설이다. 그 주요한 이유를 분석해 보면, 첫째 그가 화자의 시선을 빌어 러시아를 "전제정치의 그림자"(92)로 뒤덮여 있거나 "법이나 사회제도도 결여"(112)된 곳으로 묘사할 만큼 그 실상을 왜곡하지 않았는가라는 견해 때문이며, 둘째 할딘의 행동을 통해 러시아 혁명을 일종의 유토피아적 망상으로 비치게 한다는 우려 때문으로 추정해 볼 수 있다. 그런데 그가 제국주의자라는 단정은 서사를 주도하는 주체가 러시아는 서구에 비해 열등하고 이질적인 문화와 역사를 지닌 비서구라고 정의한다는 제한적인 해석만을 텍스트에 반영한 결과이다. 게다가 라주모프의 기록에 화자의 목소리가 투영되어 목소리의 주체를 분간하기 어려운 만큼 화자의 도입이 "가장 불충분한 장치"(Cox 108)라는 혹평도 설득력 있게 안착된 시점에서 이 소설을 "실용적인 서구인 언어선생과 신비주의적이며 냉소주의자 러시아인들 사이의 대립이라고 쉽게 단정할 수 없다"(박병주 82). 오히려 화자의 불완전성을 둘러싼 문제제기와 의구심은 화자의 견해에 일률적으로 귀속시키지 않는 긍정적인 면도 충분히 검토되기 때문이다. 콘래드 역시 화자를 둘러싼 비판과 이견을 외면한 것은 아니다. 이 소설이 출간된 지 9년이 흐른 후 작가는 창작 당시에 "논평의 방식이나 이야기를 전개하는 면에서 화자가 나에게 유리하면 독자에게도 유용하다고 판단했기 때문에 화자가 많은 비판을 받지만 훗날에라도 그의 존재를 정당화하려는 의도는 없다"(Conrad, "*Notes*" xx)고 밝혔던 것이다.

그런데 역설적이게도 콘래드의 작가적 신념, 즉 『서구인의 눈으로』에서 러시아에 대한 서구인의 부정적인 인식을 점검하고 자신의 주관적인 견해 역시 소설에 개입되지 않도록 유념하려는 노력은 논란의 대상이던 영국인 화자의 도입 그 자체에 꾸준히 반영된다. 가령 화자가 "자신의 글은 언어적 지식을 동반한 서술행위인데 언어자체가 불완전하므로 사실을 재현하는데 늘 무리가 따른다"(219)며 시종일관 "언어는 실체의 적"(5)이라는 가치관을 피력한다. 화자를 통해 언어의 불완전성을 전제하는 것은 작가가 화자를 최종적인 해설자로 상정하지 않음으로써 신뢰성의 문제를 의도적으로 가시화했다는 의미가 된다. 이는 서술의 고충을 토로하는 화자뿐만 아니라 작가의 주관적인 판단까지 유보시키는 객관화의 장치가 된다. 러시아에 대한 비난이 역력해 보이는 화자의 서술에 작가 스스로가 제동을 걸어 환기를 시키는데 유념했기 때문이다. 이러한 차원에서 보면 작가가 화자와 러시아 전제정치, 그리고 혁명세력 모두의 한계를 동시에 거론하는 것은 러시아라는 실체에 보다 객관적으로 접근하고 있다는 증거라 할 수 있다. 이것은 러시아의 본질규명에 대한 실패가 서구라는 외부의 시선에만 존재하지 않고 러시아 내부, 특히 혁명가들 사이에서도 존재한다는 반어적 상황을 통해 밝혀진다.

3. 언어의 야누스성

소설의 초입에서 "언어는 실체의 적"(5)이라는 화자의 표현은 그의 서사가 진실이라는 준거의 틀 위에서 현실을 제대로 해석하기란 불가능하다는 또 다른 고백이다. 이는 콘래드가 실체를 표현하려고 노력함에 있어 동일한 실체가 상황과 시점에 따라 다르게 해석될 가능성에 대한 고민을 토로하는 것으로서 실체를 재현하는 언어의 상대적인 한계를 지적하는 부분이다. 따라서 끊임없이 언어의 한계를 토로하는 화자의 입장은 언어와 현실 사이의 괴리감, 즉 언어와 언어가 지시하는 대상 사이를 의심하지 않은 채 언어를 맹신하는 것에 대한 작가의 개탄이기도 하다. 이를 『서구인의 눈으로』의 설득력 있는 주제의 한 부분으로 분석한 세더릭 왓츠(Cederic Watts)는 콘래드가 언어에 대해 야누스적인 태도를 취하는 것으로 보아 언어가 진실을 드러내기도 하고 진실을 은폐할 수도 있음을 간파했다고 부연한다(126).

언어의 야누스적인 측면은 라주모프와 화자의 견해에서 상호적으로 재현된다. "언어란 우리에게 자신들의 사상을 숨기려는 의도로 행해진다"(219)는 라주모프의 주장은 언어 자체에 이미 자기기만의 위험이 내포되어 있다는 의미이며 앞서 "언어는 실체의 적"(5)이라고 정의한 화자의 주장과 일맥상통한다. 라주모프와 화자가 포착한 언어와 현실의 관계는 지극히 이중적이며 그러므로 모순적일 수 있다는 반증인 것이다. 언어가 내용을 담는 형식이라고 할 때 언어가 지시하는 내용이 다른 의미로 통용되면 이 소설에서처럼 충돌과 아이러니가 발생하고 그럼으로써 언어의 모순, 관계의 모순, 신뢰의 모순으로 전면에 드러나기 때문이다.

특히 언어에 대한 라주모프의 이 같은 입장은 거짓된 실체가 오히려 진실로 오인되는 자신의 경험에서 발로한 것이다. 실체와 상관없이 라주모프 자신의 침묵과 비가시성이 타인들의 시선에 진실로 비쳐져 그들에게 유용한 수단으로 변질되는 현실을 간파한 것이다. 이러한 맥락에서 본다면 라주모프가 취한 침묵은 진실을 담보하지 못한 정치적 상황, 이에 맞선 공허하고 위선적인 대응 모두를 거부하는 일종의 관조적인 입장을 대변한다. 가령 그는 제네바에서 만난 할딘의 여동생 나탈리(Natalie Haldin)에게 "러시아에서는 눈에 띠지도 않고 목소리도 없는 사람이 운 좋은 사람이다"(191)며 언어에 함의된 이중적인 측면을 우회적으로 설명한다. 그의 이러한 관점은 자신의 배반행위가 은폐될 동안 혁명가들로부터 존경과 보호를 받았지만, 소설의 말미에서 배반행위에 관한 진실을 "언어로" 고백하는 순간 파멸로 치닫는 결과에서 명백해진다. 이러한 또 다른 사례는 라주모프가 고백하기 전까지 그를 위대한 혁명가라고 단정 지은 소피아 안토노브나(Sophia Antonovna)와 그와 같은 뜻을 내비친 동료 혁명가들에게서도 나타난다. 콘래드는 라주모프의 말과 침묵을 둘러싼 주변의 반응을 통해 "말"이 갖는 이중성, 즉 이미지와 현실이 상반되는 모순의 극명한 지점뿐만 아니라 "말과 침묵 양자 모두에 대해 부정적인 시각"(민경숙 114)을 드러낸다.

이 소설에서 언어의 아이러니적 이중성이 어떻게 발현되는지는 앞서 라주모프가 나탈리에게 한 주장을 통해 증명되었다. 그런데 야누스적 양상은 언어에만 국한되지 않고 제네바에서 활동하는 여러 혁명가들의 행태에서도 연속적으로 나타난다. 우선 혁명가들 중에서 이념과는 뚜렷이 상반되는 면모로 희화화되는 인물들로 피터 이바노비치(Peter Ivanovitch)와 마담 드 S(Madame de S), 그리고 니키타(Nikita)를 꼽을 수 있다. 먼저 이바노비치는 "위대한 작가", "여성 숭배자", 심지어 "급진적 페미니스트"(110)로 알려져 있지만 현실에서는 극적으로 대조됨으로써 이념의 모순을 대변하는 냉혈한 독재자이다. 그는 샤또 보렐(Château Borel)이라는 대저택에서 이름도 없이 "누추한 여성"(109)으로만 묘사되는 테클라(Tekla)의 노동력을 착취하고 자신의 경제적인 이익을 위해 마담 S와 같은 여성을 이용하는 야비한 혁명가에 불과하다. 게다가 마담 S조차도 이바노비치에 의해 "숭고한 정신"(137)으로 과장되지만 그녀 역시 "괴물, 로봇, 아연으로 도금한 사람"(117)으로 불릴 만큼 위선적이고 가장된 삶을 사는 여성이다.

니키타는 라주모프의 배반행위에 특히 분노하여 그를 가혹하게 벌하지만 역설적이게도 니키타는 잔인한 경찰 살해자이자 러시아 정부의 또 다른 "배반자 스파이"(a betrayer-a spy)(280)로 밝혀진다. 그는 "자신이 단죄했던 주인공들의 일그러진 형상"(Land 164)에 다름 아니었던 것이다. 따라서 니키타는 "무정부주의적인 잔인함을 구현하는 인물일 뿐만 아니라 러시아 정부와 러시아 혁명가를 동시에 지지하는 인물"(Gilliam, "Russia and the West" 220)로서 이 소설에서 그야말로 배반의 화신이라 칭할 수 있다. 이 세 인물의 유형을 통해 간파할 수 있는 사실은 제네바의 주요한 혁명가들이 라주모프에게도 그러했듯이 니키타의 실체 역시 파악하지 못하고 있으며 그들 모두 사실상 이상주의에 가득 찬 대의명분과 "귀족주의적 공모성"(123)에 휘말려 있는, "급진주의의 위선과 기만을 연상"(Land 163)시키는 혁명가들에 불과하다는 점이다. 콘래드는 이러한 급진주의자들의 이중적인 모습을 통해 혁명의 경직성과 더불어 혁명가들의 이상, 행동, 그리고 그들의 언어가 전달하는 공허함을 형상화하고 있다.

그러나 이 소설에서는 배반적인 혁명가들과는 달리 낙천주의자적인 소명의식으로 활동하는 대조적인 유형의 혁명가들도 등장한다. 그러한 인물로 안토노브나와 할딘, 그리고 테클라를 꼽을 수 있다. 이들은 무조건적 낙천주의의 자세로 혁명에 가담하고 자신들의 행위를 숭고하다고 여기는 인물들이다. 세 사람이 혁명에 임하는 자세는 "낙관주의와 환상에 기반"(Oliveira 42)한다는 한계가 있지만 "진보와 진리의 정신"(19)을 소중히 여긴다는 점에서 "이들이 재현하는 인본주의적 가치는 작가가 지지하고자 한 혁명"(Land 163)의 유형으로 분류할 수 있다.

안토노브나는 이 소설의 혁명가가 보이는 모순의 대표적인 집약체라는 점을 부인할 수 없지만 소설의 말미에서 과오를 성찰하고 변화한다는 점에서 긍정적인 의미를 부여할 수 있는 인물이며 할딘 역시 이상주의 혁명가라는 한계를 충분히 드러내지만 그 신념이 거짓과는 사뭇 먼 순수한 혁명을 지향했다는 점만큼은 평가절하 될 수 없다. 그리고 테클라는 이념보다는 행동으로 헌신하면서 할딘과 안토노브나의 모순을 승화시키는, 그야말로 혁명의 진정성을 실현한 인물이다. 따라서 이 세 인물들은 결함 속에서도 과격한 혁명이 낳은 시대착오적인 이념을 성찰시키는 역할을 한다는 점에서 그 가치에 있어 간과될 수 없는 혁명가들이라 할 수 있다.

언어의 이중적 양상에 이어 이 소설에서 주목할 만한 또 다른 아이러니는 신뢰에 관한 것이다. 앞서 언급한 대로 가령 할딘이 라주모프의 과묵함 때문에 그를 신뢰한 것과 할딘의 다른 동료들 역시 동일한 이유에서 라주모프를 신뢰한 것, 나탈리가 오빠 할딘의 말에만 의존해 라주모프를 무작정 신뢰한 것, 그리고 밀고자로 활동하는 라주모프를 러시아 혁명가들이 전적으로 신뢰한 것은 모두 판단의 결함을 드러낸다. 바로 이 정황에서 라주모프의 비극은 "오인된 신뢰"로부터 시작되었음은 분명해진다. 그리고 열거된 네 가지의 모순된 신뢰 중에서도 특히 나탈리가 라주모프에 대해 갖는 신뢰는 "흠 없고 고귀하며 고독한 존재"(125)로 언급한 오빠 할딘의 편지에 의존해 맹신하는 형국을 보여주면서 언어의 허상에 압도된 그녀의 심리를 표출하는데 이를 통해 콘래드가 언어와 신뢰의 부정적인 상관관계를 들춰내고자 했음을 알 수 있다. 『서구인의 눈으로』는 이렇듯 다양한 등장인물들을 통해 신뢰가 허구를 바탕으로 개념화되는 사례를 되짚음으로써 신뢰의 양면성을 성찰하게 한다.

한편 이 소설에서 신뢰가 구축되는 과정은 배반과 별개가 아니라 "불가사의한 연결"(62)의 축을 이룬다. 라주모프는 배반자와 밀고자이지만 자신이 "늘 믿을만한 인물"로 통하는 현실을 이미 목도했고 이로써 "비밀스런 혁명활동도 어리석음과 자기기만, 그리고 거짓말에 기반"(62)한다는 사실까지 확인한 바 있다. 따라서 이제 그는 자신이 감시하게 된 혁명가들을 증오하고 자신이 영웅인 척 가장하면서도 이중첩자라는 약점에 노출된 자신의 역할 역시 혐오하게 된다(L. R. Leavis 157). 그러다가 차츰 라주모프는 배반과 신뢰가 같은 선상에 있음을 감지하게 되고 도덕적 양심과 생존본능 중에서 무엇이 우선인가를 고민하게 되면서 그의 복잡한 심리는 자신의 배반행위를 정의해 보려는 다음과 같은 독백으로 발전하게 된다.

> 배반이라. 엄청난 단어지. 배반이란 무엇이란 말인가? 사람들은 조국을, 친구를, 연인을 배신한 자에 대해 말을 해대지. 애초에 도덕적인 유대가 있어야 할 거야. 한 사람이 배신할 수 있는 것이란 스스로의 양심뿐이야. 그런데 내 양심이 여기서 어떤 관련이 있나? 어떤 공통적인 믿음의 유대나 공통의 신념으로 내가 이 미친 천치로 하여금 나를 그쪽으로 끌어당기도록 하고 있는가.

Betray. A great word. What is betrayal? They talk of a man betraying his country, his friends, his sweetheart. There must be amoral bond first. All a man can betray is his conscience. And how is my conscience engaged here; by what bond of common faith, of common conviction, am I obliged to let that fanatical idiot drag me down with his? (30).

라주모프는 자신의 배반행위를 어떻게 정의할 것인가를 두고 고통스러워하지만 "침착하고 우월한 이성"(28)에 준하자면 결국 생존의 위기 앞에서 자신을 향한 양심, 도덕적 양심은 부차적이므로 할딘에 대한 배반이나 비밀경찰과 같은 새로운 정체성의 구축은 필연적이라는 결론을 내린다. 그리고 조국을 위해 봉사하기 위해서는 여러 수단들이 허용되는데 그는 "배반"을 그 방법으로 삼았다며 "양심적인 행위"(31)로 합리화시킨다.

이처럼 끊임없이 자기위안의 과정을 반복해 보지만 궁극적으로 라주모프는 "도덕적인 입장에서 그 자신의 짐을 결코 내려놓을 수 없는 시지푸스(Sisyphus)"(Karl 214)처럼 고통에 내던져진 존재가 되고 만다. 배반자라는 입장에서 그는 자신의 양심에 의해 심문받는가 하면, 밀고자라는 입장에서 그는 혁명가들로부터 집요하게 문책당하기 때문이다. 작가는 이처럼 딜레마에 처한 라주모프의 경우를 들어 "배반이라는 '잔인한 임무'로 인해 음울하게 살 수밖에 없는 이중적인 삶을 극화"(Carabine 12)하고 있다.

그렇다면 바로 이 시점에서 『서구인의 눈으로』의 주요한 공간적 배경은 러시아지만 라주모프의 배반과 고통 그리고 배반을 합리화하는 행적들이 진척되는 공간은 왜 제네바인지 점검해 볼 필요가 있다. 역사적 사실에 따르자면, 당시 러시아 혁명가들은 조국의 해방을 위한 활동 근거지와 망명지로 서구와 러시아의 경계 도시인 제네바를 제3의 공간으로 선택했다. 화자가 바로 이 제네바에서 러시아 혁명가를 관찰한다는 점은 이념의 경계도시인 제네바를 기점으로 러시아를 낯설게 함으로써 서술의 객관성을 확보하려는 콘래드의 부단한 시도의 일종이다. 비슷한 맥락에서 리비스(L. R. Leavis)는 콘래드가 제네바에서 활동하는 라주모프의 변화하는 모습을 부각하면서 전제정치와 혁명가의 양극 사이에 있는 라주모프의 고통스런 감정의 잠재적인 변화과정을 알리고자 다양한 서사를 들려준다고 설명한다(158).

그런데 공간의 이동과 더불어 라주모프의 변화만큼이나 달라진 대상은 다름 아닌 화자이다. 그동안 전달자라는 신분을 강조하면서 방관자적 서술자로서 "라주모프에 대한 연민을 차단"(Hay 129)하던 화자가 직접 등장인물로 나서는 2부와 4부에서 감정의 변화를 보인 것이다. "도덕적 고립감이라는 압박"(Melnick 233)에 시달리는 희생자로서의 라주모프의 운명에 공감하면서 그는 관조적인 서술자에서 참여적인 서술자로 이행하게 된 것이다. 따라서 변화된 심리를 기점으로 "게임의 구경꾼"(142)이나 다름없었던 화자는 단순한 인식론적 사고의 매개자에서 차츰 라주모프의 비극적 운명에 공감하는 매개자로 전환될 가능성을 보여주게 된다.

4. 배반행위를 통해서 얻는 도덕적 각성

앞서 살펴본 것처럼 할딘과 라주모프의 관계에 얽힌 사건에 이어 러시아 정부가 라주모프의 잠재적인 이용가치를 발견하고 미쿨린을 위시로 해 그를 러시아 정부의 스파이로 삼는 과정이 1부에서 3부까지의 주요 내용이다. 그리고 라주모프가 제네바로 떠난 근원적인 이유를 비롯한 사건의 전모가 밝혀지는 부분은 1부의 주요한 사건이 다시 이어지는 4부에 이르러서이다. 4부에서 라주모프의 자기심문의 과정을 살피다 보면, 작가는 혁명을 대하는 서로 다른 이질적인 존재들을 통해 혁명의 가치보다는 혁명을 빌미로 양산되는 배반의 행태와 여파에 주목하는 것으로 보인다. 따라서 4부의 말미에 이르면 『서구인의 눈으로』가 정치적 주제를 전면에 두기보다는 라주모프의 배반행위와 이에 대한 주변 인물들의 대응, 그리고 라주모프의 심리 변화를 부각하여 개인적 차원의 도덕적 성찰에 중심을 둔다는 사실을 확인할 수 있다.

라주모프의 도덕적 각성은 배반과 신뢰, 혁명에 대한 회의, 언어의 이중성 등이 야기한 난관을 경험하면서, 그리고 배반에 대한 혁명가들의 거듭되는 추궁, 라주모프 내면의 "자기처벌과 자기심문"(Long 497)의 과정으로 완성되고 이것은 두 번에 걸친 고백을 유도해 낸다. 첫째는 일기형식의 노트를 매개로 나탈리에게 "빅토르 할딘을 밀고함으로써, 내가 가장 야비하게 배반했던 사람은 결국 바로 나 자신"(267)이었음을 밝히는 간접적인 고백이다. 두 번째는 제네바에 있는 혁명가들에게 자신이 "경찰의 스파이"(271)였으며 "오늘에야 나는 나 자신을 거짓에서, 양심의 가책에서 해방시켰다"(272)고 밝히는 직접적인 고백이다. 그리고 라주모프가 고백하는 시점이 할딘의 밀고자로 지목된 지미아니치가 자살한 이후라는 점은 시사하는 바가 크다. 지미아니치의 죽음은 라주모프에게 혐의를 벗게 하는 절호의 기회를 제공하지만 이에 아랑곳하지 않고 그는 고백을 하기 때문이다.

그의 모든 고백과 속죄가 끝났을 때 니키타는 극심한 폭력을 행사하여 라주모프를 귀머거리로 만든다. 라주모프는 귀가 들리지 않아 교통사고로 불구가 되어 육체적 고통이 정점에 달한다. 그러나 그는 이를 계기로 이중적으로 살아야했던 과거로부터 벗어나게 되고 "파멸을 운명"(278)으로 받아들이며 성숙하게 된다. 라주모프는 장애인의 처지로 러시아에 되돌아가게 되고 그를 "분노의 희생양"으로 인식한 일부 양심적인 혁명가들과 테클라의 정성스런 보살핌을 받는다. 지금까지 라주모프의 배반과 그 결과가 명시하는 바는 헬렌 리젤바흐(Helen Rieselbach)의 주장처럼 결국 정치체제가 라주모프를 파멸에 이르게 했으며 장래가 촉망되는 대학생을 배신자나 밀고자와 같은 최고의 희생자로 전락시켰다는 사실이다(71). 작가는 통제할 수 없는 환경 앞에서 무너지는 라주모프를 보여줌으로써 인간을 특징짓는 핵심적인 요소라 할 수 있는 "이성"의 무기력함을 극대화하고 주인공처럼 한계에 노출된 상황 자체가 자기인식을 완성해 가는 필연적인 노정임을 역설한다. 이러한 추이를 따르다보면 "거듭되는 배반을 통해서 성취되는 정체성의 모색"(Hampson 167)이나 자기기만의 행위를 고백함으로써 진실에 이르는 과정을 이해하는 것은 이 소설을 거시적으로 이해하기 위한 핵심적인 사안임을 확인할 수 있다.

그렇다면 보수주의자와 이상주의자로 대조되는 라주모프와 러시아 혁명가들의 근원적인 차이점은 무엇인지 주시해 볼 필요가 있다. 할딘을 포함한 러시아 혁명가들 다수가 구체적인 지향점을 상실한 채 혁명 도그마에 경도되었다면 라주모프는 혁명의 환상으로부터 거리를 유지하는 차이를 보인다. 혁명가들이 안고 있는 위험은 현실과 괴리된 채 이상에 침잠해 있으며 그 결과 객관화하지 못한 미지의 이념을 찬양함으로써 종국에는 자기파괴를 수반하고 있다는 점이다. 그런데 라주모프는 혁명 자체를 배격하는 것이 아니라 파괴를 낳는 혁명의 광신주의에 부정적인 입장을 취하는 인물이다. 실체가 아닌 환상을 붙드는 근시안적인 혁명가와 라주모프 사이에 결정적인 차이를 이루는 지점은 다음의 기록을 통해 밝혀지듯이 긍정적인 방향을 제시하는 그의 창조적인 신념에서 확인된다.

이론이 아닌 역사

국제주의가 아닌 애국주의
혁명이 아닌 진보
파괴가 아닌 방향성
교란이 아닌 통합.

History not Theory.
Patriotism not Internationalism.
Evolution not Revolution.
Direction not Destruction.
Unity not Disruption. (50)

이처럼 중립의 가치관을 지향하는 라주모프를 가리켜 리비스(L. R. Leavis)는 "자신이 감시하는 혁명가도 혐오하고 영웅인 척 가장하면서 약점에 노출된 이중첩자로서의 자신의 역할도 혐오하는 인물이라고 해석한다(157). 이는 다시 말해 라주모프가 미화된 애국심을 빌미로 교란을 양산하는 혁명뿐만 아니라 자신이 지지한 러시아 전제정치에도 회의를 품고 있으며 궁극적으로 통합과 진보를 염원한다는 역설을 내포한다.

라주모프의 도덕적 각성과 화합을 향한 염원은 나탈리와의 대화를 통해 더욱 심화된다. 라주모프가 대립으로 점철된 러시아라는 공간에서 "복수의 의무"(261)를 지지하느냐고 나탈리에게 질문하자 그녀는 연민과 사랑을 매개로 한 화합의 중요성을 강조하며 다음과 같이 답변한다.

난 미래가 우리 모두에게 자비로울 것이라 믿어요. 혁명가와 반동주의자, 희생자와 처형자, 배신자와 배신을 당한 자, 그들 모두는 검은 하늘 위로 마침내 빛이 내리 쬘 때 모두 연민의 대상이 될 거에요. 동정을 받고 잊혀질 겁니다. 왜냐하면 그것 없이 화합이나 사랑은 불가능한 것이니까요.

> I believe that the future shall be merciful to us all. Revolutionist and reactionary, victim and executioner, betrayer and betrayed, they shall all be pitied together when the light breaks on our black sky at last. Pitied and forgotten; for without that there can be no union and no love. (261)

대화에서 나타나듯이 나탈리는 이 소설에서 극단적인 이념을 내세우지 않고 박애주의자와 같은 면모를 구현하는 극소수의 인물에 해당한다. 그녀는 "권력가나 피지배자, 배반한 사람과 배반당한 사람 모두 혁명의 희생자"(269)로 인식하며 이렇게 상반되는 인물들로 구성된 사회에 화합의 가능성을 제시하는 중간자적인 역할을 하는, "정치적 갈등과는 거리를 둔 이타주의적인 여성"(Land 162)인 것이다.

나탈리를 지켜보면서 라주모프는 그동안 할딘에 대해 "내게서 열심히 공부하는, 목적이 있는 생활을 빼앗아 간 바로 그 사람"(97)이라며 증오했던 과거를 성찰하고 "할딘이 그의 삶을 파괴하기 이전의 삶을 염원해 본다"(Carabine 16). 이 과정에서 주목을 요하는 것은 나탈리를 향한 관심이 라주모프로 하여금 많은 변화를 유도해 냈지만 작가는 라주모프가 나탈리에게 자발적으로 고백하려는 충동의 모티프를 의도적으로 사랑에 한정짓지 않고 모호하게 처리하여 두 사람의 관계를 남녀의 구도로 남겨두지 않았다는 점이다(Higdon 190).

그럼으로써 라주모프는 나탈리를 향한 관심에 힘입어 배반 이전의 시간으로 회귀하고 싶은 욕구, 그리고 배반에 대한 죄책감의 경계에서 자신의 죄과에 대한 고백의 충동에 휩싸이게 된다. 나아가 그가 배반한 대상이 표면상으로는 할딘인 것처럼 보였지만 배반한 실체는 "과거의 꼭두각시"(268)

에 불과한 자신의 양심이었음을 깨닫는다. 그리하여 라주모프는 "배반행위에 대해 경멸과 증오로 자신을 정의"(268)하고 나아가 고백을 통해 "거짓과 양심의 가책으로부터 자유롭게 되었다"(277)면서 마침내 밀고자로서의 자기기만적인 삶에 종지부를 찍게 된다. 따라서 요약하자면 『서구인의 눈으로』는 라주모프가 존경받는 인물로 통하는 동안 그의 정치적인 삶은 성공한 반면, 그의 개인적 실체는 상실되는 대조적인 양상을 통해 배반과 복잡하게 얽힌 충성심, 그리고 고백 뒤에 남겨진 이야기를 추적해가는 과정이라 정의내릴 수 있다(Carabine 12).

5. 양극의 모순에서 탈중심적 가치관의 세계로

『서구인의 눈으로』는 서구인에 비친 러시아 사회와 이에 반하는 혁명세력에 내재된 각각의 모순과 그로 인해 파생된 개인의 비극을 형상화한 텍스트이다. 형상화 과정에서 작가는 러시아 반체제 혁명가가 주인공을 도피처로 선택한 순간, 개인의 삶에 영향을 미치는 부분을 신변에 국한하지 않고 혁명과 배반에 얽힌 양심과 이로부터 파생된 비극의 문제로 심화시키고 있다. 혁명가의 암살 사건에 연루되는 주인공 라주모프의 비극은 밀고자로서의 삶까지 감내해야 하는 측면으로 확대되지만 그의 경험은 다시 자신의 배반에 대한 죄의식을 극복하게 하는 아이러니로 작용한다. 이러한 맥락에서 보면 라주모프의 배반행위에 대한 고백과 참회의 과정은 『서구인의 눈으로』를 이해하는 중요한 모티프로 귀결된다. 주인공의 배반행위에 따르는 절망과 고립은 그것으로 끝나지 않고 진실을 은폐하고 이중적으로 살았던 자기기만적인 삶에서 벗어나게 하는 자기각성의 길을 제시한다는 점에서이다.

이 소설에서 콘래드는 작가로서의 우려, 즉 서구와 러시아를 경계 짓는 이분법적 해석에 대한 나름의 해결책으로서, 대립되는 다양한 유형의 등장인물들을 빈번하게 노출시켜 의도적으로 모호하고 이중적으로 처리하고 있다. 그 과정에서 작가의 적극적인 개입을 지양하고자 매개자로 채택한 영국인 화자는 제한적이라는 전제를 둘 수 있지만 어빙 하우(Irving Howe)의 지적처럼 "콘래드의 의견을 피력하고 서사의 흐름은 그의 비전을 구체화"(92)한다. 작가는 러시아를 조망하는 화자를 영국인으로 설정한 만큼 "서구인의 시선"이 주도적임을 부인하지 않는데, 바로 이러한 점 때문에 영국인 화자의 서술이 과연 타당한가 그렇지 않는가의 문제는 전면에 드러날 수밖에 없다. 다행히도 분분한 의견을 도출해 내는 화자의 서술 장치는 서구와 비서구 어느 한편의 시선에 고정되지 않게 하면서 동시에 부정을 거듭하게 하여 사건의 본질에 접근할 수 있도록 방향성을 제시해 준다. 이는 보편적인 주제이면서도 그 본질의 포착이 쉽지 않은 "인간"에 관한 탐색의 여정에서 언어의 한계를 절감했던 콘래드가 특수한 화자를 착안한 이유이기도 하다.

더불어 이 소설에서 러시아를 인식하는 서구인 화자의 시선뿐만 아니라 러시아 체제를 비난하는 혁명가들의 행위 역시 자기기만적인 한계를 갖는다고 피력한 작가의 의중을 읽어내는 것 역시 중요하다. 그가 비판하고자 하는 대상은 전제정치의 권력부패는 물론이고 결실 없는 도그마의 병폐 역시 역설하고 있기 때문이다. 따라서 『서구인의 눈으로』가 러시아 전제정치를 표면화된 모순이자 전체주의의 딜레마로 형상화했다면, 혁명가들을 자신들이 비난한 독재정치와 크게 다르지 않다는 점에서 잠재된 모순과 무정부주의의 딜레마로 형상화했다고 볼 수 있다. 콘래드는 이처럼 『서구인의 눈으로』에서 양측의 위선을 동시에 부각하고 화자의 모호한 진술에 관한 신뢰성의 문제를 "의문"과 "회의"로 일관하면서 아이러니 수사법을 요체로 배반과 신뢰, 언어와 혁명에 내포된 자기기만과 자기곤경이라는 심오한 주제를 가시화하고 있다. 궁극적으로 그는 『서구인의 눈으로』를 통해 자기기만과 자기배반의 의미를 검토함으로써 혁명과 반혁명, 서구와 비서구, 허상과 실체 등의 이데올로기를 해석하는 데 있어 탈중심적 가치에 설 수 있는 방법론을 제시하고 있는 것이다.

* 이 글은 「언어의 자기기만과 혁명의 자기곤경: 『서구인의 눈으로』와 콘래드적 아이러니의 성취」, 『영어영문학연구』. 55.2 (2015): 47-72쪽에서 수정·보완함.

제6장

문화대혁명과 윤리의 아이러니
–중국계 미국작가 하 진의 「백주 대낮에」

1. "욕망을 추구하는 것이 윤리적"일 수 있는가?

욕망은 근원적으로 결핍에서 비롯된다고 결론짓는 정신분석학자 라캉(Jacques Lacan)은 『정신분석의 윤리학』(*The Ethics of Psychoanalysis*)을 통해 "당신 안에 존재하는 욕망에 일치하여 행동하는가?"(314)를 끊임없이 반문하면서 "어떤 대가를 치르더라도 자신이 욕망하는 것에 근접하고자 하는 것이 최선이다"(321)고 주장한다. 나아가 "욕망을 추구하는 것이 곧 윤리적"이라는 식으로 "욕망을 우리 존재에 대한 환유"(Lacan 324)로 이해하면서 욕망의 본질부터 다르게 해석한 그는 기존의 윤리에 대한 개념을 무화시킨다. 그가 욕망과 윤리에 관한 새로운 지형도를 제시하게 된 기저에는 전통적인 윤리담론이 '건전한' 윤리와 사회를 위협하는 욕망을 대비시킴으로써 지배권력을 정당화하는 의도된 이데올로기로 전락했다는 회의가 내포되어 있다. 이러한 맥락에서 보자면 소위 '상식'의 윤리, 즉 권력에 예속된 윤리를 전면적으로 거부하고 윤리의 개념이 새로운 질서를 지향하도록 재정립해야 한다는 라캉의 주장은 설득력을 얻을 뿐만 아니라 욕망의 충족과 현현의 순간을 반성의 기점이 아닌 인간의 본질을 채우는 조건으로 귀결 짓는 것 역시 타당해 보인다.

그런데 욕망의 실현에는 사회적 조건에서 파생되는 처벌이 뒤따른다는 또 다른 일면을 감안한다면 라캉의 조언에 대한 무조건적인 수용은 가능하지 않다. 현재에도 과거의 윤리가 지배적으로 적용되는 상황에서 사회가 표방하는 윤리 이데올로기는 여전히 개인이 집단을 위해 욕망을 유보하는 구성원이기를 요구하므로 사회윤리와 개인윤리, 전통윤리와 현대윤리는 서로 충돌할 수밖에 없는 형국에 있다. 따라서 "자신의 욕망에 대해 양보한 것만이 죄"(Lacan 319)라는 라깡의 이상적인 조언은 현실적으로 안착하기 쉽지 않은 것이다. 특히 욕망의 실현과 처벌이 여성의 문제와 결부될 때 사회가 윤리적 측면을 가중하여 처벌을 강화시켜 왔다는 점은 라캉의 조언에 대한 전면적인 수용이 왜 불가능한지를 입증해 준다. 이러한 사례는 개인적 욕망의 실현을 국가 권력과 군중의 시선으로 처벌하는, 중국계 미국작가 하 진(Ha Jin, 1956-)[1]의 소설 『붉은 깃발 아래에서』(*Under the Red Flag*, 1995)의 한 에피소드인 「백주 대낮에」("In Broad Daylight")에서 구체화되고 있다.

1) 다른 중국계 미국작가들과 하 진과의 차이점을 들자면, 그는 우선 어렸을 때 미국으로 이주한 이민자가 아니라 서른이 다 된 나이에 미국에서 박사학위를 받은, 즉 영어를 모국어로 삼을 수 없었던 환경을 지닌 작가라는 점이다. 현재 출판된 그의 저서들이 성인이 되어 미국에 정착한 이후에 구사한 영어로 쓰였다는 측면을 고려해 볼 때 중국 태생의 작가가 영어의 한계를 극복하고 모국어가 아닌 낯선 영어로 수준 높은 소설을 완성했다는 점은 그가 현재 높은 평가를 받는 주요한 이유가 될 수 있다.

절대 권력을 지향하던 중국의 문화 대혁명(The Cultural Revolution, 1966-71) 직후를 시대적 배경으로 삼는 「백주 대낮에」는 주인공 무 잉(Mu Ying)의 매춘 행위에 대한 인민재판과 이를 둘러싼 마을 사람들의 집단적인 반응, 그리고 군중심리에 관한 서사이다. 무 잉의 사건을 통해 이 소설은 문화 대혁명이라는 시대적 이념에 경도되어 처벌에 대한 공정성이 결여되었던 과거 중국사회에서 개인의 사적이고 은밀한 욕망과 그에 결부된 이야기가 공론화 될 때 개인의 삶, 그중에서도 여성의 섹슈얼리티가 어떻게 문제화되고 왜곡되는지를 쟁점화 한다. 이는 욕망을 실현한 개인을 바라보는 군중의 시선에 투영되며 확대하자면 처벌을 주관하는 국가가 이상적 타자를 표방하면서 은밀히 불온한 타자를 만들어 헤게모니적 정당성을 구축하는 일련의 과정이라 할 수 있다. 따라서 작가는 이렇게 이분화된 질서에 개인이 희생되는 데 문제를 제기하며 「백주 대낮에」를 통해 개인의 욕망과 윤리가 국가의 욕망과 윤리질서에 위배될 때 일방적으로 국가는 개인을 어떠한 방식으로 비체(the abject)화 하는지를 부각시켜 거대 권력집단과 개인이 충돌하는 일련의 과정을 정치적 알레고리로 확장시키고 있다.

하 진의 이러한 의중은 궁극적으로 개인적 영역에 위치한 욕망의 문제를 공론화하는, 국가라는 절대 권력에 반박할 뿐만 아니라 공론화시키는 주체의 윤리성과 그 행태의 아이러니를 에둘러 논박하려는 데 있다. 그럼으로써 「백주 대낮에」는 욕망과 윤리와의 상관관계에서 그간에 보여준 처벌을 내리는 절대적 주체였던 국가와 처벌을 받는 수동적인 객체에 불과했던 개인과의 이분법적 관계에 회의를 표명한다. 이러한 입장은 문화 대혁명의 주체세력이 무 잉의 간통 사건과 연루됨에 따라 심판자나 다름없는 그들의 도덕성이 검증의 대상으로 표면화되면서 문제의 심각성은 대두된다. 다시 말해, 처벌의 주체로 등장하는 "마을 사람들, 홍위병, 국가"와, 처벌받는 대상인 "여성, 개인"과의 관계에 부당한 윤리적 차원의 해석이 적용되고 있음을 작가는 문제화하는 것이다. 이를 논의하기 위해 하 진은 섹슈얼리티를 소극적으로 수용하도록 강요하는 시대에서 특정한 여성이 성을 적극적으로 수용한다고 판명되면 국가는 어떻게 여성의 욕망을 범죄로 환원하여 그 당사자를 정치적 구경거리로 전락시켰는지를 비중 있게 다룬다. 국가가 성적 욕망의 발현에 관대하지 않는 이러한 노정에는 여성에 대해 지속적인 경계 짓기와 타자화를 가속화하는 젠더 이데올로기가 동원되고 있으며 따라서 국가와 주인공 무 잉 사이에는 봉건적, 가부장적 사고가 지배적인 근대적인 인식론을 바탕으로 한 특수한 질서가 구축되고 있음을 알 수 있다.

이 소설을 포함해 대부분의 작품 소재를 모국 중국의 현실로부터 차용해 온 하 진은 "중국어로 이야기하며 성장했지만 영어로 중국인의 삶과 문화를 탁월하게 전달하면서"(Weich, "An interview with Ha Jin") 자신이 떠나온 중국사회를 소설로 객관화 한 이민자 작가이다. 중국계 미국문학을 포함해 이미 혼성화 된 아시아계 미국문학에서 하 진이 어떤 역할을 하는가를 규명하는 것이 긴요하다고 볼 때, 제3세계 작가들에 대한 주된 수식어처럼 그를 도식적인 차원에서 디아스포라 작가로 분류할 수는 있지만 그의 서사는 제1세계나 유럽중심에 저항하는 작가들과는 분명히 다른 특징을 보인다. 이를 뒷받침하는 중국계 미국문학 평론가인 항 장(Hang Zhang)은 하 진의 소설이 제국과 권력에 맞선 투쟁에 비중을 두기보다는 보편적인 주제라 할 수 있는 선과 악, 인간의 어리석음을 쟁점화 하면서도 궁극적으로는 거대한 정치적 배경에 맞서는 평범한 개인들의 삶에 초점을 두고 있다고 평가한다(307). 항 장의 견해는 그간 중국계 미국문학이 아시아계 미국문학의 주류를 점유하면서 그 위상이 높아졌음을 부인할 수 없는 상황에서 하 진의 등장은 아시아계 미국문학의 토대에 새로운 차원의 다양성과 독창성을 동시에 부여해

왔음을 말해 준다. 그의 주장이 타당할 수 있는 이유는 "중국어와 영어라는 이중(bilingual)언어를 사용하는 데서 기인하는 하 진의 창조성이 아시아 영어의 '관행화된 다양성'에 침잠해 있지 않고 세계화된 영어로 작가의 개인적인 표현에 중심을 둔다는 점에서 인도계나 싱가포르계의 작가들이 기존에 보여주었던 창조성과도 구별"(Zhang 306)됨으로써 다른 아시아계 작가들과도 차별화되기 때문이다.

하 진의 글쓰기는 분명한 줄거리와 짧은 문체를 특징으로 하면서도 상징과 메타포를 구사하여 서사의 단순성을 극복하는 경향이 있다. 이러한 서사독법은 「백주 대낮에」에서도 확연하다. 「백주 대낮에」는 짧은 문체와 명료한 줄거리로 구성된 단편임에도 불구하고 여성의 욕망과 성, 군중심리와 처벌, 문화 대혁명기의 중국사회와 윤리 등 다양하고 복잡한 주제로 중국 현대사의 과도기에 나타난 모순들을 망라하고 있기 때문이다. 구은숙(Koo EunSook)은 방대한 주제를 극화하는 하 진에 대해 그가 개인의 문제부터 정치현상에 이르기까지 다양한 주제를 쟁점화 하는 과정에 주변화 되고 억압받은 주체를 소설의 중심에 둠으로써, 백인의 보편성이 독점되는 현상을 막으면서 동시에 중국문화의 독창성을 통해 보편성을 제시한다는 입장을 보인다(904). 이러한 정의는 하 진이 정치적 망명가라기보다는 "제3세계 지식인의 공간에서 중국인 디아스포라 신분의 목소리로 하위주체를 옹호하거나 자신이 직접 하위주체의 목소리로 이야기를 전하는 이중적 목소리로 글을 쓰는 작가"(Ying 3)임을 다시 한 번 공고히 한다.

다양한 비평가들이 일관된 목소리로 지적하듯이 주변화 된 주체를 중심에 두고 독창성으로 보편성까지 창출하는 그의 서사적 특징은 「백주 대낮에」에서도 잘 반영된다. 이 소설 역시 하위 주체에 대한 심판의 과정을 통해 오히려 국가의 주요한 계급을 비판하는 독창적인 전개를 이어가면서도 이 사건을 다시 도처에서 일어날 수 있는 가능성으로 포진해 간다. 이 소설에 등장하는 마을 사람들, 즉 군중의 입장에서는 하위주체를 상징하는 매춘부 무잉이 부정한 여성의 전형이지만 작가는 사실상 그녀를 비난하는 홍위병과 군중 그들이 도덕적, 윤리적 차원에서 모순적인 대상에 지나지 않음을 역설하는 것이다. 이것은 체제가 추구하는 표면화된 이념과 급진적인 혁명을 추구하는 세력들의 이론적 근거였던 1960년대의 문화대혁명과 마오쩌뚱(Mao Tsetung)의 사상이 정의의 실현을 주도해 나가지 못했음을 설득력 있게 제시해 준다. 하 진의 소설은 이에 대한 구체적인 사례를 담아내는 가운데 여성 내지는 개인의 욕망을 국가와 군중이 어떻게 견지하고 견제하는가를 모색하여 문화 대혁명을 내세운 "마오의 기획이 근대의 바깥에서 중국의 대안을 모색하는 반근대적인 기획"(백승욱 24)이었음을 단적으로 보여준다.

더불어 문화혁명과 중국이라는 특정한 시공간을 배경으로 삼는 「백주 대낮에」는 국가가 권력을 행사하는 주요한 수단으로 감시와 처벌을 채택하는 경위를 상세히 한다. 이는 중세 봉건시대의 국가권력이 폭력과 고문, 공포 등 신체에 대한 물리적 행위로 그 존재를 과시했다고 한다면, 근·현대에 들어서면서 국가는 권력이라는 틀과 윤리라는 덫을 갖추면서 은밀한 방식으로 개인에게 감시와 처벌을 행사해 왔음을 말해준다. 이 글은 「백주 대낮에」를 통해 이러한 국가권력의 행사방식에 주목해 보면서 개인을 처벌하는 인민재판에 군중심리가 동원될 때 개인의 집결체인 군중이 어떻게 국가권력에 순응하고 공정성과 윤리성을 상실하여 곤경에 처하게 되는지 그 모순의 경위와 지점을 밝힐 것이다. 나아가 1960년대 중국사회의 정치, 사회통념, 가치관을 관통하는 하나의 사건을 문화 대혁명이라고 규정할 때 이 시대의 군중심리 이데올로기는 개인의 욕망과 그 발현에 직면할 경우 어떠한 방식으로 처벌에 관여하는지를 부각시키고자 한다. 이 논의에서는 문화

혁명의 역할을 전면적으로 부정하기보다는 인민재판이 군중심리와 결탁하면서 왜곡될 때의 맹점과 군중이 특정 시대의 혁명적 사명감과 이데올로기에 사로잡히면서 특정한 개인을 절대적 타자로 변형시킬 때 보이는 윤리적 착각과 아이러니를 비판의 중심에 두고자 한다.

2. 공정하지 못한 국가와 윤리적이지 못한 군중

「백주 대낮에」는 중국의 어느 작은 마을을 배경으로 오십대의 여성인 무 잉이 순진한 남성들을 성적으로 유혹했다는 죄목에서 인민재판에 회부되자 이에 반응하는 마을 사람들의 심리와 행위를 주요한 사건으로 삼고 있다. 하얀 고양이(White Cat)라 불리는 소년 화자의 시선으로 전개되는 이 소설은 발가벗은 엉덩이(Bare Hip)라는 친구가 화자에게, "서둘러, 빨리 가자. 사람들이 그 늙은 매춘부를 잡았대. 오늘 오후에 그 여자를 데리고 거리를 돌아다닐 거래"(1)라며 매춘부의 공개재판에 구경 가자는 부추김으로 시작된다. 화자가 신발도 신지 않고 부랴부랴 따라 나서면서 무 잉에게 호기심을 갖는 장면은 재판의 대상이 자극적인 구경거리임을 예시한다. 나아가 무 잉을 구경하자는 소년의 제안과 그녀를 일컫는 "늙은 매춘부" 또는 "화냥년"(4)이라는 호명은 소설의 초입부터 마을사람들과 그녀 사이에 경계와 단절, 그리고 갈등을 초래하는 구심점이 된다. 이러한 호명행위는 "매춘부"나 "화냥년"과 같은 특히 "성적으로 모욕적인 언사가 여성들을 기존 질서에 순응시키고, 그렇게 순응하는 여성들과 그렇지 않은 여성들에 대한 관례적 차별을 강화"(Weeks 39)시키는 심각한 문제를 함의하고 있다.

소설의 제목인 "백주 대낮에"(In Broad Daylight)는 무 잉이 인민재판을 받기 위해 대중 앞에 밝게 노출된 상태를 말하며 마을 사람들이 그녀를 절대적 타자로 삼는 행위 역시 백주 대낮에 이루어지고 있음을 상징한다. 여기에서 밝은 빛인 "daylight"는 개인의 수치를 대중 앞에 공개하여 부각시키는 촉매제이자 마녀사냥식의 육체적, 정신적 폭력을 극대화하는 장치이다. 따라서 주제와 관련해서 소설이 제기하는 본질은 사적인 것을 들춰내 공공의 장소에서 무차별적으로 행해지는 "백주 대낮"의 폭력에 있다(왕철 112). 즉 무 잉의 욕망 실현에 대한 죗값을 인민재판의 형식으로 무대화하여 사적인 영역을 공적인 영역으로 이행시키고 있으므로 "공적인 영역과 사적인 영역 사이에 갈등"(Ha Jin, interviewed by Varsava 13)은 필연적으로 고조될 수밖에 없는 것이다. 이 과정에서 「백주 대낮에」의 시대적 배경인 문화 대혁명은 진보와 개혁을 연상시키는 "낮"과 "빛"을 담보해야 하지만 사실상 "낮"이라는 시간성은 혁명의 주체세력이 무 잉의 죄에 연루되는 도덕적 결함과 윤리적 모순을 밝혀주는 아이러니로 작용한다.

이러한 관점에서 보면 「백주 대낮에」는 표면상으로 개인의 수치가 폭로되는 부당함에 이의를 제기하는 것 같지만 작가가 폭로하고 싶은 본질적인 대상은 공정성과 윤리성이 결여된 국가와 군중이 개인을 재단하는 행위임을 알 수 있다. 그리고 거대 권력집단인 국가와 군중의 모순은 무 잉을 성적 대상으로 찾은 남성들의 구체적인 신분과 행태가 언급되고 그들이 각각 당대사회의 핵심적인 계층을 대변함에도 불구하고 이들의 행위에는 아랑곳하지 않는 데서 문제의 심각성은 대두된다. 무 잉이 공개적인 수치를 경험해야만 했던 주된 이유는 건전한 중국사회 건설에 앞장 선 이 세 핵심계층의 남성들을 그녀가 육체적으로 현혹시켜 "사악한 물속"(14)으로 끌어들였다는 죄목에서이다. 세 계층의 남성들을 거론하자면 무 잉을 찾은 첫 번째 대상은 중국사회의 주축세력인 고위 장군이다. 그가 자신의 본분을 망각한 채 몰래 무 잉과 만나는 것은 민중을 지도하는 그들이 오히려 도덕과 윤리에 눈멀었을 뿐만 아니라 지도력까지 상실했다는 의미가 된다. 그러나 군중들은 장군의 행동에는 전혀 개의치 않고 무 잉의 죄과에만 집중한 채 그녀를 "장군들에게서 피를 빨아먹은 기생충"(11)으로 분류하며 "네 마리의 말에 묶어 능지처참"(12)시켜야 한다고 주장한다.

무 잉을 찾은 두 번째 대상은 인민을 구성하는 근간이라 불리며 실제로 혁명기에 특히 칭송받았던 농부이다. 군중과 홍위병들은 인민을 위해 복무하는 순진한 농부가 읍내에서 새끼돼지들을 팔아 팔십 위안을 받았는데 무 잉이 유혹하여 그 돈 전부를 일방적으로 빼앗았다고 치부한다. 암퇘지를 기르며 일 년 동안 열심히 일한 농부의 소중한 돈을 무 잉이라는 "독사가 꿀꺽 삼켰다"(14)는 것이다. 농부를 불쌍히 여기는 마을 사람들은 "농부 가족의 생계를 위한 소금과 기름 값"(9)을 무 잉이 가로챘다는 명분을 내세우며 그녀를 향한 마을 사람들의 분노는 고조된다. 이는 앞서 고위 장군에게 죄의 여부를 전혀 가리지 않았듯이, 마을 사람들은 농부의 죄는 개의치 않고 오직 무 잉만을 "악마"와 "뱀"(5), 그리고 "기생충"(11)같은 존재라며 문제 삼는 모순을 보인다.

무 잉을 찾은 세 번째 대상은 문화 대혁명의 중심에서 마오쩌뚱의 이념을 실현하는 주축세력으로서, 다른 어떤 계층보다도 도덕성에 흠집이 없어야 할 홍위병이다. 인민재판에서 무 잉을 맹렬히 비난하던 홍위병 중 한 명이 성적인 목적으로 그녀를 찾은 세 번째 대상이라는 사실과 여성 홍위병이 남성 홍위병의 연루를 알면서도 묵인하고 무 잉의 성적일탈만 범주화하는 행위는 홍위병을 비롯한 군중이 윤리적 입장에서 분개하는 것 같지만 오히려 그들 자신들이 지극히 위선적이고 기만적이라는 측면을 부각시킨다. 뿐만 아니라 여기에서 파생되는 문제는 세 계층의 남성들이 무 잉을 성적 대상으로 삼고 있으면서도 그들은 여전히 윤리적 우위를 점하고 있으며 군중과 홍위병은 이 같은 인습적인 질서에 관대하다는 것이다. 이러한 이율배반적인 행태들에 대해 왕철은 윤리라는 잣대를 내민 그들이 오히려 윤리를 저버리고 있다며 다음과 같이 비판한다.

> 하 진의 관심은 여인의 성적일탈이 아니라, 그 일탈을 대중 앞에서 '까발리는' 홍위병들과 그들을 따르는 뭇 대중의 비정함과 비열함에 있다. 작가는 윤리를 내세우고 주장하는 사람들이 그것을 일탈한 개인을 몰아치는 과정에서, 아이러니컬하게도 그 윤리를 스스로 저버리는 모순적 상황을 직시하고자 한다. 성적 일탈을 한 여자의 행위가 윤리적인 것일 수야 없겠지만, 머리에 잉크가 부어지고 얼굴과 옆구리를 얻어맞으며 머리를 깎이고 거리의 구석구석으로 끌려 다니는 여자를 바라보며 사람들이 고소해하는 것도 윤리적인 것과는 거리가 멀다는 논리다. (왕철 113)

처벌의 과정에서 재현되듯이 젠더화 된 권력관계를 바탕으로 국가 · 군중에게 그녀는 원시적으로 타자이며 그러므로 그녀의 욕망은 애초부터 과도하게 비춰져 그녀는 윤리적으로 처벌받아야 할 대상이 될 수밖에 없다. 그런데 바로 이 지점에서 제기되는 의구심은 세 부류의 남성이 무 잉을 성적 대상으로 삼았음에도 불구하고 그들은 처벌에서 제외되고 무 잉에게만 윤리를 캐묻는 정황은 분명히 부당하다는 것이다. 이는 남녀에게 비대칭적으로 적용되는 윤리의 문제를 부각시키고 더불어 윤리의 주체는 과연 누구인가, 그 주체는 객관성과 윤리성을 견지하는가라는 의혹을 제기하게 한다. 그럼으로써 작가는 국가가 부과한 여성에 대한 인식론을 군중이 어떻게 수용하고 있는가를 보여주며 군중이 인식하는 일종의 '합의된 대의'를 비판하고 있는 것이다. 따라서 이 과정에서 오류를 범하는 국가의 판단에 군중이 가세하는 형국은 국가의 처벌과 군중의 대응이 반공정성과 반윤리성에 결박되었음을 역설한다고 볼 수 있다.

문화 대혁명과 전통의 개별적인 가치 내지는 이들의 상관관계를 어떻게 정의하고 해석해야 하는지에 대한 관건은 「백주 대낮에」를 분석하는 데 중요한 기준으로 작용한다. 전통은 한 시대의 혁명에 핵심적인 동인일 수 있지만 이 소설의 시대적 배경에서 국가는 전통 본연의 가치를 외면하고 오히려 전통 타파를 권력투쟁의 총체적 전략으로 수용한다. 이는 문화 대혁명 초기에 "홍위병들의 활동이 주로 '4구타파', 즉 구사상 · 구문화 · 구풍속 · 구관습을 타파하는 활동에 초점"(백승욱 44)을 둔 과정에서 명시된다. 문제는 구시대의 유산을 타파하고 근대화를 시대적 요구로 명분화 했던 문화대혁명이 홍위병의 사건에서 탄로 나듯이 혁명의 주체 스스로가 반혁명적이자 반근대화적인 모순의 집결체였다는 사실이다. 그렇다면 왜 홍위병을 위시한 공산주의 국가는 사회의 도덕적 주체를 자처하면서 개인을 통제하고, 특히 이 소설에서처럼 개인의 성적인 영역에까지 관여하는가라는 의문을 제기할 수 있는데 이에 대해 하 진은 한 인터뷰를 통해 다음과 같이 답변한다.

> 공산주의자들은 사람들을 통제하고자 했다. 육체뿐만 아니라 성적 에너지까지 포함해서 영혼과 정신세계까지. 모든 에너지는 혁명이라는 명분에 공헌하면서 그러한 명분에 맞춰지도록 되었었다. 공산당은 개인 삶의 구석구석을 근본적으로 통제해 왔다. 당의 역할이 현재는 강력하게 영향을 미치지 않지만 과거에는 그렇게 통제를 했었다.

> The communists wanted to control people. Not just the body, but also your soul, your psyche, your sexual energy included; all your energy

was supposed to be channeled toward the cause, toward serving the cause of the Revolution. The party basically controlled every part of the individual's life. Maybe the Party's not that powerful now, but it used to be like that. (conducted by Varsava 12-13)

과거에 중국사회가 개인의 삶을 어디까지 통제했는가는 무 잉의 처벌 과정이 대변하는데 작가의 답변을 통해 문화 대혁명기와 그 직후만 하더라도 홍위병과 공산당은 사회주의의 명분에 반하는 대중의 사상과 행동을 점검하고 제어해야 한다는 강박증에 사로잡혀 있음을 알 수 있다. 인터뷰에서 작가가 강조하고자 하는 바는 개인 삶에 대한 당의 침해가 공적인 삶에 대한 침해보다 훨씬 더 심각했다는 측면이다. 특히 개인의 욕망과 실현은 국가의 통제와 대면하면 과오로 들춰지게 되고 곧바로 수치의 형태로 변형되므로 충돌관계에 놓일 수밖에 없다.

이러한 견해에서 볼 때 무 잉은 가부장/여성, 구세대/신세대, 국가/개인 등의 다층적인 권력관계에서 각각 후자로 밀려나므로 끊임없이 욕망을 통제당한 채 물리적, 심리적 폭력에 노출될 수밖에 없는 것이다. 중국의 이러한 현실을 담는 하 진의 작품에 대해 카리브해 출신의 영국 작가인 필립스(Caryl Philips)는 "중국의 관료정치가 엄하고 때로는 교조주의적이기 때문에 하 진의 소설세계에는 분노와 좌절이 배어있으며, 이로 인해 그의 작품은 중국의 권위와 전통이 때로는 어떻게 인간의 존엄성과 개인의 정체성을 억압해가는 지를 설득력 있게 추적해간다"(40)고 분석한다.

앞서 살펴본 것처럼 국가는 개인이 욕망을 실현함으로 인해 결과적으로 사회질서에 파장을 일으킬 때 통제 이데올로기를 앞세운다. 개인과 공동체의 갈등양상은 혁명의 사기가 고조될수록 개인에 대한 처벌 역시 야만적인 형태로 발전하면서 국가는 사적인 욕망의 발현조차도 사회주의 국가건설에 공헌하도록 유도한다. 이러한 욕망의 억압에 관한 심리적 기제를 정치적 맥락에서 해석한 들뢰즈와 가타리(Gilles Deleuze and Félix Guattari)는 국가가 개인의 욕망을 통제하려는 근본적인 연유는 "아무리 작은 욕망이라도 일단 욕망이 생기면 사회의 기성질서가 의문시되기 때문"(179)이라고 밝힌 바 있다. 그들의 주장에 근거를 두자면 욕망의 표현과 실현에 솔직한 무 잉은 명백히 국가의 질서를 교란하고 가부장 질서를 이탈한 "위험한 여성"[2)]이다. 따라서 무 잉의 사적인 욕망은 '기성질서'에 파장을 일으킬 것이라는 전제 하에 국가의 규범에 흡수되어지고 이런 이유로 그녀의 섹슈얼리티는 끊임없이 추적당하는 범주의 대상이 된다.

3. 군중의 "시선"과 인민재판에 내재된 폭력성

무 잉을 처벌하는 과정에서 개인이 죄인인가 그렇지 않은가를 분류하는 인민재판은 중국사회에서 과연 어떤 역할을 수행해 왔는지를 논의해 볼 필요가 있다. 인민재판은 국가의 이념에 반대하는 대상을 공개적으로 심문하여 공포심과 경각심을 심어주며, 방대한 이데올로기적 위력을 발휘하는 일종의 검열 장치이다. 역사적 정황에서 보더라도 문화 대혁명과 마오쩌뚱의 권력은 반대파를 색출하기 위해 검열장치라는 차원에서 인민재판을 매개로

---

2) 일레인 킴과 최석무의 저서, 『위험한 여성』에서 밝히는 "위험한"의 의미는 중의적인 의미로서 식민 후기 사회에서 성적, 인종적인 억압을 받고 있는 여성들이 위험한 처지에 놓여 있음을 의미하면서 동시에 그러한 억압 구조에 저항하는 여성들이 남성 또는 식민 종주국의 입장에서 보면 위험한 존재로 비친다는 것을 의미한다. 이 글에서 "위험한 여성"의 의미는 이러한 이중적인 의미를 염두에 두는 가운데 특히 가부장적인 중국사회가 주인공 무 잉을 매춘부로 취급하면서 그녀를 성적 차원에서 기존 질서에 순응하지 않는 여성으로 범주화하는 과정에서 정의된 것으로 해석하고자 한다.

폭력을 행사한 바 있다. 인민재판의 행사과정에는 이미 “권력과 폭력 사이의 놀라운 유대관계가 작동”하며 “권력의 핵심에 폭력이, 폭력의 한가운데에 권력이 존재한다”(다둔 84-85)는 맥락이 성립된다. 이것은 국가가 폭력을 소유하지 못하면 국가권력은 소멸되므로 권력과 폭력은 공조관계를 이룬다는 사실을 뒷받침해 준다.

권력과 폭력의 이러한 유착은 현재를 “폭력의 세기”로 정의하면서 국가권력과 폭력에 대한 새로운 해석을 내놓은 아렌트(Hannah Arendt)에 의해 다시 한 번 검증된다. 그녀는 『폭력의 세기』(*On Violence*)에서 “폭력이 권력이라고 유포된 등식은 폭력을 수단으로 인간이 인간을 지배할 수 있다고 믿는 국가에 근거”(52)한다고 주장한다. 대부분의 국가가 권력을 유지하기 위해 폭력을 필수적이면서도 강제적인 요소로 동원해 왔다는 데서, 그리고 폭력으로 정당성을 유지한 권력은 다시 폭력으로 파괴될 수 있다는 데서 폭력과 권력에 관한 아렌트의 의견은 현재성을 갖는다. 그녀의 이러한 고찰이 「백주 대낮에」에도 적용될 수 있는 근거는 국가와 군중의 공모가 인민재판을 매개로 무 잉에게 권력을 행사하면서 여러 층위의 폭력을 동반한다는 점이라 할 수 있다. 권력과 폭력이 이러한 방식으로 유대관계를 맺는 동안 군중은 인민재판에서 추동자가 되어 심판대상인 개인을 향한 적대적인 관망자가 된다. 그 결과 군중은 집단적 행위에 고무되어 이데올로기의 그늘 바깥으로 빠져나오지 못하는 비이성적인 존재로 전락하고 만다.

이 소설에서처럼 국가의 의지가 때로는 인민재판을 매개한 물리적, 인식론적 폭력을 통해 관철되었다는 사실에 주목해 볼 때 인민재판은 국가 또는 집단의 개인에 대한 일종의 타자화 과정의 축소판임을 알 수 있다. 이때 재판의 대상이 되는 “타자란 늘 비정상적으로 인식되는 대상이며, 타자화란 타자를 소외시키는 과정이자 인식론적 폭력을 행사하는 과정”(Bloom 6)이다.

「백주 대낮에」에서 행해지는 인민재판의 성격을 규명해야 함은 국가와 군중이 개인에게 폭력을 가하는 경로가 바로 이 공개재판이기 때문이다. 따라서 인민재판에 내포된 폭력성은 권력이 개인을 철저히 타자화시키는 과정에서 혁명의 본분보다는 변질된 실체를 드러낸 문화 대혁명의 모순과도 일맥상통하므로 인민재판이 국가폭력을 정당화하는 수단이었다는 사실은 명백해진다.

문화 대혁명과 인민재판의 이러한 모순적인 측면은 「백주 대낮에」에서 군중의 행위로 구체화되는데 역사와의 상관관계에서 안착된 군중의 개념은 앤더슨(Benedict Anderson)이 정의한 "민족"이라는 수사학의 양면성, 즉 "상상의 산물인 민족은 역사적 숙명성과 언어를 통해 상상된 공동체라는 양면성을 가진 존재로 스스로 열려 있으며 동시에 닫혀 있다"(146)는 개념과 비슷한 맥락을 갖는다. 앤더슨이 민족을 "상상의 산물"(146)로 정의하듯이 무 잉의 처벌을 목적으로 결집한 군중 역시 집단심리를 체계적으로 분석해 온 프랑스 철학자 르 봉(Gustave Le Bon)의 견해로 접목하자면, 명백한 논리 없이 "상상을 불러일으키는 연쇄반응"(19)으로 결집한, 일종의 "상상의 군중"이다. 다시 말해, 무 잉을 비난하기 위해서 "스스로 열려 있으며 동시에 닫혀 있는" 군중은 "상상된 공동체"라는 속성으로 단결하여 개인에게 폐쇄적으로 대응하는 양가적 태도를 취하고 있는 것이다. 게다가 다음의 주장에서처럼 군중의 결집과 행동뿐만 아니라 심지어 타자에 대한 군중의 판단조차도 실체 없는 상상력에 기반한다는 사실은 극히 불합리한 상태의 군중심리를 설명해준다.

> 군중들 사이에서 쉽게 퍼지는 전설이 창조되는 것은 지나치게 쉽게 믿어버리는 데서만 오는 결과물만은 아니다. 그것은 사건이 군중의 상상

력과 얽혀 진행되는 동안 심한 왜곡이 일어나는 데도 원인이 있다. 가장 단순한 사건도 군중의 판단에 맡겨지면 엄청나게 변질된다. 군중은 상상력으로 사고한다. . . . 군중은 또한 주관적인 것과 객관적인 것을 거의 분간하지 못한다. 물론 그것이 목격된 사실과는 아주 거리가 멀고, 관계가 없다고 하더라도 군중은 마음속에 불러일으켜진 상상을 현실로 받아들인다.

The creation of the legends which so easily obtain circulation in crowds is not solely the consequence of their extreme credulity. It is also the result of the prodigious perversions that events undergo in the imagination of a throng. The simplest event that comes under the observation of a crowd is soon totally transformed. A crowd thinks in images. . . . A crowd scarcely distinguishes between the subjective and the objective. It accepts as real the images evoked in its mind, though they most often have only a very distant relation with the observed fact. (Le Bon 19)

이처럼 군중 심리에 내재된 환상과 착각의 비논리적 측면을 지적한 르 봉은 심지어 "문명의 여명기부터 지금까지 군중은 언제나 환상의 영향"(58)을 받아왔다고 강조한다. 그의 부연은 무엇보다도 군중의 무의식적 행동이 개인의 의식적인 활동들을 배타적으로 통제하며 위력을 발휘해 온 경위를 체계화한다. 무 잉을 대하는 마을 사람들의 집단심리만 관찰하더라도 군중은 개인에 대한 반감을 구심점으로 그들의 폭력을 가속화하기 위해 가변적인 군중심리로 결속하는 무리임을 알 수 있다. 그런데 결속 과정에 나타난 문제점은 타자성을 전제하며 일시적인 공감으로 결속한 군중이 "환상"에 결박되어 객관성을 견지하지 못하고 물리적, 정신적 폭력을 동원해 타자의 행동범위를 규정한다는 것이다. 그러므로 무 잉이 오로지 매춘부로 취급되는 가운데 폭력적인 군중의 희생양이 되는 것은 중국사회에서 그들의 집단적인 착오가 계몽의 대상으로 삼을 수 없는 수위에 이르면서 일종의 메커니즘으로 자리 잡았다는 의미가 된다.

군중의 무 잉에 대한 타자화 작업의 구체적인 정황을 보면, 우선 군중은 왜곡된 판단력 하에 그녀를 집단의 윤리와 질서에 위배되는 대상으로 지목하면서 그녀의 "이탈성"과 "다름"을 문제 삼는다. 이것은 이탈적인 개인을 균일화하지 않으면 민족과 국가의 존립은 불안정해진다는 논리에서 출발하며 결과적으로 인민재판에서 수반되는 폭력을 정당화시키는 방향으로 선회한다. 문제는 이 인민재판이 단순히 개인을 심판하는 데 그치지 않고 국가와 여성의 관계에 가부장적 틀을 공고히 하여 국가라는 공적세계와 무 잉이라는 사적세계에 갈등을 조장한다는 점이다. 특히 성적욕망을 표출하는가 그렇지 않는가를 기준으로 무 잉과 군중 사이에 자아와 타자의 차이를 서열화하는 기만적인 틀이 구축된다. 그 예는 군중이 공개재판에서 무 잉의 전후사정을 전혀 고려하지 않은 채 그녀에게 "다른 남자를 끌어들인 것은 나쁜 짓"(13)이라고 단언하며 그녀를 타자화하는 장면에 나타난다. 그런데 무 잉은 자신을 처벌하려는 공포적인 상황에서도 다른 남자를 받아들일 수밖에 없었던 이유가 다름 아닌 남편의 성적 불능 때문이었다는 고백을 하게 된다.

"너가 잘못한 거야, 무 잉." 군중 사이에서 발가벗은 엉덩이의 어머니가 무를 손가락질하며 말했다. "너한테는 팔과 다리가 제대로 있는 네 남자가 있다고. 다른 남자를 받아들인 것도 잘못됐지만 더 나쁜 건 그 남자들의 돈을 받는 거야."

"나에게 내 남자가 있다고요?" 무 잉이 자기 남편을 바라보며 쓴웃음을 지었다. 그녀는 몸을 반드시 세우면서 말했다. "내 남자는 아무것도 아니에요. 그는 전혀 잘하지 못해요. 침대에서 말이에요. 언제나 내가 무언가를 느끼기도 전에 그는 끝내버리거든요."

"You're wrong, Mu Ying," Bare Hip's mother spoke from the front of the crowd, her forefinger pointing upward at Mu. "You have your own man, who doesn't lack an arm or a leg. It's wrong to have other's men and more wrong to pocket their money."

"I have my own man?" Mu glanced at her husband and smirked. She straightened up and said, "My man is nothing. He is no good, I mean in bed. He always comes before I feel what." (8)

무 잉은 매춘부로 지목되는 순간에도 자신의 섹슈얼리티를 수치스러워하기보다는 남편으로 인한 성적욕망의 좌절을 구체적으로 토로하는데 이는 중국사회에서 수용되지 못한다. 그런데 공교롭게도 남성들뿐만 아니라 마을 여성들까지도 개인과 공동체를 동시에 장악하는 가부장 문화에 공모적 입장을 취하며 무 잉을 대한다. 이는 국가가 "성의 목적은 생식이며, 결혼 바깥의 성적 행위는 분명 쾌락을 위한 것이기에 죄악"(Weeks 43)이라는 당대의 사회적, 성적 현실만을 강조한 결과라 할 수 있다.

그렇다면 군중들 사이에서도 무 잉과 같은 욕망의 소유자와 실현자들이 존재할 수 있는데 왜 그들은 획일적으로 무 잉을 비난하는 것인가? 무 잉에 대한 반감은 그녀와 마을 사람들 사이에 욕망의 충족과 결여라는 분절적 현실로부터 고조된 것이다. 특히 "가슴에 마오 배지를 찬"(6) 여성 홍위병들은 무 잉과 동일한 욕망의 소유자들임에도 불구하고 개별성보다는 홍위병이라는 신분이 앞세워져 있어 욕망을 드러내지 못할 뿐이다. 여성 홍위병을 포함한 마을 여성들의 욕망과 무 잉의 욕망이 다르지 않음은 그들이 그녀를 적대시하면서도 한편으로는 그녀의 구체적인 이야기에 호기심으로 반응할 때 표면화된다. 이는 엿보기를 통해 만족하려는 마을 사람들의 억압된 욕망의 처지와 관음화된 욕망의 환영을 동시에 투영한다.

그런데 작가는 마을 사람들의 관음화된 욕망을 충분히 암시해 주면서도 무 잉의 욕망을 구체적으로 서술하지 않는다. 여성의 욕망과 이를 비판하는 시선이 복합적으로 교차하면서도 이 소설에서 관음적인 측면이 배제될 수 있었던 것은 화자가 어린 소년으로 설정됐기 때문이다. 소년이 화자라는 점은 이 소설이 관음적인 방향으로 흐르지 않도록 제동을 걸 뿐만 아니라 독자로 하여금 무 잉에 대한 구세대의 획일적인 판단을 유보시킨다. 이러한 측면 때문에 화자와 친구들은 마을 공동체의 폭력적인 시선 틈바구니에서도 때로는 무 잉을 아름다운 대상으로 인식하며 감탄하기도 한다. 마을 사람들에게 무 잉은 예외 없이 "창피한 줄 모르는 갈보 늙은이"(4)에 불과하지만 소년들에게 만큼은 다음과 같이 눈부시게 "아름다운 여왕"으로 비칠 수 있는 것이다.

> 사실, 우리처럼 작은 아이들마저도 그녀가 정말로 아름답고, 어쩌면 그녀 또래의 여자들 중에서 가장 아름다운 여자라는 것을 알 수 있었다. 그녀는 오십 대였지만 흰머리가 하나도 없었다. 약간 살이 쪘지만 긴 다리와 팔 때문에 그녀는 여왕처럼 보였다. 대부분의 여자들은 안색이 누르스름한데 그녀의 안색은 신선한 우유처럼 하얗고 건강해 보였다.

> In fact, even we small boys could tell that she was really handsome perhaps the best looking woman of her age in our town. Though in her fifties, she didn't have a single gray hair; she was a little plump, but

because of her long legs and arms she appeared rather queenly. While most of the women had sallow faces, hers looked white and healthy like fresh milk. (4)

이 장면은 무 잉을 향해 일관되게 부정적이던 군중의 시선이 소년들의 시선으로 인해 긍정적으로 전환될 여지를 보이는 유일한 찰나이다. 성인들의 각인된 편견은 바로 이 장면에서 소년의 솔직한 시선과 대비되면서 판단의 절대적 주체이던 성인이 오히려 자의적인 판단에 갇혀있음을 시사해 준다. 따라서 이러한 해석을 확대하자면 어린 화자에 함의된 또 다른 역할은 그들이 비록 기성세대와 공동체의 폭력적인 시선을 일부 답습했음에도 불구하고 마을 공동체의 폭력적인 편견을 환기시키고 나아가 이 소설이 교훈적인 방향으로 흘러가지 않도록 조절한다는 점이라 할 수 있다.

4. 비체를 낳은 '상상의 군중'

인민재판과 군중심리에 대한 분석에서 살펴보았듯이 「백주 대낮에」에서 무 잉과 그녀를 둘러싼 등장인물들 간의 관계는 폭력을 배제하고는 거론할 수 없을 만큼 폭력의 영향력은 지배적이다. 그 폭력의 유형은 인식론적, 이념적, 물리적 차원에서 개별화된 동시에 집단화된 형태로 세 층위를 이루고 있다. 무 잉에게 가해지는 폭력의 첫 번째 형태는 군중의 시선과 질타를 중심으로 일종의 권력을 행사하면서 집단의 획일적인 시선과 함께 수치심을 유발시키는 "인식론적 폭력"이고, 두 번째는 홍위병과 국가가 가부장제와 같은 제도화된 이데올로기로 가하는 "이념적 폭력"이며, 세 번째는 하얀 고양이의 할머니를 통해 알려지게 된 사건인, 러시아 병사들의 무 잉에 대한 집단강간으로서 여성의 몸을 통해 이루어지는 "물리적 폭력"이다. 그런데 작가는 이 세 가지 폭력 중에서 무 잉의 불행을 야기한 결정적인 형태는 러시아 병사의 물리적인 폭력보다는 오히려 이념과 시선의 폭력임을 역설한다. 근원적으로 무 잉의 비극은 강간과 같은 끔찍한 경험보다는 마을 사람들의 인간에 대한 몰인정함과 집단화된 이념을 견지한 군중의 시선에서 발생하고 있기 때문이다(Ha Jin, interviewed by Varsava 13). 이때의 시선이란 대상에게 죄의식을 유발시키고 대상의 전 방위적 위치를 결정하는 절대적 시선이자 처벌자로서의 응시이다. 따라서 권력을 행사하는 하나의 수단으로서 개인을 재단하는 이 절대적 시선은 궁극적으로 폭력에 무방비 상태인 개인을 비체화하는 행위로 요약될 수 있다.

거듭되는 세 층위의 폭력을 경험한 무 잉은 이념에 점차 희생되면서 군중들로부터 "화냥년, 부르주아 악마"(15)로 지목되는 비천한 타자일 뿐만 아니라 종국에는 혁명의 신성함을 더럽히는 비체로 인식된다. 크리스테바(Julia Kristeva)가 『공포의 권력』(*Powers of Horror*)에서 정의내린 것처럼, 비체란 개인이 공동체의 건실한 일원으로 인정받지 못할 때 비정상적인 영역으로 내던져진, 그래서 소거되어야 하는 하찮고 지저분한 요소들이다. 이 요소들이란 혐오감을 주는 더러운 대상이거나 또는 생산적인 활동이 불가능한 구성원들처럼 "균일함과 체제, 그리고 질서를 어지럽히는 존재들"(Kristeva 4)이다. 「백주 대낮에」의 마을 사람들 역시 자신들의 공동체적 구실을 확보하기 위해 질서를 위협하는 존재들을 분류하는 과정에 점진적인 배제를 목적으로 무 잉과 같은 비체를 설정한다. 그런데 비체적 존재는 이렇게 분류되는 것으로 끝나지 않고 계속해서 그들의 섹슈얼리티마저도 매춘의 영역으로 내몰린 결과 도덕적 흠집으로 가득 찬, 그래서 추방당해야 할 대상으로 명시된다. 결과적으로 군중은 개인을 비체로 지목하는 이러한 행위를 통해 자신들의 반대적인 입지를 굳힌다고 볼 수 있다.

그리고 무 잉을 비체화하는 데 결정적으로 기여하는 메커니즘은 바로 인민재판이다. 무 잉에 대한 처벌의 수위와 방법에 호기심을 갖는 마을 사람들은 이 재판을 통해서 "옛날에 그랬던 것처럼, 그 화냥년을 하느님의 등불에 태워 죽여야"(9) 한다고 선동한다. 그들이 원하는 과거의 처벌방식이란 간통한 여성을 발가벗겨 장작불 위에 거꾸로 매달리게 한 다음 머리가 거의 닿을 뻔한 상태에서 죽을 때까지 "황소 형상의 성기"(6)로 때리는 것이다. 이러한 처벌은 간통한 여자를 처벌하는 옛 방식이며 "그들은 지난 이십 년 동안, 새로운 중국에서 살았으면서도, 생각은 아직도 옛날 그대로"(4)를 고수하고 있음을 반증한다. 게다가 마을 사람들은 재판에 회부된 무 잉이 공개적인 자리에서 죄인으로 천명될 때 지극히 이중적인 반응을 보이기까지 한다.

가령 무 잉이 자신과 잠자리를 같이 한 남성이 돈을 지불하지 않아 그를 폭행했다고 증언하자 마을 사람들은 "뭔가를 받았으면 당연히 돈을 냈어야 한다"(10)며 여성의 성과 돈의 교환은 정당하다는 식으로 매춘을 용인한다. 그러면서도 그들은 다시 무 잉의 매춘행위를 문제 삼아 "저 여자는 우리의 장교 중 하나와 불쌍한 농부 중 하나를 사악한 물속으로 끌어들이고, 시퍼렇게 멍이 들도록 홍위병을 두들겨 팼다"(7)며 일관성 없는 심판자가 된다. 이처럼 군중은 자의적인 해석을 바탕으로 개인의 처벌에 적극적으로 가담하다가 급기야 국가의 성 이데올로기를 실현하는 대리자로 변모해 간다.

그러나 군중의 비난과 협박에도 불구하고 무 잉은 마을 여성들을 향해 참회하기보다는 "도덕"을 내세워 스스로를 방어하는 그녀들 역시 자신과 비슷한 욕망을 소유하지 않았는지를 다음과 같이 반문한다.

"그래요, 그들과 잔 것은 나쁜 짓이에요. 하지만 당신들도 남자가 필요할 때 어떤 느낌이 드는지 알잖아요. 그렇지 않나요? 당신들도 가끔씩 뼛속 깊은 곳에서 그런 느낌을 받지 않나요? 경멸적으로, 그녀는 앞줄에 서있는 몇몇의 노쇠한 중년 여성을 바라보고 나서 눈을 감았다. "오, 당신들도 진짜 사내가 당신들을 품에 안고 몸 구석구석을 만져주길 원하잖아요. 당신들도 오직 그 남자를 위해 여성으로, 진짜 여성으로 태어나길 원하잖아요—"

"All right, it was wrong to sleep with them. But you all know what it feels like when you want a man, don't you? Don't you once in a while have that feeling in your bones?" Contemptuously, she looked at the few withered middle-aged women standing in the front low, then closed her eyes. "Oh, you want that real man to have you in his arms and let him touch every part of your body. For that man alone you want to blossom into a woman, a real woman—" (8)

마을 사람들의 비난은 당시의 중국 사회가 여성의 욕망 표명에 어떻게 반응하는지에 관한 보편적인 시각을 가늠하게 하는 단초가 된다. 그들은 욕망을 추구하면서도 사회의 윤리적 가치에 예속된 채로 무 잉을 평가한다. 그러나 무 잉만큼은 다수의 보편성에서 비롯된 비난에 맞서면서 자신의 욕망을 수치스러워 하기보다는 조롱으로 응수한다. 무 잉의 조롱은 남성을 유혹하는 파괴적인 속성, 즉 "여성의 위험성"을 구축하여 자신에게 전가한 국가의 행태를 겨냥하고 있는 것이다. 그러므로 그녀의 응수는 식수(Hélène Cixoux)가 『메두사의 웃음/출구』에서 제기하는 전략적인 용어, 지배자의 권력을 웃음으로 전복시키는 "메두사의 웃음"(the laughter of Medusa)과 일맥상통한다. 식수는 데리다(Jacques Derrida)처럼 해체적 다시 읽기를 통해 남성중심주의 문화에서 타자화 된 여성의 주된 예로 메두사를 거론하여 재해석한 바 있다. 그녀는 치명적으로 위험한 존재를 대변하던 메두사가 악이나 공포의 표상으로서 배척당하는 타자이면서도 남성이 가하는 공격적인 틀에 웃음으로 응수하며 변혁의 주체가 되어 결국 자신의 고유한 영역을 지켜냈다면서 이를 메두사의 웃음으로 정의한 것이다. 무 잉 역시 위험한 타자로 존재하면서도 남성의 가부장제를 실현하는 마을 여성들을 향해 "당신들도 사내가. . . . 만져주길 원하잖아요"(11)라며 다그치고 조롱하는 적극적인 행위로 비체를 벗어나려 하기 때문이다. 말하자면 무 잉처럼 "타자화된 비체는 공손하게 그런 폭력에 순응하는 것 같으면서도 사실은 자신을 비체로 만들고 있는 주체의 두려움을 조롱하면서 모욕을 가하는 것"(임옥희 308)이다. 따라서 문화 대혁명이라는 절대이념과 권력 앞에서 무 잉이 군중을 공박하는 면모는 조롱당하는 타자에서 조롱하는 주체가 됨으로써 여성에게 강요된 수동성을 답습하지 않는, 새로운 시대의 새로운 여성의 등장이라는 이중적 양상을 드러낸다.

그런데 이 소설에서 공개적으로 비체가 되는 인물은 비단 무 잉만이 아니다. 부정한 아내를 비난하지 않았다는 이유로 조롱을 받으면서 성적, 경제적 무능함이 전면에 드러난 멩 수(Meng Su)도 마찬가지다. 여성의 정절이 강조되던 시대에서 멩 수가 러시아 병사들부터 집단강간을 당한 후 강둑에 참혹하게 버려진 무 잉을 돌보면서 아내로 맞이하는 행위에 비춰볼 때 그는 중국의 전통적 사고로 여성을 판단하지 않는 유일한 인물이라고 판단할 수 있다. 그러나 마을 사람들은 정절이나 윤리보다 인간애를 우선시하는 멩 수를 "다른 남자와 바람피우는 걸 상관하지 않는 타고난 등신"(6)이라며 비웃는다. 멩 수의 인간애는 공개재판에서 아내가 수치를 경험해야 하는 순간에 "홍위병 동무들, 모두 내 잘못입니다. 저 여자를 보내주세요"(5)라며 애원하는 장면에서 다시 한 번 나타난다. 그럼에도 불구하고 멩 수의 호소는 홍위병이 외치는, 무 잉과 같은 "독사와 벌레들을 쓸어내려"(15)는 사명감으로 인해 무기력해지고 만다. 이 사건을 통해 작가는 군중이 무 잉에게 그러했듯이 주변화된 남성에 대해서도 객관성을 결여한 채 편협하고 보수적인 가치관으로 일관한다는 사실을 알리고자 했으며, 이것은 곧 지젝이 『폭력이란 무엇인가』를 통해 설명하듯이 군중들의 "정서적, 윤리적 대응이 매우 오래된 본능적 반응에 길들여져 있는 탓"(77)이라고 볼 수 있다. 군중의 지각능력은 무 잉을 대면하면서 심판자로서 이미 착오의 상태에 처해 있으며 자신들의 대응이 윤리적이라고 확신하는 것 역시 착각에 사로잡혀 있는 셈인 것이다.

타자화된 대상으로 전락한 멩 수는 두 가지 입장에서 상반되는 평가를 받을 수 있다. 마을 사람들은 매춘부 아내를 떠나지 않는 그를 "아이들을 위해 부인 곁을 떠나지 않는 착한 남자"(6)로 인식하는가 하면, "아내가 간통을 저지르더라도 집으로 돈을 가져오는 한 아무 말도 하지 않는"(6) 비정상인으로 취급한다. 언뜻 보면 그는 부정한 아내를 둔 비참한 남편에 불과해 보이지만 마을 사람들의 상이한 견해를 넘어 멩 수를 긍정적으로 평가할 수 있는 측면은 군중심리가 중국사회의 뿌리 깊은 이데올로기와 결합하여 권력을 행사할 때, 그만큼은 군중의 폭력적인 심리에 합류하지 않았다는 점이다. 멩 수의 이러한 면모야말로 자신들을 도덕적인 군중으로 착각하는 마을 사람들보다도 오히려 그가 더 도덕적이고 주체적인 인물임을 입증해 준다.

그러나 이러한 장점에도 불구하고 멩 수는 평생 인간적인 대우를 받지 못하고 평가절하 되는데 사후까지도 그러한 비참함은 지속된다. 그가 죽었다는 사실조차도 "누군가가 기차역에서 죽었대. 누가 죽었는지 가서 보자"(15)라는 식의 호기심을 통해 알려진다. 무 잉의 재판 직후 "시궁창"에서 우연히 발견된, "금파리 떼가 화난 말벌들처럼 윙윙거리는"(15) 멩 수의 시신에 그의 최후의 비극적인 처지가 적나라하게 투영된다. 멩 수의 시신은 정육점의 고기처럼 "산산조각이 나서"(15) 형체도 알아볼 수 없다. 시신의 열린 입에서 도마뱀이 나오는 장면과 함께 묘사되는 다음의 대목은 사후까지도 그는 비체적 존재임을 부각시킨다.

선로 아래의 시궁창에는 머리가 없는 멩 수의 시체가 놓여 있었다. 한 쪽 발은 사라졌고, 희끄무레한 정강이뼈가 밖으로 몇 인치 불거져 나와 있었다. 그의 몸 여러 군데가 움푹 패여 있어서, 푸줏간의 도마에 놓인 큼직하고 신선한 고기처럼 보였다. 그의 시체에서 열 발자국 떨어진 땅에 큰 밀짚모자가 놓여 있었다. 우리는 그의 머리가 모자 아래 놓여 있었다고 들었다.

Beneath the track, Meng's headless body lay in a ditch. One of his feet was missing, and the whitish shinbone stuck out several inches long. There were so many openings on his body that he looked like a large piece of fresh meat on the counter in the butcher's. Beyond him, ten paces away, a big straw hat remained on the ground. We were told that his head was under the hat. (15)

그런데 화자와 친구들을 통해 우연히 발견된 시신의 형상과 작가의 함축적 표현만으로는 멩 수의 죽음이 단순한 사고인지 아니면 자살인지 단정 지을 수 없다. 다만 자살에 비중을 두어 해석할 경우 그 이유를 멩 수가 자신 때문에 아내가 매춘 행위를 하고 대중 앞에서 심문을 받아야 하자, 그로 인한 죄책감 때문이라든가 아니면 그의 성적, 경제적 무능함이 대중에게 공개되자 남성으로서 감내해야 했던 수치심 때문으로 추정해 볼 수 있을 뿐이다.

멩수의 갑작스런 죽음은 많은 의문을 증폭시키는 가운데 시사하는 바가 크다. 화자와 친구들은 무 잉의 처벌 과정에 자신들의 인식론적, 물리적 폭력이 작용했는지를 몸소 사유하지 못했던 것에 비해, 멩 수의 죽음에는 충격적인 반응을 보인다. 작가는 멩 수의 처참한 시신과 이를 바라보는 주체의 심리를 재현함으로써 전통, 제도, 이념, 혁명 등이 개인에게 폭력을 행사해 온 점과 국가가 제시한 틀을 거부할 경우 자신들이 가했던 폭력이 부메랑이 되어 돌아올 수 있다는 점을 어린 화자의 두려움으로 대신 주지시키고 있다. 여기에서 무 잉의 재판이나 멩 수의 의문의 죽음은 군중과 국가가 개인에게 가하는 폭력을 적나라하게 보여주는 주된 모티프로 기능한다. 그러므로 소설의 말미에 전개된 소년들의 두려움은 개인이 규범을 따르지 않을 경우 국가는 그들을 보호하는 주체가 아니라 포섭과 배제를 기제로 물리적, 인식론적 폭력을 행사하는 거대권력으로 탈바꿈할 수 있다는 가능성을 시사한다.

5. 국가와 군중의 폭력

「백주 대낮에」는 중국사회가 새로운 시대를 맞이했음에도 불구하고 그에 걸맞은 가치관을 체현해내지 못하는 군중과 국가 공동체가 직면한 현실을 전달하고 있으며 그 사례는 인민재판의 재현과정에서 드러난다. 즉 인민재판을 통해 재현되는 국가와 군중이 개인에게 가하는 언어적, 심리적, 육체적 폭력의 양상은 구시대의 처벌방식을 고수한 결과 시대의 흐름을 제대로 응시하지 못하는 한계를 반영한다. 뿐만 아니라 혁명이라는 이념의 배후에서 인민재판의 폭력성은 국가와 군중의 폭력으로 발현되는 가운데, 폭력은 국가가 진실을 은폐하고 권력을 유지하기 위한 관행화된 도구로 전락한다. 바로 이러한 폭력의 상황에서 「백주 대낮에」는 폭력의 주체가 윤리적인 것을 강조하는 부당한 경위를 되짚고 있다.

더불어 하 진은 국가가 개인의 비극을 어떻게 초래해 왔는지에 대한 관심의 일환으로 마오쩌뚱이 지배하던 시절을 조명함으로써 국가의 결함과 폭력성을 사실대로 밝히고자 했다. 그가 모국과 관련된 것에 사로잡힌 채 재현의 주요한 원천을 중국으로 삼은 이유는 중국의 다른 망명 작가들처럼 모국을 떠나 왔으면서도 "도덕적 책무"로부터 벗어나지 못하는 작가의 심리를 대변한다(Cheung 6). 이 소설에서 작가의 책무는 평범한 가족과 이웃에 관한 서사를 통해 국가의 불합리성을 중심으로 한 중국역사의 진척과정을 조명하는 것으로 이어진다.

가령 중국의 관습이나 혁명이라는 명목 하에 무 잉을 대중의 조롱거리와 지탄의 대상으로 삼는 과정이야말로 그 불합리성을 잘 보여준 예라 할 수 있다. 따라서 이 과정을 통해 「백주 대낮에」가 궁극적으로 밝히고자 하는 바는 백주 대낮에 반윤리적 행태를 거듭하는 국가와 군중이 개인에게 관행화 된 폭력을 행사하고 있으며 이 행위는 국가완성을 향한 혁명으로 정당화 되지만 결국에는 정의에 이르는 일련의 과정으로 규합되지 못한다는 점이다.

작가는 이를 부각하기 위해 개인의 욕망이 국가적 혁명의 완수에 흡수되면서 희생되어야 할 범주에 놓이고, 그 과정에서 우선시되는 희생의 대상은 주인공 무 잉의 개인적, 여성적 차원의 욕망과 그 실현임을 밝히고 있다. 무 잉과 같은 개인의 욕망은 절대 권력인 국가와 대립적인 구도를 띠면서 개인은 희생자의 위치에 서게 된다. 작가는 이러한 국가와 개인의 부당한 대립관계에 집중하면서 한편으로는 합리성으로 포장된 군중의 공론화된 견해와 정치에 내포된 윤리, 그중에서도 공리주의적 차원의 윤리를 표방하며 지배질서에 순응할 것을 요구하는 국가적 이념을 중국사회의 구체적인 사례를 통해 검토하고 있다.

지금까지 살펴보았듯이 군중과 국가의 폭력적인 시선과 처벌은 중국사회의 전통에 위배되는 여성과 이 여성의 욕망의 실현에 가해진 것이었음을 알 수 있다. 이 과정에서 마을 사람들이라는 군중의 시선을 통한 국가의 통제는 시종일관 윤리를 앞세우는 가운데 개인의 섹슈얼리티는 국가와 혁명을 위해 치환된 상태이다. 나아가 국가의 이데올로기에 종속된 군중은 개인에게 폭력으로 일관한다는 점에서 그 문제성은 심각해진다. 이러한 맥락에서 보자면 「백주 대낮에」는 국가의 폭력에 노출된 개인을 중심에 두는 무잉의 비극적인 사건을 통해 공정하지 않는 윤리적 틀로 개인의 행동을 재단하는, 그야말로 "백주 대낮에" 공공연히 반복되는 국가폭력의 문제를 부각시킨다고 볼 수 있다.

따라서 이 소설은 '백주 대낮'에 보이는 군중과 국가의 이중성, 즉 타자를 심판하면서도 그들 역시 타자가 저지른 과오를 욕망하거나 그 안에 연루되어 있음을 밝히고, 개인의 욕망이 타자성의 주된 요소가 되는 이 모순의 지점에서 '개인의 희생에 기반하는 국가의 존재란 무엇인가'라는 명제를 부각시킨다. 이러한 문제제기를 통해 하 진은 국가와 군중심리의 윤리가 공정성을 상실하면서 얼마나 곤경에 처해 있는지와 그 과정에 나타난 아이러니를 조명하고 있다.

* 이 글은 「곤경에 처한 군중심리와 윤리의 아이러니 —하 진의 「백주 대낮에」」, 『영어영문학』. 59.2 (2013): 173-196쪽에서 수정·보완함.

03 중심에서 주변을 옹호하는 아프리카 백인작가와 J. M. 쿳시

제7장

정치 · 지리학적 공간이동과 서사의 변주

–쿳시의 『슬로우 맨』과 『페테르부르크의 대가』

1. 남아공의 문학적 풍토에 거리두기

최근 남아공 소설들은 그 주제가 인종문제의 논의에서 자유로워지고 다양해지면서 영어권 문학의 중요한 기반으로 부각되고 있다. 이것은 기어트세마(Johan Geertsema)[1]의 지적처럼 아파르트헤이트 이후의 남아공 소설들은 충만하고 역동적이며 복합적인 방식으로 다른 세계의 문학과 중첩되어 가고 있다는 데서 분명해진다(26). 남아공 문학에서 발견되는 변화는 노벨 문학상 수상자이자 아프리카의 중요한 소설가로 자리매김 된 쿳시의 소설들

1) 그는 쿳시를 중심으로 한 변혁기 이후의 남아공 문학을 총체적으로 분석하고 있는 남아공 출신의 비평가이다.

에서도 예외가 아니다. 그 역시 오스트레일리아를 주요한 전경으로 삼는 후기 소설들, 『엘리자베스 코스텔로』(*Elizabeth Costello*, 2003), 『슬로우 맨』(*Slow Man*, 2005), 『어느 운 나쁜 해의 일기』(*A Diary of a Bad Year*, 2007)를 통해 기존과는 차별화 된 주제를 시도했다. 쿳시가 이렇게 주제를 변화시킨 기저에는 남아공 문단의 변화라는 시대적인 흐름도 있겠지만 절박했던 인종적 현실로 인해 작가의 창조적 상상력이 제대로 발현되기란 쉽지 않았던 남아공의 문학적 풍토로부터 그가 "마침내" 거리를 두게 된 심리 또한 반영되어 있다.

더불어 쿳시 소설의 주제 변화와 관련된 보다 단적인 요인을 들자면, 그것은 작가가 자전적인 공간을 떠나 오스트레일리아로 이주를 감행한 사건이라 할 수 있다. 지금까지도 작가의 이주와 더불어 그 이유에 대한 추측이 난무한 상황에서 그가 남아공을 떠난 잠정적인 사정과 주제를 변화시킨 이유를 이해해 보기 위해서는 우선적으로 그의 자전적인 소설 『청년시절』(*Youth*, 2002)을 거론해 본다면 유용할 것이다. 『청년시절』에서 남아공에 얽힌 주인공 존(John)의 심리는 쿳시의 이주가 "남아공의 정체성이라는 짐을 벗어던지고자 한 결심"(Head 20)과 관련되기는 하지만 갑작스러운 결정이 아니라는 점을 시사한다. 쿳시는 이 소설에서 "남아공은 나쁜 출발이자 핸디캡이었다"(*Youth* 62), "남아공은 목 주변에 있는 알바트로스 같았다. 그는 숨을 쉴 수 있도록 하기 위해서라면 방법이야 어떻게 되든 상관없이 그것을 제거하고 싶었다"(*Youth* 101)라는 청년 존의 독백을 이용해 고국에 관한 잠재된 감정을 투영한 바 있기 때문이다.

자전적 소설에 나타난 작가의 심경은 남아공의 특수한 인종적 구성과 그로 인한 영향력과 무관하지 않다. 역사적으로 인종적 논의에서 낙인찍히는 대상이 주로 흑인과 유색인을 지칭해 왔다면 이와는 상반되게 아프리카 대륙에서 유일하게 흑백이 공존한 남아공에서 만큼은 인종차별에 가담한 여부와 관계없이 아파르트헤이트 전후를 겪은 쿳시와 같은 백인들은 "백인이 되는 것의 낙인"(Head 13)으로부터 자유롭지 못했다. 말하자면, 백인에게 부여된 낙인은 쿳시가 남아공을 탈피하고 싶었던 본질적인 대상이 아프리카라는 공간이 아니라 남아공이 부과한 인종적 정체성의 짐이라는 사실을 뒷받침해 준다. 이러한 견해를 바탕으로 쿳시가 오스트레일리아의 국적을 획득한 이유를 두 가지로 요약해 보면, 하나는 모국에 대한 복잡한 감정의 여파이며, 다른 하나는 "오스트레일리아의 자유롭고 관대한 정신"(Donadio, *New York Times*)에 매료된 결과라 추정할 수 있다.

그러나 부인할 수 없는 이러한 정황들에도 불구하고 쿳시가 이민과 더불어 고국을 강력하게 거론하지 않는 것에 대해 남아공의 일부 비평가들은 "고국을 배반"(Donadio, *New York Times*)한 행위로 간주하거나 심지어 그의 중요한 소설 중의 하나인 『추락』(*Disgrace*, 2003)에 인종주의자의 소설이라는 꼬리표를 붙이면서까지 불편한 심기를 드러내기도 했다. 그러한 반응은 쿳시가 소설의 무대를 오스트레일리아로 옮기면서 더 이상 고국과 관련한 정치적, 인종적 사안을 거론하지 않았다는 명분과도 관련된다. 그런데 쿳시가 새로운 국적을 갖기 전부터 그에 대한 높은 평가 이면에 숱하게 "배반"이라는 수식어가 따라다니며 폄하되기도 했던 것은 그가 분명 아프리카 출신이지만 과연 아프리카적 정체성을 모색하는 작가인가라는 의구심으로부터 시작한다. 게다가 이러한 비평들이 고조된 시점에서 쿳시가 오스트레일리아로 이주한 후에 집필한 세편의 소설들이 공교롭게도 남아공과 관련된 주제를 완전히 벗어나게 되자 "배반"에 대한 혐의는 기정사실로 단정되기도 했다.

그러나 쿳시의 후기 소설을 마치 역사 자체를 배제했다는 식으로 분류한 남아공 문단의 일부 입장은 그가 기존에 아프리카의 표면화된 문제를 어떻게 재현했는가와 현재에 이르러 왜 정치나 역사보다는 개인을 중심에 둔 서사에 집중하는지에 대한 본질적인 이유를 제대로 짚어내지 못한 과오를 대변한다. 때때로 비평가들은 "쿳시의 작품들이 식민지의 억압담론을 도외시한다고 논의하지만 그의 소설이 명백하게 지향하는 바는 식민 정복, 정치적 고문, 사회적 착취에 저항함으로써 이것들에 대한 문학적 해석을 고무시키는 역할을 해 온 점"(Parry 63)을 간과하고 말았다. 쿳시를 둘러싼 분분한 견해들을 점검해보는 이유는 남아공을 배경으로 하지 않는 전, 후기 두 편의 소설을 축으로 새로운 공간이 주제에 미치는 상관관계를 분석해 본다면 과거의 비평을 반박함과 동시에 그가 다층적인 주제를 어떻게 확보해 갔는지, 그럼으로써 전달되는 문학적 성과는 무엇인지를 총체적으로 거론해 볼 수 있을 것이기 때문이다.

이러한 분석의 일환에서 그의 전기 소설 가운데 러시아가 배경인 『페테르부르크의 대가』(*The Master of Petersburg*, 1994)를 중심으로 작가가 이민을 떠나기 훨씬 전부터 공간의 이동에 대응되는 주제의 변화를 이미 끊임없이 시도한 사실을 우선적으로 밝힐 것이다. 『페테르부르크의 대가』는 남아공이 소설의 배경으로 등장하지 않았다고 해서 모국을 외면한다고 단정할 수 없는 최소한의 반증이 되는 텍스트 중의 하나라는 측면에서이다. 남아공의 많은 비평가들은 이 소설이 "아파르트헤이트가 종식된 후 출간된 쿳시의 첫 번째 소설"(Poyner 145)임을 감안해 그가 당연히 아파르트헤이트의 폐지와 그 여파를 논할 것이라 예측했지만 정작 쿳시는 그렇지 않았다. 오히려 그는 소설의 무대를 러시아로 옮겨 남아공 역사에 갇히기를 거부하고 독립적인 서사를 확보해 갔다. 다시 말해 그의 새로운 공간에 대한 시도는 고국에 대한 부인이 아니라 "독점적인 아프리칸스어(Afrikanns)의 폭압적인 사용에 맞서 다층적인 의미생산을 가속화할 수 있는 언어가 바로 쿳시가 갈망하는 언어"였음을 전달해 준다(Canepari-Labib 252).

전기 소설에 이어 "오스트레일리아 소설"로 불리는 후기 소설들 중에서는 『슬로우 맨』을 통해 그가 오스트레일리아로 이주한 후에 자전적 공간의 이동에 따르는 주제의 긴밀한 변화를 어떠한 방식으로 표명하는지를 전개하고자 한다. 이 소설은 "개인"의 이야기가 극명한 주제로 부각되는 이유에 대해 쿳시가 타자에 대한 관심과 그 의미에 우선적인 중요성을 부여했기 때문이지 결코 의도적으로 남아공이나 그와 관련된 역사를 저버린 차원이 아님을 밝힐 수 있기 때문이다. 즉 오스트레일리아라는 생소한 공간을 기점으로 한 주제의 전환은 그가 남아공의 다른 작가들처럼 역사적 현상을 구체적인 명분 없이 그려나가지 않았을 뿐만 아니라 오히려 모순적인 많은 요소들을 융합시킴으로써 복합적인 주제를 확보해간 작가임을 입증해 준다(Watson 34). 따라서 이러한 입장을 바탕으로 『슬로우 맨』은 "쿳시가 새롭게 정착한 공간에서 아웃사이더"(Head 19)라는 측면을 함축한 가운데 오스트레일리아라는 공간과 이주자의 새로운 관계 맺기를 드러내는 텍스트임을 부각시킬 것이다.

이 같은 입장을 토대한다면 쿳시가 러시아를 배경으로 한 『페테르부르크의 대가』와 오스트레일리아를 본격적으로 초점화 한 『슬로우 맨』을 중심으로 남아공이 아닌 다른 공간에서 주제를 어떻게 변화시키고자 했으며 작가의 그러한 시도가 갖는 중요성이 무엇인지를 살필 수 있을 것이다. 두 도시를 통해 투영되는 쿳시의 공간서사에 대한 새로운 논의는 무엇보다도 "아프리카적 정체성"을 두고 논란이 된 작가에 관한 고정된 비평을 환기시키는 거점이 될 수 있다는 견해에서이다. 두 텍스트의 이러한 주제의 이행 과정에 주목하여 본 글은 『페테르부르크의 대가』를 통해서는 역사에 맹목적으로 헌신하는 혁명가와 이를 비판하는 작가와의 대립이 갖는 의미를 부각시키고, 『슬로우 맨』을 통해서는 노년과 불구의 육체로 낯선 타자들을 맞이하며 맺는 이방인의 연대와 환대의 가능성, 그리고 이주에 대한 새로운 인식의 문제를 논의할 것이다. 이와 같은 문제제기는 쿳시의 컨텍스트적인 공간이 남아공이 아닌 또 다른 두 도시로 이동하면서 그에 상응하는 주제는 어떻게 배치되어 가는지, 그럼으로써 특정한 관점을 결정하는 일종의 프레임인 "공간"이 주제의 변화에 어떻게 기여하는지를 점검해볼 수 있을 것이기 때문이다.

2. 도스토예프스키와 네차예프로 재현한 러시아 역사

아파르트헤이트의 부당성을 거론하지 않고서 삶의 정의를 추구하기란 쉽지 않았던 시기에 쿳시는 예술이 정치와 역사의 한가운데에 있어야 한다는 당위성을 "가혹하면서도 파괴적이기까지 한 일종의 횡포"(왕철, 22)로 정의한다. 이러한 정의는 작가가 소설을 "역사적인 텍스트의 보충물이 아니라 역사에 저항하는 대항물"(Attwell, "The Novel Today" 3)로 간주하는 맥락을 설명해주며 그러한 작가적 견해는 바로 『페테르부르크의 대가』를 통해 구체적으로 관철되고 있다. 즉 작가로서 정치적, 인종적 혼란기의 한가운데에 있는 남아공을 더더욱 거론해야 할 시기에 맞닥뜨렸음에도 불구하고 쿳시는 이 소설에서 과감하게 무대의 전환을 시도한 것이다. 이러한 시도는 그가 "특별한 이데올로기를 지지해야 하는 정치적 압력에도 불구하고 자신만의 패러다임과 신화를 창조해갈 수 있는 소설가"(Adelman, 352)임을 입증하면서 러시아를 중심으로 한 공간서사에 대한 분석의 중요성을 되짚어 준다.

쿳시가 그간의 소설들을 통해 초점화 한 주제가 정치와 윤리의 변증법으로 해석하는 남아공의 역사였다면, 『페테르부르크의 대가』를 통해 새롭게 구상하는 주제는 1890년대의 러시아를 배경으로 혁명가와 작가의 욕망, 그 실현에 수반되는 모순과 배반 등의 문제이다. 『페테르부르크의 대가』라는 제목에서 "대가(master)"는 러시아의 대문호인 도스토예프스키(Fyodor Mikhailovich Dostoyevsky)와 이 소설의 주인공을 모두 지칭한다. 그러므로 여기에서 도스토예프스키는 역사적인 인물이면서 동시에 쿳시에 의해 "방대하고 복잡한 인간세계를 환기시키는"(Adelman 354) 인물로 재창조된 주인공이다. 서사는 도스토예프스키가 의붓아들인 파벨(Pavel Alexandrovich Isayev)의 갑작스런 죽음 소식을 듣고 페테르부르크에 도착해 아들의 유품을 정리하다가 그의 죽음에 의문을 제기하는 형식을 취한다. 도스토예프스키와 파벨의 죽음을 조사하는 고문관 막시모프(Maximov)와의 대화를 통해 추측할 수 있는 사실은 파벨이 정부를 전복하려는 비밀혁명 조직의 일원이었으며 파벨은 그 조직인 "'민중의 복수'를 배반했다는 낙인과 함께 유쾌하지 못한 방식으로 살해"(*MP* 53)된 점이다.

아들의 의문스런 죽음의 원인을 파헤치면서 도스토예프스키는 혁명조직의 대표인 네차예프(Sergei Nechaev, 1847-1882)와 대면하게 되고 그에게 혁명의 역할에 대한 회의를 강력하게 표명한다. 그의 의문에는 "아버지와 아들의 관계를 통해 아버지의 책임감에 대한 이미지와 그것의 정치적 함의"(Kossew 214)가 깔려 있다. 그러한 함의와 함께 쿳시는 역사적 인물 네차예프와 도스토예프스키의 삶을 은유적으로 재현하여 러시아 역사의 큰 이슈였던 네차예프 사건을 파벨의 행적과 다시 연루시킬 뿐만 아니라 패러디한 도스토예프스키를 내세워 네차예프를 반박해 간다. 이로써 드러나는 『페테르부르크의 대가』의 핵심사건은 네차예프와 쿳시의 '도스토예프스키'의 대면이며 이들의 조우는 소설의 중심적인 관념을 '아버지의 역할', 작가성, 윤리성에 대한 문제제기로 발전시킨다(Head 73).

실존했던 네차예프가 혁명을 완수하기 위해 어떤 수단도 정당화될 수 있다는 신념으로 조직원들의 복종과 숙청을 타당하다고 선언했던 러시아의 과격한 혁명조직의 대표였다면, 이 소설에서 그는 "젊었을 때 학교 교사가 되고 싶었지만 자격시험에 실패하자 심사원들에 대한 복수심에 혁명 쪽으로 돌아선"(*MP* 182) 인물이다. 혁명에 뛰어든 계기를 고려하면, 도스토예프스키의 눈에 네차예프는 단지 "음모자이고 반란자"(*MP* 35)일 뿐이며 그에 관한 총체적인 평가는 주로 수사관인 막시모프와 도스토예프스키 또는 네차예프와 도스토예프스키와의 직접적인 대화를 통해 나타난다. 네차예프의 편협하고도 비이성적인 측면은 '혁명가의 교리문답'에서 "날마다 죽을 준비가 되어 있는" 혁명가를 키우기 위해 "최소한의 관용도 허용하지 않는"(*MP* 61) 것으로 명시된 내용에서 결정적이다. 도스토예프스키에게 그러한 신념을 추종하는 혁명가들은 "남을 죽이든 자기가 죽든 개의치 않고 죽음의 황홀경에 목마른 감각주의자들, 극단주의자들"(*MP* 104-05)로 비친다. 도스토예프스키를 분노하게 만든 것은 막시모프의 지적처럼 "악령과 싸우는 것에 불과할 뿐인데"(*MP* 45) 파벨이 타협의 여지조차 없는 그들에 맞서며 네차예프 수하에서 "보병"(60)이었다는 사실이다.

이러한 맥락에서 해석하면 도스토예프스키가 "페테르부르크에 되돌아온 행위는 혁명가들의 비윤리성에 대한 작가의 개인적, 예술적 차원의 대처"(Marais, "Places and Pigs" 227)로 간주될 수 있다. 그리고 역사와 혁명을 대하는 그의 입장은 쿳시의 또 다른 소설 『철의 시대』(*Age of Iron*, 1983)에서 백인 주인공 커렌(Curren)이 흑인 빈민가인 구굴레투에서 어린 나이의 흑인 베키(Becky)가 죽어가는 것을 목격하며 인종주의 역사를 반추하는 과정과 유사하다. 커렌은 베키가 명분도 모른 채 과거 인종차별에 대한 보복 현장에 뛰어들며 희생당하는 것을 그야말로 부당하다고 단언하는데, 이때 커렌의 시선은 젊은이들의 죽음에 아랑곳하지 않는 네차예프를 "혼란에 빠진 관념”(43)의 화신으로 보는 도스토예프스키의 비판으로 중첩될 수 있다. 두 소설 모두 혁명이 역사의 올바른 길잡이가 되지 못하고 젊은이들을 미혹시켜 불합리한 방향으로 몰아세우는 맹점을 비난하기 때문이다.

실제로 도스토예프스키가 생존하던 시절, 네차예프 사건이 러시아 사회를 떠들썩하게 했던 도화선은 네차예프가 무조건적인 복종을 요구하는 데 반기를 든 동료 이바노프(Vladimir Ivanov)를 잔인하게 살해한 사건이었다. 러시아는 이 사건을 계기로 혁명 실현을 위해 희생이란 불가피하다는 입장과 인간을 수단화하는 혁명은 비판받아야 한다는 입장으로 양분화 되었다. 작가 도스토예프스키는 다수의 비판에도 여전히 냉정함과 잔인함이 수그러들지 않았던 네차예프를 그 시대의 가장 불길한 인물로 간주하고 『악령』(*The Possessed*, 1872)을 통해 “영원히 지워지지 않을 인물, 악명의 주인공”(고명섭 193), 즉 반사회적 성향의 베르호벤스키(Peter Verkhovensky)로 형상화하여 혁명에 수반되는 폭력성과 비윤리성을 비판했다. 이어서 쿳시가 재조명한 네차예프도 자신의 혁명운동에 가담한 학생을 살해했던 사건에 연루된다는 점에서 악명 높기는 마찬가지이다(Attridge, *J. M. Coetzee* 117). 쿳시가 네차예프를 비판하는 주인공 도스토예프스키의 견해로 이 사건을 재구성하여 초점화 한 사안도 다름 아닌 급진적 혁명의 이념에 배어있는 폭력성과 허상이기 때문이다. 말하자면, 쿳시는 러시아 역사의 실존인물들을 자신의 소설에 등장시켜, 그 인물의 언행을 모티프로 삼아 『악령』을 썼던 작가 도스토예프스키와 충돌시킴으로써, 작가와 정치의 역학관계를 심층적으로 탐색하고 있는 것이다(왕철 33).

그런데 쿳시는 네차예프 사건을 중심으로 혁명가의 허상을 지적하면서도 주인공 도스토예프스키가 정치적으로, 도덕적으로 네차예프의 것보다 우월하다는 입장을 전하지는 않는다(Attridge, *J. M. Coetzee* 119). 그러한 작가적 입장은 네차예프가 추구하는 이상이 허구적이라면 그를 반박하는 도스토예프스키 역시 설득력 있는 "대작"을 향한 욕망에 사로잡힌 불완전한 이상주의자로 형상화된 데서 찾을 수 있다. 가령, 이념의 맹아인 네차예프는 도스토예프스키에게 "아들이 어떻게 죽었는지를 글로 쓴다면, 학생들은 정의로운 분노감으로 거리로 나설 것"(179)이라면서 그를 선동가로 삼으려 했으며 도스토예프스키도 네차예프의 불합리함마저도 글쓰기의 소재로 삼으려 했던 점에서 위선적이기는 마찬가지이다. 두 사람이 서로 비난하면서도 서로에게 매혹되는가 하면, 서로를 이용하려는 측면까지 비슷한 이 과정을 통해 쿳시는 네차예프를 포함해 그를 비난하는 대상까지도 완전함과는 요원한 인물로 설정함으로써 불완전한 주인공이 설파하는 모순을 대칭적으로 구도화 한다. 즉 이 소설은 선의 세계는 물론이고 악의 세계까지 기꺼이 발을 내딛는 도스토예프스키의 이미지를 차용하여 그가 접한 시대의 병폐, 즉 공상적 이데올로기와 유토피아적 혁명을 진단하면서도 결국에는 비판의 주체마저 비판의 대상으로 남겨놓는다.

바로 이러한 점을 통해 판단하건데, 쿳시가 비난하고 싶었던, 획일화된 정치적 주제에 대한 강요는 도스토예프스키가 네차예프를 반박하며 나누는 그들의 대화에 비판적으로 투사되었다고 볼 수 있으며 그러므로 도스토예프스키의 딜레마는 그의 다른 소설들의 주인공들처럼 쿳시의 것이 된다(Tremaine 604). 나아가 작가와 주인공의 딜레마에 주목하다 보면 쿳시가 두 인물의 욕망 실현을 그들 최고의 가치이자 동시에 한계로 설정하는 의도까지는 파악할 수 있지만 애트리지가 주장하듯이 "네차예프와 도스토예프스키의 충돌을 완전히 이해하는 것은 불가능"(Attridge 131)하다. 이는 쿳시가 네차예프의 맹신을 비난하면서도 그를 비난하는 도스토예프스키의 비도덕적인 행위를 다시 들춰내 전략적으로 두 사람의 결함에 같은 무게를 두고자 했기 때문이다. 그는 궁극적으로 도스토예프스키의 반박을 통해 어떤 확고한 정치적, 도덕적 기반을 제공하지 않으려고 했던 것이다(Attridge 116).

주인공이 도덕적 기반을 갖지 않는다는 애트리지의 주장에 대한 타당성은 페테르부르크에 온 그의 궁극적인 목적이 아들의 죽은 원인을 규명하거나 애도하려는 차원이 아니라 아들의 삶과 관련해 흥미로운 글쓰기의 소재가 될 만한 흔적들을 수집하려 했던 행위에 의해 밝혀진다. 그리고 작가로서의 그의 욕망은 『슬로우 맨』에서 레이먼트(Paul Rayment)에게 흥미로운 주인공이 되라고 재촉하는 작가 코스텔로(Elizabeth Costello)의 욕망과 다르지 않음을 알 수 있다. 도스토예프스키가 파벨 때문에 페테르부르크를 방문한 듯 보이지만 잠재적으로는 자신의 다음 소설을 안내해 줄 사건과 감정의 소재를 찾는다는 사실이 점차 드러난다는 점에서이다(Adelman 353). 그러므로 네차예프에 대한 도스토예프스키의 비난이 타당할지라도 그 자신이 다시 모순에 갇히는 모습으로 인해 작가로서 윤리성을 과연 견지하는가라는 비판으로부터 자유로울 수 없게 된다.

그런데 이렇듯 비판을 불러일으킬 수위의 불가해한 그의 욕망은 글쓰기의 소재 탐색에서 끝나지 않는다. "나는 대가를 지불하고 판다. 그것이 나의 인생이다. 내 인생을 팔고 내 주변의 모든 삶들을 판다. 모든 사람들을 판다"(*MP* 222)라는 그의 고백처럼 자신을 포함해 자신이 접촉하는 모든 대상을 팔고 배반한다. 여기에서 "팔고 배반한다"는 그가 작가로서의 성공을 위해 주변의 인물들과 그들에 연루된 흥미로운 사건이라면 무엇이든 글쓰기의 소재로 끌어들인다는 뜻이며 그러한 대상에는 파벨과 네차예프뿐만 아니라 파벨과 관련해 구체적인 기억을 간직한 파벨의 하숙집 여주인 세르게예브나(Anna Sergeyevna)와 그녀의 어린 딸 마트리요나(Matryona)까지 포함된다. 그는 결국 글쓰기를 보다 더 진척시키려는 일념으로 자신의 죽은 의붓아들과 그 친구들의 삶에까지 밀착하여 일종의 문학적 뱀파이어가 되어가는 셈이다(Adelman 357).

나아가 도스토예프스키가 무엇이든 팔고 배반하는 과정에 수반되는 또 다른 심각한 문제는 세르게예브나의 모녀를 욕망의 대상으로 삼을 만큼 "진지한 예술을 향한 윤리적 공명심에 위배되는, 사악한 성적 욕망의 그물망에 사로잡힌"(Hays 167) 형상이다. 세르게예브나가 그에게 "당신은 다른 누군가에게 접근하기 위해 나를 이용하고 있네요"(*MP* 59)라고 말했듯이, 그는 그녀를 수단으로 마침내 "다른 누구", 즉 그녀의 딸 마트리요나와 네차예프에게 접근해 간다. 말하자면 도스토예프스키에게 그녀는 욕망의 대상이자 글쓰기의 진척을 위한 정보의 원천인데 이제 그는 이 배반의 대상을 다시 욕망의 대상으로 환원하고 있다.

도스토예프스키가 이러한 행위를 중단하지 않는 이유는 그의 내면에서 선과 악의 경계마저 이미 허물어졌기 때문이며 그러므로 그는 "예수가 아니라 유다"(*MP* 222)의 이미지로 중첩된다. 더군다나 "한계 없는 배반(*MP* 222)으로 인해 "그는 자신의 배반이 더 깊어질 수 있다는 것을 알지 못 한다"(250). 그러한 정황은 창작을 위해 그가 무엇이든 팔고 이용하다가 마지막으로 "엄청난 대가"를 지불해야 하는데 그것은 다름 아닌 자신의 "영혼을 포기"(*MP* 250)하는 것이다. 불행히도 그는 배반 행위와 자신의 영혼마저 포기하는 행위로부터 분노와 수치 그리고 절망을 인식하더라도 작가로서의 욕망을 포기하지 못한다. 그리고 그의 글쓰기의 완성은 금기시 된 사항을 파기하거나 배반을 통해서야 가능하지만 바로 이것 때문에 드러나는 도스토예프스키의 불행은 무엇이든 배반하고 그로 인한 죄의식까지 은닉하더라도 글쓰기는 진척되지 않는다는 데 있다. 그러므로 도스토예프스키의 배반성은 그가 글쓰기를 욕망하는 것과 사실상 글을 쓰는 것 사이에 있는, 중요하면서도 아이러니컬한 단절을 전경으로 한다(Marais "Death and the Space" 92).

쿳시는 이렇듯 배반에 사로잡힌 주인공의 형상을 빌어 러시아의 역사를 주되게 거론하면서도 그 사안에 힘겹게 사투하다 자신의 욕망에 갇혀버린 심리를 소홀히 하지 않는다. 그 과정에서 쿳시는 주인공의 막다른 처지를 비난하기보다는 작가로서 그럴 수밖에 없는 딜레마로 설정한다. 주변의 모든 대상들을 끊임없이 탐색하고 이용해야 하는 도스토예프스키의 딜레마를 쿳시 자신을 포함한 모든 작가들의 그것과 다를 바 없다고 간주한 것이다. 이는 모든 창작 행위란 불가피하게 다른 대상을 팔고 이용해야 하므로 비윤리적일 수 있다는 그의 견해를 피력해 준다.

그렇다면 바로 이 시점에서 쿳시가 왜 실제 소설가를 주인공으로 삼았는지에 대해 짚어 볼 필요가 있는데 과거의 실존 작가가 새로운 소설에 등장하는 것 자체는 두 소설이 갖는 상호텍스트성이라는 측면을 적극적으로 고려해야 할 필요성을 상기시킨다. 그리고 그들이 작가로서 갖는 공통된 세계관이 무엇인지를 거론해야 할 이유가 바로 여기에 나타난다. 우선적으로 도스토예프스키가 자신의 소설에서 러시아를 이념에 경도된 역사적 공간으로만 형상화하기를 거부하며 "그 자신을 역사의 바깥에 위치시키기를 원했던 작가"(Marais, "Death and the Space" 88)로 평가받았듯이, 쿳시도 특정한 공간과 주제가 작품의 속성을 간섭하는 관습적인 해석에 반기를 든 작가이다. 뿐만 아니라 도스토예프스키가 "인간의 언어는 심오한 진실을 표현하는데 무기력"(Prado 6)하다고 간주했다면 "쿳시의 소설은 명백히 단언된 진실조차도 의혹의 대상"(Poyner 171)으로 삼았다는 평가에 근거할 때 두 작가 모두 언어에 대해 동일한 입장을 견지하고 있음을 알 수 있다. 게다가 그들의 이러한 유사성은 자신들을 투영한 각각의 주인공들을 통해 전달될 뿐만 아니라 도스토예프스키의 『악령』의 주인공이 쿳시의 『페테르부르크의 대가』의 주인공으로 차용됨으로써 두 소설 간의 상호텍스트성까지 두드러지게 한다.

그런데 쿳시는 상호텍스트성과 관련한 자신의 저작 의도를 네차예프 사건을 부각한 의도로 대신 설명해 가면서 상호텍스트성이 반드시 예찬과 긍정이 아닌 수용과 반박이 되풀이되는 형태로 전개될 수 있다고 예시한다. 이를 버레스(Ottilia Veres)의 주장으로 부연하자면, 그는 경우에 따라 파벨을 애도하는 아버지의 형상 때문에 『페테르부르크의 대가』가 "애도하는 텍스트"(1)로 읽힐 수 있지만 궁극적으로 쿳시가 애도하는 대상은 파벨이 아니라 쿳시가 한때 존경했던 19세기 리얼리즘과 이를 대표하는 거장 도스토예프스키라고 설명한다. 쿳시는 자신이 존경하는 작가인 "대가"를 향해 일종의 헌사를 보내면서도 동시에 19세기 리얼리스트의 문체와 운율, 수사학에 대해 애도하고 있으며 그가 부분적으로 19세기 리얼리즘을 시도하긴 하지만 다른 한편으로는 "애도하며" "단념하고" 있다는 뜻이다(Veres 1). 이것은 쿳시가 도스토예프스키를 작중 주인공으로 내세워 그에 대한 존경심을 표명하면서도 패러디를 통해 다시 통렬하게 비판하고 그를 단념함으로써 새로운 가치를 지향해 나가는 흔적이라 할 수 있다.

뿐만 아니라 쿳시는 사회변혁을 주도하지만 그 과정이 정의의 실현에 규합되지 못하는 네차예프, 그리고 이를 비판하는 도스토예프스키의 모순만을 전개하는 데 그치지 않고 두 사람의 욕망이 궁극적으로 과연 진실된 것인지의 여부를 묻고 있다. 그것은 네차예프로 함축되는 "혁명"과 도스토예프스키의 본질적인 임무인 "글쓰기 행위"가 저마다 진실과 상관관계에 놓여 있는지를 되묻는다는 의미이다. 이러한 되묻기를 통해 쿳시는 러시아든 남아공이든 어느 공간을 구체화하느냐와 관계없이 사실에 기초한 정보를 전달하는 차원보다는 비현실적이고 허구적인 상황이라고 하더라도 어떤 중요성과 역사적인 무게감을 실어주는 "진실된 슬픔"을 전달하고자 했던 것이다

(Durant 24). 작가의 이러한 입장을 해석하면서 간과하지 말아야 할 점이 있다면, 그것은 쿳시의 "진실된 슬픔"에 대한 서사가 러시아 역사와 혁명이라는 민감한 주제를 부각하더라도 이를 주도적으로 풀어나가는 주체를 문학적 수사에 둔다는 사실이다.

그는『페테르부르크의 대가』에서 실제로 있었던 정치사건을 비유하여 문학과 정치의 관계를 어떠한 시각으로 조망해야 하는지에 관한 입장을 우회적으로 밝히고 있다. 문학에 관한 한 정치로부터의 자율성을 강조한 그는 "어떤 특정한 역사적 필요성이나 정치적 대의가 문학의 내용이나 문학의 구조를 선(先) 결정지어서는 안 된다"(이석구 231)는 입장을 이 소설을 통해서도 고수한 것이다. 그렇기 때문에 쿳시는 혁명에의 참여/비참여의 문제가 선택의 사항으로 돌려져야 함에도 불구하고 마치 선 아니면 악으로 구분되는 현실의 불합리성을 피력하고자 했다. 이를 고려한다면,『페테르부르크의 대가』에서 쿳시가 서술이 아닌 대화를 위주로 도스토예프스키와 네차예프에 대한 판단을 계속 유보하는 것도 "문학과 정치 혹은 역사의 관계가 어느 한쪽의 일방적인 승리가 아니라 끝없이 계속되는 힘겨루기"(왕철 36)임을 시사하기 위한 의도로 볼 수 있다. 따라서 네차예프가 주장하는 역사적 책무에 대한 도스토예프스키의 반응, 즉 러시아 정부의 폭력에 대한 "글쓰기"는 러시아 역사가 마련한 국가와 혁명 사이의 대항관계를 초월하는 글의 논의로 해석가능하다(Marais, "Death and the Space" 86-87).

한편『페테르부르크의 대가』가 1896년의 러시아를 구체화하기 때문에 남아공의 역사적인 상황을 완전히 배제한 듯 보이지만 사실상 19세기 말의 러시아는 아파르트헤이트의 종식 전후인 1990년대 남아공의 혼란스러운 사회상과 크게 다르지 않다. 게다가 과거 문학을 포함한 예술행위가 사회주의 이데올로기에 흡수된 나머지 그 명분으로부터 자유로울 수 없었던 러시아의 국가적 처지마저 인종주의 이데올로기의 반향과 반성에 휩싸인 남아공과 닮아 있다. 두 국가의 유사성은 주인공의 의문으로 제기되는 러시아 사회의 모순이 러시아에만 한정될 수 없으며, 그러므로 지금까지 살펴 본 네차예프와 도스토예프스키 사이의 논쟁에서 혁명가를 향한 작가의 날선 비판은 남아공 문단에 보내는 쿳시의 비판으로도 동일시 될 수 있다. 달리 말해, "도스토예프스키가 그 자신이 살던 시대의 예술의 목적과 같은 당대의 논쟁에 깊이 관련"(Kossew 215)되듯이 쿳시 역시 네차예프를 반박하는 도스토예프스키의 어조를 통해 남아공의 정치, 역사, 인종의 문제에 스스로를 연루시킴으로써 남아공을 포함한 세계의 당면한 문제들을 상기시킨다.

따라서 러시아는 남아공과 긴밀한 관련을 맺는 가운데 그 변혁기에 대한 정치, 사회, 역사적 성찰로 재상상 되는 공간이다. 이것은 작가가 남아공의 역사를 남아공이라는 단일한 공간의 프레임으로 해석하지 않고 러시아를 매개해 객관적인 서술을 확보하고 있다는 증거이기도 하다. "『페테르부르크의 대가』가 1869년의 러시아라는 구체적인 시공간을 배경으로 삼지만 비평가들이 이 소설을 여전히 남아공을 서술하는 소설로 정의하는 이유가 바로 여기에 있다"(Attridge, "Expecting the Unexpected" 25). 이러한 정의는 『야만인을 기다리며』의 익명의 공간이 제국의 영향을 받는 전 지구적인 공간을 함축하듯이 러시아를 매개한 공간서사에 남아공의 역사가 새롭게 투영된다고 해석할 수 있는 맥락과 비슷하다. 그러므로 쿳시가 "공간을 통해 독립과 거리를 부여하면서 남아공의 정치적 배경과 분리"(Kossew 205)하고자 했으면서도 이 소설에서 다시 남아공을 은유적으로 서술해 가는 의중을 짚어내는 것이야말로 그의 심화된 공간서사를 이해하기 위한 긴요한 과정이라고 할 수 있을 것이다.

3. 이방인들의 경계적 공간, 오스트레일리아

남아공 출신의 시인이자 비평가인 데 콕은(Leon De Kock)은 선데이 인디펜던트(*The Sunday Independent*) 지에서 "쿳시가 남아공을 떠난 지 10년이 지난 지금, 영어로 된 남아공 문학은 더 이상 중요하지 않다"라고 단언한 비평가 글렌(Ian Glenn)의 글을 인용하면서 쿳시의 부재가 남아공 문단에 미친 영향력이 얼마나 큰지를 새삼 실감하게 했다. 그러한 논평의 인용은 아프리카를 떠난 쿳시를 두고 비평가들의 의견이 엇갈렸음에도 불구하고 그의 부재는 오히려 남아공 문단에서 차지하는 작가로서의 중요성을 역설적으로 증명해 준다.

쿳시의 중요성이 재차 부각되는 이 시점에서 고국에 대한 작가의 복잡한 심경을 통해 유추컨대, 오스트레일리아로 정착한 후에 집필한 『슬로우 맨』에는 고국과 관련한 복잡한 마음의 "짐"과 그로부터 탈피하려는 "염원", 그리고 이민에 대한 "입장"이 나타날 수밖에 없을 것으로 보인다. 따라서 이민에 따르는 작가의 심정을 투영하는 『슬로우 맨』의 주인공 레이먼트를 분석하기 위해서라면 우선적으로 "경계선은 어떤 것이 멈춰지는 곳이 아니라 자신의 현존을 시작하는 곳"(152)이라는 하이데거(Martin Heidegger)의 발언을 이 소설을 이해하기 위한 전제로 삼아볼 필요가 있다. 작가나 레이먼트에게 모국이라는 공간을 "넘어선다"는 의미는 과거와 단절된 채 새로운 지평을 여는 차원이 아니라 과거의 공간에서 형성된 정체성을 바탕으로 이주한 공간과 맞물린 채로 현존의 시작을 알린다는 차원에서이다. 그러므로 이 소설에서 두 국가의 경계에 선 이민자 주인공들과 이들의 삶의 바탕인 오스트레일리아라는 공간을 해석할 경우에도 이주라는 문학적 서사를 통해 과거와의 공식적인 선긋기보다는 연속적, 인과적 차원으로 이해하는 것이 바람직

할 것이다.

『슬로우 맨』을 이해할 때 이처럼 인과적 차원의 해석이 적용되어야 하는 이유는 헤드(Dominic Head)의 설명으로 대신해 볼 수 있다. 그에 따르면 "쿳시와 상관관계에 있는 포스트모더니즘은 그 자신의 역사적인 국면뿐만 아니라 문학적, 지적 정체성을 포용하는 혼종성의 개념에 기반하고 있으며 혼종성은 모더니즘/포스트모더니즘과 같은 이항대립의 개념을 해체하는 역할"을 한다(34). 쿳시가 혼종성이 갖는 긍정적인 개념을 추구하는 작가라는 헤드의 평가는 바바(Homi Bhabha)가 정의한 혼종성의 개념을 더욱 구체화하면서 러시아나 오스트레일리아를 해석할 때 남아공을 포함한 다른 공간까지 아우르는 혼종적인 공간으로 인식할 것을 조언한다. 두 도시는 과거의 정체성을 단절이 아닌 혼종의 영역으로 안내하는 중첩된 공간이자 세계를 경험하는 작가의 새로운 거점으로서의 전략적인 공간을 함축하기 때문이다. 바로 이러한 특징은 쿳시의 서사가 혼종성의 개념에 기반하여 대립되는 가치를 해체한다는 헤드의 주장을 뒷받침할 뿐만 아니라 『슬로우 맨』이 소속의 경계를 허물게 한 혼종성의 개념을 적극적으로 지향하는 텍스트임을 확인시켜 준다.

지금까지 쿳시의 전기 소설에서 형상화 된 남아공이 정치적 공간을 대변했다면 후기 소설에서의 오스트레일리아는 자의식적인 개인의 공간을 대변한다고 볼 수 있는데, 그 중에서도 『슬로우 맨』은 노년과 불구, 그리고 이민자라는 개인이 갖는 딜레마를 주축으로 한다. 러시아의 역사적 상황과 연루된 『페테르부르크의 대가』나 다른 전기소설과는 달리, 『슬로우 맨』은 "쿳시와 오스트레일리아와의 관계가 탈역사를 기술하는 또 다른 방식"(Attwell, "Coetzee's Postcolonial Diaspora" 12)임을 내포하면서 개인의 서사에 주목하고 있다. 프라도(Evelyn Prado)는 비슷한 견해로 "쿳시는 상당히 일관성 있게 고백적인, 전기적인, 자서전적인 배경을 바탕으로 한 소설에서 진실 말하기와 진실추구의 애매함을 탐색해 온 작가"(1)라고 정의하는데 이를 증명하듯 『슬로우 맨』 역시 은퇴한 사진작가인 레이먼트의 시선으로 작가의 자의식적인 고백을 서사의 중심에 두고 있다.

레이먼트는 오스트레일리아의 에들레이드에 사는 프랑스 태생의 이민자이며 불의의 자전거 사고로 다리를 잃은 주인공이다. "로켓 맨"(rocket man)에서 "슬로우 맨"(slow man)(258)으로 뒤바뀐 레이먼트의 육체적 처지와 그를 수식하는 "불구", "노년"은 소설의 제목이 왜 "슬로우 맨"인지를 우선적으로 설명해 준다. "슬로우 맨"이 된 상태에서 어느 날 그는 자신의 불편한 몸을 보살펴 줄 간호사 마리야나 조키치(Marijana Jokić)를 만난다. 이들은 환자와 간호사라는 관계로 출발하지만 그녀 역시 크로아티아 출신의 이민자라는 사실은 두 사람으로 하여금 오스트레일리아에 정착했으면서도 무엇 때문에 정착한 공간을 고향으로 품지 못하는지를 고민하게 하면서 서로의 낯선 처지를 공유하게 만든다. 경계적 공간에서 새롭게 형성된 그들의 정체성에 대한 내적 심리의 고백은 단지 자신들의 처지에 대한 인식으로 끝나지 않고 다음의 설명처럼 이주의 삶이 부과한 이방인과의 접촉 문제와 이방인 수용의 문제를 동시에 환기시키는 역할을 한다.

> 두 사람은 낯선 공간 오스트레일리아에서 낯섦을 친밀함의 조건으로 삼는 이민의 삶을 부각시키는 주인공들이다. 이 소설에서 이민의 삶이 사유되어야 할 이유는 "이민"은 "낯선 공간"과 접목되면서 이민자로 하여금 반드시 타자들과 "접촉"하게 하고 접촉은 "이방인의 수용" 문제에 직면하도록 하는 데 있다. 그럼으로써 이 과정은 "이민-낯선 공간-접촉-이방인의 수용"이라는 긴밀한 구도를 형성하게 하고 개인의 문제에 집중하던 쿳시 소설의 주제가 다시 공동체의 문제를 아우르게 됨에 따라

소설의 의미망은 확대된다. (김현아 33-34)

이를 부연하자면, 주인공들의 이민은 더 이상 개인적 차원의 이주가 아니라 새로운 국가 공동체에서의 새로운 접촉을 야기함에 따라 낯선 타자와의 필연적인 관계 맺기를 설명하는 지점이다. 그런데 서사가 발전되어 가면서 새롭게 시작된 이들의 관계 맺기에는 정착한 공간을 통한 그들의 불가피한 상실감과 더불어 언어를 통한 소외감이 명시되어 있다. 레이먼트와 마리야나가 낯선 공간에서 구사하는 영어가 온전히 자신들의 언어가 아닌, "위장과 가면"(*SM* 231)에 불과하듯이 정착한 공간과 그 공간의 새로운 언어는 소속의 중요성을 드러내면서 그들 스스로를 낯설게 생각하도록 유도한 것이다. 그러므로 공간과 언어를 매개로 표면화 된 두 주인공의 정체성 문제는 이주에 관한 서사적 재현의 출발점이 될 수 있다. 쿳시는 바로 이 문제를 재고하면서 이민이 전 지구적인 사안으로 자리매김 된 지 오래이지만 여전히 소속과 경계의 문제로부터 자유롭지 못한 이민자의 내적심리를 증언한다. 두 국가의 경계에 선 그들의 정체성은 모국과 이주해 온 공간 사이에서 "이민자들이 이전부터 지녀왔던 총체적이고 고유한 특성에 균열"(Awan 3)이 생긴 상태를 반영한다는 측면에서이다. 그들과 같은 이민자는 정착한 국가의 문화와 접촉하며 그 국가에 동화된 듯하면서도 동시에 스스로를 이방인으로 인식하는 상반된 감정을 경험함에 따라 "다문화 정체성이 가져다 주는 딜레마"(Awan 3)에 갇힐 수밖에 없기 때문이다.

그런데 사실상 오스트레일리아의 국가적 정체성은 이중적인 정체성으로 살아가는 레이먼트와 마리야나 같은 이민자들로 인해 완성될 수 있었고 현재의 국가 정체성을 끊임없이 변화시키는 주체 역시 이민자들이라는 사실을 고려할 필요가 있다. 이러한 견해를 확장해 『슬로우 맨』의 분석과정에서 역사적 이주와의 상관성을 염두에 두어야 하는 것도 이 소설이 이민자 주인공들의 현실을 직시하고 있으며 "오스트레일리아라는 국가에 언어는 물론 자신들의 국가적 역사, 문화를 함께 가져오는 새로운 이주자들의 계속되는 유입에 관한 이야기"라는 점이다(Vold 45-46).

이민의 문제와 더불어 이 소설은 노년기에 맞는 레이먼트의 불의의 사고와 이를 계기로 시작되는 마리야나를 비롯한 주변 인물들과의 관계로부터 파생되는 개인 간의 환대를 구체적인 주제로 다루고 있다. 이것은 이민자가 이주해 온 공간에서 반드시 이방인과 접촉하게 되므로 이방인을 어떻게 수용해야 하는가라는 환대의 문제에 불가피하게 직면할 수밖에 없는 상황을 전제로 한다. 가령 레이먼트는 사고로 마리야나를 만나고 그녀는 그를 보살피며 다시 그는 마리야나의 보살핌에 대한 대가로 그녀와 그녀의 가족을 보살피고자 한다.

이민자와 이방인의 접촉은 두 사람의 상호적인 보살핌을 이끌어 내고 보살핌을 우선적으로 제공받은 레이먼트는 보답차원을 넘어 보다 포괄적이고 "비대칭적인"[2] 보호로 응수하면서 환대를 능동적으로 실천하는 주체로 변해간다. 환대를 나누는 과정에서 마리야나의 행위에 레이먼트가 "응답으로 행하는 보호는 윤리적인 조우를 강화"(Neimneh and Al-Shalabi 38)시킨다는 나임네와 알-샬라비의 분석은 현재까지 왜 쿳시가 윤리적인 작가로 불릴 수 있는지에 대한 명분을 확보해 준다. 그들에 따르면 『슬로우 맨』은 "아파르트헤이트 소설에서 구체화 되었던 윤리의 문제를 확장하고 정치를 윤리적 견해로 보면서 소설을 창작하려는 쿳시의 헌신을 구체화"(Neimneh and Al-Shalabi 40)

2) "비대칭적"이란 마리야나가 베푼 보살핌에 레이먼트가 동일한 형태의 응답을 전제로 하지 않고 더 큰 책임과 애정으로 반응함에 따라 두 사람이 교환하는 환대가 "비대칭적인" 형태를 취한다는 의미로, 이것은 자아와 타자의 비대칭적 형태의 윤리적 책무를 강조한 레비나스(Emmanuel Levinas) 윤리학의 핵심과 동일한 맥락이다.

하기 때문이다.

그러나 타자에 대한 작가의 구체적인 관심이 후기소설에까지 일관되게 반영되고 있음에도 불구하고 한때 "쿳시는 자신의 시대와 환경에 사는 주변 사람들의 고통에 제대로 반응하지 못함으로써 사회적 책임을 포기한 듯 비쳤으며 이런 점을 근거로 그가 다른 사람들에 대한 관심이 부족하다고 질책 당했다"(Marais, "Death and the Space" 84). 이 같은 비판이 나오게 된 경위는 따지고 보면, 작가가 포스트모더니즘적 견해를 지향하는 가운데 단일한 시각으로 해석할 수 없는 남아공의 복잡한 상황을 알레고리와 역설, 아이러니 등의 수사학으로 새로운 해석을 도출해 낸 결과에 기반한다. 그러한 실험적인 시도의 예는『슬로우 맨』에서도 나타난다. 가령 쿳시는 자신의 또 다른 소설『엘리자베스 코스텔로』의 주인공 코스텔로(Elizabeth Costello)를『슬로우 맨』의 레이먼트 앞에 난데없이 나타나게 하는 것과 같은 포스트모더니즘적 특성을 두드러지게 함으로써 소설의 구성을 상당히 복잡하게 만들지만 그녀는 환대할 수 없는 대상을 어떻게 환대할 수 있는가의 문제에 일종의 해결책을 제시한다. 무엇보다도 작가의 이러한 시도는 다행히도 "다른 사람들에 대한 관심이 부족"하다는 그에 대한 비난을 일축시키는 역할을 한다는 점에서 긍정적인 시도로 귀결될 수 있다. 절대적 타자에 가까운 코스텔로를 레이먼트가 수용하는 과정이야말로 타자에 대한 쿳시의 응답과 책임 있는 태도를 실질적으로 반영하고 있다는 점에서이다.

이러한 견해를 바탕으로 레이먼트가 코스텔로에게 무조건적 환대를 베풀어 가는 과정을 분석할 때 그녀가 초대받지 않은, 그러므로 그녀 자신도 인정하듯이 "환영받지 못하는 손님"(*SM* 84)인 채로 주인공 앞에 나타난 사실은 이 소설에서 중요하게 거론되어야 할 부분이다. 앞서 분석한『페테르부르크의 대가』에 소설가 도스토예프스키가 재등장하듯이 "『슬로우 맨』에 엘리자베스 코스텔로가 재등장하는 것은 『엘리자베스 코스텔로』와 가장 우선적으로 상호텍스트적인 관계를 촉진"(Vold 35)시키면서 이 소설에 메타픽션적인 요소를 부여하기 때문이다. 즉 인과관계조차 없이 불쑥 나타난 이 "환영받지 못하는 손님", 코스텔로가 자신이 레이먼트를 창조한 소설가라면서 "자, 어서 중요한 뭔가를 해요. 어떤 것이든 해보라고요. 나를 놀라게 할 정도로요"(*SM* 229)라며 그에게 흥미로운 주인공이 되라고 재촉하며 소설의 극적 긴장을 유도해 낸 것이다. 레이먼트를 포함해 독자까지도 당혹스럽게 하는 그녀의 출현은 소설의 흐름을 교란시키면서도 수용여부와 무관한 채로 그녀가 그의 집에서 살게 되면서 마리아나에 머물러 있던 레이먼트의 환대는 본의아니게 진척된다.

바로 이러한 특징 때문에 『슬로우 맨』을 환대의 소설로 정의한 머레이(Michael Marais)는 은유적인 시각에서 환대란 코스텔로와 같은 "미지의, 알 수 없는 방문객을 받아들이는" 과정이며 두 사람의 관계에서 손님을 맞는 주인, 즉 레이먼트는 우위에 있지 않다고 분석한다("Coming into Being" 281-82). 즉 머레이의 지적처럼, 레이먼트는 코스텔로보다 우위에 있지 않으므로 그녀를 거절할 틈도 없이 그들은 함께 살게 되고 이 과정을 거쳐 절대적 이방인에게까지 환대의 대상을 확대함으로써 비로소 "예정되지 않은 환대"까지 실천하게 된 것이다.

레이먼트와 마리아나가 "자전거 사고"와 환자와 간호사라는 관계를 계기로 환대를 나눴다고 하면, 이들과는 달리 레이먼트와 코스텔로는 사소한 계기조차 없이 그야말로 서로가 "무조건적"으로 수용한다는 점에서 환대의 경위에 차이를 보인다. 그리고 바로 이 차이야말로 타자수용의 가능성을 더 높은 지점으로 끌어올리는 인물이 마리아나보다도 코스텔로임을 분명히 할 뿐만 아니라 레이먼트 역시 극도의 타자와도 교감한 결과 능동적인 환대의 주체로 변모하고 있음을 설명해 준다. 그러한 변화는 낯선 이방인이었던 코스텔로에게 오히려 레이먼트가 자신의 이방인적 삶을 토로할 만큼 두 사람의 관계가 진척되는 것으로 나타난다.

> "내가 오스트레일리아인으로 통할 수는 있어요. 프랑스인으로 통할 수는 없겠지만요. 나에게 국가적 정체성에 관한 것이라면 그것이 전부라고 할 수 있지요. [. . .] 언어에 관해 말하자면, 당신과 달리 영어가 내 것인 적은 한 번도 없어요. 그것은 유창함과는 전혀 관련이 없어요. 당신이 들을 수 있는 것처럼, 난 완전히 유창해요. 그런데 영어가 나에게 너무 늦게 온 것이었죠. 그것은 내 어머니의 젖과 함께 오지 않았다는 말이에요 사실 그것은 전혀 오지 않았다고 할 수 있어요. 혼자서 나는 늘 내가 복화술사 인형의 한 종류였다고 느꼈어요. 언어를 말하는 사람이 내가 아니라, 나를 통해 언어가 말해진다는 느낌을 받거든요. 그것은 나의 중심부, 즉 몽 쾨르에서 나오지 않은 것이에요."

> "I can pass among Australian. I cannot pass among the French. That, as far as I am concerned, is all there is to it, to the national identity business: [. . .] As for language, English has never been mine in the way it is yours. Nothing to do with fluency. I am perfectly fluent, as you can hear. But English came to me too late. It did not come with my mother's milk. In fact it did not come at all. Privately I have always felt myself to be a kind of ventriloquist's dummy. It is not I who speak the language, it is the language that is spoken through me. It does not come from my core, *mon coeur*." (*SM* 197-98)

오스트레일리아에서 부각되는 그의 타자성은 앞서 마리야나와 공감했던 언어와 관련한 이방인적 처지에 이어 보다 심도 있게 어디에도 소속되지 못하는 국가적 정체성의 문제를 코스텔로에게 제기하는 형태로 전개된다. 그녀와의 대화에서 나타나듯이 레이먼트가 보이는 탈향의 불안함은 언어의 이질성의 문제와 다시 한 번 맞물리면서 이방인의 처지를 극화한다. 따라서 언어와 모국, 그리고 이방인의 관계에 주목해 보면, 레이먼트와 같은 이민자들을 "외국인으로 소외시키는 것은 오스트레일리아라는 국가보다는 결국 영어와 같은 언어"(Clarkson 54)라는 주장은 설득력을 얻는다.

그런데 레이먼트가 영어를 모국어로, 오스트레일리아를 모국으로 인식할 수 없듯이 모국을 떠나온 지 오래인 그에게 프랑스어와 프랑스 역시 친밀한 대상일 수 없다. 다행히 어디에도 소속되지 못하는 경계적 위치는 그로 하여금 느닷없이 방문한 코스텔로와 같은 타자를 수용하도록 부추기는 긍정적인 계기가 된다. 이는 절대적 타자와 나누는 레이먼트의 환대가 코스텔로에 한정되지 않고 그가 자신을 천상 이방인"(*SM* 231)으로 정의하게 함으로써 국적이나 시민권과 같은 고정된 집단 정체성의 지표를 더 무너뜨리는 역할까지 한다는 뜻이다(Vold 46). 낯선 타자들과 교환하는 환대가 "관계의 애매함"(MacFarlane, *Sunday Times*)을 드러내는 것은 분명하지만 작가는 그러한 불완전한 관계에서도 환대가 어떻게 지향될 수 있는지를 『슬로우 맨』에서 보여주고자 한 것이다. 그리고 이러한 과정의 부각이야말로 작가가 소설의 주제를 정치와 역사로부터 탈피해 개인의 문제로 선회한 이유와 그 긍정성을 명백히 하는 대목이라 할 수 있다.

더불어 서사의 전개를 이해하기 위한 일환으로 쿳시가 왜 하필 자전거 사고를 모티프로 설정했는지에 대한 작가의 의도를 가늠해 보는 것은 중요할 것이다. 레이먼트의 다리가 불구가 되는 상황은 쿳시의 다른 소설 『소년시절』과 『청년시절』의 주인공 존이 자전거 타기에 애착을 느꼈던 것을 함축적으로 연관시킴으로써 다른 유형의 사고나 불구보다 자전거 사고와 다리 불구가 주인공에게 훨씬 더 치명적일 수 있음을 시사한다. 이에 대해 보울드(Tonje Vold)는 다음과 같이 해석한다.

> 폴의 자전거 사고, 사지절단 그리고 이주는 『소년시절』이나 『청년시절』의 남아공 출신의 주인공 존에 대해 환유적으로 접근하게 한다: 자전거 타기는 존이 좋아하는 활동이고, 그래서 다리는 그에게 과도할 정도로 숭배의 대상이다. 런던에 사는 동안 남아공인이라는 정체성은 "장애인처럼" 느껴졌으며 남아공은 "그의 내부의 피 흘리는 상처"(116)이다. 그러므로 망명은 사지절단이나 다름없고, 『슬로우 맨』에서의 사시절단의 문제는 『청년시절』에서의 존의 경험으로 대비시킬 수 있다.

> Paul's cycling accident, his amputated leg and his exile place him in metonymical proximity to the South African John of *Boyhood* and *Youth*: cycling is the favored activity of John, and legs were his redundant fetishism. When living in London, South Africanness felt "like a handicap"(62) and South Africa as "a bleeding wound within him"(116). Exile is hence pictured as akin to an amputation, and perhaps we can link the amputation in *Slow Man* back to the similar motives describing John's experiences in *Youth*. (Vold 47)

보울드는 쿳시가 주인공을 자전거 사고와 연관시켜 극한 처지를 부각시킨 것 외에도 남아공의 정체성을 "장애"로, 망명을 "사지절단"으로 비유하면서 주인공의 처지를 작가 자신의 것으로 투영한다고 논의한다. 이는 레이먼트의 처지가 작가의 자전적 소설의 주인공 존과 유기적인 관계를 이룸으로써 쿳시 소설들 간의 상호텍스트성은 더욱 긴밀해진다는 반증이다. 그러므로 소설의 첫 장면인 레이먼트의 자전거 사고는 주인공의 치명적인 상황을 강조하는 데 이어 그러한 육체적 조건이 다시 타인을 받아들일 결정적인 계기로 전환된다는 차원에서 의미심장한 설정이다. 머레이를 비롯한 여러 비평가들이 쿳시가 『슬로우 맨』을 통해 무엇보다도 "환대"의 여정을 강조한다고 일관되게 주장하는 것도 바로 이러한 전략적인 전개에서 증명된다. 살펴보았듯이 사고로 인해 레이먼트는 자신을 간호해야 하는 마리야나를 만나고 마리야나로부터 받는 보살핌을 환대로 응수함으로써 타자를 환대하는 세계에 접근하는가 하면 절대적 타자인 코스텔로까지 수용해 가기 때문이다.

오스트레일리아를 중심으로 한 『슬로우 맨』에서 제시되듯이, 소설에서 공간이란 인간의 경험 그리고 이것에 대한 반응과 본질적인 관련을 맺기 때문에 고유한 의미는 공간을 통해 형성되고 과거와 현재를 순차적으로 투영한 역사 역시 공간을 통해 완성되는 것을 확인할 수 있다. 『페테르부르크의 대가』와 『슬로우 맨』 모두 이러한 전제를 적용할 때, 새로운 공간을 축으로 두 소설이 보이는 변화의 공통점은 남아공을 벗어나면서 백인의 딜레마나 공모성, 그리고 인종문제의 논의로부터 탈피하는 양상이다. 그리고 이 공통점에서 분화되는 구체적인 차이란 『페테르부르크의 대가』에서는 이상적인 국가건설을 위한 급진주의자의 획일화 된 입장을 러시아라는 공간을 통해 반박하면서 공동체의 모순과 정의를 집요하게 반문했다면, 『슬로우 맨』에서는 작가가 정착한 공간에서 이주자의 삶을 모색하는 방식으로 남아공이라는 국지적인 공간을 넘어서며 변화된 주제를 시도했다고 정리할 수 있다. 공간 이동에는 이처럼 의미상의 차이를 보이지만 경계적 공간을 개념화 한 두 소설은 궁극적으로 서사에서 공간의 역할이 무엇인지를 가늠하게 하고 새로운 공간에 준거한 쿳시의 새로운 상상력이 어떻게 발현되는지를 명백히 한다는 점에서 그 가치를 드러낸다고 볼 수 있다.

4. 남아공 너머를 이야기하기

『페테르부르크의 대가』와 『슬로우 맨』은 러시아와 오스트레일리아라는 새로운 공간을 통한 쿳시의 새로운 작가적 견해를 함축하는 텍스트로 요약할 수 있다. 『페테르부르크의 대가』에서 러시아는 도스토예프스키가 혁명가의 공상적인 이데올로기를 비난하는 공간이자 그가 글쓰기의 완성을 위해 주변의 모든 대상을 소재로 끌어들여야 하는 작가로서의 욕망과 그에 수반되는 배반적 심리가 충돌하는 공간이다. 혁명가와 작가가 한 시대의 정의를 주도하는 상징적인 계층임에도 불구하고 이와 상반되는 형상을 중심에 둠으로써 이 소설은 정치적 인과관계가 강조되는 사회에서 소설 장르 자체의 형식과 시학, 예술가의 책무, "삶, 예술, 서사, 역사" 사이의 관계에 대한 입장을 제시하고 있다(Kossew 213).

한편 『슬로우 맨』의 오스트레일리아는 레이먼트가 이민자의 신분에서 노년과 불구의 육체로 낯선 타자들과 접촉하면서 환대의 교환이 어떻게 가능한지를 설명해 주는 공간이다. 그러한 오스트레일리아를 중심으로 초점화된 주인공의 자기각성과 환대는 프랑스 모국, 가정과 언어, 그리고 불구의 몸을 통한 자기소외의 경험으로 완성되어 가며 그러므로 "레이먼트는 이민자로서 공유하는 정체성을 통해 자신의 영역에 있는 사람들과 관계를 형성"하고 있음을 알 수 있다(Vold 46). 따라서 주인공의 내적인 변화의 추이가 강조되는 『슬로우 맨』은 작가의 관심이 개인의 문제, 그 중에서도 타자의 문제로 그 비중이 옮겨갔음을 반증하고 작가의 자전적인 공간의 이동과 밀착된 자의식적인 고백이 새롭게 대두된 이민과 이방인의 수용 문제를 환기시킨다.

이로써 알 수 있는 사실은 과거와는 사뭇 다른 주제가 극화되는 무대로서의 러시아와 오스트레일리아가 단순히 작가와 주인공의 심리만 투사된 공간이 아니라 궁극적으로 복합적인 의미가 작용하면서 전 지구적인 성찰을 요하는 상징적인 공간이라는 것이다. 가령 『페테르부르크의 대가』의 네차예프가 모든 국가의 혁명에 내재된 허구적인 이상을 담는 메타포이듯이, 도스토예프스키 역시 모든 예술 활동이 주변의 것들을 이용해야 비로소 가능한 한계를 담보하므로 그들의 처지는 세계의 모든 혁명가와 예술가의 딜레마로 상정될 수 있다. 『슬로우 맨』 역시 공적인 정의를 실현해가는 주제와 대조되는 지극히 사적인 영역의 이야기이지만 서사의 핵심은 공동체에 대한 소속의 문제와 그로부터 파생하는 타자수용의 문제이다. 이는 세계화라는 보편적인 흐름 속에서 이민이 가속화되고 있으면서도 이민자들은 정착한 공간에서 여전히 이방인이라는 인식으로 살아가는 대조적인 현실을 대변한다.

지금까지의 분석을 바탕으로 하면, 작가가 두 소설을 통해 자신의 서사를 "남아공"이라는 자국사 중심에서 "러시아"와 "오스트레일리아" 같은 새로운 공간에 대응되는 관계사적 읽기로 확장할 것을 요청한다고 이해할 수 있다. 그리고 이렇게 확장된 서사를 분석하는 것의 가치는 쿳시의 문학적 성과를 포괄적으로 짚어낸 머레이의 지적이 보완해 준다. 머레이는 쿳시가 역사적인 차원에 한정된 서술을 불완전하게 여겼으며 진정한 글쓰기란 역사적인 테두리 너머에 존재하는 영역에 존재하기 때문에 차츰 역사보다는 타자에 관심을 둠으로써 역사 밖의 이야기와 외부에서 보는 견해, 비가시적인 영역까지도 이야기하고자 했다고 작가적 의도를 요약한다(Marais, *Secretary of Invisible* xi). 여기에서 역사란 남아공에 한정된 의미를 지칭한다고 볼 때, 쿳시의 문학세계에 대한 그의 총체적인 정의는 『페테르부르크의 대가』와 『슬로우 맨』이 남아공의 역사를 외면하기보다는 그러한 "테두리 너머의 영역"

까지 탐색하는 포괄적인 텍스트임을 확인시켜 준다.

바로 이 같은 맥락에서 『페테르부르크의 대가』와 『슬로우 맨』은 러시아와 오스트레일리아라는 국가적 공간에 따르는 쿳시의 또 다른 성찰을 경험할 수 있는 서사라 정의할 수 있다. 재현의 중심에서 두 도시는 작가의 변화된 정체성에 대처하기 위한 확장된 공간을 함의하면서 그의 변화된 공간서사를 탐색해야 할 필요성을 확인시켜 주는 토대로 기능한다. 분석의 과정에서 구체적인 공간의 지표를 통한 주제의 변화를 비중 있게 거론해야 할 명분은 바로 여기에 함축되어 있다. 쿳시는 러시아와 오스트레일리아를 남아공이라는 국가적 정체성과의 단절이 아닌 상호 연관성을 제시하는 거점으로 활용하고 있기 때문이다. 따라서 이러한 서사적 특징이야말로 공간적 배경의 변화에 따르는 주제의 변주, 그리고 삶의 조건인 공간이 텍스트의 전략적인 조건으로 수렴되는 과정을 분석하고 남아공을 넘어 러시아와 오스트레일리아를 바탕으로 한 쿳시의 또 다른 공간 재현에 주목해야 할 주된 이유라 할 수 있다.

* 이 글은 「오스트레일리아와 러시아를 통해서 본 J. M. 쿳시의 공간서사 —『슬로우 맨』과 『페테르부르크의 대가』를 중심으로」, 『영어영문학21』. 27.2 (2014): 5-32쪽에서 수정·보완함.

제8장

포스트식민 시대의 인종주의와 젠더 —쿳시의 『추락』

1. 남아공 변혁기의 실상과 백인의 치욕

남아프리카 공화국(South Africa)의 대표적인 작가인 쿳시(John Maxwell Coetzee, 1940-)는 주로 특권화 된 백인 지배계층의 시각에서 인종문제와 관련된 역사적 과오들을 비판해 왔다. 그가 아프리카 영어권 세계에서 인종, 성, 권력, 젠더 등 다양한 주제를 쟁점화 시켜 주목받는 작가로서의 명성을 굳혀온 것은 주지의 사실이다. 특히 식민담론이 배태한 만성적인 대립적 이분법을 해체시키는데 주력한 쿳시는 자신의 소설들을 통해 타자의 윤리라는 주제를 일관되게 보여준다. 그가 강조한 윤리라는 주제는 스피박(Gayatri C. Spivak)과 레비나스(Emmanuel Levinas)의 주장과 일맥상통한다. 포스트식민

담론에서의 윤리적 책임을 강조하는 스피박은 유럽의 철학적 · 문학적 전통들을 넘어 제국주의 역사와 하위주체 연구에 이르기까지 포괄적인 학문적 · 실천적 영역을 구축하고 있다. 스피박은 제국주의와 서구이론의 공모관계에 대해 경계하면서 "윤리는 그저 인식의 문제가 아니라 관계에 대한 요구"(Spivak 5)라며 포스트식민주의 비평가로서의 윤리적 책임감을 강조한다. 나아가 자아와 타자 사이의 윤리적 관계의 구조를 밝힌 윤리학자인 레비나스는 이기적인 자아가 어떻게 타자를 존중하면서 서로 윤리적 관계에 들어갈 수 있는지에 집중한다. 레비나스의 타자윤리란 "자아가 타자의 불행에 귀기울이는 것은 타자의 도덕적 호소를 수용"(Levinas 24)한다는 윤리적 자아에 관한 이론이다. 스피박과 레비나스는 현대사회의 위기를 윤리의 부재로 진단하며 이것의 극복은 타자의 수용으로 가능하다고 강조하는데 이 같은 주제는 쿳시의 소설을 통해 부각된다.

아파르트헤이트(Apartheid) 제도[1]의 폐지 이후 남아공에는 "인종간의 새로운 관계를 위해 새로운 글쓰기가 필요하다는 것을 인식한"(Barnard 212) 쿳시는 『추락』(*Disgrace*, 1999)[2]을 통해 남아공의 변혁기의 실상과 이에 걸맞은 새로운 정체성에 대한 문제를 재현하게 된다. 『추락』은 이전의 소설에 비해 인종문제를 비롯해 제국의 문제, 권력과 젠더의 문제 등을 주요 주제로 다양한 문제를 쟁점화 시키지만, 큰 테두리에서 보면 남아공 역사와 사회에 대한 알레고리라 할 수 있다(Stratton 83). 특히 포스트아파르트헤이트 시기에 흑인에 대한 백인의 생각이 어떻게 변화되어 가는지에 중점을 두는 『추락』

1) 아파르트헤이트는 약 16%에 해당하는 소수의 백인들이 84%에 달하는 비백인들을 지배했던 남아프리카 공화국의 공식 통치이념이다.

2) "Disgrace"는 번역하면 "불명예" 또는 "치욕"을 의미하지만, 이 소설의 주인공들이 시련을 통해 삶의 밑바닥으로 전락하고 치욕의 상태에 이른 후 다시 회복하는 과정을 밟아가기 때문에 소설의 전체내용을 아우르는 의미에서 "추락"으로 번역하고자 한다.

은 제목이 시사하는 것처럼 백인 주인공들이 치욕스런 경험을 통해 추락하게 되고 "추락"을 통해 의식의 변화를 경험하게 되는데, 이러한 일련의 과정은 포스트식민 역사로 이행하는 과정이라 할 수 있다.

인종문제 비판에 타자의 윤리문제를 결합시키는 쿳시의 글쓰기의 특징을 분석하기 위해 이 글은 주인공들을 중심으로 제국과 폭력 그리고 아파르트헤이트 등의 문제들을 상호 연계시켜보면서, 그들이 어떤 계기로 윤리적 딜레마를 극복하고 윤리적 주체로 거듭나는지의 과정을 살펴본다. 다인종과 다언어로 구성된 남아프리카 공화국의 경우는 그 특성상 인종문제를 중심으로 포스트식민 서사를 재현하는 특징을 보인다. 이를 대변하듯 그간 쿳시의 소설들은 "다인종"으로 명시화되는 "남아공 사회에서 말해지기 어려운 여러 미묘한 주제들을 과감하게 표면화시켜 비평가들의 찬반 논쟁을 불러일으켜 온 것"(Bower 23)은 명백하다. 이는 쿳시 소설들이 인종주의 비판에 개인의 윤리적 책임을 긴밀히 연결하기 때문이기도 하지만, 다름 아닌 백인작가가 인종문제에 대해 정치적 성찰에 이어 윤리적 성찰을 하도록 유도하기 때문이다. 그러나 인종분쟁의 역사에서 가해자에 해당하는 백인 주인공의 성찰은 쿳시로 하여금 지배자의 시선으로 흑인과 유색인종을 다루지 않는가라는 백인의 태생적인 딜레마에 직면하게 한다. 이것은 아프리카의 수탈의 역사가 유럽식민주의자들에 의한 것이 명백한 상황에서 백인 작가가 서술하는 인종담론이 과연 객관적일 수 있는가라는 의문에서 출발한다. 쿳시가 이 같은 평가 속에서도 최근 들어 새롭게 조명 받고 있는 이유는 그의 소설을 통해 다층적인 의미생산의 기저에 인종주의 정치학과 윤리라는 주제가 탐색되면서 새로운 포스트식민적 비전이 제시되기 때문이다.

쿳시의 소설에 나타난 인종주의 정치학과 결부된 윤리적 성찰의 과정에는 타자를 경계할 것인가, 타자를 수용할 것인가라는 두 가지 기본적인 갈등이 끊임없이 교차한다. 이러한 갈등을 포스트식민 논의와 결부시켰을 때 중요한 사안이라고 한다면, 남아공의 인종사는 식민사를 구체적으로 재현하는 역사 현장이라 할 수 있다. "오만과 광기의 형태"(Coetzee, *Giving Offense* 163)인 아파르트헤이트 제도가 철폐된 이후에도 남아공의 정치적 현실은 흑백 간에 서로를 경계하고 다시 화해하는 순환적 구조로부터 자유롭지 못하다. 백인은 자신들의 기득권을 아파르트헤이트의 철폐로 잃게 될 것이라는 불안감과 과거에 흑인들에게 자행한 차별과 폭행에 대한 보복을 두려워한 나머지 더욱 경계하게 되며 폭력적인 성향을 띠게 된다. 반대로, 흑인들은 과거에 자신들이 경험한 인종차별에 대한 타당한 보복으로 자신들이 당한 폭력을 그대로 행사하려 한다. 두 인종 각각 이러한 입장에서 폭력을 동원하기 때문에 화해의 길은 쉽지 않다. 이러한 상황에서 쿳시가 자신의 소설을 통해서 주로 보여주고자 한 바는 인종적 타자를 수용하는데 있어 포스트식민 정치학에 대한 반성적인 사유를 실천하는 글쓰기이다. 그럼으로써 그의 소설은 타자를 단순히 인정하는 수준에서 끝나는 것이 아니라 타자를 있는 그대로 재현하는 가운데 타자가 능동적인 주체가 되도록 변화시키는 가능성을 탐색한다.

『추락』은 1990년대 중반기를 시대적 배경으로, 남아공의 권력의 주체가 소수의 백인에서 다수의 흑인으로 변화하고 있음을 그리고 있다. 그러나 정권이 이양되었음에도 불구하고 여전히 지속되는 백인들의 차별의식과 흑인들의 백인들에 대한 뒤바뀐 폭력양상은 비극적으로 악순환 되는데, 이러한 과정은 백인 주인공인 루리(Lurie)와 루시(Lucy) 부녀의 치욕적인 경험을 통해 전달된다. 루리 자신의 욕망이 야기한 "추락"과 딸의 끔찍한 강간 사건의 경험을 통해 백인으로서 겪게 되는 두 번의 치욕이 그것이다. 이 두 가지 치욕적인 사건은 이 소설의 중심축이므로 이를 살펴보는 것은 남아공의 현재의 문제점을 진단하는 일일 뿐만 아니라 남아공 사회가 나아갈 미래의 방향을 가늠할 수 있게 한다(Diala 57). 이들 부녀가 겪는 이 두 가지 사건은 세 가지 인간관계, 예를 들면 첫째 루리와 유색여성과의 식민적 관계, 둘째 루시와 흑인 강간자들과의 폭력적인 관계, 셋째 루시와 페트루스(Petrus), 그리고 루리와 베브 쇼(Bev Shaw)가 보여주는 공존과 상생의 인간관계를 중심으로 전개되고 있다.

2. 여성의 몸에 새겨진 남아공 인종주의와 젠더 문제

루리와 루시 부녀의 치욕스런 경험은 남아공의 인종차별 역사와 깊은 관련을 맺고 있다. 먼저 루리의 뿌리 깊은 인종주의가 주변 여성과의 관계를 통해 어떻게 드러나고 있는지 살펴보자. 케이프타운의 케이프 테크니컬 대학(Cape Technical University)의 커뮤니케이션학과 교수인 루리는 포스트아파르트헤이트 시대임에도 불구하고 아파르트헤이트적 시각으로 타인종을 평가하는데, 그에게서 과거 식민주의적 편견이 여전히 깊게 뿌리박혀 있음을 볼 수 있다. 루리는 이혼 후 독신남으로 지내면서 인도계 창녀인 소라야(Soraya)와 지속적인 성적 관계를 맺는다든지 제자와의 육체적 관계를 통해 자신의 성적 욕망을 해소한다. 무분별한 성생활을 즐기는 그에게서 간과할 수 없는 점은 그의 하룻밤의 쾌락의 대상이 유색인종이라는 점이다. "태양에 그을리지 않는 갈색 꿀 같은 몸"(1)으로 묘사되는 "이국적인" 여성인 소라야가 그렇고, "중국인 같은 광대뼈와 크고 검은 눈"(11)을 가진 "검은 여성"(Meláni: the dark one)(16) 멜라니가 그 예이다. 백인남성의 쾌락의 대상이 유색여성이라는 점에서 그의 오리엔탈리즘적 시선이 드러난다.

루리가 겪는 치욕적인 사건은 제자인 멜라니와 성적 관계를 맺으면서 시작된다. 루리의 남성중심적 시각은 그가 멜라니에게 "여성의 아름다움은 그녀만의 것이 아니지. 그것은 세상에 가져온 신의 선물의 일부이니까 나눠 가져야지"(18)라는 대목에서 그가 여성을 물화(物化)시키고 있음을 알 수 있다. 제자인 멜라니에 대한 루리의 이 같은 유혹행위는 윤리적으로 부적절한 행위이다(Attridge 317). 루리와 멜라니의 관계를 단순히 성폭력 차원에서만 풀이할 수 없는 이유는 이 둘의 관계에 권력, 인종, 성이라는 다층적인 차원에서의 식민관계가 성립되기 때문이다. 남아공의 역사적 배경에서 보면 과거 아파르트헤이트 시기나 오늘의 포스트아파르트헤이트 시기에서도 이 같은 백인 특권층 남성의 성폭력이 만연하고 있는데, 그것은 루리의 경우에서처럼 인종주의자와 식민주의자의 시선에 깊이 연루되어 있다(Graham 439).

백인인 루리가 인종주의자라는 암시는 소설 전반에 걸쳐 나타난다. 멜라니와 하룻밤을 보낸 것 때문에 대학 청문회에 불려간 그는 "강간은 아니었고 다만 원하지 않은 관계"(25)였을 뿐이라고 애매하게 답변한다. 그는 공개적으로 사과해야 할 이유가 없다고 하는데, 이는 그가 제자와의 윤리적인 관계를 염두에 두지 않기 때문이다. 게다가 루리의 문제점은 멜라니와의 관계에서 육체의 강제적인 결합과 자발적인 결합을 구분하지 못한다는 것인데, 이처럼 일방적이고 강압적인 사제 간의 성적 관계는 남아공의 현실이 안고 있는 식민지적 주종관계를 암시한다. 이 관계에 대해 머레이(Michael Marais)는 "대체적으로 남아공 사회에 만연돼 있는 전형적인 권력 관계를 상징"(317)한다고 언급한다.

루리가 자신의 행위에 대해 도덕적으로 성찰하지 않자, 전 부인인 로잘린드(Rosalind)는 그를 다른 사람과 자신까지도 철저히 속이는 "자기 기만자"로 진단한다(D). 그가 대학조사위원회 앞에서도 자신의 과오를 신이 주신 욕망의 권리행사로만 고집하는 것도 바로 타자를 인식하지 못하는 자기기만에 불과하다. 루리의 자기기만은 그의 현실인식의 통로를 막음으로써 그를 역사의식이 결여된 식민지 백인 지식인의 전형으로 부각시킨다. 조사위원회에서 "죄는 인정"하되 "고백은 하지 않겠다"는 방어적 답변을 할 때 그는 자신이 단지 "사건의 행위자"였다는 사실만 인정하려드는, 참회가 배제된 모습을 보여준다(51). 루리는 "죄를 인정했는데 계속 심문을 받을 필요가 있는가"라는 항변만을 되풀이할 뿐이다(49).

이러한 루리의 태도는 현재의 남아공 사회의 주류지배계층인 백인남성이 안고 있는 역사적 참회가 없는 상황을 암시하는 것으로, 일종의 자가당착적인 시대착오로 볼 수 있다(Cornwell 316). 왜냐하면 루리는 현재의 포스트아파르트헤이트 시대보다는 백인의 우월성이 인정되었던 아파르트헤이트 시대에 적합한 인물이기 때문이다. 과거 아파르트헤이트 시기라면 루리와 같은 백인들의 행동은 너무 흔한 일이어서 가시적으로 문제가 되지 않았을 것이기 때문이다. 하지만 그가 시대착오적인 인물임은 포스트아파르트헤이트 시대에 살고 있다는 사실을 잊은 채, 사회적 불평등을 야기시키는 개인의 전형을 보여주고 있다는 점에서이다.

이 소설에서 루리같은 백인남성의 성적 문제는 아파르트헤이트의 근거가 되는 인종적 편견의 알레고리로 제시된다(Green 148). 루리의 성적 욕망은 그 자체로 끝나는 것이 아니라 또 다른 인종에 대한 억압 문제와 겹치기 때문에 루리의 딜레마는 소설 전체의 딜레마로 연결된다. 예컨대, 그의 욕망 해소과정이 보여주듯, 그는 여성, 특히 유색여성과 인격적인 교류를 하지 않는데 이것은 과거 인종차별시대의 산물로 볼 수 있다. 게다가 구시대의 잔재가 루리와 멜라니 사이에서 신식민적 관계로 이어진다는 데서 문제의 심각성이 드러난다. 쿳시는 이 같은 식민주의의 암묵적인 억압 형태에 대해 다음과 같이 비판한다.

> 식민주의는 합법성의 사회적, 관습적 토대를 무너뜨리면서도 생존하기 위해 가부장제의 가장 나쁜 점들을 허용하였다. 여기에는 어디에도 속하지 않는 여성들을 잡아도 괜찮은 사냥감으로 다루는 것이 포함된다. ("The Harms of Pornography" 81-82)

루리 교수가 여제자에게 가한 일방적인 성폭력은 남아공의 윤리문제를 매우 복잡하게 연루시킨다. 멜라니와의 관계에서 자신의 행위가 개인의 자유의지와 욕망에 따른 주체적 행동이라고 주장하는 루리에 비해, 멜라니는 상대적으로 수동적이며 소극적인 존재로 재현된다. 멜라니는 인종주의와 남성중심주의의 덫에 갇힌 희생자 여성의 무기력한 상태를 보여준다. 이처럼 루리와 멜라니의 관계는 "몸이 권력, 욕망, 그리고 치욕과 깊이 연관"(Kossew 156)되고 있음을 역설한다. 그동안 성적 욕망의 대상이었던 여성들에게 취했던 루리의 태도는 자신의 행위에 대해 죄의식을 갖지 않는다는 점에서 크게는 유럽식민주의를 연상시킨다. 남아공 사회에서 백인이 흑인에 대한 인종차별을 통해 "찬탈"의 역사를 되풀이 해왔다면, 백인남성은 유색 여성에 대해 강간이라는 형태로 그 과오를 이어가고 있다는 사실이 다음의 글에서 확인된다.

> 루리의 군주같은 독단성과 멜라니의 저항하지 않는 모습은 이제 가부장제와 교육계의 권력관계뿐만 아니라 인종의 권력 관계에 의해서도 특징지어지는 것으로 보여질 수 있다. 그들의 만남은 백인이 흑인 여성을 유혹해도 면책되었던 지난 수세기의 식민 역사에서 그 전후관계를 살펴볼 수 있다. (Cornwell 315)

다음으로, 딸 루시가 겪는 치욕적인 사건은 세 명의 흑인에 의한 강간 사건으로, 성차별문제가 남아공의 인종차별의 현주소와 연계되어 있음을 보여준다. 루시가 정착한 동부 케이프(Eastern Cape)의 농장은 단순히 전원적인 공간이 아니라 긴 식민사가 맞물려 있는 공간이다. 이 공간은 풍요를 생산하는 시골 공간의 의미를 넘어, 땅을 둘러싼 흑인과 백인간의 소유권 문제로 인한 다툼을 잘 반영한다. 이 농장은 과거 아파르트헤이트 시기에는 주로 백인의 소유지였지만 이 소설의 시간적 배경이 말해주듯, 포스트아파르트헤이트 시대에 이제 토지는 흑인에게로 이양되고 있음을 짐작할 수 있다. 포스트식민 소설에서 주요 소재의 하나로 토지와 땅을 들 수 있는데, 『추락』에서도 루시가 살고 있는 공간은 그런 문제를 담고 있다. 왜냐하면 루시의 삶의 터전에서 강간사건이 일어난 것은 포스트아파르트헤이트 시대의 백인 여성들의 위험한 상태를 말해주기 때문이다. 루리가 교수직에서 물러난 후 "추락"한 신분으로 찾아가는 동부 케이프는 이처럼 인종과 젠더 그리고 토지 사이의 복잡한 정치적 관계를 함의한다(Graham 438). 이제 흑인들의 영역에서 살아가는 루시에게 이 공간은 강간이라는 치욕을 경험하게 하는 장소이자 고통스런 경험 후에도 루시 스스로가 머물고자 선택한 공간으로서의 의미를 지닌다. 이 공간에서 루시의 삶은 전환점을 마련하게 되며 아버지 루리를 포함한 등장인물들의 삶에 변화를 유도한다. 특히 가장 큰 변화는 루리에게 일어나는데, 그의 경우에는 딸의 강간 사건으로 인해 자신에 대한 불완전했던 인식에 전환점을 맞게 된다(McDonald 327).

먼저, 이 소설에서 많은 비중을 차지하면서 인종과 젠더 사이의 복잡한 남아공의 사회상을 암시하는 강간사건을 살펴보자. 와이어트(Jean Wyatt)는 강간을 폭행을 수반하는 육체의 침해이며 여성의 인간성을 부정하며 자기결정을 부인하는 행위로 정의한다(556). 강간은 여성에게 일종의 엄청난 침해 행위이지만 오랫동안 "강간은 서구문화의 기본적인 수사"(Wyatt 558)로 작용해 왔다. 그러나 남아공에서 빈번하게 발생하고 있는 강간은 서구적 맥락과는 다른 의미를 갖는다. 『추락』에서의 강간 사건은 동일한 인종 내에서 발생하지 않고 서로 다른 인종 간에 발생하고 있어서이다. 루시가 경험하는 강간은 흑인남성이 백인여성의 몸을 침해하는 성적인 억압임과 동시에 흑인이 과거 인종차별역사에 대한 보복차원에서 백인여성에게 가한 인종적 침해일 수 있다는 점이다.

루리는 딸에게 그녀의 집을 침입한 세 명의 흑인들의 행위를 "범죄"(111)로 단정 지으면서 경찰에게 알려야 한다고 서두른다. 하지만 루시는 강간 사건이 "다른 곳에서는 공적인 문제가 될 수도 있지만" 그녀가 현재 존재하고 있는 "남아공"에서는 "순전히 개인적인 일"(112)이라고 항변한다. 그렇다면 루시가 "개인적인 일"이었다고 말한 의미는 무엇이며 왜 "개인적인 책임"을 지려고 하는 것인가? 루시는 자신에게 가해진 일련의 성폭력이 남아공의 과거의 역사적 행위와 깊은 관련을 맺고 있다고 판단한다. 루시의 생각에, 오늘의 흑인 폭력은 바로 루리와 루시의 조상인 백인들의 역사적 과오에서 기인한 것이다. 이는 그동안 백인들이 자행한 과거의 폭력적 식민사가 이제 백인들을 "위협"하고 있다는 그녀의 역사인식에 기반한다. 루시 자신은 백인이 더 이상 남아공의 주인 행세를 할 수 없다는 개인적인 과거 청산 방식을 택한 것이다. 이는 흑인들이 더 이상 과거의 억압받는 대상으로 존재하지 않는다는 현실을 그녀 자신이 직시한 결과라 할 수 있다. 루시의 이러한 역사인식은 남아공에서 자주 발생하는 성폭력 사건이 원주민의 땅과 문화를 약탈하고 정복했던 식민주의자의 행위나 다름없다는 바로 포스트식민적 시각에서 발로한다. 그레이엄(Lucy Graham)에 의하면 이 소설에서 성폭력 문제는 고통과 강탈의 공간으로서의 신체를 의식적으로 복원할 것을 요구한다(437). 그러나 루시의 복원과 치유과정은 기존의 여성들과는 다른 양상을 보인다. 그녀는 성폭력 사건에 대해 자발적으로 침묵하며 이 침묵의 혹독한 과정을 통해 남아공의 인종적 갈등을 종식시키려고 시도하기 때문이다.

그러나 루시의 강간에 대한 자발적인 침묵과는 상반되게, 식민사에서 여성에 대한 강간 문제는 이상하리만큼 공개적인 담론에서 배제되어 왔다 (Eagleton 192). 이러한 만연된 분위기는 흑인 가해자들도 백인여성이 침묵할 것이라는 것을 잘 알고 있다는 루리의 다음과 같은 독백에서 드러난다. 이것은 남아공 현실에서도 역시 강간은 배제된 담론임을 보여주는 적절한 예가 된다.

> 그들[강간자들]은 여성의 몸에 관한 한 침묵이 담요처럼 드리워지고 있다는 사실을 분명히 알게 될 것이다. *너무 수치스러워서, 말하기에 너무 수치스러워서.* 이렇게 서로 얘기하며 그들은 자신들이 해낸 일을 유쾌한 듯 떠올리며 떠벌리고 다닐 것이다. 루시는 그들에게 이러한 승리를 양보할 준비가 되어 있는가? (110)

위의 루리의 생각은 비단 루리만의 것이 아니라 남아공 백인남성의 생각이기도 하다. 루리는 루시가 강간사건에 대해 침묵하는 이유를 "말하기에 너무 수치스러워서"라고 단정 짓지만, 이것은 루리가 인종간의 폭력사건을 받아들이지 못하는 것에 앞서 궁극적으로 젠더 차이를 이해하지 못하고 있음을 의미한다. 그러나 백인남성의 시각을 대표하는 루리의 시각과 달리, 이글턴(Mary Eagleton)은 루시의 침묵을 자발적인 행위로 파악한다. 식민사에서 성폭력에 대한 침묵의 문화는 여전히 뿌리 깊게 남아있지만, 루시같은 백인여성이 강간에 대해 침묵하는 것은 모종의 역사적 상황에서 보면 정치적인 진보를 위한 조건일 수 있다는 입장이다(191). 이를 좀 더 구체화시키자면,

루시가 침묵한 것은 흑인이 두렵거나 자신이 수치스러워서가 아니라 그녀가 남아공의 특수한 상황을 고려하고 있기 때문이다.

루리의 충격적인 경험에서 드러나듯이, 성폭행 사건은 남아공에 얽혀있는 인종과 계급 그리고 젠더간의 복잡한 문제를 함의하고 있다. 특히 인종과 젠더 문제가 교차할 때 그 양상이 더 복잡해짐을 게인(Gillian Gane)은 다음과 같이 분석한다.

> 인종과 젠더의 교차점은 물론 항상 긴장을 수반하지만, 이들[소설]에서 젠더는 한층 더 불균형하게 힘겨운 짐을 지고 있는 것처럼 보인다. 『추락』에서는 특히 젠더가 쉽사리 이름 지을 수 없는 또 다른 정체성의 범주를 적어도 어느 정도까지는 대신하지 않는가 의심해 봐야한다. (101)

이 부녀가 경험하는 치욕은 개인 차원의 치욕을 넘어 인종적 치욕으로 확대된다. 이는 강간의 문제가 이 부녀에게서 뒤바뀌는 것을 암시하는데, 아이러니컬하게도 루리가 서부 케이프타운에서는 성폭력의 가해자였다면, 이제 동부 케이프타운의 딸의 집에서는 성폭력 앞에서 무력한 피해자라는 대조적인 상황을 보여준다. 서로 다른 의미에서 백인의 "치욕"을 경험하게 된 부녀는 각자 포스트아파르트헤이트 시대에 백인으로 살아남기 위해 이 치욕의 과정을 통해 변모해가지 않을 수 없다. 이처럼 이 소설은 남아공 사회가 이러한 갈등을 극복해 갈 때에야 비로소 인종적, 성적 화해에 도달할 수 있음을 암시한다.

루리와 루시가 겪는 치욕은 이 소설에서 매우 중요한 기능을 담당한다. 루리 부녀의 "추락"의 영향력에 대해 긍정적으로 해석하는 보넬(John Bonnell)은 그들의 추락은 서로 맞물려 발생하고 있으며, 그것의 회복도 각각 혼자서는 불가능한 것처럼 서로 결부되어 진행된다고 설명한다.

"추락"은 루리의 딸인 루시에게도 적용되는데, 루시는 엄숙하게, 일종의 은총 혹은 금욕적인 체념과도 같이 그녀가 당했던 강간과 그 모든 결과들을 받아들인다. 육체적, 심리적인 폭행을 당한 아버지와 딸은 분명한 재앙으로부터 모종의 "풍부함"을 얻고, 그들이 배우고 공유한 것에 따라 밀접한 유대 관계를 엄밀하게 다시 그리고 있다. (93-94)

소설이 전개됨에 따라 루리와 루시의 개인적인 치욕은 남아공 역사에서 백인의 치욕으로, 그리고 국가의 치욕으로 확대된다. 이들 부녀는 여러 겹의 치욕을 벗어나기 위해 더 큰 시련들을 겪지 않을 수 없으며 이로써 현실을 회피하지 않고 대면해 나가면서 포스트식민적 주체로 변화해간다. 이 과정에서 루시는 아버지 세대가 깨닫지 못한 인종주의와 식민 역사를 아버지로 하여금 직면하게 하는 매개자로서의 역할을 수행하는데 이것은 아버지 세대의 식민주의의 잔재를 딸 세대가 청산해감을 의미한다.

이와 같이 루리는 딸이 겪는 치욕을 지켜보는 과정에서 남아공의 실상에 처음으로 대면한다. "그녀[루시]에게 일어나는 모든 일이 돌에 새겨질"(94) 정도로 끔찍한 강간이라는 사건을 통해 루리는 자신과 같은 백인은 이제 포스트아파르트헤이트 시대에 더 이상 인종적으로 유리한 입장에 있지 않음을 처음으로 인식하게 된다. 사건이 발생하자, 루리는 여전히 자신의 과거의 과오를 성찰하지 못한 채, 루시가 겪은 폭력에만 몰두한 채 마치 "몸의 중요한 기관—아마도 심장조차도 파열되고 능욕당한"(107) 기분에서 헤어나지 못하였다. 루리의 태도는 경찰관의 태도와 다르지 않았다. 루시의 집을 조사하는 경찰관들은 그녀와 같은 세대로 그녀를 도와주어야 할 처지인데도 루시를 "오염된 존재"(108)로 간주하며, 그 오염이 그들을 오염시키기라도 하는 양 적대적인 시선을 보낸다(108). 마찬가지로 루리도 강간을 "얼룩"(115)에 비유하며 다음과 같이 생각한다.

> 그녀는 얼굴을 가리고 싶어할 것이다. 그는 그 이유를 안다. 치욕감 때문에. 수치심 때문에. 그것이 방문자들이 성취했던 것이다. 그것이 이 자신만만하고 현대적인 젊은 여성한테 그들이 한 짓이다. 그 이야기[강간]는 얼룩처럼 지역 전체에 퍼져 있다. 그녀의 이야기가 아니라 그들의 이야기가 퍼지는 것이다. 그들이 이야기의 주인이다. 그들이 어떤 식으로 그녀에게 제자리가 어디며, 여자는 어디에 쓰는지 알려줬는지를. (*D* 115)

이처럼 루리의 시선에서 여성의 몸이나 여성의 의식을 배제시켜버린 남성 중심주의와 그것이 주는 인식론적 폭력이 여실히 드러나는데, 이는 유럽 제국주의의 유산으로 주변과 타자를 배제하는 "전형적인 백인의식"에 기반한다.

> 『추락』은 무엇보다도 치욕적인 상황에 대한 강력한 묘사이다. 인종차별정책이 끝난 후에도 남아공에서는 계속해서 인종차별주의자와 성차별주의자들이 넘쳐난다. 데이빗 루리는 그의 시대의 매우 전형적인 백인 의식을 상징한다. 그는 인종분리 정책의 옹호자는 아니지만 때로 인종차별적 이데올로기와 공모하는 태도를 보인다. (Attridge 317)

여기에서 주목할 점은 루리의 치욕과 루시의 치욕이 성격상 다르다는 점이다. 루리의 경우, 자신의 욕망에서 비롯된 자발적이고 능동적인 행위로 인해 치욕이 뒤따른 것이었다면, 루시의 치욕은 루리의 그것과 달리 무방비적, 폭력적 상황에서 발생한 치욕이었다. 이렇듯 이 작품의 중심 사건이 되는 치욕의 발생은 두 주인공들에게 다른 형태로 나타나는데 이 치욕에 대응해 가는 주인공들의 관점이나 방식 역시 서로 상반된다.

"제가 왜 경찰에 그 문제를 알리지 않았는지 알고 싶으시죠? 아버지가 그 문제를 다시 끄집어내지 않는다면, 말씀드릴 수 있어요. 그 이유는 저에게 일어난 일은 순전히 개인의 문제이기 때문이에요. 다른 시간에, 다른 장소에서라면 공적인 문제로 남을 수도 있을 거예요. 하지만 이 장소, 이 시점에서는 그렇게 받아들일 수 없어요. 그것은 제 일이에요. 순전히 제 일이에요."

"이곳이 어떻다는 거니?"

"이곳이 남아공이기 때문이에요." (112)

루시가 강조하는 "남아공이기 때문에"라는 답변은 그녀가 남아공이라는 사회적·역사적 조건에 살고 있는 신분임을 잊지 않는다는 암시이다.

강간 사건 이후 루시는 임신을 하게 되고 아이를 낳겠다고 하자 루리는 집단 강간의 결과로 생긴 임신이어서 반대한다기보다는, 강간자들이 백인이 아닌 흑인이기 때문에 더욱 반대한다. 흑인의 아이를 임신하는 것은 동시에 백인들 자신의 "치욕"이 되어버린다고 생각하기 때문이다. 루리에게 루시의 아이는 자궁 속에 있는 벌레일 뿐이며 개의 오줌처럼 뿌려진 씨이며 개의 오줌처럼 그녀를 더럽게 낙인찍히는 존재일 뿐이라고 결론짓는다(199). 루리는 낙태하지 않는 딸을 이해할 수 없어 "나는 네가 의사와 그 문제[낙태]를 처리한 줄 알았다"(197)며 반대하자, 루시는 "아버지의 삶이 중요한 만큼 제게도 아버지만큼이나 중요한 삶이 있어요. 제 삶에서, 결정을 하는 건 저예요"(198)라고 단호하게 맞선다. 강간사건이 일어났던 자신의 농장집에서 다시 평화를 찾을 것이며 아이를 낳겠다는 루시의 단호한 의지는 흑인의 아이를 낳고 페트루스를 받아들이는 결단의 행위로써 남아공의 인종주의에 대한 백인으로서의 역사적 책무를 인식하는 그녀의 양심과 개인적 윤리에서 발로한다(Attridge 322).

이처럼 루시와 루리는 백인에게 다가오는 "치욕"을 서로 다르게 받아들인다. 자신의 죄를 인정은 하지만 사과하기를 거부했던 루리와는 달리, 루시는 남아공의 역사적 현실을 토대로 "자신이 당한 시련에 계속 휘말리지 않고"(133) 개인적인 일로 수용하고자 한다. 그럼으로써 루시는 여성으로서 가장 수치스러운 "강간"을 인종문제로 무조건 몰아붙이려는 아버지의 몰역사적 태도와는 달리, 흑인과 더불어 그 땅에 살 수 있는 일종의 통과제의이자 대가로 받아들인다. 그녀는 주변사람들에게 자신을 애써 정당화시키려 들지 않는 데서 루리와의 차이점을 엿볼 수 있다. 루시의 사건을 통해 남아공 사회에서 여성의 성폭행 문제를 살펴보면, 무엇보다도 중요한 역사적 사실은 흑인여성들이야말로 아파르트헤이트에서 포스트아파르트헤이트 시대에 이르기까지 백인남성들에 의한 희생자라는 점이다.

> 강간이 폭로되든 침묵에 가려지든 간에, 그것이 서로 다른 인종 간에 발생할 때, 상황은 극대화되고 재구성되며 복잡해진다. 그것은 적어도 역사적으로 볼 때 인종 상호 간의 강간이나 침묵당한 인종 상호 간의 강간은 대부분 백인남성이 흑인여성에게 가한 것이었다는 점에서이다. (Eagleton 193)

특히 흑인 하위계층 여성들이 더 침묵할 수밖에 없는 이유는 그들이 자신들의 피해 상황을 호소하면 할수록 더욱 더 모욕당하기 때문이다. 이는 그들의 항변을 뒷받침해 줄 사회적 울타리가 제 역할을 하지 못하기 때문에 더욱 그렇다. 그러나 루시의 경우, 그녀가 백인이고 중산층이므로 충분히 침묵에서 벗어날 수 있는 상황임에도 불구하고 그녀가 애써 침묵을 고집하는 것은, 바로 남아공이라는 역사적으로 특수한 상황, 즉 과거에 많은 흑인 여성들이 백인남성들의 성폭행의 희생자였음을 잘 알고 있다는 루시의 윤리적인 현실인식 때문이다. 루시 자신이 흑인 여성을 괴롭힌 것은 아니라 할지라도, 자신이 백인에 속하기 때문에 자신이 가해자 중의 하나라고 생각하는 루시의 윤리의식은 바로 아버지 루리가 결여하고 있는 핵심적 내용이다. 그러므로 루시가 자신의 강간을 "개인적"인 문제로 축소시키는 것도 자신과 같은 백인여성이 과거에 가해자일 수 있다는 인식에 기반한 인종 차원에서 사과를 전제로 하기 때문이다.

그러나 멜라니의 침묵은 루시의 그것과는 달리 자발적으로 선택한 것이 아니라 강요받은 형태이다. 이런 점에서 루시와 멜라니의 침묵은 그 성격에 있어 대조적이다. 대학조사위원회 주최로 청문회가 진행되는 동안 멜라니는 루리와의 관계를 직접 진술하지 않는다. 루리조차도 "멜라니가 그렇게[고소] 했을 리는 없다"며 그녀는 그렇게 하기에는 너무 순진하다"(39)고 단정 짓는다. 루리의 짐작처럼 멜라니는 침묵으로 일관한다. 페리의 지적대로 그녀의 침묵에는 "식민화과정에서 남아공의 남성 식민주의자들이 결국 타자를 침묵시키고자 하는 강압적인 분위기가 자리 잡고 있다"(Parry 135). 따라서 멜라니 개인의 침묵은 백인남성의 폭력 앞에 무기력한 남아공 사회의 여성, 특히 유색여성의 침묵으로 해석할 수 있을 것이다.

3. 포스트아파르트헤이트 시대의 흑인과 백인의 위상

『추락』에서 흑인들의 존재는 페트루스와 루시 집을 침입한 강간범을 제외하고는 잘 드러나지 않는다. 이것은 다시 말해 흑인들이 비중 있는 주체가 아니며 그들이 소설에 등장한다하더라도 강간범과 같은 부정적인 이미지로서의 흑인들이라는 뜻이다. 특히 루리가 흑인을 부정하는 인식태도에는 흑인들이란 "무분별한 성욕"(Bhabha 82)을 가진 존재라는 인종차별적 태도에서 비롯된다. 흑인에 대한 루리의 부정적인 차별의식이 드러나는 과정에서 페트루스의 등장은 남아공의 인종담론을 분석하는데 중요하다고 볼 수 있다. 루리가 과거 아파르트헤이트 시대의 전형적인 백인을 대표한다면, 페트루스는 포스트아파르트헤이트 시대의 흑인의 잠재력을 표상한다. 페트루스의 등장은 이처럼 인종적, 역사적 차원에서 많은 의미를 내포한다. 루리는 페트루스가 여전히 "[강간사건에] 무관한 사람이 아니다"(133)라며 루시가 그를 불신하도록 조장하지만 페트루스는 흑인의 목소리를 비중 있게 전달하는 인물로 재현된다. 여기에는 페트루스가 새로운 시대를 맞이하며 땅을 소유한 사람이라는 의미가 내포된다. 토지문제와 관련해서 볼 때, 원래 원주민인 흑인의 땅이 그동안 백인에 의해 약탈당했다면, 이제 페트루스를 통해 백인은 이제 더 이상 지배계층으로 행세할 수만은 없는 불안정한 존재가 된다. 예컨대, 흑인들이 루시 집을 침입할 때 백인들은 흑인들의 보복이 두려워 스스로를 지켜낼 수 있는 무기를 지녀야 할 정도로 그들의 현재와 미래는 불안하게 드러난다. 이처럼 페트루스의 위상은 또 하나의 전도된 흑백관계와 토지의 소유 문제라는 남아공의 현실을 대변한다.

이 같은 흑백의 전도된 관계는 이제 루리와 페트루스의 관계에서 서서히 재현된다. 이웃인 페트루스는 농장 일에 밝아 루시를 돕고 있지만, 루리의 눈에 페트루스는 "음모가이자 밀고자, 그리고 촌사람들이 어느 곳에서나 그렇듯이, 거짓말쟁이"(117)와 같은 인물로 신뢰가 가지 않는다. 루리에게 페트루스는 오히려 루시의 강간범들과 공모한 분위기마저 주는 의심스런 인물이다. 그래서 자신의 딸이 마지막에 페트루스에게 재산까지 다 내어주며 그의 세 번째 부인이 되려는 행동이 루리에게는 비정상적인 행위로만 보인다. 만약 흑인 여성이 그렇게 한다면 그는 이를 매우 합당하고 자연스런 선택으로 받아들였을 테지만, 백인여성이 흑인 남성에게 자발적으로 다가가는 모습은 절대적인 희생으로 여겨지게 된다.

"네가 따르는 길은 잘못된 길"(160)이라고 되뇌는 아버지의 설득에, 오히려 현실을 깨우치지 못한 사람은 바로 "아버지"라고 대항하는 루시는 지배와 착취가 반복되는 남아공의 질곡의 역사를 바꾸기 위해 아버지의 의견을 단호히 반박한다. 루시는 자신이 다시 과거의 평범한 일상으로 되돌아가기에는 너무 큰 시련을 겪었지만 아버지가 그러하듯 현실이라는 "태양"을 피하기 위해 "앞발로 눈을 가리는 침팬지"(161)가 아님을 강조한다. 따라서 그녀가 아버지의 제안을 거절하는 것은 아버지처럼 가해자로서의 백인으로 남지 않을 것과 자신의 선택이 아버지가 개탄해 할 만한 굴복도 아님을 천명하는 것으로, 그녀의 선택은 남아공의 현재와 미래를 향한 타자와의 화해이자 윤리적 응답으로 볼 수 있다.

이처럼 루리와 루시에게 과거 청산의 의미는 상이하게 드러난다. 루리는 백인이 살기에 불안한 시기에, 애써 이 땅에서 과거의 짐을 지려는 것보다 외면하는 것이 상책이라고 판단한다. 루리는 과거 백인의 인종적인 과오를 현재의 백인들이 굳이 공유할 필요가 없다고 보기 때문이다. 그러나 루시가 개인적인 책임을 계속 고집하는 이유는 이제 남아공 사회가 더 이상 백인 지배사회도, 과거 지향적인 사회도 아니라는 현실 터득에서 비롯된다. 아버지를 "태양이 비치지 않는 구석에 일부러 앉아 있는"(161) 사람으로 묘사한 루시의 편지가 말해주듯, 루리는 치욕에 갇힌 채 현실을 대면하지 못하고 역사의 길에서 비켜 서 있는 형상이다.

루시가 계속해서 시골에 상주할 경우 또 다른 피해가 계속될 거라 판단하는 루리는 그녀에게 네덜란드로 떠나라고 설득한다. 여기에서 루리는 여전히 네덜란드를 "적어도 악몽을 만들지 않는 곳"(162)으로 단정하는데, 이것은 남아공을 악몽으로 여긴다는 반증이다. 네덜란드가 루리에게 악몽을 주지 않는다는 의미는 백인만이 거주하는 곳이기 때문에 일단 인종적 골칫거리에 휘말릴 일이 없다는 뜻이기도 하다. 이처럼 그는 남아공이 "안전한 적은 없었기 때문에"(105) 루시가 떠나야 한다고 생각할 만큼 공격에 노출된 장소로 인식한다. 반면에 백인들만이 살아가는 네덜란드와 같은 공간을 위협받지 않는 안전한 장소로 여기는 모습에서 그는 다인종 속에서 화해를 찾기보다는 네덜란드인의 후예라는, 유럽 중심적인 생각을 여전히 견지하고 있음을 알 수 있다. 이와는 대조적으로 루시는 자신이 지금도, 그리고 앞으로도 상주해야 할 공간은 남아공이므로 여기에 남아있을 거라고 단호하게 말한다.

『추락』은 주인공들의 치욕을 통해 남아공에서 백인으로 살아간다는 의미를 캐묻고 있다. 이는 곧 보우머(Elleke Boehmer)의 지적처럼 『추락』이 흑백간의 "보복과 재보복의 딜레마에 중심"을 두고 있으며 루리와 루시 둘 다 "존재의 상황으로 치욕"을 받아들인다고 볼 수 있다(346). 루리의 경우, 첫째 멜라니와의 관계의 결과로 파면당하지 않았다면, 그리고 딸 루시에 대한 흑인들의 강간을 경험하지 않았다면, 자기중심성을 깨고 자신의 주변을 바라볼 성찰의 계기를 갖지 못했을 것이다. 말하자면 그는 흑인들에게 육체적으로 공격받기 쉬운 상태에 노출되어서야 비로소 현재를 인식하게 된 것이다(Holland 401). 그동안 그는 남아공이라는 문화적, 역사적, 지정학적 현실과 동떨어져 살아왔으나 루시의 삶에 들어오면서부터 흑인과 백인은 공존할 수 없는 존재라는 기존의 시각에 변화를 일으키게 된다.

루리는 남아공의 어두운 인종차별 역사에 공모한 백인을 형상화한 것으로 어떤 의미에서는 작가자신을 투영했다고 볼 수 있다. 루리와 같은 전형적인 백인은 바로 식민 잔재인 인종주의와 가부장제를 지극히 자연스런 것으로 담보한다는 점에서 자기 성찰의 과정을 거치지 않는 한 그 한계를 벗어나기 힘들다. 이 소설의 탁월성은 루리를 비롯한 백인들의 흑인에 대한 차별과 백인의 딸인데도 흑인을 위해 희생과 용서를 구하는 모습을 병치시켜, '진실과 화해위원회'조차도 찾지 못했던 진정한 의미의 화해의 장을 유도해내는 데 있다고 볼 수 있다. 이와 함께 남아공을 진정한 통합에 이르게 하는 화해의 과정이 국가 정책만으로 완성될 수 없는, 개인의 윤리적 성찰 역시 요구되고 있음을 강조한다. 마침내 "추락"(fall)이 "아마도 우리에게 좋을지도 모른다"(167)라는 루리의 고백은 자신의 시련을 통해 인종적 타자에 대한 윤리의식을 지니게 됨으로써 과거의 굴레에서 탈피하게 됨을 시사한다.

백인 지식인 루리의 이러한 변화는 주지했듯이, 루리가 앞으로 남아공의 흑백의 분열을 통합적으로 인식하게 될 것임을 함의한다. 그가 인종문제나 타자에 대한 윤리의식을 갖게 된 본격적인 계기는 멜라니와의 관계보다 딸의 시련을 지켜보는 과정에서 일어난다. 예컨대, 그가 멜라니의 아버지 아이삭스(Isaacs)를 방문하는 자발적인 행위가 바로 그것이다. 루리는 아이삭스의 집을 떠나기 전에 "사과"하게 되고 아이삭스는 "문제는 미안해하는가가 아니겠지요? 문제는 우리가 어떤 교훈을 얻었는가입니다"(172)라는 말로 응수한다. 루리에게 아이삭스라는 인물은 그 자신의 처지에 대해 이해를 구할 수 있는 상대가 될 수 없다. 그것은 그가 사제관계에서 교수로서 권력을 오용했던 대상인, 학생의 아버지이기 때문이다. 아이삭스 역시 루리의 형식적인 사과는 처음부터 바라지 않았다. 그는 루리가 죄는 인정하되 사과하지 않으려 했던 과거의 행위를 비난하는 것이 아니라, 자신의 딸 멜라니에게 개인적이거나 공개적인 사과의 차원을 떠나서 도덕적으로 행동할 줄 아는, 자발적인 형태의 사과를 원했었다. 형식적인 사과보다는 문제의 본질이 어떤 것인지를 루리가 인식하고 변화하기를 기대했던 것이다. 그러나 루리는 사과하러 갔으면서도 순간적으로 멜라니와 그녀의 동생에게 성적 욕망을 느끼는 데서 그가 진심으로 용서를 빌기 위해 간 것이 아님을 은밀히 드러낸다. 비록 그가 아이삭스에게 사과는 하고 있지만 다음의 대화 내용을 보면 지금까지 그 사과가 상대방을 향한 것이 아니라 자신의 "존재상황"을 "치욕"(172)으로 받아들이고 있다는 루리 자신의 내면 고백의 수준에 머물러 있음을 알 수 있다.

> "내 생각에 의한다면, 나는 나와 당신의 딸[멜라니] 사이에 있었던 일 때문에 벌을 받고 있는 중입니다. 나는 나 자신을 다시 일으키기가 쉽지 않을 치욕의 상태로 전락했습니다. 내가 거부했던 것은 처벌이 아닙니다. 나는 그것에 대해 불평하지 않습니다. 반대로, 나는 날이면 날마다 치욕을 나의 존재상황으로 받아들이려고 애쓰면서 살아가고 있습니다. 당신은 내가 기약 없이 치욕 속에서 살아가는 것이 신에겐 충분하다고 생각하십니까?" (172)

이러한 루리에게 중요한 변화가 생기기 시작한 것은 전술한 바와 같이 딸과 함께 흑인들로부터의 폭력적인 공격을 당하면서부터이다. 이때 교류하게 된 루시의 이웃인 베브 쇼는 루리로 하여금 내면적 자아 성찰에 이르게 한다. 동물 병원을 운영하는 나이든 백인여성인 베브 쇼에 대해 그는 처음에는 그녀가 동물을 안락사시키는 행위를 "겉으로 보이는 동정심 밑에 도살꾼처럼 모진 마음을 숨기고 있을지 모른다"(144)며 부정적으로 생각한다. 그러나 계속되는 공동 작업을 통해 진실한 인간적 면모를 발견해가는 루리는 베브 쇼를 통해 그동안 여성들과 나눴던, 욕망만이 앞서는 자기중심적 사고에서 벗어나게 된다. 베브 쇼는 루리가 현실을 제대로 알지 못한다는 것과 그로 인해 딸과 단절되어 있음을 환기시켜준다. 그녀는 루리에게 "딸을 놔

줘야 해요. 당신이 루시를 영원히 주시하고 있을 수만은 없어요", "페트루스가 루시를 보호해 줄 거예요"(*D* 140)라며 루리를 계속 설득한다. 페트루스를 "루시의 땅을 차지하고 싶어 하는"(117) 흑인으로만 간주했던 루리와 달리 베브 쇼는 현재의 루시의 기반은 페트루스 때문이며 "루시가 페트루스에게 모든 것을 빚지고 있다는 뜻은 아니지만 상당히 빚지고 있다"(140)라는 현실을 강조한다. 베브 쇼에 따르면, 루시는 동부에서 페트루스의 도움으로 잘 적응해가고 있으며 페트루스는 루시로부터 동등한 인격적 대우를 받고 있다. 베브 쇼는 이 두 사람의 결합을 서로 개인적으로나마 평등을 실천해가는 관계로 주시한다. 이처럼 베브 쇼는 루시와 루리 부녀의 화해를 이끄는 매개자일 뿐만 아니라 흑백이 하나의 공동체에서 화해하며 살도록 돕는 견인차 역할을 한다.

이제 루리 자신도 베브 쇼와 함께 병든 개를 안락사시키는 "하리쟌"(harijan)(146)이 된 사실에 낯설어 하면서도, 교수로서 지냈던 시간보다 더 자기성찰적이고 보람된 시간들을 보낸다. 여기에서 루리가 동물을 보살피는 행위가 갖는 중요성이 무엇인지 남아공 사회와 연계시켜 살펴보는 것이 필요하다. 베브 쇼는 동물들은 아주 평등하고 계급도 없음을 지적하는데, 이는 남아공 사회에서 인종적 불평등이 이치에 맞지 않다는 것을 빗대어 말하고 있다는 것이라 할 수 있다(85). 루리는 베브 쇼가 "하리쟌"의 생활을 통해 남아공 사회의 다인종 간의 평등을 실천해가고 있음을 배우게 된다. 이는 루리의 삶에 베브 쇼라는 존재가 들어옴으로써 그의 윤리적 지평이 확대되었기 때문으로 볼 수 있다(Attwell 339). 루리는 현재가 비록 굴욕적인 것이기는 하지만 어쩌면 다시 시작하기에는 좋은 지점일 것이라는 딸의 조언을 받아들이면서 "진실과 화해"의 세계를 탐색하게 된다.

이처럼 추락을 통한 루리의 자기 삶의 고백과 성찰, 그리고 베브 쇼를 통해 터득한 인종적 타자와의 화해를 향한 깨달음은 마침내 그를 자기기만에서 벗어나게 하여 타자를 수용하도록 한다. 이것은 루리가 소설 초반부에서 "치욕의 상태를 겪고 험담을 들으며 추방당한 존재"(Sarvan 27)이자 자칭 "에로스의 노예"(52)였던 과거로부터 탈피하고 있음을 보여준다. 이러한 현실에의 대면과 과오의 극복을 통해 루리는 남아공 사회의 불안정과 혼란, 즉 질시와 보복의 악순환의 역사를 극복할 수 있는 밑거름이자 화해의 길로 가는 여정에 동참할 수 있다. 이 과정을 거쳐야만 비로소 루리는 멜라니와 루시, 흑인들, 나아가 남아공을 바라보는 자신의 편견을 조금씩 깨뜨릴 수 있게 된다. 더불어 그가 죽어가는 동물까지도 수용할 수 있음은 루리 자신의 기존의 사고, 즉 아파르트헤이트적 사고에서 탈피하여 그가 그토록 부정했던 포스트아파르트헤이트의 시대정신, 즉 진실과 화해의 세계로 기꺼이 들어가겠다는 의지의 표명으로 해석할 수 있다.

4. 윤리적 딜레마의 극복과 화해의 가능성

주제로서의 추락 혹은 치욕을 의미하는 "disgrace"는 이 작품에 등장하는 모든 인물들에게 드리워진 그림자이다. 이렇듯 "치욕"의 효과는 이 소설에 등장하는 모든 존재와 상황에 추락이 존재한다는 가정에서 출발하여, 추락을 통해서만 윤리적 질서를 찾아갈 수 있다는 작가의 세계관을 보여준다. 쿳시의 의도는 인종적 모순에 찬 백인남성 루리의 한계와 이를 성찰하며 변화하는 그의 모습을 통해, 그리고 이 성찰을 함께하는 루시를 통해 남아공의 암담한 현실을 극복할 수 있다는 의지를 보인다. 바로 여기에서 백인 작가 쿳시의 글쓰기의 특징이 드러난다. 이는 백인 주인공의 결함을 굳이 흑인으로부터가 아니라 백인 자신들 내부에서 찾도록 한 설정이 큰 의미로 작용하기 때문이다. 그러므로 루리는 과거 자신의 폐쇄되고 배타적인 사고방식을 벗어나서 딸의 경험을 진실되게 받아들일 때 치욕의 상태를 벗어나게 된다. 이처럼 이 소설은 "의식적으로 포스트식민상황을 재현"(Green 147)한다.

쿳시의 소설이 주로 백인 주인공을 내세우면서도 그 주인공이 완벽하지 않고 비난받을만한 모순을 안고 있는 백인이라는 점 때문에 소설에 대한 평가는 찬반으로 엇갈려왔다. 그러나 『추락』은 루리와 루시가 남아공의 인종문제의 한계를 극복하려는 주체적인 인물로 재현됨에 따라 다른 소설과 차이를 갖는다. 특히 루시의 행동은 남아공에 깔려 있는 인종적 편견을 운명으로 받아들이지 않고 아무리 흑백의 관계가 대립의 양상을 보인다고 할지라도 그 운명을 넘어서는 합일점이 있다는 것을 전달하고 있기 때문이다. 그녀는 강간이라는, 기억을 되살리기조차 힘든 일을 겪으면서도 보복으로 내딛지 않고 화합을 여는 매개자로서의 역할을 자처하고 있다. 오히려 그녀는 치욕을 통해 주변과의 관계를 제대로 인식하고 판단하며 페트루스를 수용하는 관대함마저 보여주게 된다. 루시의 행위는 여기에서 멈추지 않고 인종적 과오를 저질러왔던 아버지와 같은 백인 세대들에게도 영향을 미쳐 개인적, 윤리적인 참회와 인종적 타자와의 화합의 계기를 마련해준다. 레비나스에 의하면, 오늘날 전쟁과 폭력의 비극적 위기에 대항할 수 있는 유일한 방법은 국가전체의 구성에 선행하는 초정치적 근원적 인간관계에 기반한 참된 윤리라 할 수 있다(Levinas 2). 이 같은 윤리학적 맥락에서 볼 때, 루시는 흑백의 갈등과 폭력같은 위기적 상황을 타자를 위한 타자중심적인 윤리적 관계로 전환시킨 주체적 인물로 볼 수 있다.

루시가 강간으로 잉태된 아이를 낳으려고 하는 확고한 결심은 여성의 모성애에서 비롯되는 것을 넘어 특별한 의미를 지닌다. 그것은 비록 루시 개인의 희생을 필요로 하지만, 흑백의 화해를 구하고 생명을 탄생시키는 차원에서 발로한다. 말하자면 루시의 행위는 포스트아파르트헤이트 시대에서도 여전히 이루지 못하고 있는 흑백의 화합을 향한 결정체 역할을 한 셈이다. 루시가 실천하는 공동체적 삶을 향한 화해야말로 과거의 치욕과 현재의 혼돈을 해결하는 교두보 역할이자 과거의 상처를 새로운 희망으로 전환시키는 미래 지향적 행위로 평가될 수 있다. 남아공 사회의 일원으로서 그 땅을 벗어나지 않고 그 땅에서 재출발하겠다는 루시의 의지와 아이를 낳겠다는 그녀의 의지는 이웃 흑인들에게도 영향력을 발휘한다. 루리 역시 "아이가 태어나면 달라질지 모른다. 결국 그 아이는 이 땅의 아이일 것이니. 그들은 그걸 부인하지는 못할 것이다"(216)라는 독백으로 결국 루시의 결심을 받아들이고 그녀와 함께 태어날 아이를 기다린다. 아이를 기다리는 희망적인 부녀의 모습에서 남아공의 포스트아파르트헤이트를 중심으로 한 현대사가 새롭게 쓰이고 있다.

『추락』은 궁극적으로는 남아공의 미래에 대한 희망을 재현하고 있다(Canepari-Labib 273). 그러므로 『추락』이 보여주는 포스트식민적 비전은 이제 남아공이 루리와 루시를 통해 성취되는 윤리적 통합을 이끌어 냄으로써 얻는 긍정적인 변화를 향한 것이라 볼 수 있다. 이 같은 변화는 국가적 차원에서 해결할 수 없는 인종주의와 젠더 차원에서의 갈등을 개인의 윤리적 성찰과 실천적 삶을 통해 화해로 나아감을 예고해 준다. 인종차별의 현실에 대한 부녀의 새로운 눈뜸은 그들로 하여금 인종적 타자에 대한 윤리적 실천자가 되게 한 것이다. 이러한 맥락에서 『추락』은 루리와 루시가 겪은 참혹한 사건만을 들려주려 한 것이 아니라, 이들이 백인으로서의 윤리적 딜레마를 극복함으로써 흑백이 과연 공존할 수 있는가에 대한 희망적인 남아공의 미래상을 제시한다.

* 이 글은 「J. M. 쿳시의 『추락』: 인종주의 공간에서 서술되는 윤리적 딜레마의 수사학」, 『영어영문학연구』. 51.2 (209): 97-118에서 수정·보완함.

제9장

포스트아파르트헤이트 시대의 윤리성 되짚기 –쿳시의 『철의 시대』

1. 인종주의 역사에 대한 아프리카너 작가의 우회적 서술

포스트식민 담론에 힘입어 아프리카문학에 대한 조명이 최근 들어 활발히 전개되는 가운데 탁월한 포스트식민적 상상력에 기반한 글쓰기를 실천하는 대표적인 작가로 남아프리카 공화국의 쿳시(John Maxwell Coetzee, 1940-)를 들 수 있다. 쿳시는 자신의 소설들을 통해 아프리카너(Afrikaner)라는 백인의 시각에서 인종주의의 근간이 되는 제국주의와 이를 뒷받침하는 이데올로기의 공모성을 비판하는가 하면, 모순된 지배체제를 구성하는 개인들의 윤리적 책임 역시 심도 있게 다룬다. 쿳시가 현대의 윤리문제에 갖는 관심은 "오늘날 전쟁과 폭력같은 비극적인 상황에 대안으로 삼을 수 있는 유일한 방법은 초정치적 근원적 인간관계에 기반한 참된 윤리"(3)라는 레비나스(Emmanuel Levinas)의 주장과 일맥상통한다. 레비나스가 강조한 "타자 중심성"처럼 쿳시 역시 반성적인 사유를 실천하는 글쓰기를 통해 인종적 타자를 수용하는데 있어 타자를 단순히 인정하는 수준에 머물지 않고, 타자가 능동적인 주체가 되도록 변화시키는 가능성을 탐색하기 때문이다. 오랫동안 정치적 담론에 휘말려 개인의 윤리성을 상기시키는 역할에 주목하지 못했다는 자기 성찰과 함께 그 대안을 찾고자 하는 쿳시의 글쓰기는 남아공 사회의 전환기에 처한 정치적 입장을 꾸준히 피력하면서도 여기에 윤리성을 부각시켜 포스트식민 문학의 새로운 가능성을 모색한다. 다시 말해 그의 글은 이념의 도구가 되지 않고 정치와 미묘하게 연결되어있는 윤리의 문제를 끊임없이 천착해왔다는 데에서 정치적인 주제에 갇힌 포스트식민 문학에 새로운 가능성을 제시한 것이다. 그것은 쿳시가 "권위, 텍스트성, 윤리"(Attridge, *Ethics of Reading* 121)의 문제를 주제로 갈등의 극한을 표현함으로써 또 다른 진전을 실현했기 때문이다. 이처럼 중요한 정치적 문제를 다루되 우회적인 수사법을 통해 윤리의 문제를 강조한 쿳시는 "국가가 개인 삶을 침해함에 따라 개인적인 삶은 없으며 모든 것들은 정치화 되어 있는"(Kossew, *Pen and Power* 190) 포스트식민 문학이 직면한 한계의 탈출구를 정치와 윤리를 결합한 지점에 설정해 놓은 것이다.

쿳시가 인종담론과 관련된 남아공의 정치현실을 다루는 독창적인 소설들을 통해 호평을 받아왔음에도 불구하고, 그는 백인이라는 확고한 틀 내에서 도덕적 만족을 추구하지 않는가라는 비판으로부터 자유롭지 못하다. 그러한 비판의 시선을 보내는 입장을 보면, 루카치(Gyorgy Lukacs)의 영향을 받은 사실주의 계열 작가나 비평가들의 주장처럼 이들은 "작가로서의 첫 번째 임무를 사회적, 역사적 과정을 재현하는 것"(Attwell, *Doubling the Point* 202)으로 내세운다. 쿳시가 인종문제를 통해 정치와 윤리 문제를 동시에 반추해가지만 정치적인 문제를 회피한다는 그에 대한 비난이 끊이지 않은 것은 주지의 사실이다. 그러나 페리(Benita Parry)는 쿳시의 소설이 정치적으로 우회적이라기보다는 오히려 "식민주의의 만연한 권력을 심문한다"고 일축한다 (*Postcolonial Studies* 150).

쿳시는 서로 엇갈린 이견에 난색을 표명하면서도 윤리와 같은 미묘한 주제를 통해 백인으로서의 양심과 딜레마를 표면화시키는 글쓰기를 멈추지 않는다. 한 인터뷰에서 그는 "왜 말하기 어려운 일들을 이야기함으로써 자신을 고통스럽게 만드는가"라는 질문에 "미묘한 문제에 대해 말하는 것보다 말하지 않고 침묵하는 것이 더 고통스럽기 때문"이라고 밝힌 바 있다(Bower 23). 쿳시의 경우처럼, 백인 식민주의자의 특권을 공유해 온 아프리카너의 후예가 아프리카인들을 대변하고자 하는 그 자체가 자칫 모험일 수 있는 것은 사실이다.

그러나 그는 인종적으로 가해자에 해당하는 백인 주인공을 내세워 인종차별의 현재성을 언급하며 지배계급의 이데올로기에 연루되어 있으면서도 이 현실에서 벗어나려고 고뇌하는 주인공의 자기 성찰적인 내러티브를 전개한다. 더불어 그는 남아공의 백인 작가들이 식민주의 관점을 성공적으로 전복시키기는 했지만 "윤리적 공동체"를 위한 대안을 마련하지 않았다는 점을 쟁점화 시킨다(Attwell, *Doubling the Point* 339). 윤리적 대안을 기반으로 그가 모색한 주제는 인종주의 문제에 타자에 대한 윤리의 문제를 접목시켜 그 논의를 확장하는 데서 여실히 발견된다. 이는 전술한 바와 같이 백인작가로서의 쿳시 자신의 윤리에 대한 관심에서 비롯된다는 사실을 다음의 인용에서 확인할 수 있다.

> 쿳시는 자신의 비평 에세이와 소설에서 글쓰기의 윤리문제에 의식적으로 관심을 갖고, 흔히 양심의 가책을 받는 백인 작가의 자화상을 통해 연구의 윤리와 작가의 권위에 관한 장기적이고 방대한 논쟁에 가담해왔다. (Poyner 2)

쿳시가 일관되게 탐색하는 주제는 아파르트헤이트(Apartheid)라는 인종차별제도와 이 제도에서 파생되어 나오는 다양한 형태의 식민적 관계이다. 이 제도는 국가권력을 동원하여 폭력적인 만행을 일삼고 소수의 백인들이 다수의 흑인들의 열등성을 공고히 함으로써 그들에 대한 지배를 수월하게 하고 사회적으로 백인의 특권을 강화시키는 데 목적이 있다. 무엇보다도 이 제도는 식민주의가 만들어낸 인종들 간의 변형되고 왜곡된 관계에 기반하고 있다(Attwell, *Doubling the Point* 98). 나아가 아파르트헤이트 제도의 철폐는 실질적으로 인종차별을 종식시키지 못하고 과거 인종폭력에 대한 재보복을 낳는 또 다른 폭력의 양상을 발전시켰다. 흑인의 입장에서 폭력은 자신들이 과거에 경험한 인종차별에 대한 타당한 보복행위라는 것이다. 한편 백인의 입장에서는 아파르트헤이트의 철폐로 자신들의 기득권을 잃게 되지 않을 것인가라는 불안감이 앞서고 흑인들의 보복을 두려워한 나머지 방어적 차원에서 폭력을 사용하게 된다는 것이다. 흑인과 백인은 서로 다른 입장에서 폭력을 동원하기 때문에 화해의 길은 쉽지 않으며 서로를 경계하는 구조에 갇히게 된다. 즉 아파르트헤이트 제도에 대한 절차상의 철폐는 있었지만 서로 다른 출발은 그 자체부터가 모순을 배태하고 있었고 특히 백인들의 경우 과거의 공모성까지 부인하는 부작용마저 낳게 되었다. 이러한 인종차별 제도의 모순과 함께 제도의 철폐 후에도 보복과 재보복으로 되풀이 되는 폭력의 양상을 중심으로 남아공의 정치적, 이념적 지형도를 구체적으로 재현하는 소설이 바로 『철의 시대』(*Age of Iron*, 1990)이다. 이 소설은 인종적 · 정치적 대립이 타자에 대한 윤리적 차원의 접근을 통해 화해로 나아갈 수 있는 긍정성을 시사하며 나아가 주인공이 백인 지배계급에 공모적인 입장을 취하기도 하지만 궁극적으로 윤리적 화합의 주체로 거듭나는 과정을 보여준다. 『철의 시대』는 백인여성 커렌(Curren)이 겪는 남아공의 역사적 · 정치적 혼란스러움과 여기에 백인으로서의 윤리적 각성을 교차시키는 텍스트이다. 그런 점에서 이 소설은 쿳시의 다른 어떤 소설보다도 개인의 정체성에 대한 논의가 국가의 정체성에 대한 논의와 긴밀히 연관되어 있다고 할 수 있다(Canepari-Labib 204). 과거 인종차별에 대한 제대로 된 평가 없이는 포스트식민화의 과정에서 "인종주의 경향이 재생산되고, 확장"(Balibar 43) 되는 것이 오늘의 현실이라면, 쿳시의 글쓰기는 과거 역사의 위기적인 상황에 대처하고 남아공의 현재의 문제점을 진단함으로써 미래에 대한 실천적 대안을 찾으려는 포스트식민 담론의 형상화 과정이라 할 수 있다.

2. 흑인폭력을 목도한 백인의 윤리적 대응

『철의 시대』는 인종적 타자가 아닌 백인여성 커렌의 시선으로 인종담론과 개인의 윤리적 대응을 표면화시킨 점에서 주목을 받고 있다. 이데올로기 전쟁에서 그 대립이 더욱 더 증폭되어 보편화된 양상을 보이는 오늘의 남아공의 현실에서 타자를 향한 윤리적 응답의 문제를 다루는 이 같은 글쓰기에 대해 바바(Homi Bhabha)는 역사가 복잡하게 뒤섞이고 문화적으로 불확실한 현대국가의 경계를 부인하는 것에 저항하는, 새로운 문학적 · 문화적 국제주의의 일부분으로 여겨야 한다고 주장한다(*The Location of Culture* 5). 『철의 시대』는 인종차별에 대한 정치적 저항의 문제를 다루면서도, 동시에 타인을 향한 실천적 행위들에서 부재하고 있을지 모르는 윤리적 성찰에 대한 점검이다. 쿳시는 이 소설에서 먼저, 유럽 제국주의의 잔재인 아파르트헤이트 제도가 남긴 흑백간의 억압과 보복의 기저에 깔린 이항대립적 구도를 해체하고 재배치하는 방식을 취한다. 여기에 개인의 윤리적 성찰을 접목시켜 이 소설을 설득력 있는 포스트식민 윤리담론으로 귀결시키는 이러한 시도는 정치적 비판 차원에 머문 남아공 소설의 한계성을 극복할 수 있는 하나의 계기를 마련해 준다.

『철의 시대』는 1985년 남아공 정부가 선언한 "비상사태"(State of Emergency)[1]라는 불안정한 정치시기를 그 배경으로, 백인 소수 정부의 아파르트헤이트 제도가 커렌을 비롯한 주변 인물들에게 여전히 중요한 영향을 미치고 있음을 다루고 있다. 주지하다시피, 남아공 사회는 아파르트헤이트 제도가 종식된 이후에도 더 큰 소용돌이에 휩싸인다. 그것은 현실에서 여전히 계속되는 흑인에 대한 차별과 동시에 흑인의 백인에 대한 보복을 기치로 무차별적인 폭력이 악순환된다는 점에서 문제의 심각성이 야기되었다. 특히 흑인 폭력의 경우를 보면, 백인 지배자들의 절대 폭력 앞에서 흑인들이 자신들의 입장을 지켜낼 수 있는 가장 효과적인 수단으로 집단적인 폭력을 선택하는 상황은 남아공의 흑인 폭력의 양상을 그대로 대변한다(Fanon, *The Wretched of the Earth* 48-49). 따라서 흑인들의 폭력에 대한 정당성을 두고 흑백 양쪽의 입장이 첨예하게 대립할 수밖에 없는데다, 그로 인해 어느 쪽을 지지하든 그 결과는 객관성을 결여할 수밖에 없다는 식의 분위기가 팽배하였다. 『철의

1) 1985년 남아프리카공화국은 거의 전쟁 상태나 다름없었다. 백인 소수정부는 비합법 기구인 아프리카 민족회의(ANC)에 의한 산발적인 게릴라 습격과 학생단체, 노동조합, 지역조직 연합체인 통일민주전선(UDF)의 봉기에 직면해 있었다. 이 통일민주전선은 돌과 화염병만으로 무장한 남아공 군인들과 싸워 나갔다. 대통령은 혼란을 진정시키기 위해 비상사태를 선언했으며 경찰은 흑인 데모대를 철저하게 탄압하기 시작했으며 약 천여 명 이상을 체포했다.

시대』는 이러한 딜레마적 상황을 타개할 목적으로, 화자인 백인여성의 시각을 통해 인종문제에 무관심한 백인들에 대한 반성, 과거에 대한 복수심에서 비롯된 흑인들의 폭력은 궁극적인 해결책이 될 수 없다는 입장, 나아가 서로 다른 인종들 간에 타자에 대한 윤리적 배려가 존재하지 않으면 정치적 화해는 공허하다는 주제를 전달하고 있다.

이 소설은 은퇴한 대학교수 백인여성 커렌이 죽음을 앞두고 딸에게 쓰는 독백조의 편지체로 진행된다. 먼저, 소설 초입부에 나타나는 커렌의 상황을 살펴보면, 그녀는 말기암 진단을 받고 돌아오는 길에 "암 선고는 좋은 소식은 아니지만 나의 것이고, 나를 위한 것이며 거절될 수 없는 것"(4)이라며 암환자라는 사실을 받아들인다. 커렌의 말기암은 혼돈과 갈등으로 얼룩진 남아공의 현대사를 상징하는가 하면, 남아공의 정치와 사회상을 거의 모르고 살아가는 커렌의 무비판적인 정신 상태를 암시하기도 한다. 말기암을 자신의 것으로 받아들이기 시작한 커렌에게 예기치 못한 낯선 부랑자 퍼케일(Vercueil)의 출현은 그녀의 인식에 미묘한 변화를 초래한다. 자신의 집 앞에서 서성이는 술 취한 부랑자 퍼케일과 우연히 대면한 그녀는 "얼마나 오랫동안 나는 저들이 가까이 오지 못하게 할 수 있을 것인가?"(*AI* 5)라고 되뇌인다. 퍼케일이라는 존재는 예전 같으면 커렌이 환영할만한 존재는 아니었지만 이제는 암처럼 거절할 수 없는 대상으로 다가오기 때문이다. 스토리가 전개되면서 그녀는 자신의 몸에 들어온 말기암을 자연스럽게 받아들이듯이 차츰 퍼케일의 존재를 받아들이게 되는데, 그에게 자신이 죽고 나면 미국에 살고 있는 딸에게 편지를 전해줄 것을 부탁할 정도로 예전에 볼 수 없었던 변화된 태도를 보인다. 이처럼 『철의 시대』는 퍼케일에게 커렌의 이야기를 전달하고 그 사이사이로 남아공의 역사를 들려주는 구성을 지닌다.

커렌과 퍼케일의 처지는 극명하게 대조된다. 과거에 고전문학을 가르쳤던 교수 출신의 커렌은 현재 안락한 집을 소유하고 있지만 암말기 환자로 죽음을 대면하고 있는 백인여성이다. 이에 반해, 주거지나 신분이 불확실한 넝마주이이며 유색인종인 페케일은 먹을거리를 찾아 커렌의 집 주변을 서성거리지만 건강한 육체를 지닌 생명력 있는 인물이다. "벗고 다녀도 추위를 타지 않고, 밖에서 잠을 자도 아프지 않을"(5) 정도로 건강한 퍼케일은 말기암 환자 커렌의 처지와 대조적이다. 그러나 이런 차이에도 불구하고 커렌이 처음에는 하찮아 보였던 퍼케일을 "신뢰할 수 없지만 그를 믿어야만 하는"(130) 까닭은 그녀가 그만큼 절박한 상황에 처해있기 때문이다. 커렌은 자신이 죽고 나면 미국에 사는 딸에게 지금 쓰고 있는 편지를 보내줄 것을 부탁한다. 따라서 퍼케일은 앞으로 커렌의 중요한 일을 떠맡게 될, 전언의 신 헤르메스(Hermes)의 역할을 담당하게 된다.

> "내가 죽으면 당신이 날 위해 해주길 바라는 뭔가가 있어요. 내 딸에게 보내줬으면 하는 편지들이 있거든요. 그러나 그 사건[죽음] 이후에요. 그것은 중요한 부분이에요. 이유는 내 자신이 그것들을 보낼 수 없기 때문이지요. 내가 모든 다른 일들은 다 해놓을게요. 나는 그것들에 우표를 붙여 소포로 만들어 놓을게요. 당신은 우체국 카운터에 소포를 전하는 일만 하면 돼요. 나를 위해 해 줄 거지요?" (31)

이 소설에서 퍼케일이 전달할 편지들이 차지하는 중요성은, 그것들이 비단 딸에게 전하는 어머니의 개인적인 애틋한 서사일 뿐 아니라 남아공의 역사에 대한 서술이라는 점이다. 커렌은 자신이 들려주는 이야기를 지극히 "사적인 편지"(31)라고 퍼케일에게 강조하지만, 편지는 개인적 차원을 넘어서 남아공의 역사적, 정치적 혼란과 함께 커렌의 윤리적 각성이 교차되고 있음을 보여준다. 단순히 모녀 관계에 한정된 가족사로 전개되지 않는 편지가 상징하는 것은 “사건이면서도 동시에 행위로 받아들여질 수 있다”는 점이다(Attridge, *Ethics of Reading* 93). 그런데 아이러니컬하게도 『철의 시대』는 이렇게 중요한 편지가 딸에게 과연 전해질 것인지 아닌지 그 결과에 대해서는 초점이 맞추어져 있지 않다. 그 대신 퍼케일을 신뢰하며 편지를 맡기는 행위와, 편지를 기록하는 과정에 낱낱이 밝혀진 흑백간의 인종문제가 비중있게 거론됨으로써 커렌의 이러한 편지쓰기는 단순히 개인의 차원을 떠나 역사의 재해석을 창출해낸다.

> 이러한[편지] 방식으로 『철의 시대』를 묘사하는 것은 개인적 투쟁을 수행해 나갈 것을 강조하는 것이다. 그러나 이 투쟁이 매우 구체적인 역사적 상황에 기반하고 실행되어진다는 것도 마찬가지로 중요하다. 그러한 역사적 상황은 죽음의 언저리에서 성취되는 지혜라는 오래된 모티프에 대한 급진적인 재해석과, 어떤 면에서는 비판을 창출해낸다. (Attridge, *Ethics of Reading* 93)

그렇다면 커렌이 퍼케일을 믿고 선택한 이유는 무엇인가라는 의문은 이 작품에서 중요한 문제가 된다. 이에 대해 애트리지(Derek Attridge)는 “‘우리 모두’를 구원하는 것은 커렌의 계획되지는 않았지만 완벽한 신뢰의 행위”(*Ethics of Reading* 99)라고 해석한다. 퍼케일이라는 매개자를 통해 백인여성은 유색인종인 한 남성과 개인적으로 만나게 되고 이것은 다시 개인 간의 윤리적 실천행위로 작용하기 때문이다. 이처럼 『철의 시대』에서 중요한 사건은 타자, 특히 유색인종을 쉽게 신뢰할 것 같지 않은 백인여성이 퍼케일에게 중요한 “편지 전달”이라는 임무를 맡기는 신뢰의 행위이다. 하지만 개인과 개인 사이에 일어나는 사소한 일을 서술하는 과정에는 남아공의 역사, 즉 제도화된 인종주의의 폭력과 갈등이 병행한다는 점에서 개인의 행위는 역사적 맥락을 띤다. 여기에서 개인의 윤리적 행위는 인종주의 문제와 접목되는데, 커렌이 사는 남아공의 아파르트헤이트 역사는 바로 인종주의에 뿌리를 깊게 내리고 있기 때문이다. 인종주의는 인종적인 특권과 권력을 지닌 계급에 토대를 둔 집단과 사회를 정의하고 형성해왔다(Feagin 468). 국가 간에, 그리고 한 국가 내부의 서로 다른 인종들 간에 지배와 피지배 관계를 정당화시켜 온 것은 바로 서구식민주의가 초래한 인종주의에 기반을 두고 있다. 커렌이 개인적으로 목격하는 백인들의 흑인들에 대한 인종차별도 이런 "조작된 정당화"에 바탕을 둔 것이다.

『철의 시대』는 특권화된 백인여성 커렌이 기층 부랑자이며 백인이 아닌 퍼케일을 신뢰하게 되는 행위를 계기로 타자에 대한 신뢰로, 나아가 타인종에 대한 전체적인 신뢰로 발전되는 서사구조를 갖는다. 이 같은 변화를 향한 발전은 인종문제가 곧 가장 큰 사회문제였던 남아공 사회에서 중요한 의미를 갖는다. 그것은 남아공 사회에서 커렌과 같은 백인 지식인층이란 오랫동안 누려온 구조화된 특권으로 말미암아 편견의 틀을 바꾸기가 힘든 아프리카너에 해당된다는 점이다. 『철의 시대』는 이 왜곡된 시각을 바꾸기 위해서 백인 지식인 내부에서 인식의 변화의 계기를 마련할 필요성을 제기하여 "아파르트헤이트에 대해 가장 사실적인 소설"(Head 102)이라는 평가를 받는다. 작가는 이 소설을 통해 백인이 지닌 편견의 실상, 그리고 보복적 폭력의 악순환과 이를 극복할 수 있는 방안을 모색함으로써 그러한 변화를 시도하고 있다. 특히 이 소설은 집단과 집단, 인종과 인종 간의 정치적인 각성을 요구하는 극단적인 교화나 직접적인 해결책을 제시하기보다는, 커렌과 퍼케일이 서로를 수용해가는 개인적인 과정에 초점을 맞추고 있다. 이는 신뢰를 바탕으로 한 개인 간의 윤리적 관계가 배타성을 극복하는데 있어 무엇보다도 중요한 인식론적 성찰임을 보여주려는 작가의 치밀한 의도에서 나오고 있다.

『철의 시대』에서 커렌의 편지를 전달해 줄 매개자가 갖추어야 할 조건은 무엇보다도 신뢰이다. 그러나 퍼케일은 신분이나 나이가 정확히 명시조차 되지 않기 때문에 객관적인 신뢰의 조건을 갖춘 "편지 전달자"가 되기에는 의심스런 존재이다. 이것은 퍼케일이라는 이름에서 다시 한 번 확인된다. "퍼케일"(Vercueil)이라는 이름은 아프리칸스어로 "가리다"(hide) 또는 "숨기다"(conceal)의 의미를 내포한다(Parry, "Problems in Current Theories" 45). 이름에서 추측할 수 있듯, 퍼케일은 중요한 인물도 아니고 특권화된 존재는 더더욱 되지 못한다. 이는 퍼케일이 커렌과 더불어 이 소설의 중요한 인물이면서도 커렌과 달리 백인이 아니며, 더구나 하류계층이므로 그의 목소리는 전달될 수 없음을 보여주기 위함이다. 어떤 목소리도 부여받지 못한 퍼케일은 그의 고백처럼 남아공 사회에서 "거세당한 남자"(121)이다. 이는 제 땅에서 살면서 주인이 되지 못하는 유색인종의 처지에 대한 비유이다.

그러나 이 둘의 관계는 상호보완적인 측면이 강하다. 죽음을 앞둔 말기암 환자인 커렌처럼 퍼케일 역시 머물 곳이 없고 부랑자이지만 커렌은 그와의 만남을 계기로 과거에 직면하지 못한 삶을 경험하여 죽음의 한계성을 극복하기 때문이다. 이처럼 타자와 타 인종에 대한 윤리적 각성을 하게 되는 서사 구조는 소설 초반에 "베일에 가려있는 존재"인 퍼케일로 하여금 커렌의 삶에 점차 큰 의미를 주는 "중요한 존재"로 부상시키는 과정을 보여주는데, 이는 가장 주목할 만한 과정이다. 커렌이 퍼케일을 수용하는 행위는 소설 후반부에 이르러 구굴레투(Guguletu)[2] 투쟁에서 베키(Bheki) 등 흑인들의 죽음과 백인경찰의 폭력을 그녀가 목격하면서 타인종과 타 집단의 삶을 비

2) 남아공의 케이프타운(Cape Town)의 타운쉽(Township)에 위치한 빈민가로서 흑인집단거주지역에 해당한다. 이곳은 백인에 대한 흑인들의 저항적 폭력이 빈번하게 일어나는 지역으로 흑백의 갈등으로 인한 흑인들의 항의가 끊이지 않은 지역이다.

로소 대면하게 하는 계기를 부여한다.

커렌에게 현재의 남아공 사회는 비윤리와 폭력, 인종주의에 얽힌 회색 지대로 다가온다. 그녀는 수많은 잔인한 살인현장을 목격하면서 자신의 모국에 대해 "이놈의 나라"라는 원망을 쏟아내고 이 잔인한 땅에 "나의 딸이 살고 있지 않음"(73)을 신에게 감사한다. 이는 마치 암에 걸린 자신의 목숨처럼 자신의 의지대로 할 수 없는 절박한 상황을 개인의 무력함에 비유한 것으로 볼 수 있다. 이러한 나라에서 자신의 분신인 딸이 살지 않기를 바라는 커렌은 "나의 아이, 나의 육체, 내 최고의 자아, 난 너에게 오지마라고 말하고 싶구나"(103)라고 토로한다. 백인들에게도 남아공은 살기 힘든 곳임을 인정하는 이 대목은 사회에 대한 그녀의 절망감을 여실히 보여준다.

남아공의 역사에 대해 회피적인 시선으로 살아 온 커렌이 인종문제를 인식하는데 있어 커다란 전환점이 되는 것은 먼저, 흑인 거주지역인 구굴레투 지역에서 발생한 충격적인 사건을 목격하면서부터이다. 커렌을 돌보아주는 흑인 가정부인 플로렌스(Florence)의 아들, 베키와 그의 친구인 존(John) 등, 흑인 아이들이 백인에 대한 보복성 폭력의 일환으로 학교에 방화를 한다. 구굴레투는 흑백의 갈등이 고스란히 남아있는 인종 갈등의 현주소라 할 수 있다. 베키가 위급한 상황에 처하자 커렌은 베키를 구하기 위해 투쟁의 현장인 구굴레투로 급히 간다. "한 국가의 가장 낙후된 지역은 역사상 가장 빈번한 침범지역이 된다"(Bhabha, *The Location of Culture* 9)는 바바의 지적은 남아공의 흑인 빈민촌이자 위험한 폭력이 늘 도사리고 있는 구굴레투 지역에 그대로 적용된다. 이 지역은 타운쉽(Township)이라 불리는 아프리카 도시 빈민가를 상징하는데, 철저하게 소외된 곳이자 생의 막다른 골목과 같다. 가난과 폭력으로 점철된 흑인마을을 대변하는 구굴레투는 아파르트헤이트 체제 동안에 숱한 수탈과 폭력을 겪으면서 흑인들의 백인정부에 대한 불신으로 무장된 곳이기도 하다. 따라서 이러한 열악한 환경에서 자라나는 흑인 아이들의 삶은 베키나 존의 삶이 그러하듯 백인들을 향한 극단적 행위, 다시 말해 보복적인 폭력으로 무장되어 있다.

흑인 학생들은 학교로부터의 무장경찰 철수를 요구하며 수업을 거부하는데, 이들은 백인정부 입장에서 볼 때 국가를 황폐화시키는 싸움의 선두주자들인 셈이다(Canepari-Labib 109). 커렌은 생애 처음으로 구굴레투의 참혹함을 목격하고 "이런 일이 정말로 나한테 일어나고 있는 걸까? 내가 여기에서 뭘 하고 있지?"(96)라면서 절망적인 탄식을 한다. 인종간의 폭력전쟁, 다시 말해 남아공의 내전은 그녀 생애에서 처음으로 겪는 개인적인 경험에 대한 배경을 형성한다(Canepari-Labib 110). 그러나 다른 한편으로, 커렌은 이에 연루되고 싶지 않은, 현실도피적인 태도를 여전히 유지하려고 애쓴다. 그녀의 첫 반응은 "내 차가 분노와 폭력에 휩싸인 이 세계에서 벗어나는 것보다도 내가 더 바라는 건 없었다"(96)고 실토할 정도로 폭력에 휘말리고 싶지 않은 강렬한 욕망을 내비친다.

그녀가 경험하는 흑인구역은 백인구역과 대조적으로 불안정하고 "끔찍한 곳"이다. 이 흑인 주거지가 불타는 가운데 시체로 변한 베키를 지켜보는 순간은 그녀에게 매우 충격적이다. 이로 말미암아 커렌은 인식의 전환점을 갖게 되며 정치적 연루는 더욱 확대되어 차츰 윤리적 차원과 중첩된다. 그것은 기껏해야 "열 살 밖에 안 된" 베키가 폭력의 공간에 사는, "그 시대의 아이들"이라는 사실을 그녀가 최초로 인식하기 때문이다(92). 나아가 베키나 존을 통해 드러나는 과거 폭력에 대한 폭로는 아파르트체제에 대한 항변과 함께 과거의 슬픈 역사를 드러낸다. "진실과 화해 위원회"(Truth and Reconciliation Commission)[3]의 공식적인 자료에서 밝혀지듯이, "엄청난 인권침해의 가장 큰

3) "진실과 화해위원회"는 명칭대로 과거청산을 통해 진실을 밝히고 국민화해를 이루어내기 위한

피해자는 대부분 18세 미만에 속한 젊은이들"(Truth and Reconciliation Commission 254)이었기 때문이다.

커렌의 인식의 변화에 영향을 미치는 또 하나의 중요한 순간은 폭력의 필요성과 그 진정성을 굳게 믿었던 베키가 폭력의 현장에서 꿈과 현실의 괴리를 깨닫고 죽어가는 순간에 아이로서의 두려움을 보일 때이다. 커렌은 베키가 죽음의 순간에 이르러 "가면을 벗고" 자신을 찾는 과정을 직접 목격한다. 이어서 베키의 시신이 빗속에 눕혀져있는 것을 보면서 커렌은 현실과 대면하겠다는 의지를 내보인다. 다음의 인용은 커렌의 윤리적 각성인 현실에의 눈뜸을 보여준다.

> 나는 그 아이[베키]의 뜬 눈에 대해 생각해 보았다. 그가 마지막으로 세상에서 본 것은 무엇이었을까? 이것은 내 인생에서 목격해왔던 것 중 최악의 것이다. 이제 나는 눈을 뜨게 되었고 다시는 눈을 감을 수 없을 것이다. (102-103)

이 같은 커렌의 고백에서 남아공 현실을 들여다 볼 수 있는 한 백인여성의 "의식"의 열림을 볼 수 있다. 과거에 커렌은 백인이 아니기 때문에 겪어야 하는 흑인의 악몽 같은 현실을 추호도 상상하지 못했고 제도적인 인종차별의 종식만이 모든 악몽을 해결할 수 있을 것으로 믿었었다. 그러나 차별철폐가 공식적으로 선포된 이후에도 정치권력구조상 실질적인 평등이 실현되지 않고 있다는 사실에 커렌은 비로소 눈을 뜨게 된 것이다.

구굴레투 현장은 베키의 죽음에서 드러나듯이 흑백간의 보복과 재보복

목적을 갖고 있었다. 이를 구체적으로 실행하기 위해 반인권적 폭력의 원인, 성격, 정도 등 총체적인 인권침해를 희생자의 관점에서뿐만 아니라 폭력행사에 책임이 있는 자들의 동기와 관점, 그리고 폭력의 전례, 정황, 요인 등을 규명하는 과정에서 가능한 한 완전하게 밝히고자 했다.

으로 얼룩진 남아공의 참혹한 역사 현장이며 증언의 공간이다. 쿳시는 이 소설에서 남아공의 폭력의 참상을 직접적으로 재현하는데, 그것은 폭력이 더 심한 폭력을 낳고 국가체제 자체를 파괴할 수 있음을 부각시키려는 의도에서이다(Canepari-Labib 154). 구굴레투 현장은 바로 이러한 출구없는 폭력의 악순환을 구체적으로 보여주는 사례라 할 수 있다. 따라서 『철의 시대』는 쿳시의 다른 소설들과 달리 현대의 남아공 상황을 재현하는데 있어 훨씬 더 과감하고 사실적인 담론을 사용하고 있다고 볼 수 있다(Attridge "Age of Bronze" 120).

베키의 처참한 죽음을 목격하고 집으로 돌아온 후, 커렌은 베키를 매개로 남아공 역사를 되짚어본다. 그녀는 "신의 훌륭한 발상"이고 "하나님의 선물"(109)인 이 세상에서의 삶을 제대로 누리지 못한 어린 베키를 기억하며 남아공의 기나긴 인종주의 역사를 비판하는 단계에 이른다. 그렇다면 과거에 흑인의 무분별한 폭력을 비난했던 커렌이 그토록 많은 깨달음에 이르게 된 이유는 무엇인가? 그것은 인종차별이라는 역사적 맥락에서 나온 교훈적이며 이론적인 정립이 아니라, 그야말로 베키의 마지막 모습을 본 순간의 에피퍼니(epiphany)라는 개인적인 체험에 기반한 것이다.

> 그렇다면 내가 왜 그 아이 때문에 슬퍼해야 하죠? 그 답은 내가 그 애의 얼굴을 보았다는 것이지요. 그 애는 죽는 순간 다시 어린애가 되었어요. 그 애는 마지막 순간에, 돌을 던지고 총을 쏘는 일이 결국 게임이 아님을 알게 되고, 모래를 손에 가득 쥔 채 그의 입에 퍼붓기 위해 비틀거리며 다가오는 거인을 함성과 구호로는 물리칠 수 없다는 것을 깨달으며, 질식하여 토할 것 같고 숨조차도 쉴 수 없는 기나긴 복도의 끝에서, 어떤 빛도 존재하지 않는다는 것을 깨닫고, 천진난만한 아이처럼 놀라는 표정을 지으면서, 가면을 벗게 된 거에요. (*AI* 125)

커렌이 흑인 아이들의 죽음에 분노어린 연민을 보내는 것은 인종분쟁에서 보호받아야 할 "아이들"이 희생당하기 때문이다. 그녀가 흑인 아이들의 죽음이 잘못되고 오히려 무모하다고 말하는 데는 "인종적" 차원 때문만은 아니다. 커렌의 분노를 정치와 모성의 문제로 연결하는 요(Yeoh)는 "모성은 커렌이 비상사태의 위기를 중재해가는 수단"(110)이라고 밝히면서 "이 소설은 화자인 커렌을 통해 휴머니스트와 모성 담론의 관점으로 정치에 대한 반응을 묘사"(108)하고 있다고 주장한다.

커렌이 자신을 둘러싼 처참한 흑인사회의 환경을 개선하기 위해서는 개인적 차원에서의 윤리적인 관계회복이 우선해야 한다는 것을 깨닫게 되는 것은 "시간이 얼마 남지 않았기 때문에, 나는 내 가슴을 신뢰하고 진실을 말해야 한다. 잘 파악하지 못하고 무지하지만 나는 진실이 나를 이끄는 곳으로 따라 갈 것이다"(162)라는 자아성찰적 독백에서 확고히 드러난다. 이러한 일련의 과정에서 그녀는 갈등의 해결이 결코 정치적 차원만이 아니라는 것을 흑인 교사 터바니(Thabane)와의 논쟁을 통해 강조한다. 터바니는 백인으로서 흑인세계를 바라보는 커렌에게 인종문제를 근원적으로 제기한다. 그는 "눈앞에서 저질러지는 범죄를 목격할 경우, 당신은 뭐라고 말할 것인가요? '충분히 지켜봤다. 나는 구경 온 것이 아니었다. 이젠 집에 가고 싶다.' 이렇게 말할 것인가요?"(98)라면서 커렌을 비웃는다. 터바니의 지적처럼 커렌은 과거 백인의 폭력과 현재 흑인의 보복적 폭력성에 대해 심한 회의를 느끼기는 하지만, 백인으로서 그 폭력의 현장을 경험하고 싶지 않는 애매함을 보인다. 계속해서 "나름대로의 방식"(98)으로 자신이 목격한 것을 말하겠다는 커렌에게 터바니는 "흑인들끼리의 싸움, 파벌간의 싸움"(101)으로 결론짓지 말 것을 경고한다.

베키의 죽음을 목도한 것을 계기로 커렌은 계속해서 터바니를 향해 "동지애라는 이름으로 젊은이들이 피를 흘리는 것은 야만적인 행위일 뿐"(149) 이라며 그의 극단적인 정치적 이념을 반박한다. 이에 대해 터바니는 나이든 세대가 젊은이의 동지애에 개입하지 말아야하며 동지를 위해 "죽을 준비가 되어 있을 때의 유대감이 동지애"(149)라고 상기시키며 커렌이 동지애를 실천하는 이들과 동떨어져 있어서 이해할 수 없을 것이라는 한계를 지적한다. 그러나 커렌은 유대감으로 가장되어 있는 "동지애"에 대해 개탄해하며 "동지애"란 남자들이 만들어낸 허구로써, 서로를 죽이는 행위를 신비화시킬 뿐이라고 환기시킨다(150). 그는 커렌 역시 백인이기 때문에 흑인들의 현실 앞에서 방관자일 수밖에 없으며, 나아가 백인 경찰이나 백인 정권과 다를 바 없는 공모자라고 말한다. 터바니의 주장에 의하면, 커렌 같은 백인은 인종차별체제에 직접 가담하지는 않았다 하더라도, 과거에서 현재까지 이어지는 흑인 공동체가 당하는 부당함에 무관하지 않다는 입장이다(Canepari-Labib 110). 커렌이 흑인을 부당하게 대하는 백인경찰의 행동에 수치심을 느끼는 내면에는 『야만인을 기다리며』의 치안판사가 백인으로서 야만인을 대변하는 가운데 언뜻 보였던 공모자적 태도가 공존하고 있다. 그녀는 직접적인 가해자는 아니지만 흑인들을 타자이자 경계인으로 전락시킨 방관자라는 점에서 내재화된 인종차별주의자로 추정될 수 있다.

3. 포스트아파르트헤이트 시대의 인종적 악몽

그렇다면 커렌을 타자에 대한 윤리적 행위의 실천자로 볼 것인가, 아니면 터바니의 주장대로 백인의 특권을 누리는 가운데 단순히 연민만을 보내는 공모자로 볼 것인가라는 문제제기를 할 수 있다. 여기에서 주목할 만한 점은, 타자에 대한 깊은 연민을 보이던 커렌에게서 순간순간 인종주의적 공모자의 모습이 교차한다는 점이다. 가령 "이 사람[흑인]들은 많은 폭력을 경험할 수 있지만 나, 나는 나비처럼 연약하다"(96)는 커렌의 반응에서 폭력에 휘둘림 당하는 데 익숙한 흑인들과는 달리 그녀는 폭력에 상처받기 쉬운 특권화된 백인신분을 강조한다. 이 미묘한 순간에, 그녀의 인식 변화의 한 단면이 잘 드러난다. 처음으로 인종차별 현장을 보았을 때 커렌은 자신의 눈을 가리고 싶다는 반응을 보였었다. 이제 그녀 내부에서 백인의 공모자적 시선을 의식하는 것은, 베키를 비롯한 흑인 아이들의 폭력이 인종차별을 경험한 어른들 세대가 단지 명분만으로 젊은이들을 죽음의 전쟁으로 몰아세우는 데서 비롯되는 과거의 유산이라고 그녀가 항변할 때이다.

> "난 나의 생각을 바꾼 적이 없어요." 내가 말했다. "젊은 사람들에게 진흙탕에서 피를 흘리며 끝내는 희생을 요구하는 것이 나는 여전히 혐오스러워요. 전쟁은 겉으로 가장하고 있는 것과 전혀 다르다고 할 수 있어요. 표면을 긁어서 들여다본다면 변함없이 늙은 사람들이 어떤 추상적인 명분으로 젊은 사람들을 죽음으로 내몰리게 하는 것일 뿐이죠. 터바니 씨가 무슨 말을 하든, 그것은 젊은이들을 희생삼아 벌이는 늙은 사람들의 전쟁이에요." (163)

젊은 흑인들의 죽음에 대한 안타까움을 표명하면서도, 한편으로 여전히 흑백차별 현실을 인식하지 못하는 커렌에게서 아프리카너 특유의 자유인본주의적 상상력이 자리 잡고 있음을 알 수 있다. 그녀의 생각과는 달리, 투쟁하는 흑인 병사들은 "교육 이전에 해방"(liberation before education)(Bundy 320)이라는 슬로건으로 무장된 아이들이다. 그러나 커렌은 아이들 교육이 급진적 정치 이데올로기에 치중한 나머지 남아공을 더욱 위험스런 상태로 몰아넣는다고 생각한다. 따라서 정치화되는 교육이 아니라 "휴머니스트 교육의 이상"(Yeoh 108)을 실현시켜야 한다고 주장한다. 커렌의 교육이념은 죽기 전의 베키와 나누었던 대화에서 그 실체가 드러난다.

> "경찰은 왜 너를 추적하는 거지?"
> "그들은 저에게만 그러는 게 아니에요. 그들은 모든 사람들은 쫓아다녀요. 전 어떤 일도 하지 않았어요. 그러나 그들은 학교에 다닌다고 생각되는 애들은 누구나 잡으려고 해요. 우리는 아무것도 하지 않고 단지 학교에 가지 않겠다고 말하고 있을 뿐이에요. 이제 그들은 우리를 상대로 테러행위를 하고 있어요. 그들이 테러리스트들이에요."
> "왜 너는 학교에 가지 않으려고 하니?"
> "학교란 무엇을 하는 곳인가요? 그곳은 우리를 아파르트헤이트 제도에 맞추는 곳이에요." (67)

베키는 학교에서 인종차별교육에 오염되는 것보다는 백인에 저항하는 흑인 투쟁에 직접적으로 나서는 것을 더 급선무로 생각한다. 이에 대해 커렌은 플로렌스에게 아파르트헤이트는 조만간 없어질 일이 아니기 때문에 애들이 거리에서 시간을 낭비하게 해서는 안 된다고 충고한다(68). 그러나 베키는 "무엇이 더 중요한가요? 아파르트헤이트가 붕괴되는 것인가요? 아니면 제가 학교에 가는 것인가요?"(68)라며 아직도 백인으로서 남아공 현실을 제대로 파악하지 못하는 커렌에게 비웃음 섞인 미소만 보낸다.

현실을 제대로 모르는 커렌이 플로렌스의 비웃음을 사는 상황은 베키가 죽기 전 후의 두 번에 걸친 대화에서 다시 한 번 확인된다. 베키가 죽기 전에 남아공에서 빈번하게 일어나고 있는 흑인 아이들의 방화에 대해 커렌은 "교육은 특권"이고 "부모들은 아이들을 학교에 보내기 위해 절약하고 저축"

하기 때문에 방화는 미친 짓이라고 말한다(38-39). 그러나 플로렌스와 이러한 대화를 나눌 때조차도 커렌은 구굴레투에서 무슨 일이 벌어지고 있는지 아직은 알지 못한다. 그녀가 언론을 통해 들은 바가 없다라는 단순한 이유에서이다.

> 라디오, 텔레비전, 신문에서는 학교에서 일어나는 문제들에 대해 어떤 언급도 하지 않는다. 그들이 보여주는 세계에는, 이 땅의 모든 아이들이 직각 삼각형의 면적을 내는 공식과 아마존 정글에 사는 앵무새들에 관해 배우면서 행복하게 그들의 책상에 앉아 있다. 내가 구굴레투의 사건에 관해 아는 것은 오직 플로렌스가 나에게 이야기해주는 것과 발코니에 서있거나 북쪽을 바라봄으로써 알게되는 것에 한정되어 있다. 즉, 오늘은 구굴레투에 불이 나지 않았으며 설령 불이 났다 하더라도 낮은 불길이다는 정도이다. (39)

커렌이 인종문제에 대해 조금이라도 알게 되는 경우가 있다면 그것마저도 언론이나 주변을 통한 것이 전부였을 정도로 그녀는 현실에 무관심했었다.

커렌이 플로렌스로부터 비웃음을 사는 또 다른 상황은 베키가 백인 경찰에 의해 살해되고 난 후에 나타난다. 방화현장인 구굴레투에서의 아들의 죽음에 슬퍼하는 플로렌스를 보고 커렌이 안타까움을 표하자 플로렌스는 냉정함과 무관심으로 응답한다. 그녀에게 아들의 죽음은 백인들의 소행인데도, 이러한 현실을 막연하게만 알고 있는 커렌의 위로가 별 의미가 없기 때문이다. 흑인여성과 백인여성이 보이는 이 극적인 상황에 대해 포스트식민여성 비평가 패리(Banita Parry)는 아프리카의 흑인 여성을 상징하는 플로렌스가 백인여성을 향해 능숙한 경멸을 보내는 아이러니컬한 상황으로 풀이한다(*Postcolonial Studies* 79). 이제 플로렌스는 아들의 죽음을 경험하고 슬퍼하기보다는 남아공의 인종문제에 대해 더 객관적으로 예리하게 파고든다. 따라서 그녀는 백인인 커렌에게 "능숙한 경멸"을 보내는 인물에서 나아가 인종차별사에 나타난 모순까지 평가하는 "법정의 재판관"으로 군림한다(142). 커렌은 현실을 제대로 인식하지 못했던 자신의 삶까지도 플로렌스가 평가할 것이라 생각한다.

> 플로렌스는 재판관이다. 안경 뒤에서 그녀의 눈은 모든 것을 고요히 평가하고 있다. 그녀는 벌써 그 고요함을 자신의 딸들에게 전해주었다. 법정은 플로렌스의 것이다. 재판을 받는 사람은 바로 나다. 내가 사는 삶이 심리를 받는 삶이라고 한다면, 그것은 지난 10년 동안 내가 플로렌스의 법정에서 재판을 받아왔기 때문이다. (142)

인종문제에 대한 커렌과 플로렌스의 갈등은 다음의 인용에서 분명히 드러난다. 언젠가 플로렌스가 경험한 끔찍한 이야기를 커렌에게 들려준 적이 있었는데 커렌은 그 이야기를 플로렌스에게 상기시킨다.

> "그런데 플로렌스, 당신은 말하기 힘든 일들이 타운쉽에서 일어나고 있다고 작년에 나에게 말했던 이야기를 기억하나요?" 당신은 나에게 말했지요, "내[플로렌스]는 불에 타고 있는 여자를 본 적이 있어요. 그 여자가 도움을 요청하며 소리 지를 때, 아이들[흑인 아이들]이 웃었고 그 여자에게 더 많은 기름을 끼얹었어요." 당신은 말했지요, "난 살면서 그런 일을 보게 되리라곤 생각도 못했어요." (49)

이 이야기를 듣고 플로렌스는 "그들[흑인 아이들]을 잔인하게 만든 게 누구죠?"라고 반문하면서, "그건 바로 백인"(49)이라며 커렌을 비난한다. 플로렌스에 따르면, 과거에 백인들의 폭력과 차별이 존재하지 않았다면 아파르트헤이트 시대에 살았던 흑인들의 후손인 베키와 같은 아이들이 백인에게 저항하기 위해 "철의 아이들"(Children of Iron)이 될 필요도 없다는 것이다. 또한 도움을 요청하는 불타는 여성에게 기름을 더 붓는 잔인한 행동을 할 필요가 없다는 항변이다. 플로렌스는 백인 지배자를 가리켜 현실을 혼란시키고, 뒤틀리게 만들며, 압도하는 매우 다른 존재로 규정한다. 그녀의 주장에 의하면, 흑인 아이들이 잔인해진 것은 순전히 백인이 흑인에게 가해 온 잔인성과 가혹함 때문이다. 그러나 커렌은 흑인들이 "백인에 의해 만들어진 괴물"(50)이라는 단정적인 결론을 모두 백인 탓으로 돌릴 셈이냐고 플로렌스에게 반문한다.

커렌과 플로렌스의 계속되는 대화에서 중요한 은유이자 모티프는 "철의 시대"(Age of Iron)이다. "철의 시대"는 이 소설의 본문을 인용하자면 "돌처럼 변해가는 심장"(hearts turning to stone)(50)을 가진 아이들로 구성된 시대를 말한다. 철의 시대에 사는 아이들은 철의 아이들이며 이들은 곧 플로렌스의 아들 베키와 흑인 친구들을 일컫는다. 철의 시대의 아이들은 인종차별의식으로 얼룩진 어른 세대들이 훈육한 대로 이성적인 사고를 하지 못하고 살인과 폭력을 실천에 옮기는 훈련을 받은 흑인 병사들을 가리킨다. 커렌은 이 병사들을 길러낸 플로렌스 역시 "철의 아이들"과 다름없다고 생각한다(50). 이에 반해 플로렌스는 "이 아이들은 좋은 아이들이고, 그들은 철과 같으며, 우린 그들을 자랑스러워 하지요"(50)라고 다른 맥락에서 대꾸한다.

이 둘의 상반된 견해를 이해하자면 "화강암 시대"(Age of Granite)에 대한 이해가 필요하다. "철의 시대"를 가능하게 한 흑인 어머니 세대들을 "스파르타 부인"에 견준다면, "철의 시대를 도래하게 만든 화강암 시대"는 그 주체가 "푸어트레카"(Voortrekker: 네덜란드계 백인 탐험가들)(50-51)들이다. 화강암 시대의 푸어트레카는 백인 후예들에게 "훈련, 일, 복종, 자기희생이라는 낡은 통치방식, 죽음의 통치방식들"(51)을 가르쳐 흑인들을 증오하게 하는 백인열성당원들(White Zealots)로 만들어냈다. 이 백인 아이들은 흑인인 "철의 아이들"처럼 "때로는 운동화 끈도 묶지 못할 만큼"(51) 연약한 아이들에 불과하다. "화강암 시대"와 "철의 시대"를 만든 백인과 흑인들의 선조, 그리고 현재의 그 후손들을 대면하면서 커렌은 "처음부터 끝까지 이것이 악몽이 아니고 무엇이란 말인가!"(51)를 되풀이한다. 이처럼 이 소설에서 "화강암 시대"와 "철의 시대"는 과거 식민주의가 낳은 인종주의의 유산임이 분명해진다.

백인인 커렌은 "철의 시대"를 개탄해하고 흑인인 플로렌스는 "철의 시대"를 낳은 "화강암 시대"를 증오하지만, 결국 이들 각각의 증오는 식민주의와 인종주의 담론으로 귀결된다고 할 수 있다. 그러므로 남아공의 경우처럼 탈아파르트시대를 맞이했음에도 불구하고 상황이 타개되지 않는 것은 남아공 문화 전반에 깊게 뿌리내린 인종주의라는 식민잔재 내지 식민유산에 기인한다. 커렌과 플로렌스가 "화강암 시대"와 "철의 시대"를 사이에 두고 서로가 인종적으로 책임을 전가하는 것도 다양한 형태로 인종주의가 끊임없이 남아공에서 "재가동"되고 있기 때문이다.

인종주의 유산은 커렌에게 인종차별과 그 보복이 사라지지 않는 남아공의 역사와 현실을 온통 "악몽"으로 생각하게 한다. 문제의 심각성은 백인과 흑인들이 각각의 입장에서 아이들을 "화강암의 아이들"과 "철의 아이들"로 만들어내면서 보복의 필요성을 내세워 "악몽"마저도 세습시키는 데 있다. 바로 이 악몽을 중심으로 한 내러티브가 바로 『철의 시대』이다. 그러한 악몽의 기저에 칼뱅(Jean Calvin)의 잘못된 교리가 현재까지 악습으로 파고들고 있는 남아공의 현실을 깨닫게 되는 커렌은 칼뱅주의(Calvinism)[4]를 신랄하게

4) 인종차별에 일종의 정당성을 부여한 칼뱅주의는 유대인들이 자신들만이 신의 선택된 민족이

비판하는데, 그 이유는 아파르트헤이트의 정신적인 토대이자 유럽 제국주의의 도덕적 무기가 되어버린 기독교가 인종차별에 정당성을 부여했기 때문이다. 딸에게 보내는 편지에 커렌은 "이 모든 것을 두고 떠난 너는 얼마나 행운인가!"(51)라는 말을 남긴다. 커렌은 보어(Boer)인들이 칼뱅주의를 왜곡해 제국주의의 팽창을 가속화시켰으며, 식민지 정복에서 기독교 교리와 함께 백인이 아닌 모든 인종들은 백인을 위해 존재한다는 선민사상까지 동원하였다는 사실을 인정한다. 그러나 그녀가 인종차별과 흑인들의 폭력에 대해 어떤 입장을 취하더라도 그녀는 백인이라는 인종적 한계로 인해 남아공에서는 쿳시의 입장처럼 딜레마에 빠질 수밖에 없다. 이제 커렌은 흑인 범아프리카주의를 주창한 미국의 사회학자 보이스(Du Bois)의 지적처럼 "어떤 문제가 있다는 것을 어떻게 느낄 것인가?"(1)라는 문제제기에서 복잡하게 얽힌 인종문제로 접근해간다. 커렌의 역사인식의 확대는 현재의 갈등에 대한 폭넓은 역사적 · 사회적 조건의 문제를 기반으로 한다. 이제 커렌은 이러한 인식을 바탕으로 남아공 사회에서 인종과 관련된 불합리한 현실 속으로 본격적으로 접근해 간다.

커렌은 남아공의 인종주의에 관한 구체적인 모순된 현실을 백인경찰의 행태에서 목도한다. 백인경찰은 남아공의 인종주의의 특수성을 보여주는 대표적인 예로, 그들은 백인의 독재정권을 뒷받침해준 강력한 존재로서 흑인들의 고통을 외면한 국가권력의 대리자이다. 베키와 존을 대하는 그들의 태도가 보여주듯이, 그들은 인종적, 정치적 폭력의 지지자들이며 흑인들의 존재와 항의를 침묵시키는 전형적인 지배자의 형상이다. 커렌은 베키가 죽기 전에 자신의 집 부근에서 아프리카너 백인 경찰이 존과 베키를 일부러 위험

라고 주장한 이론에 영향을 미쳤다. 같은 맥락에서, 네덜란드의 보어(Boer)인들은 칼뱅주의를 바탕으로 신의 참된 종은 기독교인인 백인뿐이며, 흑인과 유색인종은 백인을 위해 존재하고 봉사해야 한다는 선민의식을 확대시켜 인종차별정책을 실시했다.

한 상황으로 내몰아 트럭에 부딪치게 하는 것을 직접 목격한다. 두 아이들은 심각한 부상을 당해 앰뷸런스를 불렀지만 앰뷸런스 직원들은 "그다지 심각하지 않습니다"(65)라고 냉정하게 말한다. 커렌은 경찰이 두 흑인 아이들에게 했던 일들을 목격했기 때문에 "경찰들이 그 애들을 밀었어. 끔찍해, 정말 끔찍해. 어제 여기에 왔던 두 경찰관이 그렇게 한 장본인들이야"(61)라고 플로렌스에게 말한다.

그러나 이 사건에 대해 처음부터 말하기를 꺼려하던 플로렌스와 베키는 "우리는 경찰 일에 휘말리고 싶지 않아요. 당신이 경찰에 대항할 수 있는 건 아무것도 없어요"(66)라고 반박한다. 이에 커렌은 "그들에게 맞서야 해. 난 단지 경찰에 대해서만 얘기하고 있는 게 아니야. 권력을 잡은 사람들에 대해 말하는 거야. 그들은 자네가 두려워하지 않는다는 걸 알아야 해"(66)라고 설득한다. 플로렌스는 존의 부모에게 알리기 위해 먼저 존이 실려 간 우드스탁 병원에 전화를 하는데 "그런 환재[존]에 대한 기록은 없다"(67)라는 놀라운 답변만 듣는다. 이에 베키는 "그들은 경찰과 한편이에요. 앰뷸런스나 의사나 경찰이나 모두 똑같아요"(67)라며 의사와 경찰의 공모성에 분노한다. 베키와 플로렌스는 백인 경찰에게 저항하는 일이 남아공에서 얼마나 무모하며 비싼 대가를 치러야 하는지를 익히 잘 알고 있다. 이처럼 『철의 시대』는 피해자 흑인 아이들과 가해자 백인 경찰 간에 벌어지고 있는 전쟁의 폭력이 전체 논의를 더욱 극적으로 몰아가는 데서 극적인 효과를 낳고 있다 (Canepari-Labib 204).

인종주의는 주입된 인종적 차이를 근거로 특정인의 차별을 옹호하면서 인종적 정체성의 구축이 자연스럽고 진정한 것이라고 주장하는 허구적인 이념인 것을 감안한다면, 이 소설의 백인 경찰은 인종주의의 실천자들이다 (McLeod 119). 커렌은 어린 아이들이 부상당하고 심지어는 죽임을 당하는 데에도 백인 경찰이 전혀 양심의 가책을 느끼지 않자 충격을 받는다. 그로 인해 그녀는 베키같은 흑인들이 그동안 백인 경찰에 의해 얼마나 많은 공포 속에서 살아야 했는지를 처음으로 실감한다. 이제야 비로소 고발마저도 자유로울 수 없는 흑인들의 현실적 처지를 깨닫는 커렌은 자신이 백인이라는 사실에 수치스러움을 느끼는 가운데 존과 베키를 대신해 백인경찰에 항의하는 변모된 모습을 보인다.

> "당신[백인경찰]이 그 제복에 자부심을 갖는지 아닌지는 모르겠어요. 하지만, 거리에 있는 당신의 동료들은 그걸 수치스럽게 만들고 있어요. 그들은 나까지 수치스럽게 만들고 있어요. 나는 부끄러워졌어요. 그들을 위해서가 아니라 나를 위해서요. 당신은 내가 직접적인 영향을 받지 않기 때문에 고발하도록 놔두지 않겠지만 나는 아주 직접적으로 그것과 관련이 있는 사람이에요. 당신은 내가 말하고 있는 것을 이해하고 있나요?" (85-86)

이것이 바로 커렌이 깨닫게 된 남아공의 인종적 현실이다. 그녀가 플로렌스에게 "자비 없는 전쟁"(a war without mercy)(49)라고 표현하듯이 인종간의 갈등은 그 끝이 없고 자비조차 들어갈 틈이 없는, 멈추지 않는 전쟁과도 같다. 커렌은 비로소 이런 현실을 인식하고 이를 개인적으로 극복하려는 시도를 모색하게 된다.

전술한 바와 같이, 이 소설의 시대적 배경은 남아공의 현대사회이지만 이 소설의 주요 전경(前景)은 아파르트헤이트 시대라는 과거사이다. 이 과거사를 기준으로 남아공의 백인과 흑인 사이의 폭력은 이제 뒤바뀐 양상을 보인다. 베키가 "철의 아이들"이 되는 것도 이 전도된 양상에서 보복을 수행하기 위해서였다. 그러나 이러한 훈육된 강철같은 아이들은 베키의 죽음을 계기로 그들이 강철이 아니라 한낱 죽음 앞에서 공포스러워 하는 어린아이들에 불과하다는 것이 밝혀진다.

베키가 죽어가면서 마지막에 느꼈을 폭력에 대한 고통과 공포는 스케어리(Elaine Scarry)가 평하듯, 커렌이 아무리 그 고통을 이해하려고 해도 "기본적으로 소통할 수 없는 경험이며, 설령 재현된다 하더라도 거의 불가능한 타자의 고통"(15)일 뿐이다. 커렌과 같은 아프리카너들은 역사상 특권화된 위치상으로 말미암아 비백인들의 고통에 다가서기가 더욱 힘들다. 이들은 유럽식민주의 유산에 저항을 해야 하는 입장이면서 동시에 남아공 원주민들의 저항에 항상 두려워하며 대처해야 한다. 커렌을 포함한 아프리카너들이 처한 상황을 쿳시는 "역사의 침체기에 사는"(Watson 22) 사람들로 요약하는데, 쿳시의 소설에 등장하는 백인 주인공들의 삶은 혼란스런 남아공 사회에서 지금까지도 계속되는 아프리카너들의 삶에 대한 알레고리라 할 수 있다.

그렇다면 쿳시가 『철의 시대』에서 인종문제를 흑인과 유색인종이 아닌 백인여성 서술자 한 명의 목소리로 들려주는 의도는 무엇인가? 죽음을 앞둔 백인 서술자의 시각이 매우 제한적일 수밖에 없다는 차원에서 보면, 인종이라는 이데올로기 측면에서 자칫 편협해질 수 있는 문제점이 제기될 수 있지만, 다른 한편으로 그것은 인종적으로 우위에 있다고 착각하며 살아온 백인 남성들에게 백인여성이자 나이든 어머니인 커렌이 겪는 역사와 현실에 대한 인식의 변화가 큰 파문을 일으켜줄 수 있다는 의미이기도 하다. 이와는 달리 터바니를 비롯한 흑인들에게 커렌은 인종적인 한계를 드러낼 수밖에 없다. 따라서 커렌은 소설의 지배적인 서술주체가 될 수 없을 뿐만 아니라 바로 이점 때문에 주변화된 주체들, 다시 말해 약자이자 타자화된 흑인들의 시각이 개입될 수밖에 없고 그로 인해 그녀는 그들을 차츰 이해해갈 수 있다고 볼 수 있다. 바로 이 점이 『철의 시대』의 탁월한 문학적 성취로 연결되는데, 그것은 『철의 시대』가 쿳시의 어느 소설보다도 흑인들의 목소리를 비중있고 다양하게 들려주기 때문이다. 이러한 특수한 서술방식은 백인여성이 화자이지만 믿을만한 화자인가라는 거듭되는 질문을 제기하면서 흑인들을 통해 서사의 객관성을 끊임없이 심문하기 때문이다.

커렌이 플로렌스, 존, 베키, 터바니와 맺는 관계가 인종담론에 기반한 일종의 정치적 차원이라면, 갈등의 극복은 퍼케일과의 개인적이고 윤리적 만남을 통해서 완성된다. 커렌과 퍼케일의 관계는 남아공의 정치적 차원의 불화를 윤리적 차원에서의 화해로 해결하려는 희망을 암시한다. 커렌의 경우, 퍼케일과의 관계에서 인종이라는 이분법적 구도를 넘어 윤리의 문제가 맞물린 영역으로 이동한다. 이는 작가의 의도로 파악할 수 있는데, 직접적인 가해자가 아니면서 화해의 주체자로 나서는 백인여성 커렌과 퍼케일과의 관계를 통해 쿳시는 인종차별 담론을 객관적으로 들려주기 위함으로 볼 수 있다. 남아공 인종차별 역사에서 커렌이 흑인에 대한 직접적인 가해자가 아니듯이, 퍼케일 역시 백인들로부터 인종차별을 경험한 직접적인 피해자가 아니다. 그럼에도 불구하고 다른 인종적 배경을 지닌 이 두 사람은 처음에 서로를 경계한다. 그러다가 커렌은 존, 베키, 플로렌스 등과 나눈 인종에 관한 경험을 이제 퍼케일과 나누게 된다. 커렌은 "이 시대를 이렇게 만든 사람들에 대해 분노"와 "내 인생을 망쳐놓은 그 자들에 대한 비난"(117)을 포함해 개인의 삶에 침투하는 권력의 영향력에 강한 비판을 한다. 그와의 대화에서 커렌은 "이 나라의 공기에는 광기가 있어요"(117)라는 말에서 남아공은 인종주의의 광기에서 아직 벗어나지 못하고 있다는 현실을 그녀는 비로소 인식하게 됨을 보여준다.

커렌이 공모적 입장에서 이중적인 행위를 보였던 지금까지의 모습에서 탈피할 수 있게 된 계기는 크게 두 가지로 분류할 수 있다. 첫째, 베키와 존의 죽음을 목격하면서 인종과 폭력이라는 사회적 이슈에 관심을 가지면서이다. 둘째는 자신과는 달리 비특권화된 퍼케일과의 만남을 통해 퍼케일을 포함한 주변부의 타자성과 그것의 부당함을 깨달으면서부터이다. 다시 말해 베키와 존의 죽음을 목격하면서부터는 남아공 사회의 정치적, 역사적 맥락을 파악했다면 퍼케일과의 관계에서 개인적, 윤리적인 차원의 깨달음을 터득했다고 볼 수 있다. 개인적, 사회적 각성에 이르는 중요한 단초가 된 이 두 가지 유형의 인간관계에서 커렌은 정치적 현실과 개인적 현실을 모두 수용할 수 있게 된다.

이 소설에서 커렌의 집은 커렌의 윤리적 태도의 변화를 보여주는 공간이다. 딸에게 보내는 편지에 드러나듯 "한때는 나의 집이었고 너의 집"이었지만 "피난의 집, 통과의 집"으로 변모하는 데서, 그녀의 사적 공간은 마침내 "사랑스럽지 않은 것을 사랑해야"하는 공존의 지혜를 보여주는 공간으로 다가온다(136). 이 장면은 커렌이 자기 집착성을 버리고 타자에 대해 열린 자세를 갖는다는 암시이다. 레비나스에 의하면, 주체가 타자에게 마음을 열고 책임을 이행하는 윤리적 주체가 되는 것에는 무엇보다 집과 밀접하게 연관되는 여성이 존재한다(레비나스 150-51). 예컨대, 베키가 죽은 후 존이 병원을 탈출해 그녀의 집으로 피신 왔을 때 그를 받아들이는 데서 타자에 대한 그녀의 윤리적 태도는 확연히 드러난다. 처음에 커렌은 그녀 집 앞에서 존을 보았을 때 그를 본능적으로 싫어하고 반감까지 가졌었다. 그러나 이제 그녀는 퍼케일에게 그러했듯 타자에 대한 윤리적 응답으로 존을 숨겨준다. 커렌의 집에 숨어 있는 존을 찾기 위해 온 경찰이 "당신은 저 애가 무기를 갖고 있다는 걸 알고 있었나요?"라고 묻자 커렌은 "무기 없는 사람이 살 수 있는 세상이던가요?"라며 존을 방어한다(154). 백인 경찰들이 무작정 총을 쏘아 베키에 이어 존을 살해하는 것을 목도하면서, 그녀가 국가폭력 앞에 무방비 상태에 놓여 있는 흑인들에 대한 연민과 더불어 백인정부에 대한 "수치, 굴욕, 생중사"(86)의 감정을 느끼는 것도 바로 타자에 대한 배려에 기인한다.

커렌의 변화된 인식과 윤리적 행위를 살펴보기 위해서는 퍼케일과의 관계를 보다 자세히 분석해볼 필요가 있다. 퍼케일은 주변부 하위계층임에도 불구하고 커렌과의 개인적 관계에서 인종담론과는 무관한 인물로 드러난다. 그는 다만 묵묵히 커렌의 이야기를 들어주는 등 개인적이고 인간적인 차원으로만 대면하고 반응하기 때문에 인종적 · 정치적으로 갈등관계를 보이지 않는다. 그는 말기암 환자로서의 커렌이 겪고 있는 두려움을 공유하는 유일한 인물이다. 그녀가 흑인들과 나누는 모든 이슈들에 대해 그는 비판을 하거나 반응을 보이지 않는다. 심지어 구굴레투에서 충격적인 장면을 함께 목격하고 그녀가 터바니와 남아공 현실에 대한 극단적인 논쟁을 벌일 때조차도 그녀를 그저 지켜볼 뿐이다. 소설 초반부에서 퍼케일은 단지 늙은 부랑자에 불과했지만, 후반에 이르러서는 "초대받지 않았지만 자신에게 다가온 남자"(179)로서 그녀가 당연히 대면해야 할 인물로 부상한다. 따라서 커렌은 자신의 가장 소중한 딸보다도 부랑자 퍼케일이 더 진실되고 가까운 존재로 느껴진다. 이처럼 커렌의 관심의 대상이 멀리 떨어져 사는 딸보다 가까운 이웃이자 부랑자인 퍼케일로 바뀌는 순간은 백인 중심, 가족 중심에서 타인종, 이웃에 대한 이해와 관심으로 전환되는 윤리적 각성의 순간이라 할 수 있다.

> 세상에 있는 모든 사람들 중에서, 이 순간에, 내가 가장 잘 아는 사람은 누구일까? 그. 그의 모든 수염. 이마의 모든 주름. 네가 아니라, 그. 왜냐하면 그가 여기에 있기 때문에, 내 옆에, 현재. (162)

커렌에게 과거의 퍼케일은 악취 나는 부랑자에 불과했지만 이제 "냄새가 전혀 나지 않는"(198) 새로운 존재로 다가온다. 커렌이 그를 포옹하는 장면은, 비록 지금 서로에 대한 완벽한 이해에는 못 미치지만 화해를 향한 희망의 알레고리이다. 커렌의 변모는 퍼케일에게도 영향을 미친다. 그 역시 커렌처럼 자신의 나라에서 일어나는 정치적 소용돌이를 점차 이해하게 되고, 커렌이 처음에 말기암에 걸렸다는 소식을 접했을 때보다도 그녀에 대해 더욱더 관심을 갖는 인물로 변모해 간다(Jordan 24). 소설 초입부에서 퍼케일은 베일에 가려있던 인물이었지만 소설 말미에 이르면 암투병인 커렌의 마음을 움직일 정도로 그녀에게 지속적으로 관대함과 솔직함을 표현할 줄 아는 인물로 발전한 것이 그것이다. 이 두 사람의 관계에서 보여지듯, 타자에 대한 이해와 배려는 타자를 변모시키는데 그것은 인종주의 철폐와 같은 거대담론적 차원에서가 아니라 개인과 개인 간의 미시적이며 사적, 윤리적 관계에서 성취된다.

이제 커렌은 자신의 유일한 대변인이자 애착의 대상이었던 딸을 더 이상 그리워하지 않는다. 그녀는 인종적 · 계급적으로 약자에 속했던 퍼케일을 향한 윤리적 부름을 실천하고 퍼케일은 윤리적 응답을 보낸다고 볼 수 있다. 커렌이 각성해가는 과정에서 보이는 본격적인 윤리적 성찰은 남아공이 이미 "선한 사람인 것으로 충분하지 않은" 역사의 질곡의 시대에 처해있지만(165) "아이는 선택할 수 없는 법이에요. 아이는 그저 올 뿐이죠"(71)라는 발언에서 알 수 있듯, 퍼케일을 아이의 존재처럼 운명적으로 받아들이는 데서 잘 드러난다. 이들이 맺는 관계는 사회적, 인종적 차원에서의 적대적 관계가 아니라 개인적 차원에서의 타자를 수용하는 것이라 할 수 있다. 커렌은 처음에는 인간적인 관계를 맺기에 실패할만한 인물로 내비쳤지만 커렌 자신이 먼저 그를 믿어야 한다는 타자수용의 자세로 바뀌고 있다(130). 이렇게 되기까지의 변화는 그녀 자신이 속하는 아프리카너들의 태도와 사고방식을 벗어나려는 개인의 깊은 고뇌와 성찰에서 비롯되었다고 볼 수 있다. 따라서 커렌이 퍼케일에 이어 존을 받아들이는 것도 궁극적으로 다인종 남아공 사회에서 주변화 된 타자를 수용하려는 개인의 실천적, 윤리적 행위로 평가될 수 있다.

소설 후반부에 이르러 커렌과 퍼케일은 서로를 마주보며 웃음을 주고받는다. 이것은 개인적인 화해를 넘어 이제 인종간의 화해에 이를 수 있음을 의미하기도 한다. 인종차별의 현실을 제대로 경험한 후의 개인적 실천에서 나오는 화해의 웃음은 가족의 틀에 얽매이지 않고 서로를 이해할 수 있는 타자에 대한 배려로 볼 수 있다. "이 글이 거듭하여 나를 아무런 생각도 없는 상태에서 생각을 하기 시작하는 상태로 데리고 간다"(194)에서 볼 수 있듯, 커렌의 시각에서 진행되는 자유로운 서사의 중심에는 퍼케일이 있다. 이 같은 의미에서 『철의 시대』를 정치적인 해석보다는 타자와의 윤리학으로 쟁점화시킨 요는(Yoeh)는 커렌 대신 퍼케일을 초점화한다. 요에 의하면 타자에 대한 수용을 먼저 실천하는 능동적인 인물이 퍼케일이다. 그가 먼저 커렌의 이야기를 들어주면서 타자의 침묵화된 세계에 다가가 윤리적 부름을 시도한다는 것이다. 중요한 것은 누가 더 타자를 받아들이는 주체적 인물인가의 문제라기보다는 두 사람의 서로에 대한 수용과정 자체가 의미를 지닌다는 점이다.

4. 정치적인 사유에서 윤리적인 성찰로

이 소설에서 드러나는 중요한 특징은 정치와 윤리에 대한 기본적인 문제들을 담론화하는 가운데, 백인과 흑인 그리고 유색인종과의 관계에서 드러난 타자의 문제를 중점적으로 부각시킨다는 점이다. 그런 의미에서 쿳시의 작품은 정치적인 사유를 윤리적 통찰력으로 승화시킨 텍스트로 평가받을 수 있다. 특히 그의 소설은 남아공의 과거사에 대한 반성을 통해 신뢰할 수 없는 타자까지도 수용하도록 한다는 점에서 포스트식민적 의지를 실천해 간다고 평가될 수 있을 것이다. 이와 같이 쿳시의 포스트식민적 상상력은 인종주의 비판에 개인의 윤리적 성찰을 접목시킨 주제로 일관되게 형상화 되어왔다.

『철의 시대』는 주인공이 남아공의 아파르트헤이트 역사의 파편화된 현재를 비판하는 가운데 타자의 윤리문제를 결부시켜 남아공 현실에 점차 관여해 가는 과정을 보여준다. 남아공의 역사에 백인의 내재된 인종주의적 욕망을 드러내고 구굴레투 현장의 폭력을 형상화하는 쿳시의 글쓰기는 애트웰의 지적처럼, 역사적 비전과 윤리적 통찰력을 통합시키고 있다(Attwell, *Doubling the Point* 1). 쿳시의 소설 중에서 『철의 시대』가 남아공의 정치학을 가장 직접적으로 드러낸 소설이라고 할 수 있는 이유는, 백인여성을 주인공으로 삼았으면서도 약자와 주변인에 해당하는 흑인들의 삶에 중점을 맞춰 전개되기 때문이다. 은퇴한 아프리카너 백인여성 지식인이 남아공의 인종적 현실을 깨닫고 나름대로 윤리적 실천을 할 수 있게 된 데는 커렌 주변의 흑인들의 역할이 크다고 볼 수 있다. 평생 동안 자신의 나라에서 무엇이 중요하게 진행되고 있는가에 거의 관심을 보이지 않았던 커렌이 마침내 남아공의 차별과 착취의 정치에 자신도 공모자의 일원임을 인정하는 단계는 커렌의 윤리적 성찰에 있어 중요한 단계이다(Canepari-Labib 110). 그녀가 백인의 공모자적 시선을 인정함으로써 퍼케일을 비롯한 흑인 타자들과 연대할 수 있는 가능성을 모색했다는 점은 긍정적인 의미를 지닐 뿐만 아니라 정치적 차원을 넘어 윤리적 차원에서 타자에 대한 책임감을 환기시켜 준다. 이 같은 점에서 『철의 시대』는 타자에 반응하려는 끊임없는 시도이자 윤리적 응답이다. 나아가 커렌의 서사처럼 작가 자신의 글쓰기는 "타자를 신뢰하는 행위"(Attridge, *Ethics of Reading* 100)로 풀이될 수 있다. 그러므로 『철의 시대』에서 윤리의 문제는 정치적인 인종담론과 별개로 존재하는 영역이 아니라 인종담론의 한계성을 보완시켜 주는 영역으로, 남아공에서 윤리적인 포스트식민화를 추구하는 과정에 있어 반드시 탐색되어야 할 주제라 할 수 있다.

* 이 글은 「인종적 화해를 향한 포스트식민 윤리: J. M. 쿳시의 『철의 시대』」, 『현대영미소설』. 16.1 (2009): 29-60쪽에서 수정·보완함.

제10장

문명과 야만의 경계 지우기
–쿳시의 『야만인을 기다리며』

1. 포스트식민 문학에 대한 점검과 반인종주의

"아프리카는 전혀 역사를 갖지 않으며 어떤 발전도 보이지 않는다"(99)라는 헤겔(Georg Wilhelm Friedrich Hegel)의 선언은 서구는 문명이며 아프리카는 야만이라는 이분법적인 해석을 가시적으로 공고히 하는 데 기여했다. 이러한 해석을 근간으로 하는 서구중심 학문에 힘입어 아프리카 대륙은 역사가 없는 "야만"을 상징하는 공간이 되었으며 '야만인'은 백인들이 타자화시킨 인종의 열등성을 부각시키기 위해 사용된 개념임은 주지의 사실이다. '문명'과 '야만'의 도식화된 정의에서 드러나듯, 서구가 재현해 온 타자의 실체와 왜곡된 현실 사이의 간극을 메우는 일은 포스트식민 담론의 주요작업이지만 이 과정은 그다지 수월하지 않았다. 서구 중심의 식민지배 이데올로기를 담보하고 있는 식민담론이 피식민을 왜곡되게 재현하거나 침묵화시킨 영향력이 강력하기 때문이다. 특히 아프리카 대륙은 식민담론에 의해 정치적·사회적·역사적 맥락에서 체계적으로 야만화되고 주변화 되어 온 대표적인 경우에 속한다. 그러나 축적된 식민상황은 아프리카 문학을 포스트식민 문학의 선두에 서게 하는 원동력으로 작용하면서 인종주의를 중심으로 한 식민사를 가장 극적으로 재현하는 공간이 되게 한다.

타인종을 식민화시킨 서구 지배세력과 권력에 대해 비판적으로 바라보려는 저항은 지배 담론에 맞서는 새로운 대안이 된다. 그러나 저항의 과정에서 나타난 포스트식민주의 문학이 발전을 거듭하는 동안 그 논의가 정치적인 차원에 한정되고 있다는 비판이 커지면서 포스트식민 문학에 대한 점검 역시 요구되고 있다. 쿳시(John Maxwell Coetzee, 1940-)는 이러한 시기에 정치 너머 윤리의 문제를 넌지시 이야기하며 양적, 질적으로 성장했지만 딜레마에 빠진 영어권 문학에 성찰의 계기를 마련해준 작가이다. 쿳시는 자신의 소설을 통해서 "정치적 담론이 아니라 소설 담론"(Parry 20)과 관련된 것을 성취하고 있다. 그는 남아공의 정치적, 인종적, 윤리적인 갈등의 상황을 역사적 취지를 흉내 내듯 재현하기보다는 "정서적인 반응을 통해 과거 역사에 맞서고 있는(Durant, "Bearing Witness" 460)" 작가이다. 쿳시는 『야만인을 기다리며』(*Waiting for the Barbarians*, 1981)에서 식민주의의 강요에 대한 정치적 저항보다는 잠재되어 있는 제국주의에 대한 윤리적 점검에 관심을 기울이며 과거의 지속적인 비난에 응답한다. 이것은 식민성을 극복하고자하는 바램들을 발전시켜 온 포스트식민주의 문학이 『야만인을 기다리며』에 이르러 획일화된 정치담론에서 설득력 있는 윤리담론으로 확대되기 시작한 것을 입증한 예라 할 수 있다.

쿳시의 소설들은 남아공 사회에 깊게 뿌리박힌 인종문제와 관련된 역사적 과오들을 주로 특권화된 계층의 백인 주인공들을 필두로 전개된다. 흑백의 첨예한 갈등이 주를 이루는 사회상 때문에 정치지향적인 리얼리즘 작품이 주를 이루는 남아공 문단은 쿳시가 백인 주인공을 중심으로 정치담론에 대해 우회적인 글쓰기로 회피하지 않는가라며 비난해 왔다. 소수의 백인이 다수의 흑인과 유색인종을 지배한 남아공의 특수한 역사적 상황에서 그와 같은 백인 작가들이 비판의 대상이 되는 이유는 크게 두 가지 측면에서이다. 첫째, 아프리카의 수탈의 역사가 유럽식민주의자들에 의한 것이 명백한 상황에서 쿳시와 같은 백인 작가가 서술하는 인종담론이 과연 객관적일 수 있는가라는 의문에서이고, 둘째, 그가 정치적인 담론에 참여는 하지만 인종주의가 빚어내는 문제들을 대부분 정면에서 폭로하지 않는다는 측면에서이다.

그러나 쿳시가 우려하는 바는 문학이 정치적 이념에 갇힌 채 그 나머지 영역을 성찰하지 못하게 되는 문학적 현실에 대한 것이다. 바넷(Clive Barnett)에 의하면, 쿳시의 모든 소설의 주제에는 정치적 글쓰기와 미학적 글쓰기의 양가성이 담겨 있는데, 쿳시는 알레고리적 서사를 사용함으로써 정치적 현실만 조명하지 않는다(297). 그가 남아공 작가들을 비롯해 포스트식민 계열의 다른 작가들과 구별되는 특징이 있다면 자신의 소설이 정치적으로만 전유되는 것을 경계한다는 점이다. 최근 들어 쿳시가 새롭게 조명을 받고 있는 것도 그의 서사가 지닌 다층적인 의미생산의 기저에 인종주의 정치학과 윤리라는 주제가 탐색되면서 그의 소설을 통해 새로운 포스트식민적 비전을 제시하기 때문이다. 갤러허(Suzan Gallagher)가 주장하듯, 남아공의 흑인 작가들은 문학을 정치적 차원으로 간주하는 것에서 벗어날 수 없지만 백인 작가들은 자신들의 사회를 특징짓는 만연한 불의에 대해 스스로 윤리적 책무를 가져야 한다(23). 갤러허의 주장대로라면, 백인작가인 쿳시의 글쓰기는 반인종주의 정치학의 맥락에서 작가 스스로 설정해놓은 윤리적 책무를 저버리지 않는 포스트식민 글쓰기라 할 수 있다.

그렇다면 윤리의 문제를 중심으로 내세워 식민주의 담론에 맞서 온 쿳시가 『야만인을 기다리며』를 통하여 지금까지 논의되어 온 포스트식민주의 문학이 갖는 한계성을 어떤 방식으로 극복하면서 인종, 계급, 젠더의 주제를 이야기하는지 살펴볼 필요가 있다. 작가는 화자를 통해 체제 이데올로기의 허구성을 안으로부터 폭로함과 동시에, 그것에 대한 자신의 공모성을 부각시키면서 제국에 연루되어 있는 지식인의 현실을 날카롭게 지적한다. 제국이 식민화를 수행하는 과정에서 원주민에게 가한 비인간적 행위와 폭력이 화자인 치안판사에게 어떤 반응을 불러일으키는가의 과정에 타자에 대한 윤리적 성찰의 문제가 대두된다.

이러한 성찰과정은 작가의 다른 소설에서는 주인공들이 인종적 타자에게 지나친 동정을 보이지 않았던 것에 비해 『야만인을 기다리며』의 치안판사(Magistrate)는 그들에 대한 동정과 함께 좀 더 복잡한 심리를 표출하는데서 파악된다. 치안판사는 야만인들에 대한 연민을 가지면서도 제국주의자의 신분을 온전히 버리지 못한 가운데 도덕적, 윤리적 책무 앞에서 자유롭지 못한 내적 심리를 보이기 때문이다. 작가는 공모자의 심리를 위주로 제국주의자들이 자신들의 이데올로기를 수행하는 과정에서 보여준 윤리적인 문제를 지적한다. 이 같은 맥락에서 그간 정치적, 역사적 대안만을 모색해 온 포스트식민 문학이 쿳시의 소설에 이르러 윤리적 성찰을 전개해나가면서 어떻게 새로운 포스트식민 문학의 대안으로서 중요한 목소리를 갖는지 분석할 것이다. 나아가 제국주의자와 야만인들과의 관계에 함축되어 있는 공모성에 주목해보면서 주인공의 윤리적 양심이 제국주의의 현실에 투영되면서 쿳시가 들려주고자 한 반인종주의 윤리학의 현재성을 살펴볼 것이다.

2. 제국주의자의 자기만족적 동정심과 공모성

『야만인을 기다리며』는 제국과 야만의 문제를 표면화시켜 국제사회에 부정적으로 상징화된 문명과 야만이라는 질서를 과거와는 다른 방식으로 해체해 나간다. 『야만인을 기다리며』는 남아공의 국가폭력과 테러의 시기를 배경으로 제국주의의 소행이 아프리카뿐만 아니라 전 지구적으로 만연해 있음을 암시하고 있다. 그것은 유럽 제국주의의 거짓 논리에 기반한 문명 대 야만이라는 이분법적 사고가 인종주의 이데올로기와 결탁하여 전 지구적인 보편적인 현상으로 나아가고 있음을 보여주기 때문이다. 그런 의미에서 이 텍스트에서의 인종주의는 인종간의 차이를 극한까지 밀어붙이고 그 다음 타자를 부정적인 근거로 다시 끌어들이는 역할을 한다(네그리 262). 쿳시는 특히 "야만인"이란 개념은 백인들이 타자화된 유색인종의 열등성을 내재화하여 효과적으로 권력을 빼앗기 위해 붙여진 이름에 불과함을 역설적으로 보여준다.

이미 역사적으로 입증된 바와 같이, 유럽식민주의는 원주민들의 영토를 식민지화했을 뿐만 아니라 이들의 문화적 정체성이나 상상력까지도 식민지화했다. 쿳시의 『야만인을 기다리며』는 이 같은 역사적 맥락에서 포스트식민 정치학의 필수조건이라 할 수 있는 제국과 야만, 그리고 제국의 실현을 위해 백인의 공모성과 같은 "제3의 공간"을 통해, 은폐된 제국의 영역을 파헤쳐 총체적으로 남아공의 현실을 상기시키고자 하는 데 초점을 두고 있다(Canepari-Labib 27). 『야만인을 기다리며』에서 쿳시가 특히 관심을 기울이는 부분은 식민권력에 대해 정치적인 입장에서 저항을 하면서도, 겉으로 드러나지 않은 채 그 모순적 뿌리가 깊숙이 잠재되어 있는 문화 제국주의에 대한 윤리적 성찰이라 할 수 있다. 이 소설에 이르러 정치담론이 윤리담론에 접목되어 쿳시의 포스트식민 문학의 비전이 새로운 차원으로 설득력 있게 구체화 된다고 볼 수 있다. 쿳시가 시도한 이러한 접목은 제국주의 담론을 파헤치는 수준에서 한발 나아가, 타자성에 대한 관심을 환기시켰다는 점에서 중요한 의미를 지닌다. 이 소설에서 원주민이라는 타자에 대한 관심은 크게는 서구가 비서구 타자에 대한 윤리적 책임감을 가져야 하며 윤리는 그저 인식의 문제가 아니라 관계에 대한 요구라고 강조하는 스피박(Spivak, *The Spivak Reader* 5)의 비평적 전략과 일치한다. 그것은 인종주의를 비롯한 정치적 재현이 갖는 한계는 윤리성에 의해 극복되어야 한다는 점에서이다. 그렇다면 쿳시가 이 소설에서 어떤 전략을 구사하여 이러한 글쓰기를 전개해 나가는지 분석해 볼 필요가 있다.

주인공이자 화자이며 "이름 없는 제국"(unnamed empire)의 변방의 치안판사(Magistrate)는 매우 복합적인 인물로 드러난다. 그것은 그가 야만인들에 대한 연민을 가지면서도 제국주의자의 신분을 온전히 버리지 못한 가운데 윤리적 책무 앞에서 자유롭지 못한 그의 내적 심리를 보여준다는 점에서이다. 치안판사의 '야만인'에 대한 배려와 관심이 제국과 야만의 경계에서 갈등으로 바뀐다는 점은 이 소설에서 주목을 요하는 과정이다. 그는 식민주의라는 원죄 때문에 피식민주의자들에게서 환영을 받지 못하는 백인 식민주의자들의 범주에 포함되면서도 졸(Joll) 대령과 같은 식민주의자들을 고발하고 폭로하는 역할을 한다(왕철, 『J. M 쿳시의 대화적 소설』 181). 말하자면 그는 극단적인 제국주의자를 대변하는 졸 대령같은 인물은 아닐지라도 치안판사로서 제국의 법을 수호하는 데 기여한다는 점에서 일종의 공모적 인물이라 할 수 있다.

그럼에도 불구하고 치안판사가 졸 대령과 큰 차이를 보이는 것은 그가 야만인들에 대한 윤리적 성찰과 반응을 보인다는 점이다. 이처럼 소설이 전개됨에 따라 주인공의 제국에 대한 공모적 수행과 타자에 대한 윤리적인 실천, 그리고 그 경계선에서 이 소설은 시간적 · 공간적 배경이 정확하게 밝혀지지 않는 가운데 "변방"이라는 지역만 언급된다. 그 이유는 소설의 배경이 남아공의 현실을 염두에 둔 것이지만 그보다 아프리카, 나아가 세계 주변부의 현주소를 암시적으로 담고자 하는 작가의 의도로 볼 수 있다(Marais, "Little Enough" 321). 이러한 장치는 남아공에서 구체적으로 펼쳐지는 정치권력 구조의 변화를 남아공-아프리카-세계라는 점진적인 큰 틀에서 살필 수 있게 할 뿐만 아니라 식민주의, 후기 식민주의, 신식민주의라는 더 넓은 역사적 상황으로 재현할 수 있는 이점을 제공하기 때문이다(Watson 13).

이 소설의 서사전략이 갖는 중요한 특징은, 화자가 아프리카의 현실을 이야기하면서 제국주의 담론만을 제시하고자 한 것이 아니라, 제국주의에 저항하는 자신 같은 인물들조차도 그 공모성으로 인해 제국주의자의 또다른 모습에 지나지 않음을 환기시키는 데 있다. 이 소설은 공모성을 부각시켰다는 점에서 쿳시의 소설 가운데 가장 많은 호평을 받아왔음에도 불구하고, 식민주의를 종식시킬 해결책을 제시하지 않았다는 비판을 받아온 것도 사실이다(Penner, *Countries of Mind* 75).

그러나 이러한 비판은 쿳시가 식민주의의 병폐를 진단하는 과정에서 현실적이고 실천적인 정치적 글쓰기로 사회적 불의에 대처하고 있음을 간과하고 있다. 이 소설에서 "야만인들은 더 이상 존재하지 않는다"라는 선언에도 불구하고 야만인들의 역할이 만들어지고 있음을 강조하는 데서 알 수 있듯, 쿳시는 야만인을 만들어내는 작업이 정치와 군사 그리고 경제적 차원을 넘어, 문화와 교육 분야로 확대되어 지속되고 있음을 예리하게 전달한다. 이것은 아프리카에서 인종주의가 인종적인 증오를 유발하는 생물학적 결정론에서 문화적 결정론, 즉 문화적 기표로 이동하고 있음을 의미한다(Dunn, 153).

『야만인을 기다리며』는 "제국을 위해 봉사하는 책임 있는 관리"(8)인 치안판사의 독백의 내러티브로 시작된다. 그는 누구보다도 자신이 봉사해야 할 "제국"의 문제점들에 대해 예리하게 인식하면서도, 이미 제국주의 건설의 동조자가 되어 있는 자신의 모습에 자조를 보내는 양가적인 인물이다. 치안판사로서의 비교적 평온한 삶을 살아온 그에게 변화가 시작된 것은 변경 저 너머에 존재하는 야만인들이 제국의 안전을 위협할 것이라는 소문과 함께 "장사꾼들이 야만인들로부터 공격을 받고 . . . 가축의 도난이 빈번하게 되어"(8) 졸 대령과 군대가 파견되면서부터이다.

야만인을 토벌한다는 명분으로 나타난 졸 대령은 제국을 수호하기 위해서라면 모든 수단방법을 마다하지 않는 잔인한 폭력주의자이다. 타자에 대한 배려는 전혀 찾아볼 수 없을 정도로 그는 윤리적으로 눈이 먼 인물이기 때문이다. 그가 타자를 윤리적 차원에서 고려하지 않는 단적인 예는, "제국은 그의 수행자들이 서로를 배려하는 것을 원하지 않는다. 다만 자신들의 임무만을 수행하기를 바란다"(6)는 명령에서 단적으로 드러난다. 졸이 성취하려는 절실한 계획은 유목민에 불과한 원주민들을 신속하게 습격하여 더 많은 죄수들을 붙잡는 것이다(11). 졸이 야만인들을 가혹하게 심문하고 고문하는 행위는 제국의 위상을 확고히 하기 위해 원주민을 '야만인'과 '적'으로 동일화시키려는 의도에서 비롯된다(Craps 62). 이러한 의도를 인식한 치안판사는 제국의 잔인성에 절망한다.

이 소설에서 묘사되는 "야만인들"은 남아공에서 백인을 제외한 흑인과 유색인종 전체를 지칭하는 표현이자 중요한 알레고리이다. 여기에는 주로 "원주민"이 포함되는데 "원주민"이란 말은 자동적으로 "악"을 의미하는 알레고리이다(JanMohamed, *The Economy of Manichean Allegory* 86). 실제로 제국의 눈에는 어부인 원주민들이 "이상한 말소리와 굉장한 식욕, 동물처럼 수치심도 없는 행위와 격한 성격을 보여주면서 사람들의 눈요깃감"(19)이라는 점에서 야만인의 한 부류가 된다. 졸 대령과 그 부하들은 "낯선 사람을 두려워하고 갈대 속에 숨기나 하는" 원주민들에게 "야만인들"이라는 새로운 이름을 지어주는 것에 그치지 않고, 급기야는 그들을 제국의 질서에 위협적인 존재로 간주하기에 이른다.

유럽식민주의는 완전히 새로운 종류의 인간존재를 창조하였는데 그것은 "원주민"이란 이름이었다(이경순, 「포스트식민주의 페미니즘」 91). 이렇게 날조된 "원주민"은 어느새 "야만인"이라는 명칭으로 자연스레 대치된다. 그리고 제국이 명명한 야만인 존재 자체는 호명되는 순간부터 "문명"에 해를 가하는 적이 된다. 이 같은 이분법적 대립관계는 서구 기독교 사회가 이교도들을 정의할 때 동일하게 드러난다. 아프리카의 경우, 기독교는 문명이고, 이교도는 야만이라는 잘못된 방식 때문에 타락한 식민주의자이자 인종차별주의자가 양산될 수밖에 없었고, 그 피해는 고스란히 유색인종에게 돌아오게 된다(Césaire 33). 그리고 이 구도로 인해 식민과 피식민 관계는 아프리카의 인종적, 역사적인 비극으로 이어졌다고 볼 수 있다. 식민주의자가 정의한 표준적인 도식관계에 의해 본질이 뒤바뀌어버리는 현상에 강력히 대항하는 반식민 이론가 세제르(Aimé Césaire)가 간파한 서구식민주의의 이분법적 구도는 『야만인을 기다리며』에서 야만인과 제국주의자 관계에 그대로 적용된다.

제국의 질서를 수호하는 치안판사는 정치적인 차원에서 보면 분명 제국주의자의 편에 서 있으며 제국주의를 실현하는 과정에서 반드시 필요한 인물이다. 그러나 개인적이고 윤리적인 차원에서 보면 그는 제국주의자의 입장과는 반대편에 서 있는, 어느 정도 양심적인 인물로 볼 수 있다. 그를 양심적인 인물이라고 평가할 수 있는 이유는, 특히 주변인에 대한 그의 온화

한 관심 때문이다. 그렇지만 치안판사의 타자에 대한 연민과 그 연민 속에 문득문득 드러나는 제국에 대한 공모적 시선이라는 양가성으로 인해 독자는 치안판사가 "야만인"과 "야만인 소녀"(barbarian girl)에게 보내는 따뜻함이 어떤 성격을 띠는지 그 의미를 헤아리는 데 유보적 입장을 취할 수밖에 없다. 그것은 그가 야만인을 향해 윤리적인 반응과 연민을 보여줌에도 불구하고, 그의 연민이 지속적이지 않고 제국과의 공모자적 입장을 취한다는 데서 불확실한 입장을 드러내기 때문이다. 이에 대해 독자는 그의 연민이 타인종을 배려하는 데서 나온 것인지, 혹은 제국주의자의 자기만족적 동정심에 불과한 것인지에 의구심을 갖는다. 먼저, 졸 대령이 부하들에게 야만인들을 잡아들이라는 명령을 듣고 치안판사가 어떤 반응을 보이는지 살펴보도록 하자. 그는 끌려 온 순진한 어부들이 제국의 기준으로 폭도로 분류되는 것에 대해 그의 부하에게 다음과 같이 항변한다.

> "이들이 그저 고기나 잡아먹으며 살아가는 어부들이라는 걸 아무도 그 사람[졸]한테 얘기해주지 않았단 말이냐? 이들을 여기로 데리고 오는 것은 시간 낭비란 말이다! 자네는 그 사람이 도둑이나 산적, 제국의 침략자들을 찾아내는 일을 도와주게 돼 있었잖아! 이 사람들이 제국에 위험한 존재처럼 보이던가?" (17)

그의 발언에서 볼 수 있듯이 치안판사는 "야만인"으로 규정되는 어부들을 한편으로는 제국에 위협을 가하기에는 턱없이 어리석고 미약한 존재로, 다른 한편으로는 제국의 존재조차도 인식하지 못할 만큼 자기영역에서 순수하게 살아가는 부류로 여긴다. 이들은 "독한 술에 노예가 된 거지들과 부랑자"라든지, "게으르고 부도덕하며 더럽고 어리석은"(38) 사람들이라든지, "낯선 사람들을 두려워하고, 갈대 속에 숨기나 하는 그들이 제국에 대한 거창한 야만적 음모에 대해 알기나 할까"(18)로 평가될 만큼 야만인과 거리가 먼 사람들이다. 원주민 어부들에 대한 제국주의자들의 잘못된 처우를 지켜본 치안판사는 "문명이라는 게 야만인들이 가진 미덕들을 타락시키고 그들을 종속적인 존재로 만드는 것이라면, 나는 문명에 반대하는 입장"(38)이라는 양심적인 고백을 하기에 이른다. 그의 고백은 제국이 평범한 어부들을 야만인으로 단정해버림으로써 제국과 문명인들에게 승리와 절대적 지위를 보장해 준다는 것을 여실히 보여준다. 웨더포드(Jack Weatherford)는 문명이 야만을 어떤 방식으로 창조해 냈는지를 다음과 같이 언급한다.

> 가장 야만적인 생활 방식은 이제 우리의 가장 현대적인 도시 한가운데서 발견된다. 우리는 한때 원시 부족에게 뒤집어 씌웠던 것보다 훨씬 더 나쁜 야만을 만들어 냈다. 문명은 문명이 품고 있던 최악의 두려움을 현실로 만들어 냈다. 문명 스스로 수천 년 동안 두려워하며 남에게 투사시켰던 바로 그 야만을 만들어 내 버린 것이다. 야만은 문명 내부에 자리 잡았다. 문명은 야만을 만들고 북돋아 준다. (468)

웨더포드의 지적처럼 『야만인을 기다리며』에서도 제국은 "야만인"이라는 존재하지 않은 허구적 타자를 만들기에 그토록 주력한다. 그것은 제국이 부정적인 이미지의 "야만"을 만들어냄으로써 더 허구적인 "문명"을 탄생시키고 확립시키는 일에 급급하기 때문이다. 바로 이 같은 맥락에서 『야만인을 기다리며』는 서구 제국주의가 원주민에게 가한 문화적 왜곡과 언어적 폭력이 남아공의 인종적 갈등, 그리고 전 지구적인 인종적 갈등과 폭력의 근원이 되고 있음을 서술하고 있다.

『야만인을 기다리며』에서 가장 큰 아이러니는, "야만인"이란 표면적으로 제국이 붙여놓은 이름에 불과하지만 실제로는 바로 그 제국주의 주체들이

야말로 "야만인"이라는 점이다. 치안판사의 눈에는 평범한 원주민에게 폭력을 휘두르는 졸 대령과 제국이 야만인들일 수 있고, 졸 대령의 입장에서는 원주민에 해당하는 "야만인"뿐만 아니라 이들에게 동조한 치안판사도 야만인일 수 있다. 왜냐하면 소위 비문명인인 "야만인"의 편에 서는 치안판사는 제국주의가 경계하는 오염된 인물, 즉 "토착화된"(going native) 인물로 간주되기 때문이다. 나아가 영문도 모른 채 야만인 취급을 당하는 "야만인들"의 입장에서는 일말의 양심도 없는 제국을 야만인으로 여길 수 있다. 여기에서 주목할 점은 제국은 원주민들을 "야만인"이라고 호명하는 순간 문명이라는 새로운 질서를 구축하게 되고 원주민들은 타당한 근거 없이 야만인들로 불려진다는 점이다. 이처럼 "야만인" 호칭은 아프리카 식민사에서 아프리카 원주민을 보는 유럽인의 시각을 그대로 반영해 왔으며 야만성은 스스로 존재하는 대상이 아니라 그 이름을 부여받은 상징화된 질서 속에 존재한다(루드글리 12).

그렇다면 유럽역사에서 볼 때 "야만인"(barbarian)이라는 명칭은 언제, 어떻게 사용되었는가? 이 명칭은 로마인들이 자신들을 "문명화"된 존재로 보고 나머지 켈트족, 게르만족, 훈족 등 수많은 유럽종족을 폭력적이고 미개한 존재로 일컫는 데서 기원한다. 다시 말해 로마인들에 의해 폭력적이고 미개한 종족으로 단정되어 버린 "야만인"은 승자가 만들어낸 날조된 역사의 피해자로 전락했다는 뜻이다. 자신들의 인종에 대한 우월성을 토대로 다른 인종에 편견을 보임으로써 적대적 태도를 취하는 이 같은 인종주의는 이후 식민주의로 확대된다. 대영제국을 포함한 유럽의 식민주의는 식민지를 거느린 종주국들에서 형성된 "원주민"에 대한 편견이 그리스인과 로마인이 가졌던 편견을 그대로 답습하고 있기 때문이다(루드글리 11). 답습된 인종주의는 제국이 팽창하는 과정에서 식민주의와 결탁하면서 제국주의의 음모 수행을 더욱 공고히 하게 되었다. 실제로 『야만인을 기다리며』는 이러한 인종담론의 역사적 배경을 전경으로 하고 있다. 이 소설에서 졸 대령이 인식하는 원주민들은 이제 야만인들이며 "가장 어두운 오지"에 사는 상상의 존재에서 현실의 미개인으로 뒤바뀐 존재이다. 이것은 콘래드(Joseph Conrad)의 『어둠의 핵심』(*Heart of Darkness*, 1899)에 나타나는 아프리카 대륙이 문명화의 적이며 이해할 수 없는 어둠과 지옥의 세계로 묘사되는 이미지와 비슷하다.

3. 문명과 제국의 폭력성

『야만인을 기다리며』라는 제목이 암시하듯 우선 야만인이 나타나지 않으면 화자인 치안판사와 졸 대령을 비롯한 제국은 그 존재조차 드러낼 수 없다. 이는 이 소설의 모티프이기도 한 그리스 시인 카바피(C. P. Cavafy)의 시 「야만인을 기다리며」에서 "야만인들이 없다면 우리는 이제 어떻게 될 것인가? 그 사람들은 일종의 해결책이었다"라는 구절에서 그 의미가 분명해진다. 제국이 끊임없이 "야만인 만들기"에 주력하는 것은 "억압의 대상인 야만인들이 존재하지 않으면 제국은 더 이상 아무런 의미도 없다는 것을 갑자기 깨닫기 때문"이다(왕철, 「식민주의 및 제국주의」 295). 제국은 야만인이라는 타자의 존재의 유무와 상관없이, 그 체제를 유지해 나가기 위해서는 그들의 상상으로 만들어진 야만인을 현실로 구체화시켜야 하는 매우 절박한 임무를 띠고 있다. 이처럼 문명과 야만의 관계는 식민수행의 원활한 도구로 발전시킨 유럽 인종주의 맥락에 기반한다. 일찍이 파농(Frantz Fanon)은 백인에게 흑인은 필수품이자 수요에 불과한, 타자화된 존재임을 역설하였다(*Black Skin* 88). 그 같은 맥락에서 『야만인을 기다리며』는 존재하지 않는 야만인을 제국이 어떻게 상상하고 왜곡하는가에 대한 해석이라 할 수 있다.

이 소설은 문명과 야만이라는 제국주의 인종담론을 해체하여 포스트식민 정치학을 보여주는 하나의 축과, 치안판사의 내적 성찰을 통한 개인적 윤리의 문제를 제기하는 또 다른 축으로 연결되어 전개된다. 후자의 경우는 치안판사의 심리적 변화를 중심으로 세밀히 전개된다. 이 소설 초반부에서부터 치안판사는 제국주의의 업무 수행에 헌신하지만 소설이 전개됨에 따라 제국주의의 폭력성과 야만성에 환멸을 느끼는 그의 고민은 개인적이고 윤리적인 차원으로 확대된다. 먼저, 치안판사는 제국의 법을 수호하는 일을 수행해 나가면서 자신들이 저지르는 야만성을 인정한다. 이 점은 그가 제국의 과오를 전혀 깨닫지 못하는 졸 대령과 가장 확연히 구별되는 특징이라 할 수 있다. 결국, 치안판사가 원주민이라는 타자에 대한 관심과 연민을 갖는 것은 그들의 호소를 받아들이는 것이며 타자를 돕는 직접적인 행위에 동참함을 의미한다(Levinas 49).

『야만인을 기다리며』는 후반부에 이르러 제국이 야만인들에게 무차별적인 폭력을 행사하면서도 그들을 두려워해 끊임없이 군대를 파견하는 제국의 불안감을 형상화한다. 이는 제국이 야만인들보다 항상 우위에 있다고 확신을 하면서도 동시에 이들에게 언제 공격당할지 모른다는 식민권력의 두려움을 떨치지 못한 데서 유발된다. 제3세계를 본질화하려는 경향에 맞서 경계상에 존재하는 양가성에 주목하는 바바는 백인은 피식민지인 앞에서 지배욕망과 두려움을 동시에 느낀다고 지적하며 백인이 갖는 심리적 불안감을 표면화시킨다(Bhabha, 74). 백인의 인종차별적 우월감은 실제로는 백인이 열등감을 느끼는 것에 대한 반대의 심리 표출이다. 말하자면 인종차별적 식민주의자는 개인적인 열등감에 대한 보상으로서 지배관계를 통하여 자신의 인종적 우월감에 대한 심리적 만족을 얻기 때문이다(Fanon, 93). 이와 같이 인종주의는 극단적인 나르시시즘과 콤플렉스로 인해 극심한 우월감과 열등감이라는 양가감정을 지닌다고 할 수 있다.

치안판사의 심리적 갈등은 제국이 어부와 농부들에 불과한 평범한 사람들을 야만인이라고 부르는 순간부터 시작된다. 그 대립이 심화되는 것은 졸 대령이 치안판사를 야만인들에 동조했다는 이유로 가혹하게 고문하고 결국 그를 야만인으로 단정 짓는 데서 비롯된다. 그렇다면 제국주의자의 상징인 졸 대령과 그를 지켜보며 내러티브를 이어가며 공모적 시선을 담는 화자인 "나"는 구체적으로 어떤 차이를 갖는가? 졸 대령의 잔인성에 분노하는 후자를 과연 양심적인 인물로 긍정할 수 있는가? 후자가 야만인들의 편을 들어주는 행위를 정의와 양심, 그리고 제국주의에 대한 노골적인 반발로 볼 것인가? 독자로 하여금 시종일관 회의적인 의문을 품게 하는 치안판사의 이중적인 시선은 이 작품에서 결코 간과될 수 없는 중요한 이슈가 된다. 쿳시는 그에 대한 답을 졸 대령과의 차이를 보여주는 치안판사의 내적, 윤리적 성찰에서 보여준다.

치안판사가 제국주의에 공모하는가를 살펴보기 위해서는 우선 그가 제국에 대해 항상 노골적으로 부정하지는 않는다는 점에 주목해야 한다. 그러면서도 다음의 인용에서 확인되듯이, 그는 원주민에 불과한 사람들이 야만인 취급을 받는 것에 회의하면서 억압받는 타자에 대한 "윤리적 책임감"을 드러낸다.

> 무엇보다도 나는 독한 술의 노예가 된 거지들과 부랑자들이 도시 주변에 정착하는 걸 원치 않는다. 나는 이 사람들이 상점 주인의 속임수에 넘어가 그들의 물건을 시시한 장신구와 교환하거나 술에 취해 시궁창에 드러눕고, 결국 그렇게 함으로써 그들이 게으르고 부도덕하며 더럽고 어리석다는 주민들의 편견을 굳히는 걸 보는 게 괴로웠다. 문명이라

> 는 게 야만인들이 가진 미덕들을 타락시키고 그들을 종속적인 존재로 만드는 것이라면, 나는 문명에 반대하는 입장이다. 나는 이러한 입장에서 행정 업무를 수행하고 있다. (38)

치안판사는 주변인의 위치로 전락해 있는 야만인을 위해 선을 베풀기를 원하며 그들이 제국의 음모에 휘말리기를 원하지 않는 순수한 입장을 고수한다.

그러나 그에 대한 긍정적인 판단이 거듭 유보적일 수 있는 이유는 치안판사로서 야만인에 대한 동정심으로 잠시 제국에 대한 "동조"를 은폐했다는 어쿼트(Troy Urquart)의 주장대로 "그는 정의와 참회를 혼돈한 것"이라 할 수 있다(11-12). 어떤 의미에서 그는 야만인이라는 존재가 있기에 제국주의자인 자신들의 존재가 부각되는 것에 대한 일종의 "감사"와 "보답"의 마음을 지니고 있는 것으로 풀이될 수도 있다. 포스트식민 비평가인 잔모하메드(Abdul JanMohamed)는 『야만인을 기다리며』가 이러한 은폐의 과정을 통해 제국의 진면목을 신비화시킨다고 다음과 같이 비판한다.

> 『야만인을 기다리며』는 . . . 아파르트헤이트의 역사적 근원을 인정하거나 아파르트헤이트 통치기간의 구체적인 잔학행위에 대해 암시하는 것을 거절한다. 그래서 이 소설은 우리 모두가 다 같이 유죄이며 파시즘이 모든 사회의 도처에 널려있다는 것을 함축한다. 이 소설도 모든 "상상적" 식민주의자 텍스트들이 그러하듯, 역사적인 책임을 받아들이기를 고의적으로 거절함으로써, 형이상학적인 언어로 자아와 타자와의 관계를 재현하여 제국의 시도를 신비화하려 한다. (*Manichean aesthetics* 8)

비록 치안판사가 제국의 야만성과 비윤리성을 인정한다 하더라도 제국의 일을 계속 수행한다는 점에서 그는 제국의 이데올로기로부터 완전히 자유롭지 못하다. 이러한 점은 그의 자기고백적인 내러티브에서 자신에게 유리한 것이 아님에도 불구하고 자신이 제국주의 이데올로기와 연루되어 있음을 부지불식간에 내비치는 데서 잘 드러난다(왕철, 『J. M 쿳시의 대화적 소설』 42-43). 이는 바꿔 말해 그의 신분 자체가 제국의 질서와 가치에 뿌리 깊게 개입된 존재를 의미하기도 한다.

졸 대령과 달리 치안판사는 제국의 만행에 스스로가 연루되어 있음을 깨달으면서도 자신은 항상 제국주의자들의 잔인함과는 거리를 두고 있다고 생각하는 데서 복잡하고 모순된 태도를 보인다. 어느 의미에서 그는 "백인의 문화적 · 정치적 딜레마를 표현하기 위한 매개자"(Rich 73)를 상징한다. 나아가 식민주의자의 후손이면서 포스트식민적 글쓰기를 지향하는 쿳시 자신의 입장을 반영한다고 할 수 있다. 이렇듯 치안판사가 처한 경계선상의 입장은 일종의 과거에 대한 죄책감을 덜어보려는 아프리카너의 입장에서 이해되는 연민일 수 있다. 한편으로 자신은 졸 대령과 다른 차원의 인물이라고 생각하는 치안판사는 스스로를 제국에 반대하는 "유일한 사람"(111)으로 규정하지만, 다른 한편으로 제국에 저항하는 과정에서 그도 "야만인"처럼 희생자가 되고 만다. 하지만 그는 거듭되는 내적, 윤리적 성찰을 통해 과거의 과오라 할 수 있는 공모성으로부터 벗어나려고 시도한다.

이 소설에서 공모성은 두 가지의 서로 다른 성격을 보여준다. 첫째는, 앞서 언급되었듯이 졸 대령과 치안판사가 보여주는 제국주의의 수호를 위한 공모이고, 둘째는, 졸 대령 입장에서 판단했을 때 치안판사와 야만인들이 제국주의를 전복하려는 공모이다. 치안판사의 정치적 정체성은 분명 제국에 대한 공모자임을 말해주지만, 그의 내면독백에서 나오는 야만인들에 대한 윤리적 성찰은 제국에 대한 그의 비판적 양심이 작용하고 있음을 드러내고 있다. 특히 그가 야만인을 대하고 느끼는 개인적 감정에서 졸 대령과 확연한 차이를 보이는 점은 야만인들의 고통에 반응하는가, 그렇지 않는가하는 그의 윤리적 태도에 기반한다. 타자의 고통에 연민과 슬픔을 함께 하려는 치안판사의 윤리의식 때문에 치안판사는 가혹하게 고문당한다. 이제 그는 법을 수호하던 과거의 치안판사 신분에서 채찍질당하며 "여자 옷을 입고 살려달라고 아우성을 치고 . . . 늙은 광대가 되어버린"(124) 야만인으로 추락한다. 졸 대령이 야만인들에게 잔인한 폭력을 행사하자, 치안판사와 졸 대령은 노골적인 적대관계로 나아간다.

> 대령이 앞으로 나온다. 그는 번갈아가며 포로들 위에 몸을 굽히고 그들의 발가벗은 등에 한 줌의 먼지를 문지르고, 숯으로 한 단어를 적는다. 나는 그 단어들을 거꾸로 읽는다. *적 . . . 적 . . . 적 . . . 적 .* . . 그는 뒤로 물러서며 손을 잡는다. 스무 발자국도 되지 않는 거리에서, 그와 나는 서로를 응시한다.
>
> 그런 다음, 채찍질이 시작된다. (105)

위의 인용은 졸 대령이 야만인 원정에서 잡아들인 포로들을 급기야는 "적"(105)으로 간주하고 그들의 등에 "적"을 기표화하는 장면이다. 졸은 "적"이라는 글자가 사라질 때까지 채찍질을 한다. 반면, 치안판사는 야만인에게 동조했다는 이유로 고문을 당하면서 "정의라는 말을 한 번 더 입 밖에 내면 그 끝은 어디일까"(108)라며 제국의 부당성에 항의한다. 치안판사는 평소 역사를 서술한다든지 정치적으로 공정한 학자가 되고 싶어 했지만 이제 자신에게 가해진 굶주림과 육체적 고문은 간절한 그의 염원을 불가능하게 만들 뿐이다. 졸 대령이 야만인들을 향해 공개적으로 폭력을 휘두르자, 이제 격렬하게 반항하던 그는 급기야 제국의 폭력에 쓰러진다(107). 제국의 군인들로부터 육체적인 고통을 당하면서부터 치안판사는 과거에 자신이 제국의 희생자인 야만인을 이해하는 데에 한계가 있었음을 자각하면서 그의 윤리적 성찰은 심화되어 간다. 정작 그 자신이 제국으로부터 직접 경험한 폭력과 그가 목도한 제국의 야만인들에 대한 폭력은 그의 양심에 변화를 일으키는 중요한 계기로 작용한 것이다(Durant, *Postcolonial Narrative* 43). 이러한 자각은 초반에는 제국과 야만의 경계를 배회하며 양가적인 독백의 형식에 그쳤다. 그러나 "대령, 그 적은 바로 너야 . . . 역사가 내 말을 증명할 것이다"(114)라는 경멸에 찬 말을 졸에게 내뱉는 것을 계기로 타자들의 고통에 응답하는 윤리적 입장이 그에게 구체적으로 나타나기 시작한다.

졸 대령이 폭력을 통해 제국을 유지하려는 보수주의자라면, 치안판사는 온정적이고 인간적인 통치를 통해 제국을 영속화 하려는 진보주의자로 볼 수 있다(왕철, 『식민주의 및 제국주의』 294). 그러나 "야만인"이라는 타자가 제국의 필요에 의해 만들어지고 이 과정에 치안판사가 개입되어 온 것을 감안한다면 그를 진보주의자로 쉽게 단정할 수만은 없다. 다만 대령이 야만인들에게 폭력을 행사하기 위해 채찍에 이어 급기야는 망치를 들자 치안판사가 "안 돼"(106)라고 저지하며 타자에 대해 윤리적 태도를 보이는 순간, 그가 진보주의자로 변화할 가능성을 보인다고 짐작할 수 있다. 이 극적인 사건을 계기로 치안판사는 "진실을 향하는 압도적인 의지"(Penner, "Blindness and Double-Thought" 38)로 말미암아, 자신의 과거 직위에 대한 진정한 회의와 타자들에 대한 윤리적 책임감을 느끼게 되기 때문이다. 타자에 대한 배려에서 취한 그의 윤리적 행위는 자신이 야만인 취급을 받게 되어서야, 비로소 타자들의 고통을 터득하게 된다는 점에서 매우 아이러니컬하다. 이와 같이 그는 고통을 통해 자신이 연루된 제국주의 폭력의 실체를 대면하게 되고 야만인이라는 인종적 · 계급적 타자에 대한 윤리적 책임감을 지니게 된다.

4. '야만인'의 고통에 응답하기

『야만인을 기다리며』에서 제국주의 인종담론은 남성과 여성의 젠더 구도에서도 명백히 드러난다. 치안판사와 야만인 소녀의 만남은 제국주의 주체가 제국주의의 희생자인 식민여성과 맺는 관계를 상징한다. 이 관계는 제국과 식민, 남성과 여성, 권력자와 하위계층 등으로 확대 해석할 수 있다. 야만인 소녀는 남성과 여성, 백인과 유색인, 지배와 피지배라는 인종과 젠더, 계급 면에서 삼중적 타자성을 지닌다. 그녀가 다양화된 사회 계층에서 최하위 계층을 차지한다는 점은 유럽의 인종주의가 반유대주의나 흑인에 대한 차별로부터 그 영역이 식민지 원주민 여성에까지 확대되었음을 시사한다.

이 소설에서 야만인 소녀는 이름이 부여되지 않은 채 다만 "야만인 소녀"(barbarian girl) 또는 "그녀"(she)로만 지칭된다. 심지어 "사람들은 내가 내 방에서 두 마리의 야생 짐승을 키운다고 말할 것이다. 여우와 소녀"(34)라고 내뱉는 치안판사의 말에서 백인 제국주의자들이 여성을 동물에 비유한다는 것을 알 수 있다. 이러한 비유는 그동안 치안판사같은 백인이 유색인종을 어떻게 대해 왔는가를 보여주는 중요한 단서이다. 치안판사가 야만인 소녀에게 끌렸던 이유 중의 하나는, 그녀가 아버지와 함께 졸 대령과 부하들로부터 고문당하고 불에 달궈진 인두에 의해 눈에 상처 입은 모습을 보면서 갖는 동정심에서 비롯되었다. 그러나 그 상처가 자신이 짐작했던 것만큼 깊지 않다는 걸 알고 실망(110)하는 대목은 그가 그녀를 보호해주려는 행위가 무엇인지를 의심하게 한다. "애처로운 감각적 동정심으로 그녀에게 접근"(135)해서 그녀를 만났다는 그의 독백에서 그는 자신보다 열등한 존재에 도움을 줌으로써 일종의 자기만족을 얻는 인물임이 드러난다. 특히, 야만인 소녀의 몸은 피식민 여성의 침묵당하고 상처당한 몸과 관련해서 어떻게 젠더화된 몸으로 변화될 수 있는지, 포스트식민 페미니스트 관점을 전달한다 (Boehmer, 127).

야만인 소녀가 백인남성인 치안판사의 성적 대상이라는 점은 인종적, 성적 패권성을 말해준다. 처음에 치안판사는 열등한 야만인 소녀를 개인적으로 도와줌으로써 타자에 대한 일종의 윤리적 임무를 다했다고 자인한다. 그러나 그는 자신의 변덕에 따라 야만인 소녀를 "마누라, 첩, 딸, 노예, 혹은 그 모든 것을 아우르는 존재, 혹은 아무것도 아닌 존재"(42)로 여기는, 전형적인 오리엔탈리즘적 시각을 보여준다. 예를 들어 자신이 변방에 근무하는데 따른 장점을 "오아시스"와 같은 분위기에서 "파르스름한 까만 눈매를 한 사근사근한 여성들"(45) 때문이라고 인식한다. 그런 그에게 야만인 소녀는 이름과 신분이 없는, "눈썹과 머릿결이 검은"(25) 피식민 여성일 따름이다. 치안판사는 스스로가 야만인들의 교육에 대해서 아는 것이 없다고 고백하면서도 야만인 소녀가 야만인 교육을 받았기 때문에 순종적이라고 상상하기까지 한다(56). 갤러허(Susan Gallagher)의 주장처럼, 그가 야만인 소녀와 성적, 대화적 측면에서 인간적인 관계를 이어가지 못하는 것은 그가 제국주의자의 권위는 갖췄을지라도 인간적인 권위는 결여하고 있음을 시사한다 ("Torture and the Novel" 279). 반대로 치안판사에 의해 자신의 의지나 욕망과는 무관하게 선택된 야만인 소녀는 정치적 · 경제적 차원에서 치안판사와 평등할 수 없으며, 특히 성적인 관계에서 더욱 그렇다. 영(Young)의 지적처럼, 야만인 소녀는 "여성이 끊임없이 가부장제나 제국주의의 대상으로 되풀이해서 씌어지고 있는"(*White Mythology* 164) 전형적인 예가 된다.

치안판사가 야만인 소녀를 제국의 영역에서 벗어나게 하기 위해 그녀의 부족이 사는 곳으로 바래다주는 원정은 이 소설에서 중심적인 사건이 된다.

이 원정으로 인해 제국으로부터 “그처럼 문란한 행동은 제국의 품위를 떨어뜨렸다는”(83) 혐의를 받아 결국 그는 투옥되고 고문당하게 되기 때문이다. “소녀를 가족의 품에 데려다주는 상식적인 차원의 문제”(127)로 원정을 생각했던 치안판사는 이제 “미래에 있을 제국의 작전을 야만인들에게 미리 경고하려 했다”(83)는 범법자로 그 처지가 뒤바뀌게 된다. 야만인들을 향해 품었던 그의 연민은 결국 자신에게는 “추락”이라는 아이러니컬한 결과를 가져오기 때문이다. 그가 보여준 연민은 제국주의 체제에서는 우유부단하고 유약하기 그지없는 행위로 간주된다. 나아가 그의 연민은 제국주의 질서를 뒤흔들 위험한 요인으로 여겨진다.

치안판사는 야만인 소녀를 유목민에게 데려다주는 과정에서 그녀의 새로운 모습을 발견하고 놀란다. 예전에 그녀는 자신의 생각을 표현하지 않았을 뿐더러 항상 건조한 목소리로 소극적인 반응을 보였다. 그러나 이제 그녀가 치안판사를 떠나 부족 사람들과 합류하는 순간부터 “유창함, 재기발랄함, 침착성”(63)을 지닌 채 그녀의 목소리와 정체성을 드러낸다. 치안판사와 야만인 소녀와의 관계에서 주목할 점은 지금까지 그녀의 목소리를 빼앗아간 장본인이 그녀에게 연민을 베푸는 치안판사라는 점이다. 쿳시는 이 소설에서 “목소리를 가질 수 없는 하위주체”인 야만인 소녀를 부각시킴으로써 식민/반식민 역사에서의 여성의 부재에 대한 페미니즘적 대응을 하고 있다(Young, *Postcolonialism* 360). 이렇듯 야만인 소녀의 재현에서처럼 피식민 여성의 침묵당하고 상처당한 몸은 오늘날 식민주의와 포스트식민 담론에서 가장 논쟁적인 이슈 가운데 하나이다.

치안판사의 윤리적 각성은 제국의 쏟아지는 비난과 고문에도 불구하고 그가 야만인 소녀를 다시 유목민의 품으로 되돌려 보내주었다는 것에 대해 옳은 일을 했다고 확신할 때이다. 윤리적 각성이 일어나기 전, 그는 졸 대령과의 대면에서 항상 그러했듯, 부자연스러움과 거부감을 느끼면서도 형식적인 질서를 유지하기 위해 마지못한 유대감을 나누는 척 한다. 그러다가 "그들과의 유대감이 깨졌다"(78)며 해방감을 느끼는 그는 급기야는 졸 대령 측의 사람들을 야만인들로 보게 된다. 치안판사가 야만인들의 존재를 뒤바꾸어 바라보는 것은 그가 점점 제국주의의 체제에서 벗어나 진실을 향해 나아간다는 의미이다. 인간으로서의 처참함을 직접 체험한 그는 자신을 가둔 감옥의 관리자들인 "야만인들"과 사형집행인, 즉 제국을 지키는 일에 앞장선 사람들에게 "일종의 정화의식"(126)이 필요하지 않느냐며 양심적인 추궁을 하게 된다. 이 과정에서 치안판사가 보여주는 점진적인 변화들은 그가 졸 대령이나 올슨(Olsen), 만델(Mandel)같은 노골적인 제국주의자와 달리 윤리적, 도덕적으로 우위에 있음을 확인시켜 준다(Urquhart 8).

치안판사가 야만인의 편에 서서 협조해주고 있다는 상황은 아이러니컬하게도 그의 숙소에 있는, 과거에 수집했던 나무상자에서 비롯된다. 졸 대령은 그 안의 알 수 없는 글씨들을 치안판사의 것으로 오인하게 되고 그것들을 야만인과 접촉한 결정적인 단서로 간주한다. 이렇듯 제국은 하찮은 하나의 사물조차도 그들에게 부합된 논리를 만들기 위해서라면 무엇이든 동원하고 왜곡시켜 제국주의의 질서를 수호하는 수단으로 만든다. 한편, 졸 대령은 치안판사를 가리켜 "원칙을 위하여 개인적인 자유를 희생할 용의가 있는, 마지막 남은 의로운 사람으로 이름을 날리고 싶어 하는 것 같다"(138-39)라며 야유한다.

그가 제국의 실체를 인식하고 비판함은 타자화된 야만인의 고통에 자발적으로 참여한다는 윤리적 행위를 의미한다. 과거의 그는 제국주의자로서의 면모를 갖춘 백인 권력가의 모습과 제국주의자에 저항하며 원주민의 입장에 서는 이중적인 모습을 통해 제국과 반 제국이라는 극단적인 대립보다는 한 인물에게서 이 두 요소가 병합되어 그 복합적인 양상을 내보였다. 그러나 치안판사의 복합적인 심리는 제국의 희생자가 되어가는 순간부터 정의를 실현하는 주체적인 인물로 변화시킨다(Gallagher, "Torture and the Novel" 281). 그는 희생자의 신분이 되어 은폐된 제국의 고문과 억압을 고발하는 과정에서 스피박과 레비나스가 강조해 온 타자에 대한 윤리를 실천하고 나아가 타자화된 야만인의 "고통에 응답"하게 된 것이다.

5. 윤리적 성찰의 한계와 전략적 성찰의 필요성

제국과 그 주변부가 갖는 역사의 기나긴 모순성을 심도 있게 드러내는 『야만인을 기다리며』는 "야만인"처럼 고착화되어 널리 사용되어 온 용어에서부터 야만인들의 실체가 무엇인가에 이르기까지 쿳시의 통찰력을 풍부히 전달한다. 남아공의 "진실과 화해 위원회"(Truth and Reconciliation Commission)[5] 가 국가적 차원에서 모색되는 과거청산 방식이라면, 치안판사의 윤리적 심리 전개는 개인적 차원의 성찰이라 할 수 있다. 이 윤리적 성찰이 개인적 차원이든, 국가적 차원이든 어쩔 수 없는 한계를 수반하고 있음을 쿳시는 부인하지 않는다. 쿳시가 인종차별이나 윤리를 주제로 포스트식민주의의 논의를 이어가는 것에 대해 카루시(Annamaria Carusi)는 억압받은 자들이 제국주의의 정치적 · 경제적 · 문화적 전략에 저항할 수 있는 입지를 마련해 준다고 밝힌 바 있다(97-98). 이러한 포스트식민적 글쓰기는 역사적 차원에서 볼

5) "진실과 화해위원회"는 명칭대로 과거청산을 통해 진실을 밝히고 국민화해를 이루어내기 위한 목적을 갖고 있었다. 이를 구체적으로 실행하기 위해 반인권적 폭력의 원인, 성격, 정도 등 총체적인 인권침해를 희생자의 관점에서뿐만 아니라 폭력행사에 책임이 있는 자들의 동기와 관점, 그리고 폭력의 전례, 정황, 요인 등을 규명하는 과정에서 가능한 한 완전하게 밝히고자 했다.

때 타당한 근거를 지닌 것으로, 쿳시는 『야만인을 기다리며』에서 제국 내부자가 경험하는 제국의 질서에 대한 부당성을 끄집어내어 여기에 본격적으로 윤리의 문제로까지 확대시키는 포스트식민적 상상력을 구현한다.

『야만인을 기다리며』는 기존의 포스트식민 계열의 문학 작품들과 달리 식민과 포스트식민의 경계를 구분하는 것이 얼마나 쉽지 않는가를 말해주고 있다. 이 소설은 크게는 제국주의와 인종차별이라는 주제로부터 작게는 전쟁, 고문, 강간이라는 주제들을 어떻게 윤리적으로 읽을 것인가를 탐색한다. 그리고 그 윤리적 반응의 중요성을 부각시키기 위해 이 소설은 치안판사의 목소리를 통해 제국과의 공모성을 내비치면서도, 그 안에서 끊임없는 자기 성찰과 자기반성을 재현하고 있다. 따라서 독자는 자기반성이 담겨 있는 화자의 목소리에 도사리고 있는 제국주의에의 "오염" 상태를 거듭 찾아내야 하기 때문에 여러 복합적인 반응을 하게 된다.

『야만인을 기다리며』는 졸 대령과 같은 "적나라하고 극단적인 제국주의"와 치안판사와 같은 "온건하고 은폐된 제국주의" 구도에서 자유로울 수 없는 오늘의 포스트식민 상황에서 인종차별적 꼬리표인 "야만인"에 대한 성찰을 유도한다. 이 소설이 지닌 윤리적 힘은 치안판사를 통해 제국과 야만을 해체하여 인종적 타자에 대한 윤리성을 부각시킨다는 점이다. 그것은 치안판사가 졸 대령과 "야만인들" 사이에서 끊임없이 정치와 윤리의 경계선을 오가며 그 경계에서 고뇌하는 데서 잘 드러나고 있다. 가령 치안판사가 자신의 몸에서 나는 끝없는 악취를 인식하는 순간은 자신이 제국의 전략에 가담하면서도 동시에 끊임없이 인정하지 않으려 했던 "공모성"을 인식하는 순간이라 할 수 있다. 그리고 이 순간의 터득은 그로 하여금 실천적인 윤리적 삶으로 향하게 한다. 치안판사는 공모성을 인정하는 자의식적인 주인공으로서 마침내 "나는 야만인들에게 제국의 역사를 강요하는 걸 원치 않았다"(154)

는 독백으로 윤리적 가치를 배반하지 않는 양심을 보여준다. 그 같은 의미에서 그는 제국의 폭력과 억압을 폭로함으로써 윤리적인 질서를 구현해가는 인물로 변모해감을 알 수 있다(Gallagher, "Torture and the Novel" 280). 그러므로 『야만인을 기다리며』는 단지 남아공의 인종차별이라는 정치적 현실을 반영하는 데 그치지 않고 포스트식민화를 향한 인종주의의 극복과 그것이 배태하고 있는 제국과 야만에 대한 윤리적 성찰을 보여주는 소설로 평가받을 수 있을 것이다.

* 이 글은 「J. M. 쿳시의 반인종주의 윤리학 —『야만인을 기다리며』」, 『영어영문학21』. 22.2 (2009): 31-55쪽에서 수정·보완함.

▌리비아 작가가 전하는 카다피 정권과 국가폭력 -히샴 마타르의『남자들의 나라에서』

부르디외, 피에르. 『남성지배』. 김용숙, 주경미 옮김. 서울: 동문선, 2008.

왕은철. 「역자후기 ―리비아 작가의 "슬프고 아름다운" 성장소설」. 『남자들의 나라에서』. 히샴 마타르. 왕은철 옮김. 서울: 현대문학, 2009. 375-85.

Caruth, Cathy. *Unclaimed Experience: Trauma, Narrative and History*. Maryland: The Johns Hopkins UP, 1996.

Charles, Ron. "A Libyan Childhood." *The Washington Post*. 4 Feb 2007. <http://www.washingtonpost.com/wp-dyn/content/article/2007/02/01/AR2007020102349.html>

Gagiano, Annie. "Ice-Candy-Man and In the Country of Men: The politics of cruelty and the witnessing child." *Stellenbosch Papers in Linguistics* 39 (2010): 25-39

Hashem, Noor. "The Feast of Ants: The bodily agency of Qur'anic storytelling in Hisham Matar's In the Country of Men." *The Journal of Qur'anic Studies* 16.3 (2014): 39-61.

Heltzel, Ellen Emry. "Libyan Child's Gritty World Isn't Kids' Stuff." *The Seattle Times*. 2 Feb 2007. <http://www.seattletimes.com/entertainment/books/in-the-country-of-men-libyan-childs-gritty-world-isnt-kids-stuff/>

Herman, E. S. *The Real Terror Network: Terrorism in Fact and Propaganda.* Boston: South End, 1982.

"Hisham Matar: 'I just want to know what happened to my father'." *The Independent.* 16 July 2006. <http://www.independent.co.uk/news/world/africa/hisham-matar-i-just-want-to-know-what-happened-to-my-father-407444.html>

Levy, Michele. "Hisham Matar. *In the Country of Men.*" *World Literature Today.* (Nov-Dec 2007): 62-63. <http://www.thefreelibrary.com/Hisham+Matar.+In+the+Country+of+Men.-a0171579692>

Matar, Hisham. *In the Country of Men.* New York: The Dial, 2008.

McCamant, John F. "Goverance without Blood: Social Science's Antiseptic View of Ruld; or, The Neglect of Political Repression." *The State as Terrorist.* Connecticut: Greenwood, 1984.

Moss, Stephen. "Love, Loss, and All Points in between." *The Guardian.* 29 June 2006. <http://www.theguardian.com/books/2006/jun/29/familyandrelationships.libya>

Nagengast, Carole. "Violence, Terror, and the Crisis of the State." *Annual Review of Anthropology.* 23 (1994): 109-136.

Pratt, Mary Louise. *Imperial Eyes: Travel Writing and Transculturation.* London: Routledge, 1992.

Scanlan, Margaret. "Migrating from Terror: The Postcolonial novel after September 11." *Journal of Postcolonial Writing* 46.3-4 (2010): 266-278.

Shamsie, Kamila. "Where the Mulberries Grow." *The Guardian.* 29 July 2006. <http://www.theguardian.com/books/2006/jul/29/featuresreviews.guardianreview19>

Tarbush, Susannah. "*In the Country of Men.*" *Libya Forum.* 2 Sep 2006.

_____. "That Last Summer in Tripoli." *Banipal Magazine of Modern Arab Literature* 26. Summer 2006. <http://www.banipal.co.uk/book_reviews/20/in-the-country-of-men-by-hisham-matar/>

▌아프리카 식민화의 후유증과 종족분쟁 -테리 조지의 〈호텔 르완다〉

장용규. 「르완다 제노사이드: 후투와 투치의 인종차별과 갈등의 역사적 전개」. 『한국아프리카학회지』 26. (2006): 153-174.

사르트르, 장 폴. 『존재와 무 I』. 손우성 옮김. 서울: 삼성출판사, 1993.

최호근. 『제노사이드』. 서울: 책세상, 2005.

파워, 사만다. 『미국과 대량학살의 시대』. 김보영 옮김. 서울: 에코리브르, 2004.

페로, 마크. 『식민주의 흑서』. 고선일 옮김. 서울: 소나무, 2008.

한양환.「후투-투치족간 종족분규의 합리적 해결방안 모색」. 『한국아프리카학회지』 10. (1998): 163-189.

Deve, Fredric. "*Lessons Learning in Policy Assistance, Case Study Angola, Support to a Decentralised Land Management Programme.*". *FAO.* 30.2(Febuary 2007): 88-102.

Foley, Conor. *The Thin Blue Line: How Humanitarianism Went to War.* London: Verso, 2010.

George, Terry. ed. *Hotel Rwanda: Bringing the True Story of an African Hero to Film.* Newmarket Press, 2005.

Glover, Jonathan. *Humanity : A Moral History of the Twentieth Century.* New York: Yale University Press, 2001

Harrow, Kenneth W. ""Un train peut en cacher un autre": Narrating the Rwandan Genocide an *Hotel Rwanda.*" *Research in African Literatures.* 36.4(2005): 223-232.

Heusch, Luc De. "Rwanda: Responsibilities for a genocide." *Anthropology Today.* 11.4(Aug 1995): 3-7.

Mamdani, Mahmood. *When Victims Become Killers: Colonialism, Nativism, and the Genocide in Rwanda.* U of Princeton Press. 2001.

Magnarella, Paul J. *When Victims Become Killers: Colonialism, Nativism, and the Genocide in Rwanda* by Mahmood Mamdani. Review of *The Journal of Modern African Studies,* 40.3(Sep 2002): 515-517.

Nzabatsinda, Anthere. "*Hotel Rwanda.*" *Research in African Literature.* 43.9(2009): 233-236.

Snow, Keith Harmon. "Hotel Rwanda: Hollywood and the Holocaust in Central Africa." *South African Studies.* 21.7(2007): 1-21.

Thompson, Anne. "The Struggle of Memory against Forgetting." *Hotel Rwanda: Bringing the True Story of an African Hero to Film.* Ed. New York: Newmarket Press, (2005): 47-59.

Torchin, Leshu. *Hotel Rwanda. Cineaste*, (Spring 2005): 46-48.

Rusesabagina, Paul. Interviews in "The Real Hero of Hotel Rwanda." *U.S. Catholic*, 71.2(Feb 2006): 18-21.

Waldorf, Lars. "Revisiting Hotel Rwanda: genocide ideology, reconciliation, and rescures." *Journal of Genocide Research.* 11.1(2009): 101-125.

Uraize, Joya. "Gazing at the Beast: Describing Mass Murder in Deepa Mehta's *Earth* and Terry George's *Hotel Rwanda.*" *An Interdisciplinary Journal of Jewish Studies.* 28.4(2010): 10-27.

▌아프리카 자원분쟁과 다이아몬드 –에드워드 즈윅의 〈블러드 다이아몬드〉

김현아.「역사적 망각에 대한 경고, <호텔 르완다>」.『현대문학이론 연구』 43. (2010): 423-43.

메러디스, 마틴.『아프리카의 운명』. 이순희 옮김. 서울: 휴머니스트, 2014.

박종성.『세계는 왜 싸우는가』. 서울: 추수밭, 2011.

서상현.「아프리카에 있어 천연자원과 무력 분쟁 -「내전의 정치, 경제학」 관점에서」.『한국아프리카학회지』 28 (2008): 113-38.

______.「자원이 분쟁에 미치는 요인 분석: 콩고민주공화국을 사례로」,『한국아프리카학회지』 29 (2009): 183-210.

왕은철『문학의 거장들』. 서울: 현대문학, 2010.

캠벨, 그레그. 『다이아몬드 잔혹사』. 김승욱 옮김. 서울: 작가정신, 2004.

Campbell, Greg. *Blood Diamonds: Tracing the Deadly Path of the World's Most Precious Stones.* New York: Basic Books, 2004.

McCamant, John F. "Governance without Blood: Social Science's Antiseptic View of Rule; or, The Neglect of Political Repression." *The State as Terrorist.* Connecticut: Greenwood, 1984.

Wright, Clive, "Tackling Conflict Diamonds. The Kimberley Process Certification Scheme." *International Peacekeeping.* 11.4. (2004): 697-70.

▌인종주의와 '패싱'의 아이러니 –유대계 미국작가 필립 로스의『인간의 오점』

장정훈.「위선과 편견, 그리고 삶의 비극: 필립 로스의『인간의 오점』을 중심으로」.『미국학논집』 36.3 (2004): 256-79. Print.

Aristotle, Poetics. Trans. *Malcolm Heath.* New York: Penguin Books, 1997. Print.

Cixous, Hélène. "The Laugh of the Medusa." *Reading Rhetorical Theory*. Ed. Barry Brummett. New York: Harcourt, 2000. 879-93. Print.
Du Bois, W. E. B, *The Souls of Black Folk*. New York: Vintage Books, 1990. Print.
Euben, Peter J. *Platonic Noise*. New Jersey: U of Princeton, 2003. Print.
Goffman, Erving. *Stigma: Notes on the Management of Spoiled Identity*. New York: Penguin Books, 1968. Print.
Jacobs, Rita. "The Human Stain." Rev. of *World Literature Today* 75.1 (2001): 116. Print.
Kauvar, Elaine M. "Philip Roth: A Heart with Dichotomies." *Contemporary Literature* 46.4 (2005): 720-35. Print.
Kristeva, Julia. *Powers of Horror: An Essay on Abjection*. Trans. Leon S. Roudiez. New York: Columbia UP, 1982. Print.
Negri, Antonio, and Michael Hardt. *Empire*. Cambridge: U of Harvard, 2001. Print.
Parrish, Timothy L. "Becoming Black: Zuckerman's Bifurcating Self in *The Human Stain*." *Philip Roth: New Perspectives on an American Author*. Ed. Derek Royal. Westport: Praeger Publishers, 2005. 209-23. Print.
Rankine, Patrice D. "Passing as Tragedy: Philip Roth's *The Human Stain*, the Oedipus Myth, and the Self-Made Man." *Critique* 47.1 (2005): 101-12. Print.
Royal, Derek Parker. "Plotting the Frames of Subjectivity: Identity, Death, and Narrative in Philip Roth's *The Human Stain*." *Contemporary Literature* 47 (2006): 114-40. Print.
Sen, Amartya. *Identity and Violence: The Illusion of Destiny*. New York: Penguin Books, 2006. Print.
Tierney, William G. "Interpreting Academic Identities: Reality and Fiction on *Campus Ravelstein* by Saul Bellow; *The Human Stain* by Philip Roth; *Blue Angel* by Francine Prose." *The Journal of Higher Education* 73.1 (2002): 161-72. Print.
Veisland, Jorgen. "The Stain and the Sign. Poetics in Philip Roth's the Human Stain." *Studia Anglica Posnaniensia* 44 (2008): 475-88. Print.
Webb, Igor. "Born Again." Rev. of *Partisan* 67.4 (2000): 648-52. Print.

▌자기배반과 혁명의 아이러니 –폴란드계 영국작가 조셉 콘래드의 『서구인의 눈으로』

박병주. 「*Under Western Eyes*에 나타난 자의식적 요소: 언어선생의 서술기능을 중심으로」. 『영어영문학연구』 34.1(1993): 73-101.

배종언. 『조셉 콘라드의 문학세계』. 대구: 경북대학교 출판부, 2008.
민경숙. 『조셉 콘래드: 허무의 진실』. 서울: 건국대학교 출판부, 1996.
Achebe, Chinua, *Hopes and Impediments: selected essays.* New York: Anchor Books, 1988.
Ash, Beth S. *Writing In Between: Modernity and Psychological Dilemma in the Novels of Joseph Conrad.* New York: St. Martin's Press, 1999.
Carabine, Keith. "The Figure behind the Veil: Conrad and Razumov." *Joseph Conrad's Under Western Eyes: Beginnings, Revisions, Final Forms Five Essays.* Ed. David R. Smith. Hamden, CT: Archon Books, 1991: 1-37.
Conrad, Joseph. *Notes on Life and Letters.* New York: Doubleday, Page & Co., 1925.
______. *Under Western Eyes.* New York: Modern Library, 2001.
Cox, C. B. *Joseph Conrad: The Modern Imagination.* London: Dent, 1975.
de Oliveira, Antonio Eduardo. "Conrad's View of Revolution/Anarchism in Under Western Eyes." CDU 820-31. 09.
Eagleton, Terry. *Criticism and Ideology.* Thetford: The Thetford Press Limited, 1976.
Erdinast-Vulcan, Daphna. *Joseph Conrad and the Modern Temper.* Oxford: Clarendon, 1991.
Fogel, Aaron. *Coercion to Speak: Conrad's Poetics of Dialogue.* Cambridge: Harvard UP, 1985.
Gilliam, Harriet. "For the Record: Conrad's Under Western Skies." *Journal of Modern Literature* 6.2 (1977): 311-15.
Gilliam, H. S, "Russia and the West in Conrad's *Under Western Eyes.*" *Studies in the Novel* 10 (1978): 218-33.
Goodin, George. "The Personal and the Political in *Under Western Eyes.*" *Nineteenth-Century Fiction.* 25.3 (1970): 327-342.
Hampson, Robert. *Joseph Conrad: Betrayal and Identity.* New York: St. Martin's Press: 1992.
Hay, Eloise Knapp. "*Under Western Eyes* And the Missing Center." *Joseph Conrad's Under Western Eyes: Beginnings, Revisions, Final Forms Five Essays.* Ed. David R. Smith. Hamden, CT: Archon Books, 1991: 121-53.
Hewitt, Douglas. *Conrad: A Reassessment.* Cambridge: Bowes & Bowes, 1952.
Higdon, David Leon and Robert F. Sheard. ""The End is the Devil": The Conclusions to Conrad's *Under Western Eyes.*" *Studies in the Novel.* 19.2 (1987): 187-96.

Howe, Irving. *Politics and the Novel.* Greenwich, Conn.: Fawcett Publications, 1967.

Karl, Frederick R. *A Reader's Guide to Joseph Conrad.* Syracuse: Syracuse University Press, 1997.

______. "The Rise and Fall of *Under Western Eyes.*" *Nineteenth-Century Fiction.* 13.4 (1959): 313-327.

Land, Stephen K. *Conrad and the Paradox of Plot.* London: Macmillan, 1984.

Leavis, F. R. *The Great Tradition: George Eliot, Henry James, Joseph Conrad.* London: Chatto & Windus, 1948.

Leavis, L. R. "Guilt, Love and Extinction: *Born in Exile* and *Under Western Eyes.* *Neophilologus.* 85 (2001): 153-62.

Long, Andrew. "The Secret Policeman's Couch: Informing, Confession, and Interpellation in Conrad's *Under Western Eyes.*" *Studies in the Novel.* 35.4 (2003): 490-509.

Melnick, Daniel C. "*Under Western Eyes* and Silence." *The Slavic and East European Journal.* 45.2 (2001): 231-242.

Rieselbach, Helen Fund. C*onrad's Rebels; The Psychology of Revolution in the Novels from Nostromo to Victory.* Ann Arbor, Michigan: Umi Research Press, 1980.

Said, Edward W. *Orientalism.* New York: Penguin, 1995.

______. *Culture and Imperialism.* New York: Vintage Books, 1994.

______. *The World, the Text, and the Critic.* Cambridge, mass: Harvard University, 1983.

Schwarz, Daniel R. *Conrad: Almayer's Folly to Under Western Eyes.* London: Macmillan, 1980.

______. "Reading Conrad's *Lord Jim*: Reading Texts, Reading Lives." *The Transformation of the English Novel 1890-193*0. London: Macmillan press. 1995.

Smith, David R. "The Hidden Narrative: The K in Conrad." *Joseph Conrad's Under Western Eyes: Beginnings, Revisions, Final Forms Five Essays.* Ed. David R. Smith. Hamden, CT: Archon Books, 1991: 39-81.

Spittles, Brian. *Joseph Conrad: Text and Context.* New York: St. Martin's Press, 1992.

Watts, Cedric. *A Preface to Conrad.* London: Longman Group, 1982.

Willy, Todd G "Almayer's Folly and the Imperatives of Conradian Atavism." Conradian. 24.1 (1992): 3-20.

▌문화대혁명과 윤리의 아이러니 –중국계 미국작가 하 진의 「백주 대낮에」

Anderson, Benedict. *Imagined Communities*. New York: Verso, 2006.

Arendt, Hannah. *On Violence*. New York: Harvest Book, 1970.

Baek, Seungwook. *The Cultural Revolution-Trauma of Chinese Modern History*. Seoul: Salimjisikchongseo, 2007

백승욱. 『문화대혁명-중국현대사의 트라우마』. 서울: 살림지식총서, 2007. Print.

Bloom, Harold, and William Golding. *Romanticism and Consciousness: Essays in Criticism*. New York: Norton, 1970.

Cheung, Lo Kwai. "The Myth of "Chinese" Literature: Ha Jin and the Globalization of "National" Literary Writing." *LEWI Working Paper Series* 23 (2004): 1-20.

Cixous, Hélène. *The Laugh of the Medusa/Exit*. Trans. Haeyoung Park. Seoul: Dongmunseon, 2006. Print.

식수, 엘렌. 『메두사의 웃음/출구』. 박혜영 옮김. 서울: 동문선, 2004.

Cixous, Hélène. "The Laugh of the Medusa." *Reading Rhetorical Theory*. Ed. Barry Brummett. New York: Harcourt, 2000. 879-93.

Dadoun, Roger. *Violence*. Seoul: Dongmunseon, 2006. Print.

다둔, 로제. 『폭력』. 최윤주 옮김. 서울: 동문선, 2006.

Deleuze, Gilles, and Félix Guattari. *Anti-Oedipus*. Seoul: Mineumsa, 1997. Print.

들뢰즈, 질, 펠릭스 가타리. 『앙띠 외디푸스』. 최명관 옮김. 서울: 민음사, 1997.

Gaener, Dwight. "Ha Jin's Cultural Revolution." *The New York Times Magazine* 2 Feb. 2000: 38-41.

Koo, Eunsook. "The Literary Representations of Korean War Memories as "Grief-Work": Ha Jin's *War Trash* and Susan Choi's *The Foreign Student*." 『영어영문학』. 54.6 (2008): 899-915.

Jin, Ha. "In Broad Daylight." *Under the Red Flag*. Georgia: U of Georgia Press, 1997. 1-16.

_____. "An interview with Ha Jin." *Contemporary Literature*. With Jerry A. Varsava. 51.1 (2010): 1-26.

_____. "An interview with Ha Jin: Ha Jin Lets It Go." With Dave Weich. <http://www.powells.com/authors/jin.html>. 2 February *Powell's Books* 2000.

Jun, Liu. "History, Memory, Writing: The image of Homeland in Chinese Literature of North America." <http://brown.edu/Programs/Nanjing/content/documents/HistoryMemoryWritingLiuJunFINAL.pdf>

Kim, Elain, and Choi Seokmoo. *A Dangerous Woman*. Seoul: Samin, 2001. Print. 킴 일레인, 최석무. 『위험한 여성』. 서울: 삼인, 2001
Kristeva, Julia. *Powers of Horror: An Essay on Abjection*. Trans. Leon S. Roudiez. New York: Columbia UP, 1982.
Lacan, Jacques. Jacques-Alain Miller Ed. *The Ethics of Psychoanalysis: The Seminar of Jacques Lacan*. Trans. Dennis Porter. London: Routledge, 1992.
Le Bon, Gustave. *The Crowd: A Study of the Popular Mind*. New York: Dover, 2002.
Phillips, Caryl. "Exile on Main Street." Rev. of *The Writer as Migrant* by Ha Jin, *New Republic* 24 Dec 2008: 40-43.
Walsh, William. Shakespeare's Lion and Ha Jin's Tiger: The Interplay of Imagination and Reality. PLL 339-59.
Wang, Chull. "Ha Jin's Short Stories and Aesthetics of Simplicity." *The Journal of Teaching English Literature* 10.2 (2006): 102-27. Print.
왕철. 「하 진의 단편소설과 단순성의 미학」. 『영미문학교육』. 10.2 (2006): 107-27.
Weeks, Jeffrey. *Sexuality*. New York: Taylor & Francis, 2009.
Weich, Dave. "An interview with Ha Jin: Ha Jin Lets It Go." <http://www.powells.com/authors/jin.html>. 2 Feb 2000.
Zhang, Hang. "Bilingual Creativity in Chinese English: Ha Jin's *In the Pond*." *World Englishes* 21.2 (2002): 305-15.
Yim, Okhee. "The Humor of the Abject." *Facing the Other in the Attic*. Ed. Psychoanalytic Seminar Team of Institute for Women Culture and Theory. Seoul: Yeoiyeon, (2005): 305-32.
임옥희. 「비체들의 유머」. 『다락방에서 타자를 만나다』. 여성문화 이론 연구소 정신분석세미나팀 엮음. 서울: 여이연, (2005): 305-32.
Ying, Yan. "Neo-Orientalism in Ha Jin's Prize-Winning Works." Proceedings from a Conference of *Journal of American Studies* 90 <http://ah.brookes.ac.uk/researcharchive/conferences/calp/papers/ying.pdf>. (2004): 1-9.
Žižek, Slavoj. *Violence*. Hyunwoo Lee & Heejin Kim & Ilkwan Jeong. Seoul: Nanjangi, 2011. Print.
지젝, 슬라보예. 『폭력이란 무엇인가』. 이현우 외 옮김. 서울: 난장이, 2011.

정치 · 지리학적 공간이동과 서사의 변주 –쿳시의 『슬로우 맨』과 『페테르부르크의 대가』

고명섭. 「네차예프, 음모와 복수의 교리문답」. 『인물과 사상』 89 (2005): 191-217.

김현아. 「굴욕의 지점에서 찾는 자기담지와 이방인 수용의 문제: 쿳시의 『슬로우 맨』」. 『영어영문학 21』 26.4 (2013): 25-47.

왕철. 「남아프리카 작가의 "저당잡힌" 상상력과 윤리적 책무-도스또옙스키의 『악령』을 다시 쓴 J. M. 쿳시의 『페테르부르크의 대가』에 관하여」. 『영어영문학』 49.1 (2003): 21-43.

이석구. 「죄의 알레고리인가, 알레고리의 죄인가?: 쿳시의 『치욕』과 재현의 정치학」. 『현대영미소설』 16.3 (2009): 229-53.

Adelman, Gary. "Stalking Stavrogin: J. M. Coetzee's *The Master of Petersburg* and the Writing of *The Possessed.*" *Journal of Modern Literature* 23.2 (1999): 351-57.

Attridge, Derek. "Expecting the Unexpected in Coetzee's *Master of Petrersburg* and Derrida's Recent Writing." *Applying-to Derrida.* Eds. Jon Brannigan, Ruth Robbinsm and Julian Wolreyes. New York: St. Martin's Press, 1996. 21-40.

______. *J. M. Coetzee and the Ethics of Reading.* Chicago: U of Chicago P, 2004.

Attwell, David. "Coetzee's Postcolonial Diaspora." *Twentieth- Century Literature* 57.1 (2011): 9-19.

______. "The Novel Today." *Upstream* 6.1 (1988): 2-5.

Aubrey, James. "'For Me Alone Paul Rayment was Born': Coetzee's *Slow Man, Don Quixote,* and the Literature of Replenishment." *Peer English* 34.3 (2013): 93-106.

Awan, Muhammad Safer. "Rise of Global Terror and (Re)formulations of Muslim Identity Since September 11." *Cross-Cultural Communication* 6.2 (2010): 1-13.

Canepari-Labib, Michael. *Old Myth-Modern Empires: Power, Language and Identity in J. M. Coetzee's Work.* Bern: Peter Lang, 2005.

Clarkson, Carrol. "Responses to Space and Spaces of Response in J. M. Coetzee." *J. M. Coetzee's Austerities.* Ed. Graham Bradshaw. England: Ashgate, 2010. 43-55.

Coetzee, J. M. *The Master of Petersburg.* New York: Penguin, 2005.

______. *Elizabeth Costello.* New York: Penguin, 2003.

______. *Slow Man.* New York: Penguin, 2005.

______. *Youth.* New York: Penguin, 2002.

De Kock, Leon. "Does 'SA Literature' Matter?" *The Sunday Independent.* 24 Feb 2013.

Donadio, Rachel. "Out of South Africa," Sunday Book Review. *New York Times* Dec 16, 2007.

Dostoevsky, Fydor. *The Devils*. Trans. David Magarshack. Harmondsworth: Penguin, 1972.

Durant, Samuel. *Postcolonial Narratives and the Work of the Mourning*. New York: U of New York State, 2004.

Geertsema, Johan. "Passages into the World: South African Literature after Apartheid." 1-31. <http://www.yale.edu/macmillan/apartheid/geertsemap2.pdf>

Hayes, Patrick. *J. M. Coetzee and the Novel: Writing and Politics after Beckett*. Oxford: U of Oxford, 2010.

Head, Dominic. Head, Dominic. *The Cambridge Introduction to J. M. Coetzee*. Cambridge: U of Cambridge, 2009.

Heidegger, Martin. "Building, Dwelling, Thinking." *Poetry, Language, Thought*. New York: Harper & Row, 1971.

Jones, Malcolm, *Dostoevsky and the Dynamics of Religious Experience*. London: Anthem Press, 2005.

Kossew, Sue. *Pen and Power: A Post-Colonial Reading of J. M. Coetzee and Andre Brink*. Amsterdam, Atlanta: Rodopi, 1996.

Macfarlane, Robert. "On *Slow Man*." *Sunday Times*. 28 Aug 2005.

Marais, Michael. "Coming into Being: J. M. Coetzee's *Slow Man* and the Aesthetic of Hospitality." *Contemporary Literature* 50.2 (2009): 273-98.

______. "Death and the Space of the Response to the Other in J. M. Coetzee's *The Master of Petersburg*." Ed. Jane Poyner. *J. M. Coetzee and the Idea of the Public Intellectual*. Poyner: U of Ohio, 2006. 83-99.

______. "Places of Pigs: The Tension. Between Implication and Transcendence in J. M. Coetzee's *Age of Iron and The Master of Petersburg*." *Critical Essays on J. M. Coetzee*. Ed. Sue Kossew. New York: U of McGill, 1998. 226-38.

______. *Secretary of the Invisible: The Idea of Hospitality in the Fiction of J. M. Coetzee*. Amsterdam-New York: Rodopi, 2009.

Neimneh, Shadi and Al-Shalabi, Nazmi. "Disability and the Ethics of Care in J. M. Coetzee's *Slow Man*." *Cross-Cultural Communication* 7.3 (2011): 35-40.

Parry, Benita. "Speech and Silence in the Fictions of J. M. Coetzee." *Critical Perspectives on J. M. Coetzee*. Eds. Graham Huggan and Stephan Watson. London: MacMillan Press. 1996. 37-65.

Poyner, Jane. *J. M. Coetzee and the Paradox of Postcolonial Authorship*. Exeter: U of Exeter, 2009.

Prado, Evelyn. "J. M. Coetzee's Ambiguous Confessional/Autobiographical Writings:

Truth-Telling and Truth-Seeking in *Disgrace*." Ariel 41.3-4 (2011): 1-23.
Tremaine, Louis. "The Embodied Soul: Animal Being in the Work of J. M. Coetzee." *Contemporary Literature* 44.4 (2003): 587-612.
Veres, Ottilia. "On Mourning: The Trope of Looking Backwards in J. M. Coetzee's *The Master of Petersburg*." *The Novel Today* 24 Dec 2011.
Vold, Tonje. "How to "Rise above Mere Nationality": Coetzee's Novels *Youth* and *Slow Man* in the World Republic of Letters." *Twentieth-Century Literature* 57.1 (2011): 34-53.
Watson, Stephen. "Colonialism and the Novels of J. M. Coetzee." *Critical Perspectives on J. M. Coetzee*. Eds. Graham Huggan and Stephan Watson. London: MacMillan Press. 1996. 37-65.

▌포스트식민 시대의 인종주의와 젠더 –쿳시의 『추락』

왕철. 『J. M 쿳시의 대화적 소설 –상호 텍스트성과 포스트식민주의』. 서울: 태학사, 2004.
Attridge, Derek. "J. M. Coetzee's *Disgrace*." *Interventions* 4.3 (2003): 315-22.
Attwell, David. *Doubling the Point*. Harvard UP, 1992.
______. "Race in *Disgrace*." *Interventions* 4.3 (2002): 331-41.
Barnard, Rita. "J. M. Coetzee's *Disgrace* and the South African Pastoral." *Contemporary Literature* 44.2 (2003): 199-224.
Bhabha, Homi K. *The Location of Culture*. London: Routledge, 1994.
Boehmer, Elleke. "Not Saying Sorry, Not Speaking Pain: Gender Implications in *Disgrace*." *Interventions* 4.3 (2002): 342-51.
Bonnell, John. "Not Every Disgrace Entails Loss of Face." *Sexuality and Culture* 1 (2001): 93-94.
Bower, Colin. "J. M. Coetzee: Literary con Artist and Poseur." *Issues in English Studies in Southern Africa* 8.2 (2003): 3-23.
Canepari-Labib, Michela. *Old Myths-Modern Empires: Power, Language, and Identity in J. M. Coetzee's Work*. New York: Peter Lang, 2005.
Coetzee, J. M. *Disgrace*. New York: Penguin, 1999.
______. "The Harms of Pornography." *Giving Offense: Essays on Censorship*. Chicago: U of Chicago P, 1996. 61-82.
______. *Giving Offense: Essays on Censorship*. U of Chicago P, 1996.
Cornwell, Gareth. "Realism, Rape, and J. M. Coetzee's *Disgrace*." *Critique* 43.4 (2002): 307-22.

Diala, Isidore. "Nadine Gordimer, J. M. Coetzee, and Andre Brink: Guilt, Expiation, and The Reconciliation Process in Post-Apartheid South Africa." *Journal of Modern Literature* 25.2 (Winter 2001-2002): 50-68.

Eagleton, Mary. "Ethical Reading: The Problem of Alice Walker's *Advancing Luna and Ida B. Well* and J. M. Coetzee's *Disgrace*." *Feminist Theory* 2.2 (2001): 189-203.

Gane, Gillian. "Unspeakable Injuries in Disgrace and David's Story." *Kunapipi* 24.1-2 (2002): 101-13.

Graham, Lucy Valerie. "Reading the Unspeakable: Rape in J. M. Coetzee's *Disgrace*." *Journal of Southern African Studies* 29.2 (2003): 433-44.

Green, Diane. "A Man's Best Friend Is His Dog: Treatments of The Dog in *Jane Eyre*, Kate Grenville's *The Idea of Perfection*, J. M. Coetzee's *Disgrace* and Jeanette Winterson's *The 24 Hour Dog*." *English* 52.203 (Summer 2003): 139-61.

Holland, Michael. "Plink-Plunk: Unforgetting the Present in Coetzee's *Disgrace*." *Interventions* 4.3 (2002): 395-404.

Kossew, Sue. "The Politics of Shame and Redemption in J. M. Coetzee's *Disgrace*." *Research in African Literatures* 34.2 (Summer 2003): 155-62.

Levinas, Emmanuel. *Totality and Infinity*, Trans. Alphonso Lingis. U of Duquesne: Pittsburgh, 1969.

McDonald, Peter D. "Disgrace Effects." *Interventions* 4.3 (2002): 321-30.

Marais, Michael. "'Little Enough, Less Than Little: Nothing': Ethics, Engagement, and Change in the Fiction of J. M. Coetzee." *Modern Fiction Studies* 11.3 (2000): 313-39.

Parry, Benita. *Postcolonial Studies: A Materialist Critique*. New York: Routledge. 2004.

Spivak, Gayatri. *The Spivak Reader*. Eds. Donna Landry & Gerald MacLean. New York & London: Routledge, 1996.

Stratton, Florence. "Imperial Fiction: J. M. Coetzee's *Disgrace*." Ariel 33.3-4 (July-October 2002): 83. from Literature Resource Center.

▌포스트아파르트헤이트 시대의 윤리성 되짚기 -쿳시의 『철의 시대』

레비나스, 임마뉴엘. 『시간과 타자』. 강영안 옮김. 서울: 문예출판사, 2004.

Attridge, Derek. "Age of Bronze, State of Grace: Music and Dogs in Coetzee's

Disgrace." *Novel* 34.1 (2000): 98-121.
_____. "J. M. Coetzee's *Disgrace*." *Interventions* 4.3 (2003): 315-22.
_____. *J. M. Coetzee and the Ethics of Reading*. Chicago: U of Chicago P, 2004.
Attwell, David, ed. *Doubling the Point*. Harvard UP, 1992.
_____. "Coetzee and Post-Apartheid South Africa." *Journal of Southern African Studies* 27.4 (2001): 856-68.
_____. "Race in Disgrace." *Interventions* 4.3 (2002): 331-41.
_____. "Reading the Signs of History: *Waiting for the Barbarian*." *J. M. Coetzee: South Africa and the Politics of Writing*. U of California P, 1993. 70-87.
Balibar, Etienne. *Race, Nation, Class: Ambiguous Identities*. New York: Verso, 1991.
Bhabha, Homi K. "Unsatisfied: Notes on Vernacular Cosmopolitanism." *Text and Narration*. Eds. Peter C. Pfeiffer and Laura Garcia-Moreno. Columbia, S. C.: Camden House, 1996. 191-207.
_____. *The Location of Culture*. London: Routledge, 1994.
Bower, Colin. "J. M. Coetzee: Literary con Artist and Poseur." *Issues in English Studies in Southern Africa* 8.2 (2003): 3-23.
Bundy, Colin. "Street Sociology and Pavement Politics: Aspects of Youth and Student Resistance in Cape Town, 1985." *Journal of Southern African Studies* 13.3 (1987): 320-47.
Canepari-Labib, Michela. *Old Myths-Modern Empires: Power: Language, and Identity in J. M. Coetzee's Work*. New York: Peter Lang, 2005.
Coetzee, J. M. *Age of Iron*. New York: Penguin, 1983.
Du Bois, W. E. B. *The Souls of Black Folk*. New York: Bantam Books, 1989.
Fanon, Frantz. B*lack Skin, White Masks*. Trans. Charles Lam Markmann. London: Pluto, 1986.
_____. "Concerning Violence." Trans. Constance Farrington. T*he Wretched of the Earth*. Harmondsworth: Penguin, 1967.
_____. *The Wretched of the Earth*. Trans. Constance Farrington. New York: Penguin, 1985.
Feagin, Joe R. and Clairece Booher Feagin. eds. *Racial and Ethnic Relations*. Prentice-Hall, 1996.
Head, Dominic. *J. M. Coetzee*. Cambridge: Cambridge UP, 1997.
Jordan, Eduare. "A White South African Liberal as a Hostage to the Other: Reading J. M. Coetzee's *Age of Iron* through Levinas." *South Africa J, Philos*. 24.1 (2005):12-36

Kossew, Sue. "The Politics of Shame and Redemption in J. M. Coetzee's *Disgrace*." *Reaearch in African Literatures* 34.2 (Summer 2003): 155-62.

______. *Pen and Power: A Post-Colonial Reading of J. M. Coetzee and Andre Brink.* Amsterdam, Atlanta: Rodopi, 1996.

Levinas, Emmanuel. *Totality and Infinity*, Trans. Alphonso Lingis. U of Duquesne: Pittsburgh, 1969.

McLeod, John. *Beginning Postcolonialism.* Manchester UP, 2000.

Parry, Benita. "Problems in Current Theories of Colonial Discourse." *Oxford Literary Review* 9.1 (1987): 27-58.

______. *Postcolonial Studies: A materialist critique*, New York: Routledge. 2004.

______. "Speech and Silence in the Fictions of J. M. Coetzee." *Critical Perspectives on J. M. Coetzee.* Eds. Graham Huggan and Stephan Watson. London: MacMillan Press. 1996. 37-65.

Poyner, Jane. *J. M. Coetzee and the Idea of the Public Intellectual.* Poyner: U of Ohio, 2006.

Scarry, Elaine. *The Body in Pain: The Making and Unmaking of the World.* Oxford and New York: U of Oxford, 1985.

Truth and Reconciliation Commission. *Truth and Reconciliation Commission of South Africa Report.* 5 vols. Cape Town: Truth and Reconciliation Commission, 1998.

Watson, Stephen. "J. M. Coetzee interview with Stephen Watson." *Speak I* 3 (1978): 21-24.

Yeoh, Gilbert. "Love and Indifference in J. M. Coetzee's *Age of Iron*." *The Journal of Commonwealth Literature* 38.3 (2003): 107-34.

▌문명과 야만의 경계 지우기 –쿳시의 『야만인을 기다리며』

네그리, 안토니오, 마이클 하트. 『제국』. 윤수종 옮김. 서울: 이학문선, 2001.

루드글리, 리처드. 『바바리안-야만인 혹은 정복자』, 우혜령 옮김. 서울: 뜨인돌, 2004.

왕철. 「포스트식민주의 담론과 남아프리문학」. 『현대영미소설』 7.12 (2000): 110-30.

______. 『J. M 쿳시의 대화적 소설 –상호 텍스트성과 포스트식민주의』. 서울: 태학사, 2004.

______. 「J. M. 쿳시의 소설에 나타난 식민주의 및 제국주의 –『야만인을 기다리며』의 상호 텍스트성에 관하여」. 『영어영문학』 50.1 (2004): 291-317.

웨더포드, 잭. 『야만과 문명, 누가 살아남을 것인가』. 권루시안 옮김. 서울: 이론과 실천,

2005.
이경순. 「포스트식민주의 담론과 『제국들의 되받아쓰기』」. 『현대문학이론의 이해』. 전남대학교 출판부, 1998. 401-19.
Barnett, Clive. "Constructions of Apartheid in the International Reception of the Novel of J. M. Coetzee." *Journal of Southern African Studies* 25.2 (1999): 287-301.
Bhabha, Homi K. T*he Location of Culture*. London: Routledge, 1994.
Boehmer, Elleke. *Stories of Women: Gender and narrative in the postcolonial nation.* New York: Manchester UP, 2005.
Canepari-Labib, Michela. *Old Myths-Modern Empires: Power: Language, and Identity in J. M. Coetzee's Work.* New York: Peter Lang, 2005.
Césaire, Aimé. *Discourse on colonialism −An interview with Aime Cesaire.* Ed. Robin D. G. Kelley. New York: MR, 1972.
Chapman, Michael. "African Literature, African Literatures: Cultural Practice or Art Practice?." *Research in African Literature* 1.4 (May 2002): 1-9.
_____. *Southern African Literatures.* New York: Longman, 1996.
Coetzee, J. M. *Waiting for the Barbarians.* New York: Penguin, 1981.
Craps, Stef. J. M. "Coetzee's *Waiting for the Barbarians* and the Ethics of Testimony." *English Studies* 88.1 (2007): 59-66.
Dunn, Kevin C. "Africa's Ambiguous Relation to Empire and *Empire.*" *Empire's New Clothes: Reading Hardt and Negri.* Ed. Paul A. Passavant and Jodi Dean. New York: Routledge, 2004. 143-62.
Durant, Samuel. "Bearing Witness to Apartheid: J.M. Coetzee's Inconsolable Works of Mourning." *Contemporary Literature* 10.3 (1999): 430-63.
_____. *Postcolonial Narratives and the Work of the Morning.* U of New York State, 2004.
Fanon, Frantz. *Black Skin, White Masks.* Trans. Charles Lam Markmann. London: Pluto, 1986.
Gallagher, Susan VanZanten. *A Story of South Africa: J. M. Coetzee's Fiction in Context.* Cambridge, Mass.: Harvard UP, 1991.
_____. "Torture and the Novel: J. M. *Waiting for the Barbarians*" *Contemporary Literature* 29.2 (Summer, 1998): 277-85.
Hegel, G.. W . F. T*he Philosophy of History*, trans. J. Sibree, introduction C. J. Friedrich. New York: Dover Publications, 1956.
JanMohamed, Abdul. "The Economy of Manichean Allegory: The Function of

Racial Difference in Colonialist Literature." Ed. Henry Louis Gates, Jr. *"Race", Writing and Difference.* U of Chicago P, 1986. 78-106.

______. *Manichean Aesthetics: the politics of literature in colonial Africa.* U of Massachusetts P, 1983.

Levinas, Emmanuel. *Totality and Infinity,* Trans. Alphonso Lingis. U of Duquesne: Pittsburgh, 1969.

Marais, Michael. "Literature and the Labour of Negation: J. M. Coetzee's *Life & Times of Michael K.*" *The Journal of Commonwealth Literature* 36 (2001): 107-125.

______. "'Little Enough, Less Than Little: Nothing': Ethics, Engagement, and Change in the Fiction of J .M. Coetzee." *Modern Fiction Studies* 11.3 (2000): 313-39.

Parry, Benita. *Postcolonial Studies: a materialist critique,* New York: Routledge. 2004.

Penner, Dick. *Countries of Mind: The Fiction of J. M. Coetzee.* Conneticut: Greenwood, 1989.

______. Slight, "Blindness and Double-Thought in J. M. Coetzee's *Waiting for the Barbarians.*" *World Literature Written in English* 26.1 (1986): 34-45.

Post, Robert. *Open Secret: Literature, Education, and Authority from J-J. Rousseau to J. M. Coetzee.* Columbia UP, 1988.

Rich, Paul. "Tradition and Revolt in South Africas Ficion: The Novels of André Brink, Nadine Gordimer and J. M. Coetzee." *Journal of Southern African Srudies* 9 (1982): 54-73.

Spivak, Gayatri. *The Spivak Reader, 5.* Ed. Donna Landry & Gerald MacLean. New York & London: Routledge, 1996.

Urquhart, Troy. "Truth, Reconciliation, and the Restoration of the State: Coetzee's *Waiting for the Barbarians.*" *Twentieth-Century Literature* 52.1 (2006): 1-21.

Watson, Stephen. "J. M. Coetzee interview with Stephen Watson." *Speak I* 3 (1978): 21-24.

Young, Robert. *Postcolonialism: An Historical Introduction.* Blackwell Publishers, 2001.

______. *White Mythologies: Writing and the West.* Routledge, 1990.

찾아보기

ㄷ

ㄹ

ㅁ

▌ㅂ

▌ㅅ

▌ㅇ

ㅈ

ㅊ

ㅋ

ㅌ

ㅍ

ㅎ